DIE VERBOTENE NACHT

*TAGEBÜCHER DER DUNKELHEIT,
BAND 5*

Colleen Gleason

Avid Press

PROLOG

„**Ich kann nichts weiter für ihn tun, Fence**", sagte Elliott. „Die Entzündung in seiner Wunde ... das ist zu weit fortgeschritten."

Selbst in dem flackernden Licht des Feuers, das man in einem alten Waschbecken gemacht hatte, konnte Fence erkennen, dass Elliotts Gesicht so angespannt aussah, wie seine Stimme klang. Dennoch wanderten die Hände des Arztes weiter an den Gliedmaßen und am Körper von Lenny entlang, als wären sie auf der Suche nach einer anderen Lösung.

Ein jähes Brennen in seinen Augen zwang ihn zu blinzeln. Weil er selbst ein Rettungssanitäter war, hatte Fence die Wahrheit schon vermutet, noch bevor Elliott sie ausgesprochen hatte. Er hatte die Wunde am Arm seines Freundes bereits eine Woche lang beobachtet. Es hatte als einfache Schnittwunde begonnen und sich dann aber entzündet. Er öffnete die Augen und packte die warme, vom Schweiß ganz nasse Hand seines besten Freundes und Geschäftspartners noch fester. Lenny: das Marketing-Hirn hinter dem Abenteurer und starken Mann Fence, die Rückendeckung zu seiner oft tollkühnen Vorhut. Wenn Fence der Jim Halpert war, so war Lenny der Michael Scott ihrer Partnerschaft, der Harald zum Kumar von Fence, nur eben im echten Leben und nicht im Film.

„Wenn ich nur etwas Penizillin hätte", murmelte Elliott gleichermaßen verzweifelt und verärgert. „Oder ... irgendwas. *Egal was.*"

Aber es gab nichts – überhaupt nichts, in dieser neuen und schrecklichen Welt im Jahre 2060, in der sie mittlerweile lebten.

Nichts, was im entferntesten einem Krankenhaus oder Medikamenten ähnelte, nicht einmal Telefonzellen, von wo man Hilfe rufen könnte. Nicht einmal Straßen oder Fahrzeuge oder auch nur ... verdammte Scheiße ... nicht einmal sehr viele Menschen. Nur wenige hatten die verheerenden Ereignisse vor fünfzig Jahren überlebt.

Fence begriff immer noch nicht, wie das geschehen war. Er konnte es sich nicht erklären und er würde es ganz sicher, zum Teufel nochmal, niemals akzeptieren.

Am 10. Juni 2010 hatten er und Lenny drei Männer auf eine Expedition mitgenommen, in eine Höhle hinein, die er das Dreckige Miststück nannte – sonst eher bekannt unter dem Namen Ferresters Hosentasche.

Elliott und seine beiden Freunde hatten sich eine Wochenendreise gegönnt und sie hatten Fence und Lenny angeheuert, damit die beiden sie als Führer tief in die gefährlichste und unberechenbarste Höhle Arizonas in der Nähe von Sedona hinein begleiteten. Daher auch der Spitzname der Höhle. Fence und Lenny hatten sich verteufelt gut amüsiert, mit einer Crew unterwegs zu sein, die – Teufel nochmal – auch wirklich kapierte, was sie da in den pechschwarzen, verwinkelten, engen Höhlen tun musste. Elliott und seine Freunde waren nicht nur gut vorbereitet, sondern auch gut ausgerüstet ... aber nichts hätte sie auf das vorbereiten können, was dann an jenem Tag wirklich passierte.

Während sie drinnen waren, brach draußen nämlich die Hölle los: Erdbeben, Stürme und Einstürze. Und tief unten in einem der Tunnel erwischte es sie und sie wurden von herabstürzenden Steinen bewusstlos geschlagen. Zusammen mit ihnen wurde ein sechster Mann namens Simon in der Höhle überrascht. Als sie wieder aufwachten – oder was auch immer es nun war, was sie taten, denn es sah immer mehr danach aus, als hätten sie nicht nur ein bisschen Dornröschen gespielt – und aus der Höhle rauskamen, fanden sie sich in einer total beschissenen Welt wieder.

Fünfzig Jahre später.

Das war auch die Erklärung für die unzähligen Sterne, die den Himmel wie eine ewig lange Kette schmückten, was man durch das Loch in dem abgefuckten Dach des Gebäudes sehen konnte, in dem sie gerade kampierten – Sterne, die nicht mehr vom Smog verschleiert wurden, jenem Nebenprodukt der Liebe des Menschen zu Maschinen.

Und statt dem unablässigen Brummen und dem Lärm von Autos, Flugzeugen und anderer Technologie hörte man jetzt das echte Geheul von Wölfen und Löwen sowie die Schreie von Eulen und anderen nachtaktiven Tiere.

Und da war auch das tiefe, grauenvolle Stöhnen „Ruuu-uuuthhh", das von den schrecklichen, unbeholfenen Monstern mit den orangenen Augen stammte. Die mit dem Fleisch, das ihnen in Fetzen abfiel. Zombies.

Die zerstörten Ortschaften, Städte, Stadtteile, Straßen ... alles, was 2010 normal gewesen war, war jetzt überwuchert, kaputt und wie ein Dschungel – als hätte man die Bronx oder Manhattan mitten in den Amazonas geworfen und sich selbst überlassen, was Überleben oder Untergehen anbetraf.

Eins war sicher: Diesen Kampf um die Backsteine, den Mörtel und das Metall, um alles, was Menschen geformt und gebildet hatten – den Kampf würde Mutter Natur gewinnen.

Fence hoffte aus tiefstem, finstersten Herzen, dass seine Mama und sein Papa schnell gestorben waren. Und auch all seine Brüder und Schwestern sowie der Rest der Familie und alle anderen, die er je gekannt hatte.

Alle anderen. Weg. Ausgelöscht wie ein verfickter Strich im Sand.

Es war einfach ... unvorstellbar.

Aber es war echt.

Es war drei Monate her, seit Fence und seine fünf Begleiter, die den schweigsamen Mann namens Simon nun zu den ihren zählten, Sedona hinter sich gelassen hatten. Sie reisten als kleiner Trupp weiter, auf der Suche nach Antworten, die man angeblich in einem Ort mit dem Namen Envy finden konnte. Die wenigen Menschen, denen sie begegneten, waren lange nach dem – wie sie es nannten – Wechsel auf die Welt gekommen und kannten nur Geschichten von den apokalyptischen Ereignissen: in Erzählungen weitergegeben von den Überlebenden an Kinder und Kindeskinder.

Aber wenn sie nach Envy gelangen konnten, ohne von Zombies in Stücke gerissen zu werden, würden sie ein paar Leute finden, die die Erdbeben und die Tsunamis und die unglaublichen Stürme am eigenen Leib erfahren hatten, die damals tagelang angedauert hatten.

Sie mussten Antworten bekommen. Sie mussten Antworten bekommen zu dem, was geschehen war, und wie sie fünfzig Jahre in die Zukunft gereist waren – oder warum die Zeit für sie einfach stillgestanden hatte. Oder was auch immer da passiert war. Und all das, nur um herauszufinden, dass alles weg war.

Lenny stöhnte und seine Augenlider flatterten. Seine Lippen bewegten sich. „Eh, Mann! Was ist los?", fragte Fence, während er das Kissen unter Lennys Kopf zurechtrückte, das eigentlich nur eine zusammengefaltete Decke war, die er bei einem Raubzug in einem verlassenen JC Penny-Markt aufgetrieben hatte.

Die Federdecke war wie neu und ganz frisch, weil sie seit über fünfzig Jahren in Plastik eingewickelt gewesen war, nachdem man sie ins Regal geräumt hatte. Mutter Natur war vielleicht in der Lage den Beton zum Rückzug zu zwingen, und auch Metall oder Glas aus dem 21. Jahrhundert, aber das von Menschen entwickelte Plastik war eine verdammt schwere Nuss, die sie nicht ohne Weiteres knacken würde.

Seit zwei Tagen kampierten sie hier in diesem überwucherten Wohngebäude. Die anderen suchten die Gegend nach Werkzeug, Kleidung und derlei ab, während Elliott tat, was er konnte, um Lenny zu helfen, der mittlerweile zu schwach war, um auf eigenen Beinen zu gehen. Was die Suche anbetraf: In Plastik eingeschweißte Unterhosen waren ebenso Grund zum Feiern wie eine ungeöffnete Flasche Whisky. Und Klebebandrollen ... bei der Aussicht lief Fence das Wasser im Mund zusammen.

Nachts waren sie gezwungen sich oberhalb vom Erdgeschoss zu verkriechen, um den Zombies aus dem Weg zu gehen. Jetzt saßen Quent, Simon und der sechste aus ihrer Runde, Wyatt, in der Ecke und unterhielten sich leise, während sie sich aufs Schlafengehen vorbereiteten.

Fence zwang seine Lippen zu einem Lächeln und brachte sich dazu, leise zu schmunzeln. Es klang nicht gut. „Was willst du denn, Lenny? Wünschte, ich könnte dir ein Kühles anbieten – wette, das würde dich wieder auf die Beine bringen." Er stupste seinen Freund sanft an. „Ein Bier und dann vielleicht noch ein fettes, blutiges Steak dazu? Erinnerst du dich noch daran, wie wir das frische Wild da oben in Montana gebrutzelt haben, nachdem wir den Kindern, die ihre Rucksäcke verloren hatten, unsere letzten Rationen überlassen haben?" Sie hatten der Truppe Pfadfinder geholfen, wieder zu dem Pfadfindertreffpunkt zurückzufinden, und waren dann ohne Proviant wieder zum zweiten Tag ihrer Dreitage-Tour aufgebrochen, weil sie wussten, dass sie sich sogar in der Wildnis selbst ernähren konnten. „Das Steak war so verdammt blutig, ich dachte, es springt uns von den Tellern. Mann, nie in meinem Leben hab' ich so was Gutes verdrückt."

Lenny bewegte sich und in dem flackernden Widerschein des kleinen Feuers war Fence sich sicher, dass Lennys Lippen sich zu so etwas wie einem Lächeln verzogen.

„Jep, du erinnerst dich dran ... und da, wo wir diese beiden alten Damen bei hatten, die in den Lutchner's Canyon runter wollten? Von denen war keine unter sechzig!" Jetzt musste er wirklich schmunzeln. „Ich wäre bereit gewesen, *denen* etwas für den Trip zu zahlen – war das ein rattenscharfes Wochenende oder nicht, Mann? Die eine, das Teufelsweib, die aus drei Meter Distanz die Klapperschlange mit einem Stein umgelegt hat – eh, Mann, wenn die dreißig Jahre jünger gewesen wäre, hätte ich das Weib *flach*gelegt. Sie war total durchgeknallt. Erinner' dich dran, wie ihre Freundin das Schlangenfleisch auf offenem Feuer geröstet hat und ihre verdammt nochmal eigene Gewürzmischung drauf tat? Wer zum Teufel bringt so Zeug denn auf einen Extrem-Camping-Trip mit? Und das war scharf wie sonst was – war wahrscheinlich mit Ancho Chilis oder so was. Ich schwör' dir, ich fing an zu schwitzen, kaum hat sie es mir auf den Teller geklatscht. Ich frage mich immer noch, warum sie uns überhaupt irgendwas bezahlt haben, damit wir sie da draußen mitnehmen."

Fence zwang sich erneut zu schmunzeln – sie hatten oft in dieser Erinnerung geschwelgt, und in vielen anderen. Immer mit einem kalten Bier in der Hand. Er wusste genau, was Lenny sagen würde, könnte er denn sprechen. Wenn er ihn denn hören könnte. „Jep, ich weiß schon ... die wollten nur zwei verdammte Mordskerle mit auf den Fotos drauf, und jeder Kerl mit 'nem Sixpack, damit sie das in ihrem Altersheim zu Hause rumzeigen können."

Lenny zitterte da etwas, was ein Versuch zu kichern gewesen sein könnte ... oder halt eine neue Schmerzattacke. Fence schluckte schwer und wurde ernst. „Weißt du, Mann ... ohne dich hätte ich es nicht geschafft ... ich will damit sagen, du warst es, der unsere Firma zum Laufen gebracht hat. Teufel nochmal, ich hätte mich mit Wochenendausflügen zufrieden gegeben, ab und zu ein paar Leute mitzunehmen und unter der Woche den Krankenwagen zu fahren ... aber du warst so verdammt entschlossen, es an den Start zu bringen und damit Erfolg zu haben. Und echt clever in Sachen Marketing. Extremurlaub nach Maß. Welcher Kerl hätte da schon widerstehen können?"

Lenny schloss die Augen und sein Gesichtszüge wurden schlaff.

Einen kurzen Augenblick lang dachte Fence, er wäre jetzt weg, aber dann spürte er die kleinen, rauen Bewegungen seiner Brust. Er ruhte sich aus. Ruhte sich nur aus. Das Zwicken in seiner Magengrube ließ nach. Noch nicht.

Er war noch nicht bereit, diese letzte Verbindung zu seinem alten Leben zu verlieren.

Weil es ihn auf einmal nach frischer Luft verlangte, erhob Fence sich, wobei er sich duckte, damit sein einsneunzig Körper unter der niedrigen Decke durchkam, ohne danach Spinnweben oder Fledermaus Guano am Kopf kleben zu haben. Um den wahllos aufgehäuften Müll und den Kot von Nagetieren machte er einen Bogen, als er barfuß zum Fenster ging. Dieses hier hatte eine zum Teil noch unversehrte Glasscheibe, bedeckt von

Schimmel, Dreckschichten und sogar dem verirrten Zweig einer Kletterrebe. Ein großes Stück Glas, geformt wie eine Pyramide, war von diesem Wohnzimmerfenster in dem sechzig Jahre alten Gebäude rausgefallen und er konnte runtersehen und die Umgebung draußen problemlos betrachten.

Er strich sich mit einer Hand über seinen kahlen Schädel, während er hinausblickte über das, von dem er sich ziemlich sicher war, dass es sich hier um einen Teil von Nevada handelte. Ein Schädel, auf dem übrigens in den letzten sechs Monaten, seit sie aus der Höhle rausgekrochen waren, nicht die kleinste Stoppel gewachsen war. Weder er noch die anderen hatten auch nur den geringsten Bartwuchs zu verzeichnen. Mehr als seltsam.

Unten und weiter draußen waren keine glühenden, orangenen Augen zu sehen, das untrügliche Anzeichen für die Anwesenheit von Zombies. Das war gut. Aber da die Scheißviecher keine Treppen oder Leitern hochklettern konnten, waren Fence und seine Begleiter hier oben im zweiten Stock eh sicher. Überall um sie herum waren die zerklüfteten Umrisse von eingestürzten, überwucherten Gebäuden gerade noch erkennbar. Er konnte das einstmals vertraute gelbe M von einem McDonalds Schild erkennen, das in der Ferne vom Licht der Sterne umströmt wurde.

Ein anderes Licht gab es nicht: keine Straßenlaternen, keine Autoscheinwerfer, keine Lampen, die zu Hause brannten. Es war dunkel und beängstigend still ohne das Geräusch von Menschen.

Die anderen waren schlafen gegangen. Fence hörte Elliott etwas zu Lenny murmeln, und auch das sachte Rascheln von Bettlaken, das leise Tropfen von Wasser. Reinigend und Leben spendend.

Ich kann nichts weiter für ihn tun.

Er machte sein Herz immun gegen den Schmerz.

Noch mehr Schmerz. Unzählige Verluste. Jenseits aller Schmerzen, die er je erfahren hatte – größer noch als der Schmerz damals, als er Brian nicht retten konnte.

Fence nickte, wie zur Bestätigung, richtete sich gerade auf, holte einmal tief Luft und kehrte dann auf seinen Posten zur Nachtwache zurück.

Er würde es durchstehen, würde auf der anderen Seite etwas finden, wie er zu seinem Vater zu sagen pflegte. „Ich seh' dich auf der anderen Seite", hatte der ihm immer versprochen, wenn Fence ein Examen oder ein Spiel hatte, oder auf eine Exkursion ging oder was auch immer.

Das Problem war, dass er jetzt in einer Welt lebte, die seiner alten Welt in nichts ähnelte – eine Welt, in der das Überleben Tag für Tag so unsicher war wie ein verdammtes Würfelspiel; wo er – ohne Lenny – mit einer Ansammlung von Kerlen unterwegs war, die er nicht wirklich kannte, aber die von ihm erwarteten, sie sicher durch diese postmoderne Wildnis zu führen, und wo er eine Verantwortung trug so breit wie ein Mack Truck.

Eine Welt, in der es keine beschissene „andere Seite" gab.

Nur diese eine Hölle.

1

Fence nahm rasch noch einen großen Schluck Bier. Zumindest das war eines der Dinge, die nicht mit dem Wechsel untergegangen waren. Man hatte die wichtigen Dinge im Leben noch nicht ganz vergessen.

Als Bier war das Getränk hier vor ihm auch ziemlich verteufelt gut. Eiskalt, sehr kräftig und dunkel, so wie er selbst, umwerfend und stark – wie sein Sinn für Humor. Fence grinste zu sich selbst und nahm einen weiteren Schluck. Teufel nochmal, ich bin *ein verdammter Witzbold.*

Es war ein Jahr her. Ein ganzes Jahr, seit er und Lenny eine sehr verwirrte Gruppe von Männern aus den Tiefen der Höhlen hinaus in eine Welt geführt hatten, die direkt der *I am Legend* Leinwand entsprungen war.

Eine Welt komplett ausstaffiert mit Zombies und mit Fence, der noch durchtrainierter und genauso glatzköpfig wie Will Smith war. Keine Verarschung. Und wenn die Blicke von dem Tisch mit den gutaussehenden Frauen auf der anderen Seite des Pubs ein Indikator waren, würden die nicht Nein sagen, sollte er hier ein paar Liegestütze vorführen. Ohne Hemd. Genau wie sein Bruder Will es in dem Film veranstaltet hatte.

„Was kann ich dir bringen?", fragte die Kellnerin, wobei sie sich weit zu ihm runterbeugte, damit sie Blickkontakt bekam und ihm kurz einen Einblick in das Tal der Glückseligkeit geben konnte: einen ausgiebigen, aufschlussreichen Blick genau in ihr Hemd rein. Der Gerechtigkeit halber: Cindy musste einem auch sehr nahe kommen, um bei der Live-Musik noch verstanden zu werden, die von der Bühne neben ihnen rüberschallte, aber ihre zwei Hübschen sahen aus, als würden sie darauf brennen rauszupoppen und Hi zu sagen.

„Das hängt davon ab, was im Angebot ist", sagte Fence zu ihr und warf ihr ein breites, lässiges Grinsen zu. Eine alte Flamme hatte ihm gesagt, es wäre, wie wenn man in einen dampfenden Whirlpool reinglitt. Cindy kicherte und schaute ihn ebenso lasziv an.

„Eh, schreib ihre Nummer auf und basta", sagte Elliott und verdrehte mit einem Zucken im Mundwinkel die Augen.

Er hatte gut reden. Nur zwei Wochen nach ihrem Eintreffen hier in Envy war Elliott mit Jade zusammengezogen, dem rattenscharfen Rotschopf, der gerade eine alte Bonnie Raitt Ballade sang.

Und Envy, so hatte Fence erfahren, war in Wirklichkeit N.V. oder New Vegas. Denn sie saßen gerade in einem kleinen Irish Pub, der einmal ein Teil des *New York, New York* Casinos gewesen war, eines der wenigen Gebäude, das den Wechsel überlebt hatte.

Und mit „Nummer" meinte Elliott Zimmernummer. Niemand besaß mehr ein Telefon, und E-Mail und Facebook hatte rein gar niemand mehr. Man fuhr auch nicht mehr Auto. Selbst hier in Envy, der größten menschlichen Ansiedlung weit und breit, war Elektrizität nur begrenzt verfügbar: für die nur selten anzutreffenden DVD-Player oder Flachbildschirmfernseher, die ein halbes Jahrhundert überlebt hatten. CDs mit Filmen, Musik und anderen Dingen wurden gehortet und wie ein Nationalheiligtum bewacht.

Wie sich herausstellte, war das Casino/Hotel zu einer Art Kommune geworden, für all diejenigen, die den Großteil der noch übriggebliebenen Menschheit darstellten, zumindest hier in New

Vegas. Jeder lebte in seinem eigenen Zimmer, aber die meisten Leute aßen in den Gemeinschaftsrestaurants (und übernahmen im Turnus hier Arbeiten im Haus selbst oder Arbeiten anderer Art für die Gemeinschaft). Es war wie eine Art *Cheers* auf Steroiden: Hier kannte wirklich ausnahmslos jeder den Namen von jedem anderen, weil sie sich tagtäglich über den Weg liefen.

Das schloss den Pub jedoch nicht mit ein. Dieses Etablissement ähnelte so ziemlich jeder anderen Kneipe mit Live-Fernsehen und Sport, in der Fence je gewesen war, außer dass es seinerzeit Live-Übertragungen auch wirklich gegeben hatte. Nachdem diese ganze Hölle, die während dem Wechsel losgebrochen war, wieder zu einer Art von Normalität zurückgefunden hatte, hatte der Typ, der das Casino hier wieder auf Zack brachte, alles durchsucht und hatte gelernt, wie man Bier braute – als die Fässer, die überlebt hatten, zur Neige gegangen waren. (In Anbetracht einer Welt, die gerade restlos vor die Hunde ging und da alle von der Apokalypse ausgingen, war das nach der Meinung von Fence wahrscheinlich nur wenige Stunden später der Fall gewesen.) Mittlerweile führten seine Kinder und seine Frau den Betrieb weiter. Man bezahlte mit Casino-Chips, die einzige noch existierende Währung, oder durch Tauschhandel.

Laut Lou Waxnicki, einer der Kerle, der den Wechsel noch miterlebt hatte, hatten Jody Stearns erste Brauversuche schlimmer als Katzenpisse geschmeckt … aber anscheinend hatte er sein Ale verbessern können. Oder zumindest seine Kinder, denn hier saß man nun, fünfzig Jahre später, und trank ein dunkles, nussig schmeckendes Bier, das mit Guinness mithalten konnte.

Fence lehnte sich auf seinem Stuhl zurück und warf der Kellnerin von der Seite her einen Blick zu, aber er fragte sie nicht nach ihrer Zimmernummer. Noch nicht. Sie hatten noch den ganzen Abend vor sich, um an den Punkt zu kommen … und da war noch dieser Tisch mit den Frauen in der Ecke. Er hatte sein Auge schon auf einer, wenn die nur mal in seine Richtung blicken würde!

„Eh, Vaughn, kennst du denn eine von den Damen da drüben?", fragte er und rückte näher an den Bürgermeister von Envy ran, der gerade an seinem eigenen Bier nuckelte.

Wenn man in der Welt von heute der Bürgermeister von Envy war, von der größten Ansiedlung der Menschheit, so bedeutete das in den Augen von Fence wohl in etwa dasselbe, wie wenn man der Präsident der Vereinigten Staaten wäre, als die noch existierten. Vaughn Rogan, der wie eine Kreuzung aus Marlboro Man und David Beckham aussah (aber nicht in den Worten von Fence), war ein Kerl, der sein Amt ernst nahm. Er war auch einer der wenigen Menschen in Envy, der die Wahrheit über die Kerle aus der Sedona Höhle kannte: Dass sie irgendwie eine Zeitreise gemacht und fünfzig Jahre im Tiefschlaf verbracht hatten, ohne zu altern.

Vaughn wusste auch, dass ein paar von ihnen sich eine ganze Bandbreite von seltsamen, übermenschlichen Fähigkeiten zugelegt hatten – und manche auch nicht. Fence war einer von denen, der es nicht getan hatte. Und er zählte sich zu den glücklichen Gewinnern.

Kurz nach Lennys Tod fand Elliott heraus, dass er irgendwie so was wie Heiler-Hände hatte – nur dass es jedes Mal, wenn er jemanden heilte, wie ein Bumerang zurückkam, ihm so richtig in die Eier trat und noch mehr Scherereien machte. Er hatte Fence das Geständnis gemacht: Weil er seine neuen Fähigkeiten noch nicht verstanden hatte – ja, nicht einmal etwas geahnt hatte davon –, hatte er vielleicht unabsichtlich zum Tod von Lenny beigetragen. Das arme Schwein, so eine Schuld auf seinem Gewissen lasten zu haben, zusammen mit all dem anderen, was sie noch akzeptieren mussten.

Und Quent, der Engländer, der sie damals angeheuert hatte, konnte jeden Gegenstand anfassen und dann die Geschichte davon erzählen. Das war gar nicht so übel, solange es ihn nicht in einen komatösen Zustand von Erinnerungen reinsaugte, was ihn nicht nur verwundbar machte, sondern auch noch drohte, ihn in dem Strudel da festzuhalten ... und was ihn ein oder zweimal fast umgebracht hätte.

Dann war da noch Simon, der irgendwie gelernt hatte unsichtbar zu werden – das war nun etwas, von dem Fence meinte, es könnte auch ihm nützen. Bei dem Gedanken schmunzelte er höchst amüsiert und schüttelte dann den Kopf. Wahrscheinlich auch der Grund, warum der liebe Herrgott beschlossen hatte, diese Gabe nun nicht an ihn zu verschwenden. Der kannte ihn schließlich nur zu gut.

Und Teufel noch mal: Mit Cindy vom Tal der Glückseligkeit, die gerade versuchte ihn zu hypnotisieren, war das wohl auch eher weniger wichtig.

Das andere Mitglied ihrer seltsamen Truppe, Wyatt, schien man ebenso übersehen zu haben, als man die Superman-Talente verteilte. Und auch wenn er und Fence in den letzten paar Monaten nun endlich mal wieder etwas Bartwuchs zu verzeichnen hatten, genau wie der Rest ihrer Begleiter – was, zusammen mit dem unglückseligen Tod von Lenny zumindest bewies, dass sie nicht unsterblich geworden waren oder auf ewig in einem Jetzt feststeckten –, hatten sie beide sich in keiner Weise verändert.

„Drei von den Frauen sind hier aus der Gegend", sagte Vaughn, mit einem Blick zu dem Tisch rüber. „Die anderen beiden kenne ich nicht." Sein Blick glitt wieder zu Fence, wobei sich auf seinem markanten Gesicht ein Lächeln abzeichnete. „Soll ich sie dir vorstellen?"

Fence schnaubte laut. Der Tag, an dem er einer Frau vorgestellt werden musste, das wäre wohl der Anfang vom Ende. Und da das Ende – trotz dem Weltuntergang um sie herum – noch nicht gekommen war, denn es gab immer noch Arschlöcher und das Böse hier auf Erden, hatte er keine Hilfe nötig. „Nee, nee. Ich habe mich nur gefragt."

Wenn man schon von Arschlöchern und dem Bösen hier auf Erden sprach ... seine gute Laune verflüchtigte sich. Er drehte sich zu Elliott, um den ins Gespräch mit reinzuziehen. „Ich bin erst vor einer Stunde wiedergekommen und war noch nicht unten im Computerlabor", sagte er, womit er sich auf seine Zwei-Tages-Tour bezog, wo er einigen Leuten aus Envy geholfen hatte in eine neue Siedlung umzuziehen. Seine Fähigkeiten als Führer und was das Überleben in der Wildnis betraf, erfreuten sich seit seinem Eintreffen in Envy großer Nachfrage, denn die Leute reisten sehr selten jenseits der sicheren Schutzmauern von Envy umher. Es gab nicht viele noch funktionierende Straßen, noch gab es irgendwelche bequemen Transportmittel oder Hotels. Ja, nicht einmal sehr viele Siedlungen. „Was Neues von Theo oder Lou?"

Theo und Lou Waxnicki waren zwei Computer-Nerd Zwillinge, die den Wechsel überlebt hatten und in den letzten fünfzig Jahren ihre Kenntnisse der Technologie von 2010 darauf verwendet hatten, zu versuchen die Puzzleteilchen zusammenzusetzen, um herauszufinden was mit der Welt geschehen war und wie. Sie hatten die Fremden – eine Elite von Männern und Frauen, die Kristalle trugen, die sie unsterblich machten – schon lange im Verdacht, etwas mit den schrecklichen Ereignissen zu tun oder zumindest vorher davon gewusst zu haben. Egal wie nun: Durch das Hacken vom Computerexperten Theo in deren Kommunikationsnetzwerk wussten sie, dass die Fremden die Zerstörung der Welt zu ihrem eigenen Vorteil genutzt hatten – weil sie über Unsterblichkeit verfügten, während sie zugleich ihre Mitmenschen unter Kontrolle und in einem Zustand der Hilflosigkeit hielten.

In der Zwischenzeit hatten die Waxnicki Brüder insgeheim angefangen ihre eigene Post-Wechsel Version des Internets aufzubauen, um ein Untergrund-Netzwerk für ihre stille, aufständische Gruppe zu haben, die sie den Widerstand nannten. Sie hatten angefangen egal was für Daten zu sammeln und zu sortieren, die man aus Festplatten und Cache-Speichern von noch existierenden Computern und Großrechnern rausziehen konnte. Jade, die Hauptfrau von Elliott, reiste unter anderem deswegen als fahrende Sängerin von Siedlung zu Siedlung, um heimlich Computerteile zu sammeln. Theo und Lou befanden sich zur Zeit mehr als hundertfünfzig Kilometer entfernt in einer Siedlung namens Yellow Mountain, wo sie auf eine gut erhaltene Ansammlung von Elektronik von einem der Mitglieder aus dem Inneren Kreis der Elite gestoßen waren. Nichtsdestotrotz standen sie mit Hilfe ihres Netzwerks immer noch in dauerhafter Verbindung mit den Anhängern des Widerstands.

Elliotts Gesicht sah finster aus und er wechselte rasch einen Blick mit Vaughn, ehe er antwortete. „Theo bekommt gerade ein paar Informationen vom Netzwerk der Fremden, aber scheinbar ist nicht so viel los im Netz, seit Quent ihnen den Kristall gestohlen hat. Die Schweinehunde wissen jetzt offensichtlich, dass die Widerstandsbewegung ihnen Schaden zufügen könnte, und Theo meint, das könnte der Grund dafür sein, dass sie jetzt etwas schweigsamer geworden sind. Sie wissen nicht, was wir wissen und was wir nicht wissen."

„Zum Teufel, *wir* wissen selbst fast nicht, was wir wissen und was wir nicht wissen", sagte Fence grimmig. „Außer dass die Arschlöcher richtig üblen Scheiß praktizieren, versuchen Kinder in die Sklaverei zu verkaufen und Leute in Zombies zu verwandeln und der Himmel weiß was sonst noch."

„Nicht zu vergessen, was sie Jade in den Jahren angetan haben, als sie ihre Gefangene war", fügte Elliott mit einem Blick zu dem sexy Rotschopf hinzu. Ihr Blick traf über das Mikro hinweg den seinen und selbst von dort, wo er saß, konnte Fence das glühend heiße Knistern zwischen den beiden spüren. Kein Zweifel ... Elliott Drake war ein *echter* Glückskerl. Jade war nicht nur ein hübsches Gesicht und ein kurvenreicher Körper – sie war auch clever und mutig. Fence fragte sich, wie es wohl war, mit einer Frau zusammen zu sein, die das komplette Gesamtpaket mitbrachte.

„Das gefällt mir nicht", warf Vaughn mit ernster Miene ein. „Es ist zu still ... ich warte ständig darauf, dass sie die Mauern erstürmen oder uns hier angreifen oder so was. Es ist, als würden wir auf die nächste Hiobsbotschaft warten. Aber keine der Patrouillen hat irgendwas Verdächtiges bemerkt, selbst nachdem ich ihre Anzahl erhöht und ein paar Spähtrupps losgeschickt habe. Dir ist nichts Verdächtiges über den Weg gelaufen?" Letztere Frage richtete sich an Fence.

Er schüttelte den Kopf. „Und ich hab' Ausschau gehalten. Es war fast ... gespenstisch." Er konnte nicht genau sagen, wie er es machte, aber er hatte auch die Natur um sich genauestens beobachtet – Vögel und andere Tiere. Hatte nach Anzeichen in ihrem Verhalten gesucht, ebenso wie nach Reifenspuren und verlassenen Lagerfeuern. Alles schien genau so zu sein, wie es sein sollte.

„Selbst als ich zu den Mullins und ihrem neuen Wohnort kam und versucht habe mit den anderen im Dorf zu reden, hatte niemand etwas Ungewöhnliches mitzuteilen. Sie haben seit Monaten keinen Fremden gesehen. Zombies ja, aber Fremde und ihre Humvees ... nein."

„Aber sie müssen doch nach dem Kristall suchen, den Quent mitgenommen hat – Teufel nochmal, sie haben gesehen, wie er damit geflüchtet ist – und sie müssen wissen, dass er sich hier in Envy befindet", sagte Elliott mit grimmiger, ohnmächtiger Wut in der Stimme.

Fence nickte, aber es war nicht nötig noch was zu sagen. Sie alle begriffen die Gefahr und sie alle wussten, es war lediglich eine Frage der Zeit, bis etwas passierte. Alles, was sie tun konnten, war warten, beobachten und vorbereitet sein. Alles Dinge, die sie bereits taten.

Bereit für eine Ablenkung blickte er wieder zu der Gruppe von Frauen hinüber und versuchte den Blick der Frau zu erhaschen, die ihm besonders aufgefallen war. Sie saß seitlich am Tisch, so dass er ihr Profil gut sehen konnte, es sei denn sie drehte sich zur Bühne hin. Dann bekam er ihr Gesicht genau von vorne zu sehen – aber sie wollte partout nicht in seine Richtung schauen.

Sie durfte so um die siebenundzwanzig sein und die Tatsache, dass er streng genommen ... na ja, neunundsiebzig war; nein, verdammt, achtzig, er hatte im letzten Februar Geburtstag gehabt ... machte ihm nicht das Geringste aus. Denn im Grunde war er immer noch neunundzwa–nein, dreißig.

Die Frau sah aus, als würde sie draußen leben. Selbst in dem schummrigen Licht hier im Pub konnte er den tiefgoldenen Ton ihrer Haut erkennen und langes Haar, dem die Sonne Strähnen von unterschiedlichem Blond verpasst hatte. Sie hatte ein langes, ovales Gesicht und eine lange, schmale Nase.

Große, volle Lippen und – von dem, was er von hier aus sehen konnte – einen phantastischen Body. Andere Männer hätten sich vielleicht vorgestellt, wie sie am Strand lag, sich auf dem Sand sonnte, während die Wellen sie umspülten – aber das war nicht die Phantasie, die Quent sich genüsslich ausmalte. Bei ihm lag sie weich und zerwühlt in einem Bett aus weißen Laken, während die Sonne sich in all ihrer goldenen Pracht über sie ergoss.

Wenn sie nur zu ihm herblicken würde, könnte er ihren Blick einfangen und hoffentlich was zum Laufen bringen.

„Ich dachte du und Marley wärt ... ehem ...", sagte Vaughn, während er sein Bierglas absetzte und Jade auf der Bühne beobachtete, aber mit Fence redete.

„Marley und ich? Nee", sagte er und verkniff es sich, hier den offensichtlichen Witz zu reißen. Vaughn kapierte die Anspielung auf den Jennifer Aniston Film vielleicht nicht, weil er eben ein Kerl war, der nur gelebt hatte bzw. noch lebte, nachdem ein Großteil der Welt zerstört worden war. Und Fence mochte es nicht, wenn man seine Pointen nicht kapierte – es fühlte sich an, als wäre sein Schutzschild durchlöchert.

Auch wenn er nicht exakt die Wahrheit gesagt hatte. Er und Marley *hatten* ... aber das war für sie beide nur was Kurzes für zwischendurch gewesen. Und was anderes wollte Fence auch gar nicht. Zumindest nicht, bis er rausfand, was zum Teufel er in dieser Welt zu schaffen hatte und wie er hier überleben sollte. Abgesehen davon gab es andere Dinge, die er nie irgendjemandem erzählen würde. Eher würde er von einer Klippe springen. Nur Lenny hatte es verstanden – soweit der das konnte.

Und das war, so dachte Fence ironisch bei sich, auch warum er eine Frau mit dem Gesamtpaket auch nie gefunden – oder auch gesucht – hatte: Aussehen, Grips, Humor, Stärke. Denn eine solche Frau würde das nicht verstehen.

Er schaute Vaughn an, der immer noch Jade beobachtete, aber der jetzt ganz klar auf die Erklärung von Fence wartete. „Marley und ich haben ein Weilchen miteinander rumgemacht, aber wir sind nur Freunde."

Es war auch Marley gewesen, die den Bürgermeister als eine
Mischung aus Marlboro Mann und David Beckham bezeichnet
hatte – mit ein bisschen von Barack Obamas politischem Gewicht
mit in der Mischung drin, wenn Vaughn gerade mal was echt
Bürgermeisterliches tat. Fence war sich ziemlich sicher, dass es ein
Kompliment gewesen war, und er fragte sich, warum die beiden,
die einander todsicher gegenseitig bemerkt hatten, sich nicht
längst zusammengetan hatten.

Wo es Rauch gab, konnte es auch ein richtig großes Feuer
geben, wenn man nicht die Zeit damit vergeudete, um den heißen
Brei rumzuschleichen. Er musste heimlich grinsen.

Jade hatte ihre Darbietung beendet, verneigte sich und ging
von der Bühne, wohin Elliott ihr sogleich folgte. Hinter ihr
erklang dann Musik aus der Konserve. Barmusik halt. Manche
Dinge änderten sich nie.

Vaughn hob eine Hand und Cindy erschien wieder mit
drei weiteren Glas Bier für den Tisch, gerade als Fence sich auf
seinem Stuhl zurechtrückte, um wieder nach der Sonnengöttin zu
sehen. Und siehe da, sie lachte gerade über etwas, was eine ihrer
Tischnachbarinnen gesagt hatte, und sie sah noch herrlicher und
verlockender aus.

Und dann, als ihr Lachen abklang und sie sich wieder nach
hinten lehnte, immer noch mit Humor in ihrem Gesichtsausdruck,
wanderte ihr Blick durch das Zimmer und sie sah Fence da genau
an.

Sie hätte ihn beinahe kalt erwischt, aber er kannte sich aus in
diesem Spielchen. Er erwiderte ihren Blick bewusst ganz direkt,
nickte zur Begrüßung einmal ganz kurz und lächelte auch gleich
noch dazu. Es freute ihn zu sehen, wie sie ihren Kopf daraufhin
noch etwas neigte, wie Frauen das eben so machen, und ihr
Kinn dabei leicht anhob, als sie seinen Blick gerade lange genug
erwiderte, um ihr Interesse zu bekunden. Und dann blickte sie
weg.

Er war sich nicht sicher, ob das ein kleines Lächeln war, das
ihr um die Mundwinkel spielte, oder ob es nur eine Täuschung
war, wegen dem Dämmerlicht hier. Egal was nun, ihm gefiel es.

„Sie ist nicht von hier", sagte Vaughn, der den Blickaustausch offensichtlich bemerkt hatte. „Ich denke, sie kommt von irgendwo an der Küste etwas weiter nördlich, noch ein Stück die Nordostkurve hoch."

„Ich frag' mich, was sie hier tut. Und für wie lange", sagte Fence, während er sich seinen nächsten Schritt überlegte. Einen Drink vorbeischicken oder sich dort rüber begeben und ein Gespräch anfangen? Wenn sie bald fortging, war hier keine Zeit zu verlieren.

„Ich könnte da rübergehen und meinen Pflichten als guter Mann des öffentlichen Lebens nachkommen und sie in unserer Stadt willkommen heißen", sagte Vaughn. „Und du könntest mitkommen."

Hast wohl selber ein Auge auf eine von ihnen geworfen? Oder willst du mich nur von Marley fernhalten? Was es nun war, er würde mitspielen. „Alles klar."

Seine Hand packte das kühle Glas fester und er und Vaughn bahnten sich einen Weg zwischen den schweren, runden Tischen und den vielen zusammengeklaubten Stühlen hindurch, die sich um diese drängten. Ob es nun ein Zeichen war oder nicht, *California Girls* war das Lied der Stunde, das aus den Lautsprechern dröhnte – die Beach Boys Version. Ein Oldie, aber ein Goldie ... im Grunde war jedes Lied auf was für einer CD oder welchem iPod auch immer, das man noch gefunden hatte, für die Leute hier ein Oldie. Für sie war das alles dasselbe: Vor- und Frühgeschichte.

Fence schluckte den Frosch im Hals mit einem ausgiebigen Schluck Bier runter und konzentrierte sich auf das Hier und Jetzt, als sie sich dem Tisch näherten.

„Herr Bürgermeister", sagte eine der Ladies, die mehr als ein bisschen begeistert schien, angesichts ihres Besuchers. „Und du bist der namens Fence, nicht wahr?" Sie musste schreien, um bei der lauten Musik noch gehört zu werden.

Bevor Fence etwas erwidern konnte, lehnte sie sich rüber zu ihren Freundinnen, um es ihnen zu erklären. „Er ist einer von der Gruppe, die den Jungen von Sam Pinglett vor den Ganga gerettet haben, als diese Teenager sich verirrt haben. Vor ein paar

Monaten, erinnert ihr euch? Hier in Envy sind die praktisch Helden", fügte sie mit einem breiten, einladenden Lächeln hinzu. „Alle fünf."

Fence fasste das als eine Einladung auf sich zu setzen, da die Zeit sonst nur ungenutzt verstrich. Er griff sich also einen Stuhl von einem Nachbartisch und setzte sich rücklings drauf und verschränkte die Arme auf der Lehne. Da direkt neben der Sonnengöttin kein Platz frei war, setzte er sich so hin, dass er ihr fast genau gegenüber saß. „Nun, ich würde nicht sagen Helden", sagte er mit einem kleinen Prickeln Unwohlsein an seinem Rücken runter. „Wir haben nur getan, was jeder getan hätte." *Manche von uns zumindest.*

Er nahm noch einen Schluck von seinem Bier und schob die etwas bitteren Gedanken weg, die drohten ihm den Abend zu vermiesen. Tja, er hatte es beinahe vermasselt ... aber er hatte noch die Kurve gekriegt und am Ende hatte er Benji von ihrem Zombie-Entführer wiederbekommen.

Die Sonnengöttin schaute ihn geradewegs über den Rand ihres Glases an und es juckte ihn sie anzumachen. Aber seine Mama hatte ihm Manieren beigebracht, also lächelte Fence stattdessen die Frau an, die links neben ihm saß, eine von den Lehrerinnen für die hundert Schüler in Envys Schule. „Wie läuft's denn so, Donna? Bist du schon bei den Trinomen? Oder immer noch bei diesen langweiligen Binomen?"

Sie lachte und streichelte ihn am Arm, als sie sich zu ihm beugte. „Was, du hast da eine bestimmte Vorliebe?"

„So wie ich die Sache sehe, ist etwas mit einer drei besser als alles mit einer zwei, du weißt schon, Zuckerstück." Er grinste. In Mathe war er immer richtig gut gewesen und fand, dass dieses Talent beim Navigieren am Himmel stets sehr hilfreich gewesen war, ebenso beim Zeichnen von geographischen Landkarten – ganz besonders jetzt in dieser grausam veränderten Welt.

Die Verwüstung hatte nicht nur die Erdachsen verschoben, sie hatte auch das Wüstenklima von Nevada verändert, und irgendwie war mitten im Pazifischen Ozean eine Landmasse so groß wie Texas aufgetaucht, wo einmal Kalifornien gewesen war. Nicht allzu weit entfernt von der heutigen Küste.

Jeder Kompass und auch jede Landkarte, die er gehabt hatte oder finden konnte, ebenso wie seine Kenntnisse der Astronomie und der Geographie der westlichen Staaten der USA waren jetzt erschreckend fehlerbehaftet.

„Nun, wir würden dich liebend gern wieder mal bei uns haben und diesen Vortrag über die Sternzeichen hören, und wie man die Sterne erkennt und sie zum Navigieren benutzt. Den Schülern hat es wirklich gefallen und diejenigen, die es verpasst haben, betteln uns immer wieder an dich noch einmal einzuladen. Als du angefangen hast, sie nach der Konstellation vom Großen Wagen aufzustellen und Andrew zum Polarstern gemacht hast, hielten sie das für das Allerwitzigste überhaupt." Sie schüttelte lachend den Kopf vor lauter Begeisterung.

„Kein Problem", erzählte er ihr und bemerkte entzückt, dass die Sonnengöttin ihrer Unterhaltung zuzuhören schien. „Lass mich nur wissen, wann."

„Geht in Ordnung. Und ich habe gehört, dass du an einem Abend da raufgestiegen bist und mit Jade zusammen gesungen hast", sagte Donna, die rasch das Thema wechselte, als wolle sie seine Aufmerksamkeit für sich alleine haben. „Wie schade, dass ich das verpasst habe. Ich habe gehört, du warst richtig gut."

„Eine einfache Melodie krieg' ich hin", sagte er mit einem Lächeln und dachte an die melancholische Mundharmonika-Begleitung von Lenny an so manch einem Lagerfeuer. „Solange es die richtige ist."

Zu seiner Erleichterung kam die Kellnerin mit einem Tablett voller Drinks rüber und trat zwischen ihre beiden Stühle, was ihm die Gelegenheit gab, sich jetzt mal der Sonnengöttin zu widmen.

„Vaughn erzählt mir, du bist nicht hier aus der Gegend", sagte er und ihm fielen da die vielen, sehr blassen Sommersprossen an ihren hohen Wangenknochen und die blonden Spitzen ihrer dunklen Wimpern auf. Sie hatte grünbraune Augen und lange, schmale Hände, aber ihre Nägel waren ganz kurz, abgebissen. Sie war wahrscheinlich fast so groß wie er, wenn sie aufrecht stand.

Groß und geschmeidig, aber nicht Haut und Knochen, wenn man von dem erhaschten Blick auf ihr Schlüsselbein in ihrem tiefen, runden Ausschnitt Rückschlüsse ziehen konnte.

„Nein, nur für ein paar Tage auf Besuch", antwortete sie. „Ich gehe morgen nach Hause." Sie lehnte sich auf ihrem Stuhl leicht zurück und warf ihm einen ziemlich offenen, abschätzenden Blick zu. „So, so. Du bist also ein Held? Und ein Mathe-Genie? *Und* Astronom. Oh, und singen kannst du auch." Ein kleines Lächeln zuckte ihr in den Mundwinkeln. „Wäre da noch etwas?"

„Was soll ich sagen ... ich bin ein Multitalent. Und das ist noch nicht mal der Anfang." Er lächelte, langsam und ausgiebig, so wie die Damen es gern hatten.

„Und wie kommst du zu einem Namen wie Fence?"

Er zuckte mit den Achseln und beugte sich ein bisschen vor. *Mmm.* Sie roch auch gut. Sonnig, wie Zitronen. Warm, wie noch was anderes. „Die Geschichte erzähle ich nie beim ersten Date", sagte er. „Aber vielleicht könnte ich mal eine Ausnahme machen."

„Oh, ich würde nicht wollen, dass du wegen mir eine Ausnahme machst", erwiderte sie und warf ihm ihrerseits ein umwerfendes Lächeln zu. Eines, das ihm ein überraschend scharfes Zwicken tief unten in seinem Bauch bescherte. „Aber wie wär's, wenn ich errate, wie du zu deinem Spitznamen gekommen bist? Und wenn ich richtig liege, gewinne ich."

„Tja nun, Zuckerstück, das würde davon abhängen, was der Preis ist. Aber ich bin mir sicher", sagte er und ließ seine Stimme dabei zum tiefsten aller Bässe runterfallen, „dass wir uns auf was einigen können."

Sie betrachtete ihn weiterhin und Donna blieb nichts übrig, als mit offenem Mund zuzuschauen, ihre Blicke, wie Ping Pong Bälle zwischen ihnen.

„Ich könnte wirklich einen neuen Sattel für mein Pferd gebrauchen", sagte die Sonnengöttin und er hätte geschworen, dass sie ihm einen *Blick* zuwarf.

Fence verschluckte fast seine Zunge. „Gehst du denn oft ... *reiten?*", fragte er. Er konnte nicht anders. Es rutschte einfach so raus. Aber er hielt sich von weiteren Kommentaren zu Pferden ab, und dass man auch selbst recht gut ausgestattet war ... fürs Reiten.

„Also gut ... nun, lass mich nachdenken", sagte sie und unterbrach damit seine wild davongaloppierenden Gedanken. Wahrscheinlich besser so. „Das Erste, was mir zu einem Spitznamen wie Fence einfällt, ist vom Fechten. Du weißt *to fence*, also *fechten*. Dass du dein Schwert also *echt* gut zu führen weißt", sagte sie, ihre Stimme so träge wie Melasse, ihre Augen in die seinen getaucht.

Er musste alles aufbieten, um hier cool zu bleiben.

„Aber", fuhr sie fort, bevor er sprechen konnte, „das ist irgendwie offensichtlich. Und du scheinst mir nicht wirklich der offensichtliche Typ zu sein, Fence. Also..."

War das ein Kompliment oder ein kleiner Gegenangriff ihrerseits? Diesmal konnte Fence sich ein Lächeln nicht verkneifen und er spürte, wie seine Augenlider sich – zum Zwecke der Verführung – schläfrig senkten.

„... aber von *the fence* dann auch: Vielleicht kannst du dich auch nie für eine Seite entscheiden? Und so bleibst du immer auf *dem Zaun* sitzen?"

Auu-aa. Das war definitiv ein weiterer Abwehrschlag und Ausfallschritt nach vorn zum Angriff gewesen, aber statt dass er beleidigt gewesen wäre, fand er ihren Scharfsinn und Witz immer noch amüsant. Eine clevere Frau mit einem super Body, die sich zu wehren wusste. „Ich weiß nicht ... es gibt ein paar Dinge, bei denen ich mir ziemlich sicher bin", entgegnete er und hielt ihrem Blick stand. „Da bleibe ich nicht unentschlossen hocken."

Ihre Augen lachten. „Also gut, wird es allmählich warm?"

„Brennend heiß, Baby", sagte er und ihm gefiel, wie ihre Augen kurz weit wurden.

„Ein Kerl mit dem Namen Fence", grübelte sie weiter, während ihre Finger auf den Tisch trommelten, als sie einen nachdenklichen Blick mimte. „Könnte es sein, dass du eine Menge Zäune um dich herum aufbaust? Dir die Leute vom Leib und auf Distanz hältst?"

Ok, das war ein Volltreffer. Und *versenkt*. Er fühlte sich angesichts ihrer Treffsicherheit etwas außer Atem und gleichzeitig auch sehr angeregt, in allen guten Bedeutungen dieses Wortes. „Was bist du? Eine Hellseherin?", erwiderte er und ließ etwas Ernst in seinen Witz mit einfließen. „Aber wer hat schon keine Geheimnisse oder keine Schutzmauern um sich rum gebaut?", fragte er und verfiel in einen etwas aufrichtigeren Ton, um sicherzustellen, dass es nicht nach Selbstverteidigung klang. „Du etwa nicht?"

In ihren Augen flackerte es wieder und er spürte, wie sie sich ein bisschen zurückzog. *Hmmm.* Ein Volltreffer seinerseits.

„Vielleicht", sagte sie, als sie sich wieder gefangen hatte. Ihre Augen wurden schmal und er konnte fast sehen, wie die kleinen Rädchen sich drehten. „Könnte es sein, dass du nicht aufgepasst hast, wo du hingeschaut hast und in einen Zaun reingerannt bist?"

Er schüttelte den Kopf und lachte dabei leise. Näher dran, aber immer noch weit vom Ziel. „Könnten wir zu der Sache mit dem Schwert zurückgehen?", fragte er und streckte seinen Arm aus, um mit einem von seinen kleinen, dunkelbraunen Fingern einen ihrer schmalen, goldenen zu streicheln. „Mir gefiel die Richtung irgendwie, die du da eingeschlagen hast."

Sie gluckste leise und ließ ihre Hand unter seinen federleichten Streicheleinheiten liegen. „Irgendwie überrascht mich das nicht."

Bevor er etwas entgegnen konnte, erregte ein ungewöhnliches Geräusch seine Aufmerksamkeit und Fence drehte sich in dem Moment um, als Vaughn sich erhob. Ein Mann und eine Frau kamen in höchster Eile quer durch die Kneipe auf sie zu und Vaughn ging ihnen entgegen.

Augenblicklich schaltete Fence von Flirten auf höchste Alarmstufe um. Fast alle hörten mit dem auf, was sie gerade taten, beobachteten sie und lauschten ihnen von ihren Plätzen aus. Mit einem rasch gemurmelten, „Entschuldigt mich", stand er auf und wandte sich um, um Vaughn zu folgen, wobei er Bruchstücke der geflüsterten Unterhaltung aufschnappte:

„...Zombies?"

„...besser nach den Kindern zu sehen, Maddy..."

„...Tigerangriff letzte Woche..."

„...am Tor? Haben die keine Wachen..."

Es überraschte Fence nicht, dass niemand so besorgt schien, dass er die Fremden erwähnt hätte. Aber das lag daran, dass die meisten Leute in diesem Zimmer hier – Teufel nochmal, die meisten Menschen egal wo, sowohl in Envy als auch jenseits der Stadtmauern – keine Ahnung hatten, was für eine Art von Bedrohung die Fremden darstellten.

Die meisten von ihnen hatten keine Ahnung, dass man gerade im Begriff gewesen war, die Teenager, die Fence, Elliott und die anderen vor den Zombies gerettet hatten, in die Sklaverei der Fremden zu verkaufen – für alles mögliche, angefangen damit, sie als Zuchtmaterial zu verwenden bis hin zu Schwerstarbeit. Und dass Jade fünf Jahre in der Gefangenschaft von einem der drei Anführer der Fremden verbracht hatte und eine breite Auswahl an Schrecklichkeiten in der Gefangenschaft erlitten hatte. Und das Wichtigste von allem: Außer den Mitgliedern des Widerstands begriff niemand, dass diese Gruppe der Unsterblichen vor fünfzig Jahren irgendwie in den Wechsel mit verwickelt war und alles Erforderliche tun würde, um zu verhindern, dass ihre sterblichen Mitmenschen sich miteinander verbrüderten und wieder erstarken würden.

Selbst jetzt noch, viele Jahrzehnte nach Beginn des 21. Jahrhunderts, lebten die Menschen in glückseliger Unkenntnis, was die üblen Machenschaften rings um sie umher betraf. Sie glaubten immer noch den Lügen, die man ihnen wieder und wieder auftischte, bis sie irgendwie zur Wahrheit wurden. *Was man nicht weiß, tut, nein, macht Dir irgendwann ein Leid.*

Fence schauderte. Es gab Zeiten, da wünschte er sich, er wüsste die Wahrheit lieber *auch nicht* – denn zu wissen, dass eben jene Menschen, die diese Massenvernichtung verursacht hatten, immer noch am Leben waren, immer noch auf dieser Erde wandelten und so taten, als wären sie wie alle anderen, war fast zu viel, um es zu ertragen. Jene Menschen hatten seine Familie zerstört, seine Freunde und jeden und alles, was er je gekannt hatte.

Es brachte ihn fast um, dass er bislang noch nicht in der Lage gewesen war etwas deswegen zu unternehmen. Niemand von ihnen konnte was ausrichten. Der Widerstand steckte noch in den Anfängen und blieb aus Sicherheitsgründen noch ein sorgfältig gehütetes Geheimnis. Aber jetzt, wo Quent den Kristall geklaut hatte und das genau aus der Höhle der Elite, war Fence sich nicht sicher, wie lange das noch ein Geheimnis bleiben würde.

Als er sich näherte, sagte Vaughn gerade, „du hast etwas am Strand gefunden?"

Die Frau antwortete, „ja, angespült. Wir dachten, du weißt darüber besser Bescheid. Es sah wirklich seltsam aus."

„Wir sehen uns das besser mal an."

Fence drehte sich, als er aus den Augenwinkeln die Sonnengöttin wahrnahm. Sie war aufgestanden, gemeinsam mit ihren Freundinnen, und wie jeder andere im Zimmer schien sie angespannt zuzuhören.

„Sieht so aus, als wäre etwas Merkwürdiges an den Strand gespült worden", sagte Vaughn zu ihm. „Kommst du mit?"

„Ja, verdammt." Trotz der Tatsache, dass schon alleine das Wort „Strand" einen kleinen Alarm-Schauer durch ihn hindurch jagte, war Fence mit dabei. Solange er nicht *in* den Ozean steigen musste, war alles im grünen Bereich.

Die Worte des Bürgermeisters schienen für mehrere andere Leute eine Einladung zu sein, sich von ihren Stühlen zu erheben und nach und nach das Pub zu verlassen. Offensichtlich bot Envy jede Menge billige Unterhaltung.

Fence drehte sich um, um zu sehen, wie die Sonnengöttin sich unbeholfen einen Weg um den Tisch herum bahnte, wobei sie sich zwischen Stühlen und der Wand durchquetschen musste, und er wartete darauf, dass sie auf seiner Seite ankam.

„Wie wär's, wenn wir kurz mal ein Auge auf das, was auch immer es nun ist, werfen und dann gehen wir ein bisschen im Mondschein tanzen?", sagte er mit seinem breiten Lächeln. „Ich könnte dir zeigen, wie man ein Schwert hält und vielleicht kommst du dann auf die Lösung für meinen Spitznamen?"

Die Worte waren ihm gerade über die Lippen gekommen und sie hingen immer noch zwischen ihnen beiden, als ihm ihre seltsame Art zu Gehen auffiel, selbst jetzt noch, nachdem sie schon hinter dem Tisch hervorgekommen war. Dann sah er ihr Bein, nackt unterhalb der kurzen Cargohose, die sie trug.

Oh mein Gott.

Zerfleischt war gar kein Ausdruck, denn das implizierte frische Wunden. Aber was auch immer geschehen war, damit ihr Oberschenkel und ihre Wade so aussahen, verdreht und entstellt, ihr Fuß in einem unnatürlichen Winkel hochgebogen und ganz offensichtlich nicht mehr fürs Tanzparkett geeignet – geschweige denn fürs Fechten –, all das war vor langer Zeit geschehen.

Fence schluckte, die Worte plötzlich wer weiß wohin verschwunden. Er kam sich wie ein verdammter Idiot vor. „Ich– uhm", setzte er an. „Komm, lass dir von mir helfen", sagte er und bot ihr seinen Arm an.

Kaum hatte er die Worte gesagt, begriff er, das war genau das Falsche gewesen.

∽

Ana konnte das Auflodern von Verärgerung nicht unterdrücken und sie wusste, man konnte es ihr am Gesicht ablesen. „Es geht mir gut, ich brauche deine Hilfe nicht", sagte sie und wusste, dass die Worte brüsker rauskamen, als nötig gewesen wäre.

Der Typ – Fence – hatte einen bestürzten Ausdruck auf seinem attraktiven Gesicht und sie spürte da das Mitleid wie ein Zwicken. Und dass seine lockere Laune beim Flirt sich in Schock und Beschämung aufgelöst hatte. Aber nicht ganz. Er war ganz offensichtlich ein Experte in dem Spiel hier und so sehr sie das Zwischenspiel auch genossen hatte, hatte sie wichtigere Sorgen als das Ego von dem Kerl.

Am Strand. An den Strand gespült.

Sorge trieb sie voran, an ihm vorbei, recht unelegant ... so, wie sie sich immer auf zwei Beinen bewegte, und dabei streifte sie ihn am Arm. Noch mehr Verärgerung, dass er ihr nicht genug Raum gelassen hatte und dass ihre eigenen Unzulänglichkeiten sie so gar nicht anmutig erscheinen ließen, ihre Bewegungen noch abrupter und bemühter aussahen.

Herrgott noch mal! Ihr fiel die Unbeholfenheit ihres eigenen Körpers kaum noch auf. Schließlich hatte sie seit über 12 Jahren mit ihrer Verletzung leben müssen. Sie versuchte es nicht einmal unter Jeans oder Hosen zu verstecken. Sie trug, was auch immer bequem war – selbst wenn es das ganze Desaster freilegte. Im Laufe der Jahre hatte sie sich an Männer gewöhnt, die nie wieder in ihre Nähe kamen, wenn sie einmal ihr Bein gesehen hatten; oder andere, die sie wie ein krankes Kind behandelten. Und sogar an jene, die dachten, sie wäre verzweifelt genug und wäre leicht einzuschüchtern, wenn man sie erst einmal in eine dunkle Ecke abgedrängt hatte. Als würde sie sich je mit solchen Arschlöchern abgeben.

Und jetzt hatte dieser riesige Schrank von einem Mann sie mit seinem breiten, weißen Lächeln auf einmal zu einem heißen Flirt verführt und sie dann mit dem bloßen Angebot von Hilfe in die totale Hilflosigkeit gestürzt.

„Entschuldige mich", sagte sie und schob sich mit ihren unsicheren Schritten weiter vorwärts. Wenn sie wollte und es notwendig war, konnte sie schnell vorankommen. Und auch wenn es kein schöner Anblick war, so war ihre Mobilität doch effizient.

Sie spürte Fence hinter sich, was dazu führte, dass sie sich noch unbeholfener fühlte. Verdammt. Als ob sie es nötig hätte, sich zu beeilen – obwohl sie in einem guten Tempo vorankam – oder dass er da war, hinter ihr lauerte, als würde er darauf warten, dass sie hinfiele, damit er sie dann auffangen könnte.

Ana beachtete ihn nicht weiter. Ihren Freunden hatte sie zur Erklärung gesagt, dass sie auf die Toilette gehen müsste, und hoffte, dass sie ihr nicht nach draußen an den Strand folgen würden.

An den Strand gespült.

Es konnte alles mögliche sein. Es war wahrscheinlich gar nichts Besonderes. Nichts, weswegen man sich Sorgen machen musste.

Aber wenn es mit dem Meer zu tun hatte, würde sie es erkennen. Und ... die Dinge waren dort draußen in letzter Zeit seltsam gewesen. Da war etwas Unruhiges zugange im Ozean, tief unten in seinen kalten, dunklen Tiefen. Sie kannte es, das Meer, so wie sie ihren eigenen Körper kannte. Und wenn etwas nicht stimmte, wenn es etwas ausgespuckt hatte, was Grund genug bot zur Sorge für die Einwohner von Envy, so musste Ana darüber Bescheid wissen.

Einmal draußen angelangt benötigte Ana keine Hilfe mehr, um ihren Weg ans Wasser zu finden: Sie konnte das Salz riechen und den Sog seiner salzigen Untiefen spüren. Zu ihrer Linken war die Sonne gerade am Untergehen und der große orangene Ball saß zweigeteilt auf dem Tellerrand der Welt.

Geradeaus und dann rechts würde der Mond stehen, wenn er aufging. Heute Nacht würde er fast voll sein, mit starker Anziehungskraft. Sie konnte das satte Ziehen davon in ihren Beinen und in der Erde unter ihren Füßen geradezu spüren. Das Gefühl des zunehmenden Mondes war noch stärker, wenn sie sich im Wasser befand … und dann, wenn er anfing abzunehmen, wurde das Ziehen schwächer und entspannte sich.

„Das alles hier war früher Wüste", kam ihr eine tiefe Stimme ins Ohr. Fence spazierte jetzt neben ihr her. Er war groß. Viel größer, als sie es war. „Wusstest du das? Vor dem Wechsel war das hier eine riesige, laute, aufregende Stadt, umgeben von ausgedörrtem Land und zerklüfteten Bergen. Und jetzt ist es … quasi wie die Karibik."

Ana gewährte ihm ein gnädiges Nicken. Während sie nicht wirklich wusste, was die Karibik war, – obwohl sie diese Piraten-DVDs gesehen hatte – hatte sie vage Geschichten über den Ort namens Las Vegas gehört, und wie die Hauptstraße, die ihn durchschnitt – der Strip –, sich im Wechsel quasi zweigeteilt hatte. Der Legende nach hatte es einen Teil vom Strip in den Ozean geschmissen, genau wie ein paar Gegenden namens Kalifornien und Washington. Den Teil glaubte sie, weil sie unter Wasser weit ausgedehnte Gebiete von früheren Städten und Ortschaften gesehen hatte, wenn sie tauchte und unterhalb der Meeresoberfläche nach Verwertbarem suchte, wo sonst niemand hingelangen konnte.

Damit verdiente sie ihren Lebensunterhalt: Dinge aus der Tiefe raufzuzerren. Wie Perlentaucher im alten Griechenland.

„Es ist ziemlich durchgeknallt, wie diese Gegend hier sich verändert hat.", sagte Fence gerade und sie hatte den Eindruck, dass er mehr zu sich selbst als mit ihr sprach. „Jetzt ist es grün und saftig, mit jeder Menge Regen und Wasser. Und der verdammte Ozean ist hier, genau in der Mitte der Wüste. Und Vegas, ... die Hälfte davon unter Wasser. Das *Venetian*, das *Bellagio*, Nord Vegas ... alles futsch."

„Sie blickte zu ihm hoch und hielt in ihrem überstürzten Gehen inne. „Das klingt, als würdest *du* es vermissen."

Auch er hatte angehalten und jetzt schaute er auf sie runter, als würde er sich ins Gedächtnis rufen, dass er nicht alleine war. „Tja, nun ja", sagte er etwas unverbindlich. „Es ist nur ... so schwer zu glauben."

Ana betrachtete ihn eingehend und spürte ein kleines Ping in ihrer Magengegend. Er sah so gut aus. Alles was sie wollte, war seine markanten Gesichtszüge anschauen: seine breite Nase, das markante Kinn, die mandelförmigen Augen. Und er hatte so eine wunderschöne Haut, so dunkel und glatt: die Farbe von starkem Schwarztee. Er hatte eine Glatze, mit einem perfekt geformten Schädel, und breite, volle Lippen, die aussahen, als wäre es phantastisch, die zu küssen.

Das Ping in ihr drinnen wuchs sich da zu tiefem Bedauern aus. Trauer darüber, was sie niemals haben würde. Ein unverbindlicher Flirt und ein bisschen Wortspiel war eine Sache, aber alles darüber hinaus wäre ein unglaubliches Risiko.

Der salzige Duft auf einer stärker wehenden Brise erinnerte sie wieder an dringendere Anliegen als ihr Selbstmitleid und sie murmelte, „muss schrecklich gewesen sein, die Art und Weise, wie das alles passiert ist."

Sie hatte die Geschichten natürlich gehört, darüber, was geschehen war. Darüber, wie die Atlanter und eine Gruppe von Männern, die sich die Elite nannten, zusammen daran gearbeitet hatten, eine neue Evolution zu erschaffen. Ja, das war das Wort, das sie verwendet hatten: Evolution.

Der Magen verdrehte sich ihr da und sie gestattete es sich nicht, wieder diesen altvertrauten Wegen zu folgen. Selbst dann nicht, als sie das Wissen darüber, was ihre Vorfahren getan hatten, ganz krank machte. Sie presste die Lippen zusammen und ging weiter eine Straße lang, von der sie wusste, dass sie einst von hohen, schrill erleuchteten Gebäuden gesäumt gewesen war, die in allen Farben blinkten und leuchteten.

Ana hatte Bilder von Las Vegas gesehen, aber gewiss waren jene festgefrorenen Bilder keine getreue Wiedergabe dieser hell erleuchteten Stadt, von der Fence gesprochen hatte. Eine kleine Anzahl von Neonlichtern glühten immer noch schwach. Die rotblaue Beleuchtung war ein Leuchtzeichen des Willkommens für alle Reisenden, die vielleicht per Zufall an der Stadt vorbeikamen. Einer Stadt, die von einer sieben Meter hohen Mauer umgeben war, um ihre Einwohner vor den Zombies und den Löwen, Tigern und Wölfen zu schützen, die jenseits davon umherstreiften.

Eine kleine Menschenansammlung stand vor Ana, an der Stelle, wo die Durchgangsstraße endete, genau jenseits der Schutzmauer und direkt am Meer. Sie atmete den willkommenen Geruch von Salz ein und versuchte sich durch die Menge hindurchzuschieben, um zu sehen, was man gefunden hatte.

Die Mauer, die Envy umschloss, hatte man aus alten Autos und riesigen Schildern sowie vielen anderen, uralten Überresten gebaut, die man mühselig herbeigeschafft und aufgetürmt hatte. Aber entlang des Ozeans hatte die Mauer einige Tore, um Fischern den Zugang zu ermöglichen, und auch jedem anderen, der am Strand entlang spazieren wollte. Weil Ana zu den seltenen Gelegenheiten, wenn sie nach Envy kam, immer aus dem Nordosten kam, betrat sie die Stadt normalerweise durch eines jener Tore. Tagsüber ließ man sie offen, denn die Mauern waren als Schutz für die Einwohner gedacht – und nicht, um Leute drinnen festzuhalten oder draußen zu halten.

Als sie sich näherte, kam es ganz automatisch, dass sie sich die Schuhe abstreifte und ihren Füßen gestattete sich in den Sand einzugraben. Die unebene aber nachgiebige Formung der Sandkörner halfen ihr, ihr verletztes Bein und die Hüfte stabil zu halten und sie bewegte sich noch schneller durch die Menge hindurch.

Ana war um einiges größer als die meisten Frauen, etwas über eins achtzig, und schon bevor sie in der Mitte der Menschenansammlung anlangte, konnte sie den dunklen Flecken auf dem Sand erkennen. Ein kleines, unangenehmes Flattern prickelte in ihr, als sie das schwache Glimmern sah.

Eine Welle rauschte heran und spielte angenehm an ihren nackten Füßen und Beinen, und sie krümmte die Zehen ihres linken Fußes hinein in den feuchten Sand. Ihr rechtes Bein, das verkrümmte und missgestaltete, verfügte nicht mehr über eine solche Beweglichkeit, auch wenn sie das Gefühl von Sand spüren konnte.

Ana sah die große, dunkle Gestalt von Fence, die ihr durch die Menge folgte. Auch er ragte über die meisten Leute hier raus, aber anstatt den ganzen Weg bis zum Wasser zu nehmen, wo sie jetzt stand, machte er kehrt und schnitt sich einen Weg durch die Menge. Diese teilte sich für ihn und sie sah aus der Entfernung zu, wie er sich dem Bürgermeister und seinen Freunden näherte.

„Was ist das?", fragte jemand aus der Menge.

Nicht einmal Ana vermochte diese Frage zu beantworten, ob sie es nun gewollt hätte oder nicht. Die Substanz hier am Strand sah aus wie eine gummiartige, träge auslaufende Masse von geschmolzenem Plastik. Sie war graublau und glitzerte und glimmerte. Knapp zwei Meter im Durchmesser hockte dieser Blubber auf dem Sand, ohne darin zu versickern, und als Ana schnupperte, konnte sie mehr als Salz und Meerespflanzen riechen. Etwas unangenehm Modriges und Altes.

Sie blieb in den Schatten stehen, ihr Magen wurde ganz hart und ein sehr unangenehmes Rinnsal von Schweiß tropfte ihr auf einmal das Rückgrat herab. Sie wusste nicht genau, was das da war, aber eines wusste sie: Es kam nicht auf natürliche Weise im Meer vor.

Es musste aus Atlantis stammen.

2

Die seltsame, klebrige Substanz sah aus wie etwas aus dem Scherzartikelladen für Kinder – Glitzerpopel oder unechter Zauberschleim.

„Ich begreife nicht, wie das hier etwas mit den Fremden zu tun haben kann", sprach Quent, nachdem er es betrachtet hatte, mit einem Bleistift drin herumgestochert und dann an dem träge herablaufendem Klumpen gerochen hatte. Er hatte schon versucht es mit seiner bloßen Hand zu berühren, um zu sehen, ob er die Geschichte der Substanz „auslesen" konnte, aber zum ersten Mal überhaupt gab es in seinem Kopf absolute Funkstille. „Aber ich würde es ums Verrecken gern wissen."

„Es sieht nicht sehr bedrohlich aus", sagte Fence, der mit einem Finger durch die Masse fuhr. Spuren von Glitzer blieben an seiner Haut haften.

Sie hatten bereits geprüft, ob es brennbar war, und niemand schien irgendwelche seltsamen Reaktionen darauf zu haben, wenn sie daran rochen oder es berührten. Es brannte nicht, noch stach es oder klebte fest wie Kleber. Aber nicht einmal Fence hatte sich freiwillig gemeldet, um daran zu schmecken.

Vaughns raues Gesicht war ernst. „Wir haben so was noch nie zuvor gesehen."

„Es kam auch aus dem Ozean", erinnerte Quent alle um sich herum.

Die vier Männer nickten und Fence war sich sicher, dass alle das gleiche dachten wie er: Kam es aus Atlantis?

Allein der Gedanke wäre verrückt gewesen, wenn nicht er und die Waxnicki Brüder seit Monaten nicht schon die Puzzleteilchen zusammengetragen hätten. Sie hatten herausgefunden, dass vor dem Wechsel eine kleine Gruppe der reichsten und mächtigsten Menschen der Welt Teil einer Geheimgesellschaft mit dem Namen Der Kult von Atlantis gewesen war. Diese Menschen, zu denen auch der Vater von Quent zählte, waren jetzt die Fremden – oder die Elite, wie sie sich selbst nannten – und hatten die Katastrophe nicht nur überlebt, sondern besaßen auch Kristalle, die sie ewig jung hielten. Kristalle waren, daran hatte Quent sie erinnert, in zahlreichen Legenden zum sagenumwobenen Atlantis ein Quelle von Energie. Zusammen mit der neuen Landmasse im Pazifischen Ozean hatte das den beunruhigenden Verdacht erweckt, dass Atlantis irgendwie doch existierte ... und dass es irgendwie aus den Tiefen des Ozeans nach oben raus gebrochen war.

Unmöglich. Fence wusste, das war wissenschaftlich gesehen unmöglich. Er kannte die Erde und sie bewegte sich nicht auf diese Weise.

Aber irgendwie ... passten die Teilchen nur so zusammen und es schien keine andere Erklärung zu geben.

„Ich werde an den Mauern zum Ufer hin die Patrouillen verstärken", sagte Vaughn, der angespannt aussah. „Auf der Nordseite von Envy gehen wir nicht oft ins Wasser, und auch nicht sehr weit raus. Zu viele Leute sind da rausgegangen und nicht wiedergekommen."

Das überraschte Fence nicht. Nicht das kleinste bisschen.

Eine Woche, nachdem der graue Blubber am Strand aufgetaucht war, befand Fence sich etwa dreißig Kilometer nördlich von der Stadt. Er hatte eine Gruppe Reisender zu einer kleinen Siedlung etwas weiter östlich geführt und auf seinem

Rückweg machte er an einer kleinen Stadt am Meer Halt, um für Elliott ein paar Vorräte zu beschaffen.

Nicht nur war er alleine mit dem Lied, das er vor sich hin summte, sowie mit dem Reisebündel auf dem Rücken, er konnte endlich in seinem eigenen Tempo vorankommen – ohne andauernd Pinkelpausen einlegen zu müssen. Jedes Rascheln in den Blättern, jeder neue Geruch in der Brise, jedes Geräusch von einem Tier, alles gab ihm neue Informationen. Er saugte es auf wie ein Verhungernder.

Das hier war seine Welt, sein Leben: am Busen – *hey* – von Mutter Natur. Fence grinste. *Ich bring mich selbst zum Lachen.*

Das Salz vom Meer würzte die Luft und als er auf die Kuppe einer Anhöhe kam und auf das Meer runterblicken konnte, um dort zu sehen, wie die unablässigen Wellen mit ihrem Schaum über die Felsen und die Überreste von 2010 schwappten, hielt er inne und schaute zu. Das Kribbeln auf seiner Haut und das Übelkeit verursachende Rollen in seiner Magengegend kämpften mit seiner Bewunderung angesichts der riesigen Unendlichkeit des Meeres.

Die Stadt, nach der er suchte, lag rechts von seinem Berg und er konnte etwa zehn hübsche, kleine Häuschen nahe am Wasser sehen. Komplett neu gebaut nach dem Wechsel, was recht ungewöhnlich war. Denn die meisten Leute setzten einfach alte Gebäude instand oder recycelten sie als Baumaterial. Kleine Schiffe bildeten an einer Dockseite eine Reihe parallel zur Küste. Bäume, zerstörte Häuser, aufgeplatzte Straßen und sogar ein verrostetes Auto mit Baumästen, die zu den Fenstern rauskamen, waren am Strand verstreut.

Er fragte sich – so ganz nebenbei –, ob das zufällig jenes kleine Dörfchen „noch ein Stück die Nordostkurve hoch" war, wo die Sonnengöttin lebte. Fence hatte herausgefunden, dass sie – ihr Name war Ana – aus einem Dorf am Meer nordöstlich von Envy stammte. Im Gewühl rund um die graue Blubbermasse am Strand war sie verschwunden.

Er war sich nicht sicher, ob das an ihm nagte, weil am Ende ihrer Begegnung alles etwas peinlich gelaufen war, wegen seiner ungeschickten Reaktion auf ihre Behinderung und ihrer scharfen Entgegnung ... oder weil sie sich aus dem Staub gemacht hatte, ohne ihm auch nur ihren Namen zu verraten. Und mit all dem anderen Zeug, was gerade los war, hatte es ihn nicht gedrängt, der Frau nachzusetzen oder sie sogar aufzuspüren ... aber er hatte dann *doch* die Aufgabe übernommen an der Küste entlang nach Norden zu reisen, wohlwissend, dass er ihr dort möglicherweise wieder begegnen könnte. Einfach so.

Ein Schrei von unten und von etwas östlich erweckte dann seine Aufmerksamkeit und Fence schaute in die Richtung, um zu lauschen.

„Tanya! Tanya, wo bist du?"

Weil die Stimme aufgeregt und etwas panisch klang, begann er sofort den Hang hinunter zu klettern. Er rutschte kein einziges Mal aus, trotz des Rucksacks, der ihm andauernd gegen den Rücken schlug.

„Tanya?", war eine zweite Stimme zu hören, diese aus einer anderen Richtung. „Tanya!"

Und dann eine Männerstimme aus der ursprünglichen Richtung: „Tanyaaaa!"

Fence folgte der ersten Stimme und als er näher kam, hörte er weitere Stimmen nach Tanya rufen. Als er zwischen zwei zugewachsenen Häusern auftauchte, wo bei einem ein riesiger Baumstamm Jahre zuvor das Dach plattgemacht hatte, war er sich seiner beachtlichen Körpergröße bewusst und auch der Tatsache, dass sein Erscheinen das plötzliche Auftauchen eines Fremden bedeutete, also verlangsamte er seine Gangart zu einem behäbig scheinenden, aber schnellen Trott.

„Hallo", rief er, als der Mann und die Frau sich blitzschnell umdrehten, um ihn zu betrachten. Die Hoffnung in ihren Gesichtern erlosch. „Kann ich euch helfen?" Er lächelte und überquerte eine aufgeplatzte Straße, die Asphalt-Puzzlestücke umrahmt von hohem Gras und ein paar wilden Orchideen.

„Wer bist du?", fragte der Mann, aber er schien weniger nervös wegen dem unerwarteten Erscheinen von Fence denn besorgt um Tanya.

„Ich heiße Fence, ich bin aus Envy. Wenn ihr aus Glenway seid, dann bin ich am richtigen Ort. Ich suche nach einem Mann namens George."

„Ja, ja. Der ist hier, weiter dahinten", sagte der Mann mit einer vagen Handbewegung in Richtung Ansiedlung. „Hast du ein kleines Mädchen gesehen? Etwa so groß?", er zeigte mit der Hand etwa Hüfthöhe an. „Dunkle Haare?"

Fence schüttelte den Kopf. „Ich habe gehört, wie du sie gerufen hast und dachte mir, ich komme und helfe euch. Ich bin ziemlich gut bei der Spurensuche oder im Fährtenlesen und so was." Es war ihm nicht entgangen, dass trotz der Tatsache, dass ein sehr großer Mann plötzlich im Wald aufgetaucht war, wo ein kleines Mädchen vermisst wurde, keiner von beiden ihn misstrauisch oder verunsichert anschaute. Er entspannte sich etwas. „Wenn du mir sagen kannst, wo du sie zuletzt gesehen hast, helfe ich sehr gerne mit."

„Hier entlang", sagte der Mann, der sich als Pete vorstellte.

„Wir sind ihre Mom und ihr Dad", sagte die Frau, deren Name Yvonne war. „Du bist ein Freund von George?", fragte sie, ihre Augen groß und voller Hoffnung, und ihre Worte purzelten eines über das andere aus ihr raus, ohne jede Logik darin. „Tanya!", rief sie und drehte sich dann wieder zu Fence. „Wirst du uns helfen? Wir haben sie das letzte Mal vor etwa zwei Stunden gesehen. Am Anfang haben wir uns keine Sorgen gemacht … sie weiß, dass sie hier in der Nähe bleiben soll. Aber..."

„Ich habe George noch nicht getroffen", erklärte Fence ihnen, während er Pete folgte. „Aber er kennt einen Freund von mir, und–"

„Hier", sagte Pete. „Hier war sie, als wir sie zuletzt gesehen haben."

Eine Art Spielplatz, eine Lichtung unterhalb von einem halben Dutzend hoher Pinien, mit den niedrigsten Ästen noch weit über seinem Kopf. Ihre rostfarbenen Nadeln bildeten ein weiches, geräuschloses Kissen unter Autoreifenschaukeln und ein paar Seilen, die man zum Klettern und Hangeln aufgehängt hatte. Jemand hatte weitere alte Autoreifen und Teile aus Plastik genommen und daraus ein verschachteltes Spielgerüst um drei der Bäume herum gebaut.

Fence nickte und begann zu suchen. „Was für eine Haarfarbe? Wie viel wiegt sie? Was hat sie angehabt, an den Füßen, und wie war ihr Haar frisiert – in Zöpfen oder offen oder was anderes?"

Er musste sich ein Bild von ihr machen können, so dass er wusste, wonach er suchen musste – in welcher Höhe sie vielleicht gegen etwas streifte, welche Farbe von Faden oder Fussel sie vielleicht hinterließ, ob ihr Haar offen war, so dass sie leichter ein Haar verlieren würde, als wenn es geflochten oder zusammengebunden wäre, wie tief ihr Fußabdruck sein würde und wie ihre Fußabdrücke aussehen würden. Es waren noch genügend Stunden Tageslicht übrig. Er verbot sich strengstens, dass die Sorge um ein kleines, im Wald herumirrendes Mädchen ihn hierbei ablenkte. Oder noch schlimmer: Ein Mädchen, das durch baufällige alte Häuser kletterte. Oder dem ein Puma über den Weg lief – der einzigen Wildkatze, die tagsüber auf Jagd ging.

Zumindest jetzt noch.

Völlig in die Aufgabe vertieft, blickte Fence sich um und fand eine deutliche Spur, die von dem Spielplatz weg führte, und er wünschte, Dantès wäre hier, der große Wolfshund, den Wyatt, sein Kumpel aus der Höhle, so quasi adoptiert hatte. Aber Wyatt war drüben in Yellow Mountain, zusammen mit Theo und Lou und auch der Besitzerin von Dantès, Remington Truth.

Ein rascher Blick in den Himmel verriet Fence, dass Mittag vorbei war und dass die Sonne noch für acht oder neun Stunden da sein würde. Diese ganze Sache mit der Verschiebung der Erdachsen war ein vermaledeiter Scheißdreck, wenn es darum ging, die Zeiten für Sonnenauf- und Sonnenuntergang zu bestimmen, ebenso wie eine Ortsbestimmung vorzunehmen. Aber Fence wurde immer besser darin, sich den Veränderungen anzupassen.

Als er der Spur folgte, auf der Suche nach Fußspuren und Fäden von einem rosa Hemd, verloren sich die Rufe nach Tanya im Hintergrund. Pete und Yvonne waren einem anderen Pfad gefolgt, so dass alles sich in einem weiten Radius um das Dorf und den Spielplatz herum ausfächerte.

Die Fährte von dem kleinen Mädchen zu lesen, war für Fence fast so einfach wie ein Buch zu lesen: Er fand abgeknickte Zweige, zerzauste Büsche, verstreute Blätter und Fußstapfen, die ihn weiter vom Spielplatz weg führten. Er sprang über einen großen Baumstamm und ging rasch um einen verrosteten Briefkasten herum, an dem die dunkelblaue Farbe und das USPS Logo schon längst abgeblättert waren, und rief nach Tanya. Ein achtjähriges Mädchen sollte jetzt schon müde werden und sich hinsetzen wollen, um sich auszuruhen.

Als er die Feuchtigkeit in der Luft roch und das unverwechselbare Geräusch von plätschernden Wellen hörte, fing er an unsicher zu werden. Tanyas Spur führte um ein arg mitgenommenes Einkaufszentrum herum, wo jedes Fenster der Läden im Erdgeschoss kaputt war, was Bäumen und Büschen gestattete in einem Friseursalon, einem Café, einer Videothek und in etwas, was vielleicht mal eine Drogerie gewesen war, zu wachsen. Aber hinter dem Einkaufszentrum konnte er einen recht steilen Abhang nach unten erkennen.

„Tanya!", schrie er und das Geräusch von Wasser füllte sein ganzes Bewusstsein, so dass es fast das Stimmchen übertönte, das zurückrief. „Tanya!", schrie er erneut und lauschte angespannt, als er sich auf den Weg nach unten machte.

„Ich bin's!" Er hörte das Stimmchen. „Ich bin hier!" Es klang nicht ängstlich und in seiner Brustgegend klopfte da leise aber spürbar Erleichterung an.

Aber Bäume und ein paar alte Autos standen hier dicht gedrängt um ihn und er konnte keinen guten Überblick bekommen, als er in die kleine Schlucht runtereilte. Unten an der Talsohle sah das wie ein großer Wasserteich aus. Als wäre das vielleicht mal ein Steinbruch gewesen und als Fence um die Bäume rum spähte, sah er das Rosa von dem Rock des Mädchens aufblitzen. Stand sie auf einem Baum?

„Tanya!", rief er, „deine Mom und dein Dad suchen nach dir! Sie waren echt in Sorge."

„Ich bin hier! Alles ok mit mir!", rief sie zurück und dann fand er aus dem Unterholz heraus und sah sie.

Oh, Shit.

Sie lief auf einem Baumstamm entlang, der auseinandergebrochen und in den Teich gefallen war – nein, Korrektur: Sie *tanzte* auf einem Baumstamm über dem Wasser. Das Herz blieb ihm stehen, sein Körper erstarrte. Er ließ sein Reisebündel vom Rücken gleiten und ließ es auf den Boden fallen.

„Tanya, kleines Mäuschen, du musst jetzt sofort von da runter", sagte Fence, während er gegen die Panik ankämpfte. *Wenn sie runterfällt, wenn sie runterfällt ... Oh, Gott, wenn sie runterfällt...*

„Ich bin keine Maus. Ich bin eine Baumfee", sagte sie und machte auf dem breiten Baumstamm auf Zehenspitzen eine kleine Pirouette und dann einen kleinen Hüpfer, als wolle sie die Bedeutung ihrer Worte unterstreichen. Das Herz rutschte ihm in die Hose. Der Teil von dem Baum war etwa ein Meter über dem Wasser und erstreckte sich bis zur Mitte des etwa einen halben Hektar großen Teichs.

„Du wirst da runterfallen", sagte Fence, seine Stimme jetzt schriller, als er sich einen Weg um den Teich herum suchte, bis hin zu dem umgefallenen Baum. „Bitte komm da runter, bevor du fällst."

„Das werde ich nicht tun!", rief sie zurück. „Ich falle nie runter!"

Noch während sie das sagte, rutschte ihr Fuß auf der Rinde aus und sie tat genau das, was Fence befürchtet hatte.

Ihr kam ein kleiner Schrei über die Lippen und sie glitt genau an dem Baum runter und platschte in das Wasser darunter. Blitzschnell. Bis ihr gesamter Körper unterging, war Fence sich nicht sicher, wie tief der Teich war – aber als sie verschwand und nicht sofort wieder auftauchte, wusste er, der war so tief, dass er damit nicht klarkommen würde.

Mit Herzklopfen ganz oben im Hals rannte Fence zu dem Baumstamm, wobei er fluchte und schimpfte wie ein ganz übler

Matrose. *Nein, nein, nein, nicht das, nicht ich, nicht hier, nicht jetzt.*

Mit einem kräftigen Zweig in der Hand gelangte er rasch und überaus geschickt nach da draußen auf den Stamm, wobei er sich zwang die Tatsache zu ignorieren, dass sich unter ihm Wasser befand. Er war immer noch auf dem Trockenen und nicht da drin, mit ihm war alles ok. Sie würde gleich wieder hochkommen und er würde ihr das Ende von dem Zweig reichen und sie würde den packen und er würde sie aus dem Wasser ziehen.

Richtig so? Richtig so, lieber Gott?

Ein kleines Platschen erregte seine Aufmerksamkeit und Fence sah ihre Hand hochkommen, dann eine Schulter und dann der obere Teil von ihrem Kopf, ein kleiner Mund, der nach Luft schnappte ... aber sie war zu weit weg, als dass er sie mit dem Zweig hätte erreichen können. Fast lautlos glitt sie wieder unter die Oberfläche.

Nein, verdammt, komm wieder hierher.

Mit einem klammen Magen, durch den gerade so was wie ein Tornado wirbelte, streckte Fence die Arme mit dem Zweig aus, so weit er konnte, und rief Tanyas Namen, während ihm das Herz in der Brust hämmerte. Seine Finger umklammerten den Zweig, als wäre er gerade selbst dabei, runterzufallen. Ihr Gesicht tauchte wieder auf und einen kurzen Moment lang glaubte er, sie hätte ihn gehört, aber ihre Arme schlugen hilflos um sich, was ihn an Brian vor all den Jahren erinnerte. Sie glitt wieder unter die Wasseroberfläche.

Nein. Nicht noch ein Brian. Nein.

Alles war so gespenstisch still. Es gab kein Platschen, keine Hilferufe ... und dennoch wurde er von dem schwarzen Grausen fast erdrückt. *Ich kann das nicht, ich kann das nicht, ich kann das nicht...*

„Hilfe!", schrie er und brüllte mit jedem bisschen Atem in seiner Lunge, auch dann noch, als er noch auf das Wasser starrte und versuchte, sie durch schiere Willenskraft dazu zu bringen, wieder aufzutauchen. „Hilfe!"

Verdammt. Wie kam er dazu, um Hilfe zu schreien? Was für ein gottverdammter Waschlappen war er nur?

Spring einfach rein.

Ich kann das nicht, **ich kann das nicht**. Kalter Angstschweiß stand ihm auf der Stirn, lief ihm aus den Achseln den Oberkörper runter. *Brian.*

Die wild um sich schlagenden Hände tauchten wieder aus dem Wasser auf und sie war jetzt noch weiter von dem Baum entfernt und sein gesamter Körper wurde allmählich kalt und taub.

So tief kann es nicht sein. Du kannst wahrscheinlich darin stehen.

Sein Atem ging jetzt schneller, flach, wodurch ihm schwindlig wurde und ihm die Lungen schmerzten. Er machte abrupt kehrt und rannte von dem Baumstamm runter, am Rande des Teiches entlang und versuchte näher an Tanya ranzukommen. Aber sie war in der Mitte des Teiches und trieb von dem Baumstamm weg.

„Hilfe!", schrie er noch einmal, wie er da so stand und über den Teich zu ihr blickte – der weiter geworden zu sein schien und größer seit seiner Ankunft. „Hilfe! Zu Hilfe!"

Eine Hand tauchte auf ... eine kleine weiße Hand, die Finger eingerollt .. und verschwand dann wieder nach unten, in das kalte, dunkle, schwere Wasser. Fence stand am Ufer, sein Magen ein einziger Knoten, mit zitterndem Körper. Noch mehr Schweiß rann ihm den Rücken runter. Sein Mund war trocken, seine Glieder kalt.

Du musst das hier tun, du gottverdammter Idiot. Du darfst sie nicht ertrinken lassen. Du kannst nicht tatenlos zusehen und sie ertrinken lassen.

Er zog die Schuhe aus, die Socken ... rasch, ohne sich einen Gedanken daran zu gestatten, was als Nächstes kam.

Mach einfach die Augen zu und tu's ... oder sie wird ertrinken.

Sie wird ertrinken.

Sein Hemd – er riss es sich vom Leib und schleuderte es von sich, die Luft kalt, die seinen Körper zum Frieren brachte, trotz der Sonne, die auf ihn niederbrannte.

Du weißt, was sie jetzt gerade fühlt ... das Wasser, das ihr in Nase und Mund strömt, sie erstickt. Du darfst sie nicht sterben lassen.

Fence merkte, wie ihm jetzt die Tränen aus den Augen liefen: Tränen entsetzlicher Angst und Scham, während er gegen die eigenen Schwäche ankämpfte. Wie er da sicher am Ufer stehen blieb, während ein kleines Mädchen ertrank. Seine Hände zitterten und sein Magen verkrampfte sich aufs Übelste. Er ging ins Wasser, zwang seine Beine sich in Bewegung zu setzen und konzentrierte sich auf die andere Seite des Teichs. Nicht auf das Wasser.

Sie ist doch nur so ein kleines Würmchen. Schwach. Winzig. Klein.

Das kühle Gefühl brachte seine Zähne zum Klappern, das schreckliche Wasser, das ihm bis zu den Knien reichte, und er hielt an, rang nach Luft, mit hämmerndem Kopf. *Ich kann das nicht, ich kann das nicht,* schrie er innerlich.

Das Wasser war ruhig; nur seine Bewegungen machten, dass es sich kräuselte. Tanya sank in diesen Augenblicken bis auf den Grund ... hinab in das tiefe, dunkle, schwere Wasser hinein.

Gott steh mir bei, steh mir bei... Und dann ... irgendwie schaffte er es, aus seiner Erstarrung zu erwachen. Oder etwas schob ihn voran, aber als Nächstes wusste Fence nur: Er war im Wasser.

Das schreckliche Gewicht bedeckte ihn, genauso dunkel und kalt und schwer, wie er es in Erinnerung hatte. Und auf der Stelle verfiel er in Panik. Seine Arme und Beine wollten wild um sich schlagen, seine Brust fühlte sich eingeengt an, sein Herz hämmerte. Er wollte rasch Luft holen, verzweifelt und panisch ... aber er zwang sich, die Augen zu öffnen, betete um neue Kraft und brachte sich irgendwie dazu, sich vorwärts zu bewegen.

Das Wasser war erstaunlich klar und er sah Tanyas schemenhafte Gestalt, die etwa in der Mitte zwischen Seegrund und Oberfläche schwebte. Ihr langes Haar schwamm geisterhaft im Wasser umher, ihre Arme waren schlaff und eines ihrer Beine am Knie halb angewinkelt. Um sie herum waren ein paar nicht erkennbare Formen zu sehen, oder vielleicht nur eine Sinnestäuschung: schlangengleich und wellenförmig, vielleicht ein überschwemmter Baum oder ein Stück verdrehtes Metall noch aus dem Leben vor dem Wechsel.

Seine Gedanken schrien geradezu, sein Körper rebellierte in panischer Angst, während seine Gliedmaßen sich erst unbeholfen vorwärts bewegten und dann etwas geschmeidiger, als er seinen Rhythmus fand und sich mit aller Kraft seinen Weg zu ihr bahnte.

Sie war zart und leicht, gar nicht wie Brian, der verzweifelt gekämpft und getreten hatte, und Tanya merkte es fast gar nicht, als er seinen Arm um ihre Taille legte und zog, als er im Wasser trat, nach oben, nach oben, nach oben ... was ewig zu dauern schien. Er spürte es, als sein Kopf die Wasseroberfläche erreichte und dann die kühle Luft an seinem blanken Schädel und er holte keuchend einmal tief Luft. *Ich hab's geschafft. Ich hab's geschafft.*

Er konzentrierte sich auf diesen Gedanken, während er sich mit wild tretenden Beinen auf das Ufer zu bewegte und betete, dass er nicht zu spät kam, dass er sie nach dort drüben bekam, ihr das Wasser aus den Lungen pumpen konnte ... denn seit er sie im Arm hielt, hatte sie sich nicht einmal gerührt.

Dann fing ihn etwas am Bein, kratzte daran, wickelte sich darum, und Fence verlor den letzten Rest von seinem Verstand. Blind vor Panik trat er wild um sich, verlor dabei Tanya und versank zusehends in einer tiefen Finsternis aus Angst. Das Ziehen an seinem Bein schien stärker zu werden und er spürte wie seine Augen unten im Wasser immer weiter aus den Höhlen quollen. Etwas Spitzes schnitt ihn seitlich am Oberkörper, unter den Armen und er trat um sich. Von Sinnen und verzweifelt. Das Wasser wurde immer dunkler und seine Lungen voll und hart, schmerzhaft, als er versuchte sich zu befreien.

Er brauchte Sauerstoff, er musste atmen ... er trat, aber jetzt war sein anderes Bein gefesselt und er spürte, wie es ihn nach unten zog, tiefer, tiefer...

Und dann gab er auf. Er gab ... einfach auf.

Schätze mal, Du willst mich auf diese Weise abtreten lassen, hmm, lieber Gott? Du hast es schon zweimal versucht ... und aller guten Dinge wären drei.

Er gab auf, ließ das letzte bisschen Luft aus seinen Lungen entweichen und wusste: In dem Moment, also wenn er nicht mehr weiterkonnte, würde der nächste Atemzug nur noch Wasser sein. Wasser, das in ihn hineinbrauste.

Es tut mir Leid, dass ich Tanya nicht retten konnte. Ich hab's versucht.

Fence fühlte sich jetzt seltsam befreit ... und dann sah er aus den Augenwinkeln einen Schatten. Oben, in der Nähe der Wasseroberfläche.

Und auf einmal waren Tanyas Beine, die neben ihm geschwebt hatten, verschwunden. Da war jemand! Sie hatten sie rausgezogen!

Die Panik strömte wieder zurück, die Angst und die Verzweiflung – *rettet mich, rettet mich!* – und Fence holte erleichtert einmal tief Luft, bevor er sich erinnerte, dass er das nicht konnte.

Aber es kam herein, schnell und bis in den letzten Winkel, und er musste sich nicht verschlucken. Er hustete nicht, als das Wasser ihm in die Lungen rauschte, die Schnitte seitlich an seinem Oberkörper stachen ihn etwas. *So fühlt es sich also an, wenn man stirbt*, dachte er ... und atmete wieder aus und wieder ein. *Schmerzlos. Wie betäubt. Es ist, wie in der Gebärmutter zu atmen.*

Seine Panik hatte nachgelassen und damit begann er sich auch wieder zu bewegen, wie in einem Traum. Im Wasser. Er erkannte jetzt, was sich an seinem Bein verfangen hatte: Eine Art Schlingpflanze, die ihn nicht nach unten zerrte, sondern ihm lediglich das Gefühl davon gegeben hatte, als er in Panik verfallen war; und je mehr er dagegen ankämpfte, desto fester schien sie sich um ihn zu schlingen.

Nachdem er sein Bein befreit hatte, verblieb er noch einen Moment zwischen Leben und Tod. Er genoss diesen beschützten Zustand beinahe. Fast wie im Mutterleib, dort im Wasser schwebend.

War es für Brian auch so gewesen?

Und dann erschien der Schatten über ihm wieder und Fence schaute hoch, ein verzweifelter Wunsch zu *leben* packte ihn da. Er trat, feste, und dann – mit einer absurd kleinen Anstrengung nach all seinen Kämpfen – durchbrach er die Wasseroberfläche.

Frische Luft ... Sauerstoff ... füllte seinen Körper und Fence wurde bewusst, wo er war und was geschehen war. Wieder donnerte Angst wie Trommelfeuer durch ihn hindurch – fast so, als würde die Panik, die in jenen Augenblicken der komaähnlichen Momente nachgelassen hatte, jetzt da er überlebt hatte, mit aller Gewalt zurückkehren.

Seine Arme platschten unbeholfen, seine Beine versuchten zu treten und die schwarze Lähmung ergriff wieder Besitz von ihm, als er gegen das Wasser und seine Ängste ankämpfte. Er hatte jemanden vielleicht berührt oder ihn auch geschlagen – er hatte das Gefühl, menschliche Haut berührt zu haben – aber in dem Moment war seine schreckliche Angst alles. Panik beherrschte ihn und sein einziger Gedanke war herauszukommen. Herauszukommen. Herauszukommen. Verzweifelt, verzweifelt...

Als seine Füße den Grund berührten, überkam Fence die Hoffnung wie ein Rausch. Die abgrundtiefe, schwarze Panik, die blinde Verzweiflung fielen von ihm ab, als er mit seinem anderen Fuß auch etwas Festes spürte, und er sprang geradezu vorwärts, durch das Wasser, zum Ufer hin, rannte blindwütig auf die Sicherheit dort zu, mit zitterndem und schwachem Körper, mit einem Magen voller Übelkeit. Von den Wunden an seinem Körper her kam ein plötzlicher Schmerz, während er auf das Ufer zustolperte, und sein Magen rebellierte.

Fence brach zusammen, erbrach sich heftig in das mit Geröll übersäte Gras. Sein Körper zitterte wie Espenlaub und er konnte den Kopf nicht anheben. Tränen – er war sich nicht sicher, ob aus Dankbarkeit, Angst oder Scham – liefen ihm übers Gesicht, das er im Gras vergrub. Seine Hände vergruben sich ebenfalls verzweifelt im Gras, packten Gras und Steine und er konnte nicht aufhören zu zittern. Es war, als hätte er einen Anfall. Völlig unkontrollierbar und heftig.

Eine Hand berührte seine nackte Schulter, eine Stimme fragte, „alles in Ordnung mit dir?"

„Lass mich *in Ruhe*", knurrte er mit krächzender Stimme, zutiefst beschämt und wütend auf sich selbst wegen seiner offen zur Schau getragenen Schwäche und Feigheit. „Verschwinde."

Er versuchte die Kontrolle über sich selbst wieder zu erlangen, sich aufzusetzen und normal zu atmen, aber sein Körper machte da nicht mit. Er fühlte sich, als hätte man ihn auf dem Sportplatz über den Haufen gerannt und richtig vermöbelt ohne irgendwelche Schutzkleidung ... und die Panik, der finstere Albtraum, lauerte da immer noch; machte, dass sein Magen immer noch schmerzte und sich verkrampfte.

„Verschwinde", sagte er erneut zwischen zusammengebissenen Zähnen hindurch, während er sich halb zur Seite rollte und auf einen wackeligen Ellbogen stützte. Und dann, als er zu dem Neuankömmling hochschaute, verdrehte sich sein Magen noch einmal aufs Übelste und eine neue Welle des Ekels strömte durch ihn hindurch.

Es war Ana, die Sonnengöttin, die neben ihm kniete.

3

Bei seinem wütenden Befehl wich Ana zurück. Ein bisschen beleidigt, ein bisschen schockiert und sehr besorgt, kam sie nur wenig elegant wieder auf die Beine und tat hinkend einen Schritt von Fence weg. Sie hatte keine Ahnung, was der Mann hier trieb, so weit weg von Envy, aber sie hatte ihn schon allein an seiner riesigen Körpergröße aus der Ferne erkannt.

Aber beim Anblick von ihm jetzt wurde ihr eiskalt: Auf der Erde zusammengebrochen, wo er mit einer Art innerem Dämon zu ringen schien. Zuerst hatte sie gedacht, dass er am Ertrinken wäre, aber dann kam er aus dem Wasser gestolpert und jetzt ... reagierte er so seltsam.

Er übergab sich, aber es kam kein Wasser aus seinen Lungen, wie es bei jemand, der beinahe ertrunken wäre, der Fall gewesen wäre. Es war sein gesamter Mageninhalt, der da hochkam. Und das heftige Zittern und Schaudern von einem so imposanten, kraftvollen Körper ... es war fast so, als hätte er eine schreckliche Reaktion auf etwas gehabt.

Ein schwaches Husten von Tanya brachte Ana dazu, sich umzudrehen und nach dem Mädchen zu sehen. Sie hatte die Lungen gut voll, beide davon, und alles ausgespien. Ihre Augen waren rot unterlaufen von der Anstrengung – aber jetzt schien es ihr gut zu gehen. „Hallo, Liebes", sagte sie, als sie die Tochter ihrer besten Freundin in die Arme nahm und sie fest an sich drückte. „Wie geht es dir jetzt?"

Sie legte ihre Wange oben an den kühlen, feuchten Kopf von Tanya und schloss für einen Moment die Augen, hielt einfach den kostbaren kleinen Körper eng umschlungen und versuchte nicht daran zu denken, was fast passiert wäre. Tanya war das, was für Ana einer Tochter am Nächsten kam – die einzige, die sie je haben würde. Bei der Erinnerung an ihre kleine, blasse Hand, die langsam im Wasser versank, wurde ihr immer noch eiskalt und übel. Wenn Fence nicht schon zur Stelle gewesen wäre...

Sie blickte rüber. Seine Hand war vor seinem Gesicht, Daumen und Zeigefinger rieben die Augen. Selbst von hier aus konnte sie seine Finger zittern sehen.

Der kleine Körper wand sich in ihren Armen und Ana lachte leise, als sie den glitschigen, kleinen Wurm losließ, das Mädchen, das sich jetzt mit allen Mitteln wehrte. Offensichtlich ging es ihr besser. „Fühlst du dich jetzt ok?", fragte sie.

„Ich bin von dem Baum gefallen", sagte Tanya und zeigte auf einen großen Baumstamm über dem Teich. „Es war echt gruslig."

„Das war es ganz sicher. Aber der Mann hat versucht dich zu retten", sagte Ana und blickte von Fence zu dem Mädchen und vermied es, zu sagen, dass er dabei nicht sehr erfolgreich gewesen war. Wenn sie nicht dazu gekommen wäre, hätte Tanya es nicht aus dem Wasser geschafft und es war auch nicht ganz eindeutig, ob er es geschafft hätte.

Vielleicht konnte Fence nicht schwimmen. Und dennoch war er reingesprungen. Sie hatte seine Hilferufe gehört, was auch der Grund war, warum sie hier war. Ihr Pferd stand gelassen neben ihnen, die Zügel um einen Baumschößling gewickelt, während es am Gras nibbelte. Wenn Bruiser nicht gewesen wäre, hätte sie es niemals den steilen Abhang runter geschafft.

„Der da hat mich abgelenkt und gemacht, dass ich reinfalle", erzählte Tanya ihr, wobei sie rebellisch die Arme vor der schmalen Brust verschränkte.

„Wie hat er das denn angestellt?", fragte Ana, während Fence sich mit Hilfe eines Baumes mühsam auf die Füße kämpfte. Sie beobachtete ihn, wie er zu seinem Hemd und den Schuhen stolperte, wobei er tunlichst nicht in ihre Richtung blickte. Ihr doch egal.

„Er hat mir gesagt, dass ich runterfallen würde, und dann *bin* ich gefallen!", sagte sie mit der ganzen Logik einer Achtjährigen.

Genau da hörten sie die Schreie von Tanyas Eltern oben am Kamm. Ana sah dem tränenreichen Wiedersehen von dem kleinen Mädchen mit Pete und Yvonne zu, während sie versuchte die eigenen Gefühle im Zaum zu halten.

Der Anblick war herzzerreißend und herzerwärmend zugleich. Die Leere, die sich dabei übermächtig in Ana ausbreitete, vermischte sich mit der Zuneigung und der Liebe für Yvonne, und der stillen Erkenntnis, dass sie immer eher eine Beobachterin als das Mitglied eines so engen Familienbundes sein würde. Sie würde immer eine Ersatzmutter sein, anstatt selber Mutter. Sie würde immer wachsam sein müssen, dass sie niemanden je zu nahe an sich ranließ.

Sie würde immer ein bisschen ... abseits ... bleiben müssen, abseits von Menschen, die auf Land lebten.

Bis die Familie alle gemeinsam aufgebrochen war und Ana dann zu Bruiser rüber ging, merkte sie, dass Fence verschwunden war.

Mit einem stillschweigenden Achselzucken benutzte sie einen Baumstumpf, um auf das Pferd zu klettern – etwas, was sie lieber ohne Publikum tat, denn es war wirklich so schwer, wie es aussah – und machte sich auf den Heimweg. Heute oder morgen erwartete Dad jemanden aus Envy, um eine Ladung–

Oh.

Ana schnalzte leicht, als sie kapierte. Es konnte kein Zufall sein, dass Fence, ein Mann aus Envy, genau an dem Tag hier aufgetaucht war, an dem man jemanden aus Envy erwartete, der etwas von Dads Medikamenten für den Arzt dort mitnehmen sollte. Sie konnte sich George in seinem hellen, kleinen Labor vorstellen, wie er in Behältnisse aus Plastik oder Glas schielte. Er züchtete Medikamente, wie beispielsweise Penicillin aus schimmeligem Brot und arbeitete gerade daran, wie man aus Meeresalgen möglicherweise weitere Heilmittel gewann.

Zumindest hielt er ihr nicht gerade vorwurfsvoll einen Vortrag, doch nicht so viel Zeit im Ozean zu verbringen.

Ana nahm sich Zeit auf ihrem Ritt durch den Wald zu dem Haus, das sie mit ihrem Vater teilte, weil sie sich noch nicht sicher war, ob sie Fence wiedersehen wollte – und sich dann auch fragte, ob er sie wiedersehen wollte. Die Tatsache, dass er ohne ein Wort verschwunden war, sprach Bände.

Als sie dann den Lockruf des Meeres spürte und das Salz im Wind schmeckte, war es keine schwere Entscheidung das Treffen mit Fence nach hinten rauszuschieben und stattdessen tauchen zu gehen, oder zumindest ihre Füße ins Wasser zu stecken.

Sicher, der Kerl war superhart und stark – diese *Schultern*! – und er sah derart gut aus, mit diesen vollen Lippen und dem markanten Kiefer, dass ihr das Wasser dabei im Mund zusammenlief, aber sie konnte schon absehen, dass er zu viel Ärger bedeutete. Er hatte ein Riesenego, das war das eine. Man musste schon auf Zack sein, wenn man mit ihm argumentierte, ganz zu schweigen davon, dass er mehr als nur ein bisschen empfindlich zu sein schien. Sie hatte keine Zeit für etwas derart Kompliziertes … und sie konnte es sowieso nicht zu mehr werden lassen als einem simplen Flirt.

Das Herz wurde Ana eng, als sie jenes altvertraute taube, leere Gefühl spürte. Yvonne hatte so ein Glück, dass sie Pete und Tanya hatte. Ein normales Leben, ein Kind. Jemanden, dem sie ihr innerstes Selbst anvertrauen konnte.

Einen Partner.

Es gab mal eine Zeit, da hatte sie gedacht, dass auch sie ein normales Leben haben könnte – insbesondere als sie Darian getroffen hatte. Er war zumindest jemand gewesen, vor dem sie ihre Vergangenheit nicht hatte verstecken müssen. Zu dumm auch, dass er andere Pläne gehabt hatte.

Das war eine unangenehme Erinnerung – um es mal milde auszudrücken – und Ana schob alle Gedanken an Darian und Fence beiseite, als sie Bruiser an einem Baum festband. Glücklicherweise hatte sie einen Apfel und eine Birne in ihren Taschen versteckt – was er beides mochte, auch wenn sie verschrumpelt und braun waren – und sie bot ihm beides an, bevor sie sich rasch die Schuhe abstreifte.

Trotz ihrer ungleichen Hüften und dem verkrümmten Fuß, glitt sie ohne Probleme aus ihrer Shorts und ließ sie zu einem Haufen auf den Boden gleiten. Um die Taille trug sie einen schmalen Gürtel, an dem ihr Messer hing. Automatisch schaute sie nach, dass es sich auch dort befand, in seiner Scheide. Nur mit ihrem Höschen, einem Tank Top und einem BH bekleidet watete sie dann ins Wasser hinein.

Ana wäre mehr als glücklich gewesen, nackt zu schwimmen, oder auch nur in Unterwäsche, aber falls jemand sie sah, würden ihnen sicher die Kristalle auffallen. Selbst jetzt, während sie das würzige Salzwasser roch und den vertrauten Sog des Wassers um ihre Knöchel spürte, fingen jene Edelsteine in ihrer Haut an warm zu werden. Sie vibrierten mit ihrer Energie, wie sie es stets im oder in der Nähe von Wasser taten; ein sanftes, spürbares Summen, das ihr verriet: Sie waren lebendig, voller Energie.

Die acht kleinen, blauen Kristalle – vier vorne und vier hinten am Rücken – waren wie Nieten in die linke Seite ihres Oberkörpers eingearbeitet, zwischen den Knochen ihrer Rippen. Ihre Positionen waren willkürlich und keines davon war größer als der Fingernagel eines Kindes, aber nur durch sie konnte Ana stundenlang unter Wasser bleiben. Und das in den tiefsten Tiefen.

Und es war wegen dieser winzigen Kristalle, dass der Ozean nach ihr rief, dass ihre Herkunft ein Geheimnis bleiben musste –und es war wegen ihnen, dass ihr Bein zerstört worden war.

Ana tauchte in die Gischt ein und war augenblicklich umgeben von einer Welt der Wunder, eine Welt voller Trost. Die Kristalle halfen ihr zu atmen, sie benutzten ihre uralte Energie, um es Anas Lunge zu ermöglichen, den Sauerstoff aus dem Wasser zu ziehen, während ihre andere Lunge wie die eines normalen Menschen funktionierte. Sie verstand nicht ganz, wie die Atlanter es fertiggebracht hatten, und ihr Vater hatte auch nie ernsthaft versucht, es ihr zu erklären – aber dann wiederum: Das Volk, das in den Tiefen des Ozeans lebte, hatte Tausende von Jahren

Zeit gehabt die magischen Kräfte der Kristalle aus den Tiefen des Meeres zu ergründen.

Dank ihrer Mutter und deren Erbe sowie ihrer Fähigkeit Stunden um Stunden unter Wasser zubringen zu können, kannte Ana jede Sanderhebung unter Wasser, jede Gesteinsform, jede Turmspitze, jeden Kamin, jedes Dach von jedem alten und mit Wasser vollgesogenen Gebäude hier unten in der Nähe ihres Zuhauses. Sie folgte sogar den längst versunkenen Straßen und Wegen, verwendete diese als Wegweiser, genau wie sie es an Land tat. Jetzt in diesem Moment befand sie sich acht Meter unter der Oberfläche. Die Sonnenstrahlen sickerten immer noch herab und die Pflanzen und Tiere waren immer noch von leuchtendem, farbenprächtigem Aussehen.

Beim Schwimmen entlang der Kante eines tiefen, dunklen Abgrunds konnte sie sieben Meter weiter unten eine Ansammlung von Automobilen erkennen. Als die Straße auseinander gebrochen war und sich gespalten hatte, waren sie in die Tiefen gestürzt. Aus früheren Tauchgängen wusste sie, dass Korallen und Seegras angefangen hatten, sich beharrlich in dem Schmutz und dem Sand auszubreiten, der sich in den Kanten und den Dellen im Metall angesammelt hatte. Es ließ die Fahrzeuge unrasiert und zerzaust aussehen.

Ihre Haare strömten wie ein Fächer hinter ihr her, als sie hierhin und dorthin flitzte, das verletzte Bein unter Wasser so geschmeidig und beweglich wie das andere. Das hier war der Ort, wo sie sich als ein Ganzes und völlig frei fühlte. Und restlos zu Hause. War es verwunderlich, dass es das Meer gewesen war, das sie und Darian einander näher gebracht hatte?

Sie waren zusammen geschwommen, geschmeidig und kühl, die Körper ineinander verschlungen, Lippen und Münder wie zusammengeschweißt ... Sehnsucht stürmte auf Ana ein. Einsamkeit.

Vor Darian hatte sie ihre Kristalle natürlich nicht verstecken müssen, denn er hatte seine eigenen ... aber er hatte mehr gewollt, als sie zu geben bereit gewesen war. Und jetzt war sie allein.

Allein zu sein, ist besser als zurückzugehen.

Zumindest sagte sie sich das. Sie könnte niemals Teil jener Welt sein. Jene Rasse akzeptieren. Also verjagte sie das Unmögliche aus ihren Gedanken und genoss die wundervolle, tröstliche Umarmung des Meeres.

Während sie über die Überreste einer von allen verlassenen Welt hinweg und durch sie hindurch schlüpfte, sich duckte, nahm Ana das Wesen des Meeres ganz in sich, in ihr Bewusstsein auf: seinen Geruch, seine Geräusche, das Muster seiner Bewegungen, die Veränderungen in Sand und Kies sowie die Positionierungen der Orientierungspunkte – selbst den Geschmack des salzigen Wassers. Und wieder einmal war etwas anders – wie es ihr vor Wochen schon aufgefallen war. Etwas ging hier vor sich.

Es war eine kleine Veränderungen – nicht so leicht zu bemerken wie die Anziehungskraft des Mondes, wenn diese die Gezeiten änderte. Nicht so, als würde sich ein Sturm zusammenbrauen, bereit, bis in die weite See hinaus zuzuschlagen und gewaltige Wellen aufzuwirbeln. Nur ... ein Unbehagen, als ob *Es* – das Meer – wusste, dass etwas unmittelbar davor stand, sich zu verändern.

Ana hätte dieses Gefühl, dass etwas hier nicht in Ordnung war, schon vor Wochen wieder vergessen, wenn nicht jener glitzernde, graue Blubber bei Envy an den Strand gespült worden wäre. Es war ihr gelungen sich eine kleine Probe davon zu erschleichen, was der Grund für ihre rasche Abreise hierher, zu Dad, gewesen war: in der Hoffnung, er könnte ihr helfen es zu identifizieren. Denn sie war immerhin erst dreizehn gewesen, als sie aus Atlantis geflohen waren und ihre Erinnerung war verständlicherweise lückenhaft.

Jetzt hielt sie in der Nähe von einer mit Algen überwucherten Säule aus Ziegelsteinen an, von der sie vermutete, die sei mal ein Schornstein gewesen. Sie schlug mit der flachen Hand dreimal schnell hintereinander gegen ihre Faust und der laute Klang setzte sich im Wasser fort. Sie ließ ihm eine Art klickendes Geräusch, hinten aus ihrer Kehle, folgen. So wie andere Klicks oder ein Pfeifen es gelegentlich auch taten, sandte das Geräusch ein Echo durch das Wasser.

Aber abgesehen von jenen normalen Geräuschen, die hie und da zu hören waren, schwieg die Welt.

Ana umschiffte die Ziegelsäule und schwamm durch das zerbrochene Fenster eines anderen Gebäudes, wo Möbelstücke verrotteten und Meeresschlingpflanzen sich in jeder neuen Strömung bauschten. Ein Schwarm von roten und schwarzen Fischen tauchte auf und schwärmte wie große Fliegen um ihren Kopf. Als sie diese verscheuchte, flitzten sie in das Zimmer nebenan hinein.

Ihr fiel die sandbedeckte Betonauffahrt auf, mit einem Briefkasten, der immer noch am Ende der Auffahrt stand. Aufgeborsten und uneben, war die Auffahrt verziert mit ein paar Büscheln Seegras, das in dem Dreck Fuß gefasst hatte und sich in der Strömung wiegte. Die Tür an dem Briefkasten war schon lange nicht mehr da, aber aus alter Gewohnheit – mehr ein innerer Zwang als alles andere – konnte Ana einem raschen Blick hinein nicht widerstehen. Natürlich war da nichts drin, außer einer Menge Sand und Kies und einer verärgerten Krabbe. Aber es war ein innerer Zwang: Sie musste jedes Mal nachschauen, auch wenn es sie an Darian erinnerte. Früher hatten sie einander immer kleine Geschenke in alten Briefkästen hinterlassen. Ana stellte sich vor, dass andere Verliebte das an Land vor langer Zeit vielleicht ebenso gemacht hatten.

Wenn er leer war, bedeutete es, dass er sie nicht gefunden hatte, und sie konnte beruhigt sein.

In dem Moment zog sich schlangengleich ein langer, dunkler Schatten durch das Wasser über ihr. Erneut ließ Ana jenes klickende Geräusch erklingen und schoss mit einem kraftvollem Schwung hoch, weg von dem verrosteten, durchfluteten Briefkasten.

Ein weiterer Schatten gesellte sich zu dem ersten und Ana machte ein etwas anderes Klick-Geräusch zur Begrüßung, als sie zwischen die beiden schlüpfte und mit der Hand an der glatten, warmen Haut eines Delfins entlangglitt. Zack, das Weibchen, drehte Ana zur Begrüßung die glatte Unterseite ihres Bauches zu, als sie gemeinsam weiterschwammen.

Der andere Delfin, eines der beiden Männchen, die Ana regelmäßig besuchten, kam an ihre Seite. Marco war ein bisschen unsanfter als Zack und er rumste wiederholt gegen Ana, während sie ihn an der Rückenflosse streichelte, weil er das eben für eine angemessene Art der Begrüßung hielt. Sie grinste unter Wasser bei seinem männlichen Gehabe, denn in seinem Bedürfnis von Angehörigen des anderen Geschlechts bemerkt zu werden, erinnerte er sie an Fence. Als sie lächelte, fühlte Ana den kühlen Ozean an ihren Zähnen und in ihrem Mund, und sie benutzte die Energie ihrer funktionierenden Lunge und spie das Wasser aus Mund und Nase aus.

Das verursachte eine Wolke aus Bläschen vor ihnen und die Delfine öffneten ihrerseits die Münder und versuchten das quirlige Leuchten einzufangen. Jeder von ihnen hatte exakt angeordnete Reihen von kleinen, scharfen Zähnen, um die sich Ana schon lange keine Sorgen mehr machte. Mehr als einmal schon hatte sie jene Zähne um Arme und Beine gehabt. Ihre Säugetier-Begleiter schienen es einfach zu mögen, diese über ihre Haut wandern zu lassen, als wollten sie die Textur ihrer äußeren Umhüllung erkunden, genau wie Ana die ihre kennenlernen wollte. Es war eine Delfin-Angewohnheit, entschied sie für sich.

Und genau gleich verhielt es sich mit der Ablenkung durch einen Fischschwarm.

Marco flitzte los, hinter ihnen her, dicht gefolgt von Zack.

Ana machte zum Abschied noch einmal das klatschende Geräusch von Handfläche gegen Faust und schwamm alleine weiter. Trotz ihrer eigenen, leise nagenden Sorge, dass unter der Wasseroberfläche etwas nicht im Lot war, schienen Zack und Marco sich nicht anders als sonst zu verhalten, und das beruhigte sie etwas.

Als das Meer während des Wechsels hereingerauscht gekommen war, Städte und Dörfer hunderte von Quadratkilometer weit bedeckt hatte – da, wo einmal Kalifornien gewesen war, und Nevada sowie Teile von Washington und Oregon –, waren viele der Gebäude hier unversehrt gewesen und ein halbes Jahrhundert später noch so geblieben, obwohl sie von Wasser vollgesaugt und von Algen überwuchert waren. Aber es hatte auch Tsunamis und Erdbeben und Unwetter gegeben, die 2010 einen Teil vom damaligen Amerika zerstört hatten: Häuser, Geschäfte und Autobahnen zum Einstürzen gebracht hatten, übereinander oder hinein in tiefe Täler. Bis das Meer hatte, was Es wollte.

Trotz der Stunden und Tage, die sie im Ozean verbrachte, war dieser derart unermesslich groß, dass Ana mit all ihrem Eifer nur einen kleinen Teil der Überbleibsel der Vor-dem-Wechsel-Welt erkundet hatte; nämlich das, was sich in einem drei Kilometer-Radius von ihrem jetzigen Zuhause befand. Heute wollte sie zu etwas zurückkehren, was eine wahre Fundgrube von faszinierenden Dingen versprach.

Weil kein gewöhnlicher Sterblicher so tief oder so lange wie Ana tauchen konnte, gab es Schätze, die seit Jahren unberührt hier unten lagen, oft immer noch in Plastik eingeschweißt, dem nicht einmal das Salz und die Kraft des Meeres etwas anhaben konnten. Sie hatte DVDs aufgestöbert und Kleider, zusammen mit Werkzeugen und anderen Instrumenten sowie zahlreichen weiteren Dingen. Heute wollte sie zu einem großen, braunen Truck zurückkehren, der mit Schachteln und Boxen beladen gewesen war, als er ins Wasser stürzte. Bislang hatte sie nur die Gelegenheit gehabt, einen raschen Blick hineinzuwerfen.

Natürlich wäre das meiste von der Karton-Verpackung schon längst verrottet, aber nicht alles. Und was auch immer in den Schachteln gewesen war, häufig in Plastik eingewickelt, lag jetzt in dem Fahrzeug und darum herum verstreut.

Ana schlüpfte rasch durch den angewinkelten Spalt der Tür und fand sich in zu viel Dunkelheit wieder. Sie nahm ihr Tank Top ab und band es sich um die Taille, dankbar für den anderen Nutzen ihrer Kristalle. Das sanfte Leuchten davon half, die Dunkelheit hier zu erhellen, und in das in Tiefen, wo die Sonne nicht mehr hinkam.

Ein angenehmes, blaues Glühen strömte durch das Wageninnere, das etwa so groß wie ihr Schlafzimmer war, und angefüllt mit jeder Menge seltsam aussehender Formen. Und als sie dort am Eingang schwebte, beobachtete, erhob sich eine der

Formen in einer weit entfernten Ecke. Es war so groß wie ein Mann, aber nur halb so breit.

Ihre Hand ging zu ihrem Messer und sie sah das Leuchten seiner Augen, bevor er auf sie zugeschossen kam. Gelblichgrüne und blaue Funken erhellten den Raum – seine Wut darüber, dass man ihn gestört hatte.

Ana fluchte und duckte sich noch zur Tür raus, genau in dem Moment, als der Aal dort krachend gegen die Truckwand schlug, wo sie gerade eben noch gewesen war. Das Geräusch seines wütenden Angriffs, der Aufprall gegen das Metall setzte sich als dumpfes Echo im Wasser fort, aber sie vergeudete keine Zeit mehr. Über eins achtzig groß und aufgebracht wie eine wütende Wespe, war der elektrische Funken versprühende Aal ihr nicht freundlich gesonnen. Er würde ihr nachsetzen, wenn sie in seine Höhle eindrang. Ihr Messer wäre kaum genug, um sich gegen die schockartigen Stromstöße zu verteidigen.

Verdammt, verdammt, verdammt. Angesichts dieser ziemlich knapp geglückten Flucht schlug das Herz ihr wild in der Brust, während sie von dem Truck weg durch das Wasser raste. *Das war viel zu nah dran gewesen.*

Ja, sie war vorsichtig gewesen – aber nicht vorsichtig genug. Normalerweise warf sie etwas in einen dunklen Raum, bevor sie da auch nur reinging, aber–

Ana spürte, wie sich die Strömung hinter ihr veränderte und machte gerade noch rechtzeitig einen Haken, um dem Funken sprühenden Aal zu entgehen. Sie spürte den elektrischen Kitzel, als er an ihr vorbeischoss. *Shit, der will nicht aufgeben.* Die Augen weit aufgerissen, der Herzschlag noch wilder, ihre Kristalle warm und brennend vor Anstrengung, machte sie eine flinke Kehrtwende um ein Fahrrad herum, das an einem steinigen Riff festgewachsen war und schwamm in eine andere Richtung davon.

Aber er war immer noch hinter ihr her und sie musste sich ducken und durch Fenster und um Häuser und Fahrzeuge herum tauchen, auf der Flucht vor ihm. Ihr einziger Vorteil war ihre Beweglichkeit, denn auch wenn der Aal schlangengleich war und mühelos durch das Wasser glitt, beim Angriff warf er sich gerade und steif wie ein Wurfspeer nach vorne. Aber dann war er zu schnell und zu glatt, als dass sie mit dem Messer zu einem guten Stoß ansetzten könnte.

Wieder schoss er an ihr vorbei und überraschte sie gerade dann, als sie dachte ihn abgeschüttelt zu haben, und Ana schrie lautlos auf bei dem Brennen und dem Stechen an der rechten Seite ihres Körpers, genau in dem Moment, als sie nach ihm stach. Der elektrische Schlag machte, dass ihre Nerven vibrierten und sie sich auf einmal sehr schwer fühlte.

Oh nein, das wirst du nicht, dachte sie und biss die Zähne zusammen. Die Taktik eines solchen Aals war es, mit elektrischen Schlägen zu betäuben und zu lähmen, und sein hilfloses Opfer dann anzugreifen. Auf diesen Trick würde sie aber nicht reinfallen. Auch wenn ihre Körperbewegungen unbeholfen wurden, war sie noch in der Lage, auf eine große Formation aus Beton und Stein hinzurobben. Dort wartete sie, legte sich mit ihrem ganzen Körper ganz eng dort an, während sie ihre Waffe in Bereitschaft hielt und darauf wartete, dass ihre Muskeln ihr wieder gehorchten.

Wie erwartet kam der Aal um die Ecke geschlichen, mit seinen blauen und grünen Funken schon als warnende Vorboten.

Ana hielt den Atem an, als er auf sie zuschoss, seine Augen glühten wie hässliche, grüngelbe Murmeln. *Drei, zwei, eins, los!*

Im allerletzten Moment wich sie aus, etwas schwerfälliger als sonst, aber schnell genug, so dass die Kreatur mit voller Wucht gegen den Stein krachte, genau da, als sie ihr Messer niedersausen ließ. Er war ihr so nahe, dass sie einen weiteren Stromschlag abbekam, der ihr erneut über die Vorderseite und seitlich an ihrem Oberkörper entlang blitzte. Aber während sie nur geringfügig betäubt wurde und nur etwas langsamer geworden war, war er restlos betäubt und desorientiert – aber noch nicht tot. Sein Blut wurde weitere Viecher anlocken.

Ana verschwendete keine Zeit. Sie verstaute das Messer in ihrem Gürtel und stolper-schwamm weg, wobei sie wie ein Hund unbeholfen mit den Armen paddelte. Ihre Beine versuchten im Frosch-Stil auszuholen, aber verhedderten sich nur heillos oder stießen gegen alles Mögliche. Aber im Moment verfolgte sie der

Aal nicht – denn sie sah sich immer wieder um – und sie war in der Lage so schnell wie möglich ihren Weg zurück zu finden, dorthin, wo sie Bruiser gelassen hatte.

Das Herz hämmerte ihr immer noch wild, als sie aus dem Wasser stolperte, die Wellen klatschten ihr gegen Brüste und Arme, als sie sicheren Grund unter den Füßen fand und auf den Strand zuging, und dabei die Umstellung in ihrem Körper spürte, als die eine Lunge wieder den Atmungsprozess von der anderen übernahm. Ihr fiel auf, dass sie bei der Verfolgungsjagd ihr Tank Top verloren hatte, aber es würde niemand hier sein, der sie sehen könnte–

Oh, bei allen verflixten Schwertern Captain Nemos, wie wahrscheinlich war das denn?

Da am Strand, gleich neben Bruiser, stand Fence und sah ihr zu, wie sie aus dem Wasser auftauchte.

Klar. Das konnte nur er sein. Hatte sich das Schicksal gegen sie verschworen? Oder war es nur Pech? *Shit.*

Ana hielt im Wasser inne und glitt wieder etwas zurück, so dass die Wellen ihr gegen den Oberkörper schlugen. Es war nicht die Tatsache, dass sie nur Unterwäsche anhatte, die sie hier zögern ließ – eine derartige Scham war ihr fremd, nicht nach allem, was Darian und sie angestellt hatten. Es waren ihre Kristalle, die sie um jeden Preis verbergen wollte. Unterhalb ihres BHs waren diese offen zu sehen und Fence würde nicht umhin können, als sie zu bemerken. *Und was jetzt?*

Ihr ging auf, dass sie zitterte; nicht wegen der plötzlichen Brise oder der Temperaturveränderung, aber wegen dem Angriff des Aals auf ihren Körper. Jetzt, wo sie wieder zu Fuß unterwegs war, aufrecht, schienen die letzten Reste jener Stromstöße noch kräftiger durch sie hindurch zu jagen. Etwas tat weh, seitlich an ihrem Oberkörper, und sie blickte runter, um dort rote und lila Wunden an ihrem rechten Arm und an ihrer Taille zu erblicken, die gerade noch aus dem Wasser rausragten. Aus dem Schmerz zu schließen, reichte das wohl die gesamte Länge ihres Beines runter.

Auf einmal kam ihr der Gedanke: Was, wenn der Aal ihre linke Seite betäubt hätte, wo ihre Kristalle waren? Hätte das ihre Energie außer Kraft gesetzt?

„Hey!", rief Fence. Er war in Richtung Wasser gekommen. „Alles ok mit dir?"

In Anbetracht der Tatsache, dass die letzten Worte, die er zu ihr gesprochen hatte *Lass mich in Ruhe* und *Verschwinde* gewesen waren, fand Ana das nun ziemlich ... einfallslos.

Trotz ihres arg mitgenommenen Körpers war ihr Verstand noch ziemlich auf Zack. „Ich hab' was fallen lassen", sagte sie und tauchte wieder unter. Sie griff sich eine Handvoll Schlamm und schmierte sich den seitlich über den Oberkörper, als sie wieder hochkam, wodurch sie hoffentlich die Kristalle geschickt verbarg, bis sie ein Hemd finden konnte.

„Bist du sicher, dass alles ok ist?", fragte er, als sie aus dem Wasser kam – rasch. Und sich dabei ihren linken Arm schräg über die Rippen hielt.

Ihr fiel auf, dass seine großen, schwarzen Füße, die in keinen Schuhen steckten, sich in den Sand eingegraben hatten, als ob er seine Zehen darin eingerollt hätte. Und dann wanderte ihr Blick an seinen breiten Knöcheln und muskulösen Unterschenkeln hoch, vorbei an seiner Shorts und einem T-Shirt, das sich in fernen Höhen über seine Schultern spannte. Sie musste tief schlucken und auch tief Luft holen. Wie Yvonne es sagen würde, bei dem Typ kam man ins Schmachten.

Lass dich nicht da reinziehen.

Aber es wäre so einfach, redete sie sich selbst zu. *Und er ist–*

Und er hätte dir deine Klamotten in null Komma nichts abgenommen ... und dann wärst du echt in der Patsche.

„Du zitterst", sagte Fence, „und du bist ganz verdreckt. Und – was ist denn das?" Da schaute er gerade glücklicherweise die Verbrennungen an ihrer Haut an und nicht etwa die schlammbedeckten Kristalle.

Wieder überlegte Ana schnell. „Mir ist eiskalt", sagte sie und wickelte die Arme fester um sich und machte, dass ihre Zähne hörbar klapperten – was nicht schwer war, da sie entsetzlich zittrig und schwach war.

„Hier", sagte er, so wie sie es sich von ihm erhofft hatte, und riss sich das Hemd vom Leib. „Was ist das da an der Seite?", fragte er wieder.

Das T-Shirt war warm und weich, und es duftete frisch nach Pinien und nach Mann, und Ana zog es sich dankbar über. „Ach, das? Ich hab' mich an einem Felsen aufgeschürft."

„Sieht mir nicht nach einer Schürfung aus", sagte er. „Lass mich das mal anschauen. Ich kenne mich mit Erster Hilfe aus. Du kriegst vielleicht eine Infektion."

„Mir geht es gut", erwiderte sie und drehte sich dann wieder zu ihm. „Was machst du denn hier?"

„Dein Vater – uhm, ich wusste nicht, dass er dein Vater ist ... George. Ich bin hier, um etwas von seiner Medizin abzuholen und nach Envy mitzunehmen. Egal ... er hat mir gesagt, dass du wahrscheinlich hier bist. Er hat mir was zu essen angeboten, und dann gemerkt, dass du nicht da bist, um es–uhm–zu kochen. Er schien erstaunt, dass du nicht da warst." Von der Seite her warf er ihr ein Grinsen zu, bei dem ihr im Magen butterweich wurde. „Also hat er gesagt, ich soll dich holen kommen."

„Klingt wie mein Dad", sagte sie mit genervter Zuneigung. Aber sie konnte sich nicht wirklich beschweren – Dad war ein grauenvoller Koch. Sie hinkte rüber zu Bruiser, noch uneleganter als sonst. Ihre Beine fühlten sich, verdammt nochmal, immer noch schwach an.

„Du solltest nicht alleine schwimmen", sagte Fence, der von hinten an sie ran trat, als sie ihre Shorts aufhob und versuchte sie anzuziehen, ohne auf die Nase zu fallen.

„Ach, ja?", fragte sie unschuldig und drehte sich einmal kurz um und schaute ihn an, als die Shorts oben an Ort und Stelle war.

„Ja. Es könnte alles Mögliche passieren – du könntest dich verirren oder verletzen oder sogar von einem Hai angegriffen werden."

Sie hätte schwören können, dass ein kleiner Schauder ihm über den Rücken lief, als er hinaus auf die unendliche Weite des

Meeres schaute. „Nun, vielleicht kommst du das nächste Mal einfach mit", sagte sie zu ihm. Zum Teil auch deswegen, weil sie sich über seine Reaktionen bei der Rettung von Tanya wunderte.

„Hmm, nun, ich möchte mir die Haare nicht so gern nass machen", sagte er und strich sich mit der Hand über einen sehr kahlen Schädel. „Oh, warte ... hehe", fügte er mit einem tiefen Lachen hinzu. Aber das Schmunzeln klang gekünstelt und erzwungen.

Ana schaute ihn noch einmal an und sah etwas anderes hinter dem Humor aufblitzen. Dann war es wieder weg. Und dann ging ihr auf, dass sie in sein Gesicht *hoch*schaute – ungewohnt für sie, mit ihren ein Meter achtzig Länge. Aber trotz seiner Größe und seiner Selbstsicherheit war da dieses unbestimmte Etwas, das in seinen Augen lauerte. Und weil das bei einem so großen Draufgänger-Typen wie ihm eine Anomalie schien, war ihre Neugier erwacht.

„Ich kann dir das Schwimmen beibringen", sagte sie, während sie ihre Schuhe anzog. Sie musste sich dabei Zeit lassen, denn ihre Muskeln waren immer noch schwach und zittrig. Sie war noch nie zuvor von einem Aal gestochen worden. Wie lange würde diese Wirkung anhalten? Und wie zum Teufel würde sie es vor ihrem Vater geheim halten?

„Oh, ich kann schwimmen", antwortete er mit ausdruckloser Stimme. „Ich habe dir doch gesagt", fuhr er mit einem seltsamen Lächeln fort, „ich mach mir nicht gerne die Haare nass." Dann verengten sich seine Augen, die fast mandelförmig waren, von ultralangen, geschwungenen Wimpern eingerahmt. „Glaub ja nicht, dass ich nicht gemerkt habe, wie du versuchst das Thema zu wechseln."

„Welches Thema?", fragte sie. „Du hast mir einen Vortrag darüber gehalten, nicht alleine schwimmen zu gehen."

Er schnaubte verärgert, aber sie sah seine Augen belustigt aufblitzen. „Ja, aber vorher habe ich verlangt, dass du mich einen Blick auf das werfen lässt, was da mit deiner Haut passiert ist."

„Ja, *verlangt* ist das richtige Wort. Ich bin froh, dass dir das auch aufgefallen ist", entgegnete sie und stellte Bruiser neben einem hohen Stein auf, den sie immer benutzte, um aufzusitzen. Er hatte kleine Einbuchtungen, die sie als Stufen nutzen konnte.

„Hey, ich nenn' es, wie ich es sehe", sagte er und sie spürte, wie er sie vorsichtig beobachtete, während sie die Zügel arrangierte, damit sie auf den Felsbrocken raufklettern konnte.

Die Haare in ihrem Nacken stellten sich auf. Wenn er jetzt vorschlug, dass sie Hilfe brauchte, würde sie ihn in die Pfanne hauen. Denn wenn er das tat, so gab ihr das natürlich einen Grund, ihn unattraktiv zu finden. Was sie jetzt gerade irgendwie nötig hatte.

„Und das ist keine verdammte Schürfwunde von einem Stein. Warum versuchst du so verdammt heldenhaft zu sein? Ich habe genug Leute – darin eingeschlossen auch mein bester Freund Lenny – an etwas sterben sehen, das zu Anfang nichts schien, sich aber dann entzündete und zu etwas wurde, was sie dann getötet hat."

„Möglich", sagte sie und benutzte den Zweig von einem Baumschößling, um auf den Stein rauf zu kommen, während sie dabei die ganze Zeit spürte, wie er sie beobachtete. Sie war sich sicher, dass sein Körper angespannt war, und bereit loszuspringen, um ihr zu helfen, wenn sie mit ihrem etwas unverlässlichen Bein ausrutschte. Also gab sie ganz besonders Acht. „Auch möglich, dass du nur versuchst, unter mein Hemd zu schlüpfen. Dein Hemd", verbesserte sie sich und schaute ihn von oben auf dem Stein nun direkt an. Jetzt war sie größer als er und er musste zu ihr hochschauen. Und verflixt, aus diesem Blickwinkel sah er noch besser aus. Sie unterdrückte einen kleinen Schauder der Erregung. „Ich kenne die Masche von Typen wie dir."

Ach? Wusste sie das? Ob nun Darian oder nein. Greg Luck versuchte schon seit sechs Monaten, ihr die Kleider abzunehmen, und er war wahrscheinlich der Hartnäckigste. Aber Ana war recht fix darin, sie sich alle weit genug vom Leibe zu halten – weil sie es musste und weil sie auch nicht interessiert war.

Ein Lächeln schlich sich da in die Augen von Fence und seine vollen Lippen zuckten. „Nun, da es mein Hemd ist, wenn es das gewesen wäre, was ich will, hätte ich – du weißt schon … ‚ein Typ wie ich einer es bin' – es dir wohl kaum einfach so überlassen. Du hast ziemlich verdammt gut ausgesehen, wie du da so einfach aus dem Wasser gekommen bist." Er runzelte die Stirn und blickte um sich. „Wo ist denn *dein* Hemd eigentlich?"

„Danke", sagte sie und hatte nicht vor, ihm zu sagen, dass sie ihr Tank Top bei einem Techtelmechtel mit einem Aal verloren hatte. Sie drehte sich um, um sich auf Bruiser hoch zu werfen. Im Gegensatz zu den meisten Leuten stieg sie wegen ihrem Bein nicht auf der linken Seite auf. Aber diesmal, als sie den Fuß in den Steigbügel setzte und ihr anderes Bein hoch und rüber hob, machten ihre geschwächten Muskeln nicht mit und ihr Knie gab nach.

Sie kippte nach hinten und ehe sie sich's versah, purzelte sie von Bruiser runter ... und Fence natürlich in die Arme.

„Du hast nur drauf gewartet, dass so was passiert, nicht wahr", sagte sie schnippisch und etwas außer Atem. Und vor lauter Demütigung wurden ihr die Wangen heiß, als sie ihren Fuß aus dem Steigbügel rauszerrte, wo er sich verdreht und verfangen hatte.

„Ganz und gar nicht", sagte er ernsthaft und fügte dann hinzu, „aber ich habe den leisen Verdacht, dass du es vielleicht so geplant haben könntest. Denn weswegen sonst solltest du denn in meinen Armen landen? Aber du hättest gar nicht fragen müssen ... schließlich hast du mich schon dazu gebracht mein Hemd auszuziehen."

Ana stieß schnaubend ein Lachen aus, das amüsierter war, als sie zugeben wollte. Das Herz hämmerte ihr in der Brust, sicherlich heftig genug, dass es von zwischen ihren Rippen her, durch ihre Haut und bis in seine wirklich warme, wirklich breite und kraftvolle und perfekt geformte *nackte* Brust hinein zu spüren war. Die war wie aus Stein ... aber glatt und *warm* und lebendig. Sie schluckte das Beben in ihrer Magengegend runter ... auch das etwas tiefer gelegene. „Ok, nun–"

„Bevor ich dich jetzt aber absetze", sagte er und hielt sie irgendwie mit einem Arm fest und benutzte seine freie Hand, um ihr eine Haarsträhne von der Wange zu streichen, „denke ich, dass ich dich küssen muss.“

„Echt?“, schaffte sie zu sagen, entsetzt, wie außer Atem sie klang. Ihr verkrüppelter Fuß baumelte frei, aber irgendwie hatte sich ihr rechtes Bein leicht um ihn geschlungen. Wegen der Stabilität, sagte sie sich – auch wenn er sie an der Taille festhielt, gegen sich gelehnt. Und so wie sich das anfühlte, würde sie hier nirgends abrutschen. Sie saß dem Mann fast rittlings auf den Hüften. *Oh, mein Gott.*

„Echt“, sagte er und wartete dann den Bruchteil einer Sekunde lang ... als wolle er ihr die Gelegenheit geben abzulehnen ... bevor er sein Gesicht auf ihres zu bewegte. Seine andere Hand wanderte um sie herum, ihr hinten zwischen die Schulterblätter.

Durch die Art, wie er sie hielt, musste sie sich keine Sorgen machen, dass er ihre Kristalle ertasten könnte. Ihre Gesichter waren hier, genau hier, und demzufolge waren das ihre Münder ebenfalls. Seine vollen Lippen waren weich und zärtlich und sie spürte wie ihre eigenen sich zur Erwiderung entspannten, als sie sich einander anpassten. Süß und zärtlich. Lust prickelte überall in ihr, als er sich bewegte, seine Lippen öffnete und an ihren knabberte, als hätte er alle Zeit der Welt, um ihre Textur zu erkunden, und die Art und Weise, wie sie zueinander passten.

Die Sinnlichkeit seines vollen, weichen Mundes, das rasche, feuchte Wischen einer Zunge zwischen ihren Lippen machten, dass sie die Augen schloss und ein lustvolles Stöhnen unterdrückte. Gutaussehende Männer zu küssen war kein Neuland für Ana, aber es war schon eine Weile her und das hier war ein außergewöhnlicher Kuss. Sie legte ihre Hände auf diesen riesigen Schultern ab, spürte die geschmeidigen Verschiebungen der Muskeln dort, als er ihre Füße wieder zu Boden gleiten ließ.

Ihr Kuss ging dann sanft auseinander, als sie wieder sicheren Halt mit den Füßen fand, seine Arme immer noch locker um sie geschlungen. Seine Augen dunkel vor Hitze und Lust, und seine Lippen waren noch voller, schimmerten ein bisschen von dem Kosten an ihren.

„Hmmm", sagte er. Seine Stimme, die schon immer sehr tief gewesen war, schien jetzt noch tiefer. „Du hast mich dazu gebracht, mein Hemd auszuziehen, und jetzt hast du meine Knie bis kurz vor den Kollaps getrieben. Ich weiß nicht, ob du das vorhattest, aber es hat funktioniert."

„Ich hatte nichts dergleichen vor", sagte sie und befreite sich geschickt aus seiner Umarmung. Ihre eigenen verdammten Knie waren auch total weich und die Brandwunden von dem Aal an ihrem Oberkörper schmerzten wegen seiner Umarmung. Aber diese kleine Unannehmlichkeit fiel ihr erst jetzt auf ... davor hatte sie der Kuss ganz abgelenkt.

„Wie wär's, wenn ich dir dieses Mal dabei helfe", sagte er, als sie sich anschickte wieder auf Bruiser aufzusitzen.

„Nein, ich will nicht–", aber die Worte wurden ihr von einem Wooosch abgeschnitten, als er sie hochhob – als wäre sie so leicht wie Tanya – und sie genau auf dem Sattel niederploppen ließ.

„Es ist nicht wegen deinem Bein, Ana", sagte er. Die dunklen, samtweichen Augen waren ernst, aber da drunter schwang eine warme Leichtigkeit in seiner Stimme. „Es ist, weil ich weiß, dass jetzt gerade dir die Knie genauso zittern wie mir."

„Das weißt du ganz und gar nicht", sagte sie schnippisch und ergriff die Zügel. Aber ein Lächeln zuckte ihr in den Mundwinkeln. Er war unausstehlich, aber seinem Charme konnte sie trotzdem nicht widerstehen. Es war ok zu flirten, oder etwa nicht?

Solange er nicht die Hände unter ihr Hemd steckte.

„Baby, ich kenn' mich mit Frauen aus. Und ich weiß – dieser Kuss hatte dich so ziemlich von den Socken gefegt."

Ihre gute Meinung über seine Charme verflüchtigte sich und sie holte da empört Luft, um ihm die Meinung zu sagen, aber er winkte nur ab und fuhr mit seiner köstlich langsamen Stimme genüsslich fort, „aber das ist ok. Ich werd's nicht schlimmer für dich machen, als es schon ist, Zuckerstück. Zumindest nicht jetzt gleich. Ein Mädel kann nur so viel von Fence auf einmal verkraften, wenn sie ihn noch nicht gewohnt ist."

4

Ana war schon eine Herausforderung, mit ihrem langen, goldenen Körper und dem Haar mit diesen Sonnensträhnchen. Eine Herausforderung und irrsinnig sexy: was für eine Kombination. Würde ihn auf Trab halten bei dem Versuch, sie in die Falle zu kriegen.

Fence hatte kein Problem damit zuzugeben – zumindest nicht vor sich selbst –, dass ihm die Knie immer noch leicht zitterten. Er war derjenige gewesen, der das Tempo vorgegeben hatte, aber sie war es, deren Kuss ihn auf eine derartige Achterbahnfahrt mitgenommen hatte, dass er anfing von sich in der 3. Person zu reden. Und das obendrein mit Großmutters Südstaaten Akzent.

Grundgütiger! Das letzte Mal, dass ihm so was passiert war, war mit einem Victoria's Secrets Model gewesen, die auf eine der Wildnis-Fahrten von seiner Firma *Touren nach Maß* mitwollte, bis sie rausfand, dass es da vielleicht Schlangen gab. Den Auftrag zu verlieren, war damals eine der größten Enttäuschungen seiner Karriere gewesen. Er und Lenny hatten über eine Woche lang deswegen rumgemault.

Aber, verdammt und zugenäht, Ana sah *lecker* aus, wie sie da aus dem Ozean geschlendert kam, wie eines von den Mädels aus James Bond. Eher nicht Halle Berry – auch wenn die sein persönlicher Favorit war – sondern eher wie die andere, auch die mit einem Messer an der Hüfte. Ursula Andress. Nein, Ursula *Ohne*-Dress.

Bei dem Witz schmunzelte er, auch wenn der Witz älter war als er selbst. Nur gut, dass Ana auf dem Pferd auf dem Weg vor ihm ritt und nur wenig weiter vor ihm lag auch schon ihr Haus. Ansonsten hätte sie wahrscheinlich wissen wollen, was so komisch war.

Wenn er einen Vorwand finden könnte, noch ein oder zwei Tage in Glenway zu bleiben und dann sehen, was er sonst noch mit der Sonnengöttin an den Start brachte, würde er noch ein bisschen in der Gegend abhängen.

Aber er durfte es nicht allzu lange ausdehnen. Er musste nach Envy zurück – nur für den Fall, dass dort etwas passierte. Und abgesehen davon: George hatte gerade etwas Penicillin hergestellt, das man zu Elliott schaffen musste, bevor es wieder verdarb oder schimmelte oder sonst was – was von all dem wusste Fence nicht genau, denn war das Ganze nicht ohnehin Schimmel?

Auch wenn er Mathe liebte, Chemie war nicht seine Stärke – außer der zwischen einem Mann und einer Frau. Darin war er Musterschüler. Also ging Fence jetzt erst einmal davon aus, dass er essen würde, was auch immer Ana für ihn und George kochte ... und dann würde er sich noch vor Einbruch der Dunkelheit auf den Weg machen müssen. Zumindest würde er auf dem Heimweg die Erinnerung an ihren süßen Body haben, mit all diesen irrsinnigen, heißen Kurven, die an ihm runter Richtung Boden glitten.

Und jetzt wusste er, wo er sie finden konnte. Wie lange hielt das Penicillin denn eigentlich vor? Elliott würde sicher schon bald wieder Bedarf an so was haben.

Mittlerweile stieg Ana gerade vor dem kleinen Häuschen ab, das sie und ihr Vater sich teilten, und Fence ging die sanfte Steigung zum Haus hoch. An der Rückseite des vom Wetter gezeichneten, grauen Hauses befand sich das Labor, das früher einmal ein Sattelschlepperanhänger gewesen war. Er hatte das Innere schon gesehen und für eine postapokalyptische Welt war es ziemlich verdammt erstaunlich.

Das Haus an sich bestand aus einem Zimmer, sowohl Küche und Wohnzimmer, die zusammen mit einem Badezimmer das

Erdgeschoss ausmachten, und auf der oberen Etage, so nahm er an, gab es zwei Schlafzimmer. Sein Eindruck vom Wohnbereich war der von zusammengewürfelter Gemütlichkeit, während das angebaute Labor tadellos sauber und ordentlich war. Das Labor – fast abweisend kühl wegen der Ordnung darin, mit einer Unmenge Lampen, die von Wind- und Sonnenenergie betrieben wurden – war fast so groß wie das Haus.

Noch etwas Interessantes … und auch ein wenig beunruhigend … war ihm aufgefallen, während er da drin bei George zu Besuch gewesen war – wenn man sich als einen „Gast" bezeichnen konnte, bei diesem Mann, der die Nase andauernd in einer Petrischale oder seine Augen immer an einem Mikroskop hatte: In einer der Schalen befand sich etwas von der glitzernden, grauen Substanz, die sie am Strand bei Envy gefunden hatten, in jener Nacht, als er Ana zum ersten Mal gesehen hatte.

Die Frage war: Hatten George und (oder) Ana ihre eigene Probe von dem Zeug irgendwo anders gefunden … oder hatte Ana etwas davon gestohlen für ihren Wissenschaftler-Papa? Und wenn Ersteres der Fall war, wo hatten sie es gefunden? Und hatte George rausgefunden, was es war? Oder wussten sie es bereits?

Im Moment sah Fence, der Ana gerade dabei zusah, wie sie das Pferd in einen dritten Gebäudeteil hineinführte, der eine Art Stall oder Scheune zu sein schien, keinen Anlass ins Haus zu eilen, weil er hier doch ihre hochgewachsene, goldene Figur noch betrachten konnte. Ganz besonders jetzt nicht, denn sie hatte sich ein neues – ein enganliegendes – Hemd angezogen, während sie im Stall gewesen war, und trug seines jetzt über ihrem Arm. Deutlich interessanter als ein geistesabwesender, leicht sozialgestörter Professor-Typ.

Sie musste mindestens ein Meter achtzig groß sein, was sie etwa zehn Zentimeter kleiner machte als er, aber nicht so klein, dass er sich neben ihr wie ein Monster vorkam. Und gewiss auch nicht schmächtig gebaut – sie hatte ein paar gut trainierte Muskeln an den Armen und außer ihrem verkorksten Bein war der Rest von ihr auch schlank und durchtrainiert. Sie sah aus wie ein Mädel, das sich überall durchsetzen konnte, von der Küche bis hin ins Schlafzimmer.

„Kommst du?, fragte Ana gerade und hinkte dort rüber, wo er stand, neben einem Gänseblümchenfeld und einer wild wachsenden Weinrebe. Und wo er draußen vor dem Haus auf sie wartete.

„Nach dir, bitte", sagte er und versuchte nicht anzüglich zu grinsen. Lüstern zu glotzen, gehörte sich nicht, hatte seine Mama immer gesagt. Aber Ana hatte nun mal einen prachtvollen Arsch und es *gehörte* sich, der Dame den Vortritt zu lassen.

Sie warf ihm einen verächtlichen Blick zu, als ob sie genau wüsste, warum er ihr den Vortritt ließ, und er spürte, wie seine Augen etwas enger wurden, als er lächelte und ihren Blick schamlos erwiderte. Das Weib sollte sich geschmeichelt fühlen, dass seine Augen wie Fußballstickerbildchen an ihr klebten.

Dann ging Ana rein und sein Lächeln verflog, als er sie schreien hörte.

„Was ist?" Er stürzte hinter ihr her in die Hütte rein und fand sie auf dem Boden kniend, neben George, der leblos auf dem Küchenfußboden zusammengebrochen lag.

„Dad", sagte sie und berührte sein Gesicht. „Dad, wach auf. *Dad!*"

Fence, der sich nicht nur mit Erster Hilfe auskannte, sondern im Rahmen seines Jobs als Tour-Guide auch das Diplom als Rettungssanitäter gemacht hatte, hockte sich neben sie und schaute sich den alten Mann an. George atmete, wenn auch etwas stockend, und seine Haut sah verschwitzt und angespannt aus, und hatte einen leicht blauen Unterton unter dem Grau. Sein Puls schien normal, wenn auch etwas erhöht, und seine Hände waren kalt. Er hatte erste Anzeichen einer Beule an der Seite seines Kopfes, wahrscheinlich vom Aufprall auf dem Fußboden. Verdammt gut, dass es nur hartes Holz und kein Stein war.

Dann flatterten seine Augen und öffneten sich, und er schaute etwas groggy zu ihnen hoch. „Anastancie", murmelte er und versuchte sich aufzusetzen. „Was machst du–"

„Nein, das tust du nicht", sagte sie mit Nachdruck und glitt mit ihren Armen unter seine Schultern, um ihn von dem harten Fußboden wegzubekommen. „Warte noch einen Moment, Dad." Sie schaute hoch zu Fence und er sah, wie sich Angst in ihren Augen anfing breitzumachen. „Das ist das dritte Mal in den letzten beiden Wochen, dass ihm das passiert ist."

„Mir ist *gar nichts* passiert", widersprach George, aber sogar Fence hörte die Schwäche in der Stimme. „Nur ein bisschen schwindlig."

„So schwindlig, dass es dich vornüber umgehauen hat? Schon wieder?"

„Was ist passiert?", fragte Fence während er dem alten Mann sanft den Schädel massierte. Eine kleine Beule bildete sich bereits, aber es war nur eine Beule, wie man sie bei so einem Sturz bekam. „Bevor ich dich an einen etwas bequemeren Ort verfrachte, muss ich wissen: Tut es dir noch woanders weh?"

„Nein", brummte George. „Außer meinem Stolz hat nichts Schaden genommen."

Fence wartete nicht länger. Mühelos hob er den älteren Mann hoch und bevor George protestieren konnte, setzte er ihn sanft auf dem Sofa ab. „Solltest nicht länger auf dem kalten Boden bleiben", sagte er, als der Mann ihn knurrig anschaute.

Ana war da schon an seiner Seite und schob ein Kissen unter den Kopf ihres Vaters. „Was ist passiert, Dad?"

„Mir wurde nur kurz schwindlig – das ist alles. Gleich drauf fühlte ich mich schon so schwach, dass ich versucht habe mich hinzusetzen. Ich habe es nicht zu einem Stuhl geschafft."

„Wie oft hast du dich denn schon so gefühlt?", fragte Fence und legte seine Finger um das Handgelenk von George, um seinen Puls zu überprüfen. Nicht zu schnell, aber definitiv schneller als normal. Er hatte keine Uhr und konnte hier auch keine entdecken, also musste er die Zeit und den Puls schätzen. Er wünschte, er hätte ein Blutdruckmessgerät.

„Ein paar Mal die Woche wird mir ein bisschen schwindlig. Ich werde nicht jedes Mal ohnmächtig", fügte er als Rechtfertigung vor Ana hinzu ... und merkte dann, dass diese Aussage nicht gerade ein Trost war.

Sie schaute Fence an, der sich neben dem Sofa auf seine Fersen zurückgelehnt hingehockt hatte, damit er nicht über dem Patienten hing. „Ich weiß nicht, was ich dagegen tun kann. Was ist, wenn ich ein Weilchen wegbleibe, und er würde dort liegen bleiben auf dem Boden, die ganze Nacht oder den ganzen Tag?" Auf ihrem Gesicht zeichneten sich Angst und Unsicherheit ab. „Was ist, wenn er einmal nicht aufwacht? Oder sich den Kopf an etwas richtig Hartem oder Spitzem stößt?"

„Es geht mir *gut*", sagte George. „Ich hätte mich hinsetzen sollen und das habe ich nicht. Mein Fehler. Kommt nicht wieder vor." Er zog sich in eine sitzende Position hoch und das Kissen fiel runter. Ana streichelte ihm über die Hand und Fence fiel auf, dass ihre Haut viel dunkler war, als die von ihrem Vater – wahrscheinlich von den vielen Stunden, die sie im Freien verbrachte.

Und dennoch hatten Vater und Tochter einiges gemeinsam: Die Form ihres Körpers – bei ihm, hochgewachsen und schlaksig; bei ihr schlank und geschmeidig. Die gleichen hellbraunen Augen mit bernsteinfarbenen und grünen Einsprengseln darin. Das gleiche, gewellte Haar. Bei George war es ein dichter, brauner Schopf, der gerade anfing grau zu werden, bei Ana war es lang und fiel in weichen Wellen herab.

„Muss dir sagen...", sagte Fence mit einer Stimme, die er immer benutzte, wenn er eine Frau – oder einen Mann – nach einer Panikattacke wieder runterkriegen musste, wenn die gerade eine Schwarze Witwe in ihrem (oder seinem) Zelt gefunden hatten, oder um einen plötzlich klaustrophobischen Kunden durch die sehr engen Durchgänge vom Dreckigen Miststück zu bugsieren, bis hin zu dem Moment, wo er erklärte, bei der Besteigung des Havasu bestand durchaus die Möglichkeit sich ernsthaft zu verletzen. „Ich bin der Meinung, dass du das alles mal durchchecken lassen solltest. Das ist dir wohl selber klar. Ich habe so eine Art medizinischer Ausbildung", fuhr er fort – und begriff dann, dass das wahrscheinlich für Post-Wechsel Menschen eine eher fremde Vorstellung war –, „aber mein Freund Elliott, dem ich dein Penicillin bringe, könnte dir genau sagen, was das Problem ist. Damit du weißt, ob es was Ernstes ist", sagte er mit einem Blick zu Ana hin, „oder etwas wie, dass du nicht genug Eisen in deiner Nahrung hast. Oder dein Blutdruck niedrig ist oder so was."

„Dein Freund Elliott? In Envy?", sagte Ana.

Fence nickte. „Schwindelanfälle wie das hier könnten alles heißen, angefangen von niedrigem Blutdruck, über Herzprobleme bis hin zu einer Reihe anderer Dinge – sowohl ernst wie harmlos. Ich habe nicht die Erfahrung, noch habe ich die Mittel es genauer zu untersuchen, aber Dred kann das."

„Dread, wie in dem alten Film da? Judge Dredd, also Judge Grauen?"

Er grinste. „Jep, Elliotts Spitzname ist genauso absurd wie meiner. Er steht für Dr. E. Drake. D-R-E-D."

„Ich habe keine Zeit dafür, nach Envy zu gehen", brummte George verärgert. „Ich habe da hinten im Labor Dinge angesetzt und–"

„Dad, wir gehen nach Envy", sagte Ana fest entschlossen. „Wir müssen rausfinden, was mit dir nicht stimmt. Und abgesehen davon", fügte sie mit einem Funkeln in ihrem Augen hinzu, „bin ich sicher, dass du und Elliott eine Menge zu besprechen hättet, was deine Experimente betrifft."

Fence zwinkerte Ana zu. *Gut ausgespielt der Trumpf, Zuckerstück.* „Wir können gleich morgen Früh aufbrechen. Sollte nicht länger als ein paar Tage dauern. Und jetzt ... hast du nicht gerade was von Abendessen gesagt?"

„Kann schon sein", erwiderte sie und schenkte ihm ein Lächeln. Er spürte ihre Erleichterung, als sie beide aufstanden, aber bevor sie noch irgendetwas sagen konnte, war an der Tür ein Klopfen zu hören.

„Ana?", ertönte eine muntere Stimme und die Tür öffnete sich einen Spalt breit und Yvonnes Gesicht tauchte dort auf, umgeben von einem Nimbus goldener Haare. „Ich hoffe, du hast noch nicht mit dem Abendessen angefangen–" Sie musste wohl

George auf dem Sofa erblickt haben, denn ihr Lächeln wurde etwas schwächer. „Ist alles in Ordnung?"

„Komm rein", sagte Ana. „Dad hat nur mal wieder mit dem Gesicht voran die Flunder gemacht. Wir bringen ihn morgen nach Envy, damit man sich ihn mal anschaut." Trotz ihrer scherzhaft dahingesagten Worte, hörte Fence leichte Anspannung und Sorge in ihrem Tonfall.

„Er ist *hier*, Mom", kam es wie Souffleusenflüstern. Tanya lugte um die Tür ins Zimmer rein. Jetzt, wo ihre Haare trocken waren, waren sie wieder so voll und golden wie das Haar ihrer Mutter.

„Ich habe noch nicht mit dem Abendessen angefangen, aber hab' gerade dran gedacht", antwortete Ana mit einem Blick in die Küche.

„Lass das mal bleiben. Pete und ich haben beschlossen, dass wir heute Abend eine kleine Feier brauchen, weil doch alles heute so gut ausging. Du und George, ihr müsst kommen. Und du natürlich auch", fügte sie hinzu, wobei sie Fence mit einem verlegenen Lächeln anschaute. „und–du lieber Himmel, mir ist gerade klar geworden, dass ich dir niemals gedankt habe, dass du Tanya gefunden hast", fügte sie dann noch entsetzlich beschämt hinzu. Sie trat ins Zimmer ein und ging direkt auf ihn zu. „Und ich weiß nicht einmal deinen Namen! Ana hat mir gesagt, wenn du ihrer Spur nicht gefolgt wärst, hätten wir Tanya vielleicht nicht … rechtzeitig … gefunden." Ihre Stimme versagte, aber sie lächelte immer noch.

„Ich bin wegen *ihm* reingefallen!", sagte Tanya und stampfte dabei nachdrücklich mit einem Fuß auf den Boden. „Er hat gesagt, ich würde reinfallen … und dann *bin* ich reingefallen." Sie stand nun halb drinnen, halb draußen, mit dem Türpfosten, der ihre rechte Seite genau in der Hälfte abschnitt … bis auf ihr Gesicht. Sie hatte beide ihrer großen, braunen Augen unverwandt auf ihn gerichtet.

Fence stieß leise ein tiefes Lachen aus, aber innen drin verdrehte sich ihm der Magen. Er wollte nicht darüber nachdenken, was dort draußen in jenem Steinbruch heute fast passiert wäre und wie nahe dran er an einer weiteren Tragödie gewesen war. Stattdessen konzentrierte er sich auf das kleine Mädchen, das niedlicher war, als die Polizei erlaubte, mit ihren wilden, blonden Haaren, ihren Händen an den Hüften und dem verärgerten Klack-Klack von ihrem Fuß. Er hatte schon immer den Verdacht gehabt, dass Frauen diese Körperhaltung schon von klein auf lernten.

„Das war nicht sehr nett von mir, nicht wahr?", fragte er Tanya und ging in die Hocke, damit er mehr auf ihrer Augenhöhe war. „Wirst du meine Entschuldigung annehmen, wenn ich mich ganz, ganz und superarg lieb bei dir entschuldige?"

„Wie sieht das aus: eine ganz, ganz und superarg liebe Entschuldigung?", fragte sie und kam nun durch den Türrahmen getreten, um dort in voller Größe sichtbar zu sein. Die Hände an den Hüften.

„Tja-a-a ... es beginnt mit ein paar mal Anschaukeln da draußen auf der Schaukel ... und dann geht es über zu ein bisschen *Fischer wie tief ist das Wasser* – und du wärst der Fischer... und dann würd' ich einen Kleinen draufmachen und dir zeigen, wie ich deiner Spur gefolgt bin, so dass du selber auf Fährtensuche gehen kannst."

„Zehn Mal–nein, zwanzig Mal anschieben auf der Schaukel. Und superhoch. Ohne wegzugehen, um dich auszuruhen oder Kleider zusammenzulegen oder Abendessen zu machen, wie Mom das immer tut. Und du musst meinen Freund Carter auch anschieben. Ich weiß nicht, was *Fischer welche Fahne weht heute* ist, aber wenn es gut ist, mach ich das auch. Carter kann Fisch spielen, und du Pirat. Wenn es nicht gut ist, musst du dir ein anderes Spiel einfallen lassen. Und da muss man rennen und hüpfen bei. Und dann musst du mir zeigen, wie man Pferdespuren verfolgt. Und was machst du drauf, um mir was zu zeigen?"

„Hey, hey, hey ... du bist aber nicht sehr streng mit mir", sagte Fence und schluckte bei ihrer letzten Frage ein kleines Grinsen runter. „Also, abgemacht!"

„Ich geh' Carter holen!" Und wie ein geölter Blitz flitzte Tanya los.

Weil er sich bewusst war, dass Ana und Yvonne den ganzen Schlagabtausch mit angeschaut hatten, stand er wieder auf und drehte sich zu ihnen, wo ihm dann auffiel, dass George verschwunden war. „Ich heiße übrigens Fence", sagte er zu Yvonne. „Ich glaube nicht, dass ich dir vorhin meinen Namen gesagt habe – aber du warst auch ein bisschen abgelenkt. Verständlicherweise", fügte er mit einem Lächeln hinzu, als sie ansetzte zu sprechen, offensichtlich immer noch peinlich berührt von ihrem schlechten Benehmen.

„Nochmals danke", sagte Yvonne. „Und ich hoffe, dass du uns Gesellschaft leistest – ich hatte an ein BBQ vor unserem Haus gedacht und wir könnten bei einem kleinen Feuer am Strand der Sonne beim Untergehen zusehen." Sie drehte sich zu Ana um. „Ich dachte, ich lade auch die Lucks und die Davis' ein."

„Klingt wunderbar. Ich werde mal nachschauen und etwas für alle mitbringen", sagte Ana. „Bis gleich dann."

Nachdem Yvonne gegangen war, schaute Fence zu, wie Ana sich in der Küche ans Werk machte: Sie suchte in Wandschränken und öffnete einen Kühlschrank, der schon bessere Tage gesehen hatte.

So war das eben mit Post-Wechsel Haushaltsgeräten: Es gab sie, aber man musste sich gut um sie kümmern und sie in Schuss halten. Er konnte erkennen, dass die Tür von diesem Kühlschrank nicht die ursprüngliche war.

„Kann ich dir bei was helfen?", fragte er und blickte sich in der gemütlichen, etwas chaotischen Küche um. „Ich bin gut im Kleinschneiden von Sachen."

Ein paar Zeichnungen zierten die Wände: das kleine Häuschen umringt von Büscheln leuchtender Blumen, ein kleines Grüppchen junger Mädchen, die Springseil spielten (eine davon sah wie Tanya aus) und ein gemütliches Stillleben von einem Tisch, gedeckt für drei, mit fetten, roten Äpfeln, einem großen Stück Käse und einer Schale Trauben. An der Längsseite von dem Tisch im Esszimmer war eine Schale mit Seesternen und dem zarten Fächer einer Koralle. Offensichtlich mochte hier jemand das Meer, denn da waren auch ein paar Muscheln, etwas Treibholz und ein kleines, gerahmtes Bild von einer dunkelhaarigen Frau mit dem Lächeln von Ana.

„Das wäre fantastisch", sagte Ana und gleich darauf hatte sie ihm schon das Werkzeug gegeben, um einen kleinen Stapel von unterschiedlichem Gemüse kleinzuschneiden.

Als er sich an die Arbeit machte, ging Fence mit einem schmerzhaften Gefühl auf, dass er seit seinem Wiederauftauchen aus der Höhle bei Sedona nicht mehr in so einer gemütlichen, häuslichen Umgebung gesessen hatte. Eine Welle der Nostalgie überkam ihn da, und auch Trauer um die vergangenen Zeiten: In der Küche von seiner Mama oder denen von seinen Schwestern zu sitzen, während sie geschäftig bei der Essensvorbereitung herumwuselten oder beim Aufräumen nach einem Essen, wobei sie ihn oft annörgelten, er solle ihnen helfen. Oder sogar seine eigene Küche, in dem kleinen Bungalow, den er am Fuße eines kleinen Hügels gemietet hatte, während er einen Burger und einen Salat für sich und Lenny und sonstige Freunde zusammenstellte, die gerade in der Gegend waren. Für den auf einmal ausgetrockneten Hals hätte er gerne ein Glas kühles Wasser gehabt. Stattdessen nahm er sich ein paar Erdbeeren.

„Und wer hat die Bilder hier gezeichnet?", fragte er, während er eine Gurke in Angriff nahm.

„An der Wand? Das war ich", erwiderte Ana mit dem Rücken zu ihm, da sie gerade etwas im Waschbecken wusch. Ihm machte das nichts, seine Aussicht war perfekt.

„Ich mag sie. Du bist begabt", fügte er hinzu und schob sich auch eine kühle Scheibe Gurke in den Mund. Er hatte nicht bemerkt, wie hungrig er war, und er konnte schon den Geruch von etwas riechen, das draußen kochte. „Ist das deine Mom?"

„Ja."

„Jetzt verstehe ich, woher du dein gutes Aussehen hast", sagte Fence und hielt inne, um die Zeichnung zu bewundern. Der Blick zu ihm zurück vermittelte den Eindruck von Gelassenheit und Stärke. „Wo ist sie jetzt?"

„Sie ist gestorben. Vor etwa zwölf Jahren."

Es kam ihm da, wie aus heiterem Himmel, dass Fotos jetzt der Vergangenheit angehörten – etwas, was die Leute zu seiner Zeit für selbstverständlich hielten: Schnappschüsse oder Videos von allem zu machen. Auf ihrem Handy bis hin zu ihrem Computer oder in der Digitalkamera. Es war kinderleicht gewesen, ein Bild zu machen, eine Erinnerung aufzubewahren oder einen Augenblick, so dass er es als ganz selbstverständlich empfunden hatte. Er hatte auch nur selten die Bilder von seinem Mobiltelefon auf seinen Computer hochgeladen, und nie hatte er sie ausgedruckt, weil er wusste, dass sie immer da sein würden. Aber jetzt war das keine Option mehr. Und er fluchte immer noch darüber, dass sein Telefon während der Erdbeben zertrümmert worden war – und damit dann auch all die Bilder seiner Lieben.

„Du hast das da vor zwölf Jahren gezeichnet? Oder aus dem Gedächtnis?" Als ihm das klar wurde, war er noch viel mehr beeindruckt von ihrem Talent.

Sie spülte gerade etwas Geschirr ab und drehte sich um, als sie einen Teller abtrocknete. Ana schaute das Bild an und ihre Gesichtszüge wurden weicher. „Ich habe es gemacht, kurz nachdem sie gestorben ist. Also ein bisschen von beidem."

„Wie ich bereits sagte, du hast Talent." Er griff nach einer Tomate und begann sie in Scheiben zu schneiden. „Was ist mit ihr passiert?"

„Mama wurde krank und sie ist nie wieder gesund geworden. Sie wusste, dass sie sterben würde. Ich hatte zumindest in der Hinsicht Glück, dass wir ein paar Monate hatten, um … um uns zu verabschieden. Wir haben viel miteinander geredet, so viel Zeit wie nur möglich miteinander verbracht. Ich vermisse sie immer noch." Ihre Stimme war leise geworden und Ana drehte sich wieder zur Spüle hin um, als wolle sie ihre Erinnerungen hinter sich lassen.

„Du hattest Glück, diese Zeit mit ihr verbracht zu haben, bevor sie gestorben ist", sagte er, während ein kleiner Schmerz sich um sein Herz legte. Er blinzelte heftig und wurde gerettet, als die Haustür aufflog.

„Wir sind da!", verkündete Tanya und platzte ins Zimmer herein. Ihr auf dem Fuße folgte ein Junge etwa gleichen Alters, ein bisschen größer als sie, mit einer Haut fast so dunkel wie die von Fence und einem Afro-Busch, wie Fence ihn schon seit der Show *Die wilden Siebziger* nicht mehr gesehen hatte. „Höchste Zeit, dass du dich an die sehr, sehr, superarg liebe Entschuldigung für uns machst. Denk dran, du hast gesagt, zwanzig Mal anschubsen *für jeden*, ohne Unterbrechung."

Fence schaute hoch zu Ana, die sich an der Spüle wieder umgedreht hatte, jetzt mit einem amüsierten Lächeln. „Tut mir Leid", sagte er und brachte das Messer und das Gemüse wieder zu ihr zurück. Zwischen dem scharfen Geruch von Zwiebeln und Knoblauch konnte er ihren sonnigen, frischen Duft riechen. Beides roch köstlich, aber es war Ana, auf die er ganz plötzlich hungrig war. Er war da auf einmal ganz schrecklich dankbar, dass George einen Schwächeanfall gehabt hatte. „Muss los. Die Pflicht ruft."

„Auf jeden Fall. Was sein muss, muss sein", sagte Ana mit einem Lächeln zu ihm. „Deinen Pflichten musst du nachkommen."

Fence grinste zurück und folgte seinen kleinen Schutzbefohlenen zur Tür raus, ganz besonders froh darüber, dass das Lächeln der Sonnengöttin sogar noch wärmer geworden zu sein schien.

〜〜

Nicht dass irgendjemand hier hören konnte, was sie sagte – die kleine Feier war jetzt recht lebhaft geworden, nachdem man ein paar Flaschen Met geöffnet hatte und die Sonne allmählich unterging. Niemand hier machte sich Sorgen um Zombies, weil diese kleine Siedlung auf zwei Seiten vom Ozean umgeben war, und auf den anderen beiden von Schluchten, die gerade tief genug waren, damit Zombies da nicht runterklettern konnten, aber so, dass es einem Menschen nicht allzu schwer fiel sie mit der Hilfe von Holztreppen zu überqueren. Tanya war heute Mittag jenseits der Schluchten unterwegs gewesen, denn die Treppen wurden nur Nachts abgesperrt.

„Er ist der Typ, von dem du mir erzählt hast, den du in Envy getroffen hast?", hakte Yvonne noch einmal nach.

„Was genau habe ich denn erzählt?", fragte Ana. Sie erinnerte sich nicht, Yvonne irgendetwas derartiges erzählt zu haben.

„Vielleicht war es Susie, die es erwähnt hat – dass ein oberheißer Typ dich angebaggert hat, als du letzte Woche mit ihr dort warst. Ist das der Typ?"

„Naja, wir sind uns begegnet und haben ein bisschen miteinander geredet", gab Ana zu. Sie nippte an ihrem Glas Met und genoss den süßen Geschmack. Das war Petes Spezialität, der fermentierte Honig, und jeder in Glenway freute sich immer wieder darauf, neue Jahrgänge oder Sorten zu kosten. Diesmal hatte er dem Ganzen Brombeeren hinzugefügt und das machte, dass er nicht ganz so schwer süßlich schmeckte, wie ein Honiggetränk sonst. Es lief ganz gut die Kehle runter und sie fühlte sich locker und warm.

„Du hast ein bisschen geredet? Das ist alles?", sagte Yvonne gerade. „Mensch, Ana. Envy ist gar nicht so weit weg – nur anderthalb Tage. Vielleicht zwei. Du musst dich einfach mal drauf einlassen. Ich weiß, dass es mit Darian nicht geklappt hat, aber nicht jeder Kerl ist ein Depp. Ich meine, schau dir Pete an."

Ana nickte geistesabwesend. Auch wenn Yvonne ihre beste Freundin war, nicht einmal sie kannte die ganze Geschichte über Anas Vergangenheit oder über Darian. Noch wusste sie, warum Ana niemandem je voll und ganz vertrauen konnte, geschweige denn, je ein solch häusliches Leben haben würde, um das sie Yvonne so sehr beneidete.

Bemüht nicht allzu auffällig auszusehen, schaute Ana sich um und fragte sich, wohin Fence verschwunden war. Vor kurzem war er noch hier gewesen, hatte mit Pete, John Luck und seinem Bruder Greg sowie Randall Davis zusammengehockt. Sie waren total vertieft in ein Gespräch gewesen über irgendetwas – aber Ana hatte nicht mehr als ein paar Sätze aufschnappen können, über „Läufer" und „Quarterbacks" und „First downs".

„Er ist oberheiß", sagte Yvonne. „Und er ist *groß*, Ana. Viel größer als du – das ist mir vorhin in eurem Haus aufgefallen. Sein Kopf war fast an der Decke. Schau, wie gut er mit Tanya klarkam. Und Pete hält ihn auch für total witzig", fügte sie hinzu, als ob das der ausschlaggebende Faktor wäre. „Und dann wären da noch die bösen Blicke, mit denen Greg Luck ihn geradezu erdolcht. Ich hab' dir gesagt: Du findest ganz sicher was Besseres als Greg."

Ana hätte da fast den Met ausgespuckt, den sie gerade im Mund hatte, und sie warf Yvonne einen entsetzten Blick zu. Weil sie gerade fast an ihrem Getränk erstickte, hustete und schluckte sie und schaffte noch zu sagen, „Greg? Du weißt verdammt nochmal ganz genau, dass ich keine–" Dann sah sie, wie Yvonne vor Lachen platzte, und sie verdrehte die Augen und versetzte ihrer Freundin mit einem spitzen Ellbogen einen Stups und beide versanken in Met-seligem Gekicher.

„Hey, sieh dir das mal an!", sagte Yvonne da plötzlich, als sie mit einem kleinen, mädchenhaften Schnauben endete.

Ana blickte rüber und sah Tanya, Carter und zwei der anderen Kinder auf dem Boden rumkriechen. Sie waren dort, wo die Lichtung in Wildnis überging und sie schienen in dem hohen Gras etwas zu suchen.

„Was machst du da, Tanya?", rief Yvonne.

„Wir suchen einen Bär", antwortete ihre Tochter völlig entrückt. Und dann quietschte sie und zeigte mit dem Finger. „Da!" All ihre drei Freunde stürzten sich auf die Stelle und mit der Nase genau da, wohin sie zeigte. „Eine Fährte! Eine Bärenfährte! Ich habe sie gefunden!"

„Ein Bär?", sagte Yvonne, ihre Stimme quietschte nun auch, aber vor Schock und Sorge.

„Und da is' auch noch ein abgebrochener Zweig, wo er draufgetreten ist", sagte Carter und sprang zu etwas hin, weiter hinten im hohen Gras. „Er muss hier langekommen sein."

„Komm schon", sagte Tanya und verschwand zwischen einer Ansammlung von Büschen. Yvonne hatte die Stirn gerunzelt und sie machte sich auf, hin zu dem schmalen Waldgebiet, wo die Kinder verschwunden waren. Ihre Stimmen waren immer noch zu hören, wenn sie ihre neuen Funde und weitere Fährten verkündeten. Und dann war die Luft plötzlich erfüllt von einem großen Gebrüll ... gefolgt von aufgeregten Schreien und Quietschen.

Ana brauchte nur einen kurzen Moment, um zu erkennen, dass das Gebrüll menschlichen Ursprungs und offensichtlich gefakt war. Und dann, dass die Kinder kicherten und lachten. Ihre Schreie waren Schreie der Verzückung und Überraschung ... nicht der Angst.

Sie fing an zu lachen. „Es ist Fence. Er ist der Bär", sagte sie zu Yvonne. „Es war seine Fährte, der sie gefolgt sind!"

Und so war's: Kurz drauf kamen die vier lachenden und schreienden Kinder zurück auf die Lichtung gerast – zusammen mit einem großen, knurrenden Mann, der wie ein Bär hinter ihnen her stapfte.

„Wir haben dich gefunden? Wir haben dich gefunden!", sang Tanya laut und tanzte triumphierend im Kreis.

„Das habt ihr", sagte Fence und als er in die Hocke ging, um mit den Kids zu reden, blickte er zufällig zu Ana rüber.

Ihre Blicke trafen sich, er lächelte und sie spürte, wie ihr der Magen dabei zu etwas köstlich Weichem zusammenklumpte.

Oh, Shit. Ich stecke wohl in fetten Schwierigkeiten.

Sie wagte erst recht nicht, zu Yvonne rüber zu schauen.

5

~~~

Das Wasser lief ihm über das Gesicht, lief ihm in die Nase und in den Mund, wieder und wieder und wieder. Er wand sich und kämpfte, verzweifelt … erstickte … aber es stieg weiter an, schnell und kalt, strömte unnachgiebig weiter rein, noch stärker, noch schneller.

Er konnte nicht atmen.

Wasser war überall in ihm, drosch auf ihn ein, prügelte ihn, während die Welt um ihn finster wurde.

Endlich riss sich Fence mit einem verzweifelten Aufbäumen raus, prallte von dem Traum wieder in den Wachzustand zurück. Erleichterung.

Er blieb noch einen Moment liegen, zitterte, sein Atem zu rau und zu schnell, das Herz schlug ihm wild in der Brust.

Er brauchte ein Weilchen, um sich daran zu erinnern, wo er war … und dann brachte das Mondlicht und der Anblick einer Bleistiftzeichnung von drei Mädchen, die Springseil spielten, ihm die Erinnerung wieder. Auf dem zu kurzen Sofa in Anas kleinem Häuschen.

Seine Finger vergruben sich in dem Quilt, die Augen weit aufgerissen und er fluchte leise. Fuck. Er hoffte, dass er nicht zu laut gewesen war. Er hätte draußen unter den Sternen auf einem Feldbett schlafen sollen, wie er es vorgehabt hatte, anstatt Anas Angebot von ihrem Sofa sofort anzunehmen. Das Letzte, worauf er Lust hatte, war, ihr oder ihrem Vater seine Albträume zu erklären.

Fuck. Fuck. Fuck.

Sogar jetzt noch, als er wach war, mit offenen Augen und wild polterndem Herzen, musste er drum kämpfen, sich aus dem Traum rauszuhalten. Der zerrte immer noch an ihm, versuchte ihn wieder zurück, hinab in jenen Strudel, zu ziehen, in dem er zweimal fast ertrunken wäre.

Nein. Mittlerweile dreimal.

Fence wusste, dass es ihm heute Nacht nicht mehr gelingen würde einzuschlafen ... und er wollte es auch gar nicht, selbst wenn er es könnte. Der Zwischenfall am Teich heute – das erste Mal seit Jahren, dass er im Wasser gewesen war – war zu neu und aufwühlend. Er wusste, die Albträume würden wiederkehren, sobald er in den Schlaf zurückglitt.

Leise glitt er von dem Sofa runter und warf das Quilt einfach wieder darauf. Auf leisen Sohlen ging er barfuß ans Fenster. Der Mond nahm gerade zu, war etwa auf die Hälfte angewachsen, und die Sterne waren unglaublich – wie ein Stück glitzernder Spitze.

Er wurde nie müde, die Schönheit des Nachthimmels zu sehen – so viel sauberer und klarer als der, den er zuvor gekannt hatte. Da war Mars, nicht an der Stelle, wo er im November normalerweise sein sollte, sondern auf seiner neuen Position – jetzt, wo die Erdachsen gekippt waren. Und der Nordstern ... nicht ganz so nördlich wie sonst, sondern ein bisschen weiter östlich aufgehängt.

Da unten und noch ein Stückchen jenseits des Pfades zu dem Häuschen, sah Fence das Meer, hörte sein Tosen, als es an den Strand preschte; schwarz wie Tinte und mordlustig, bis auf einen im Mondlicht silbrig schimmernden Pfad. Das altbekannte Gefühl dieser Enge in der Brust kam da wieder, gefolgt von einem panischen Schauder in seiner Magengrube und er fluchte heftig aber ohne zu sprechen. Wütend auf sich selbst. Zutiefst beschämt.

Allein der Anblick von Wasser machte ihn zum Wrack. Selbst aus dieser Entfernung. Der Geruch des Meeres, das Geräusch der Wellen, die sich am Strand brachen, oder an einem See. Oder auch nur das Geräusch von Stromschnellen ... all das brachte den Terror, die lähmende Angst, wieder.

Teufel nochmal, wenn er in der Dusche stand und das Wasser ihm ins Gesicht spritzte, wurde er manchmal schon panisch. Sein Kiefer spannte sich an.

Welche Art von Frau würde *so was* denn verstehen, Scheiße nochmal?

Wie konnte ein Kerl wie er nur so ein beschissener Angsthase sein?

Das erste Mal war es passiert, als er siebzehn war. Er und ein Kumpel, Brian, waren im See geschwommen. Beide ausgezeichnete Schwimmer, ohne jegliche Furcht vor dem Wasser. Bis zum heutigen Tage konnte er nicht begreifen, wie es gekommen war, aber Brian geriet in Schwierigkeiten. Hing an irgendwas fest oder hatte einen Krampf oder was auch immer ... und so war Fence losgeschwommen, um ihm den Arsch zu retten.

Aber wie die meisten Ertrinkenden war Brian schon jenseits von Panik. Er war groß und stark – größer noch als Fence – und er verkrallte sich in seinen Kumpel, der gerade versuchte ihn zu retten, und sie beide verhedderten sich, während Brians Finger sich an seinem Kopf eingruben, bei dem verzweifelten Versuch, mit Fence als Leiter hochzuklettern und aus dem Wasser zu kommen. Das schob Fence nach unten, weiter runter, wo er sich weder bewegen, noch atmen konnte. Es war dunkel und kalt und Brian war über ihm, griff blind um sich, klammerte, kletterte, trat nach ihm, kratzte ... und Fence konnte den Atem nicht mehr anhalten, er konnte sich nicht befreien...

Die Erinnerung, so wie auch der Traum dazu, überwältigte ihn jetzt. Und auf einmal war er wieder mitten in dem tiefen, dunklen See, fühlte, wie seine Lungen kurz davor waren, zu bersten, und das Wasser auf ihn eindrückte, während er sich drehte und wand und mit seinem Freund kämpfte. Fence war endlich befreit worden, endlich weggezerrt worden, hin ans Ufer, von jemandem, der sein Handwerk als Rettungsschwimmer verstand.

Brian war gestorben und Fence beinahe auch. Das war der Anfang seiner Alpträume.

Wenn er anders hätte handeln können, wenn er stärker gewesen wäre, cleverer, schneller... Aber nein.

Brian war nicht mehr da.

Das zweite Mal war sechs Jahre später. Nachdem Brian ertrunken war, hatte Fence die daraus resultierende, panische Angst vor dem Schwimmen nie überwunden, das Gefühl von Hilflosigkeit. Aber widerstrebend erklärte er sich bereit, bei einem Wildwasserrafting Trip seiner alten Pfadfindertruppe mitzumachen. Es wäre ok, redete er sich ein. Er hätte eine Schwimmweste an, sie wären in Kajaks und ein Führer wäre dabei. Er würde ein für allemal beweisen, dass er über diese kindische Phobie weg war. Grundgütiger, ein großer, starker Kerl wie er? Nicht einmal seine vierjährige Nichte zögerte in den See hineinzuspringen. Mit Wasser bis über den Kopf.

Und außerdem: Er würde nicht mal ins Wasser rein müssen, außer um seine Hände zu waschen und das Boot aus dem Wasser rauszutragen. Es war höchste Zeit, dass er diese lächerliche Angst überwand.

Irrtum.

Entweder Gott oder der Teufel hatten ihn auf dem Kieker, denn etwa nach der Hälfte der Reise prallte sein Kajak irgendwo in den Stromschnellen übel gegen etwas, und es schleuderte ihn aus dem Boot. Das Wasser war tief genug, dass er nicht gegen die Felsen auf dem Grund knallte, aber es riss ihn auch etwa fünf Kilometer stromabwärts mit sich mit. Aber nicht einmal das hätte ihn zu dem Nervenbündel gemacht, das er jetzt war. Als er dann aber über einen der rauschenden Wasserfälle abgetrieben wurde, verfing sich seine Schwimmweste in einem der unter Wasser verhedderten Äste und er blieb dort hängen, verdreht und rücklings festgeklemmt. Außerstande, sich zu befreien.

Und die ganze Zeit über rauschte ihm das Wasser über das Gesicht, über die Nase, über den Mund. In großen, heftigen Brechern, während er versuchte sich gerade aufzurichten, auf die glitschigen Felsen hochzuziehen. Es war wie beim Waterboarding, erzählte er Lenny später. *Kein Wunder nennt man das Folter.*

Er steckte nur fünf Minuten so fest, so erzählte man es ihm zumindest, aber mehr war nicht nötig. Fünf Minuten Kampf darum, in einer Sturmflut von Wasser zu atmen, die Kräfte mal nachlassend, mal ansteigend bei der Chance Luft zu kriegen, während er die ganze Zeit wieder und wieder gegen die scharfen Felskanten gedrückt wurde. Und er war fertig.

Bind eine verfickte Schleife drum und weg.

Er würde nie wieder ins Wasser oder in die Nähe davon gehen.

Und das war er nicht ... bis heute.

Und selbst da war er so unfähig und feige gewesen wie nur möglich. Hatte fast noch eine Tragödie verursacht.

Fence fluchte erneut, es kam ihm bitter hinten in der Kehle hoch. *Was zum Teufel stimmt mit mir nicht?*

Lenny hatte es kapiert. Er war auf dem Kajak-Trip mit dabei gewesen und hatte gesehen, was Fence durchmachen musste. Sie hatten sogar drüber geredet, über das Irrationale seiner Ängste, über seine Schuldgefühle, dass er Brian nicht retten konnte ... und Lenny schaute ihn dabei nicht einmal komisch an. Aber Fence fühlte sich, als wäre er nur ein halber Mann. Als hätte er ein scheißgroßes Fehlerschild wie ein Brandmal auf der Stirn.

„Wir haben alle was", hatte Lenny dazu gesagt und Weisheit brannte in seinen Augen, als er Fence am Handgelenk packte und fest drückte, von Herzen. „Wir haben alle was."

Und hier stand er nun: ein verdammter Survivor in einer wilden Welt ... der nicht einmal bis zu den Knien ins Wasser gehen konnte, ohne zum Baby zu werden.

Und scheiß drauf ... er spürte, wie er an dem Fenster rot anlief, die sanfte Meeresbrise kühl an seinem nackten Oberkörper. Ana hatte ihn danach gesehen ... was zum Teufel dachte sie jetzt nur über ihn? Jemand, der sich die Seele aus dem Leib kotzte, nachdem er aus einem Winz-Teich wie dem da rausgeklettert war. Er schloss die Augen – bitter – und schüttelte den Kopf. *Das war's dann mit der Sonnengöttin.*

Sicher, sie hatte sich nachher am Strand von ihm küssen lassen – und was für ein Wahnsinnskuss noch dazu! Aber das war nur er gewesen, der die günstige Gelegenheit beim Schopf gepackt hatte. Das war eben das, was *er* so tat.

Und ja, sie hatten diesen gemütlichen, häuslichen Moment da in ihrer Küche gehabt ... und da war die Art, wie sich ihre Blicke getroffen hatten, als er mit den Kleinen gerade „Fang den Bär" spielte, das Knistern und die Wärme, die da aufkam ... aber ... *fuck*.

Eine kluge, wunderschöne Frau wie Ana würde von einem Kerl das Gesamtpaket haben wollen ... und das konnte er ihr einfach nicht liefern.

ᔐᕙ

Nach ihrem frechen Schlagabtausch und diesem superheißen Kuss am Strand bei Glenway, war Ana wider Willen überrascht, dass Fence ihr Angebot, die Nacht auf dem Sofa zu verbringen, angenommen hatte, ohne irgendwelche Andeutungen – ob nun ernst oder scherzhaft gemeint – zu machen. Nicht einmal einen Gutenachtkuss nach einigen Gläsern von dem Met.

Nicht dass sie das Angebot angenommen hätte ... aber... Er hätte ein Angebot *machen* können. Oder zumindest andeuten können oder darüber scherzen.

War es möglich, dass es ... ihm nicht gefallen hatte sie zu küssen? Oder dass ihr verkrüppeltes Bein ihn anekelte?

Nicht dass es jetzt einen Unterschied gemacht hätte, außer dem Knick für ihren Stolz. Es war eine Frage des Selbsterhaltungstriebs, dass sie ihn auf Abstand halten und selber alle Kleider anbehalten musste.

Als sie in Richtung Envy aufbrachen, schien Fence ernst und fast unnahbar.

Während er sie über die lange, weit ausgedehnte Fläche eines alten Highway führte, sprach er sie kaum direkt an. Von dem ursprünglichen Beton war nur noch wenig übrig, bis auf wahllos verstreute Inselchen von Zement mit einem Streifen Gras, so breit wie ein Fluss, mit Büschen, Gestrüpp und Bäumen. Ein paar alte Schilder sagten, dass es sich entweder um Highway 309 oder 809 handelte.

Sie ritt natürlich auf Bruiser, denn zu Fuß hätte sie die Reise nie geschafft. Und Dad hatte sein eigenes Reittier. Sie hatte darauf bestanden, dass er ritt – trotz all seiner Gegenargumente.

„Es macht überhaupt keinen Sinn, es zu verschlimmern, was auch immer mit dir los ist", widersprach sie ihm ihrerseits. „Wenn Elliott sagt, es ist alles in Ordnung mit dir, dann kannst du nach Glenway zurücklaufen, wenn du dich dann besser fühlst."

Dad hatte gemault und sich beschwert, aber er hatte seinen schlaksigen Körper hoch aufs Pferd geschwungen und zu dem Thema nichts mehr gesagt. Stattdessen verlegte er sich mit seiner etwas zwanghaften Sorgfalt darauf, nach der Sicherheit und Stabilität der Ampullen und Flaschen und kleinen Schalen zu sehen, die er nach Envy transportierte – eine Auswahl seiner Experimente, die er während seiner Abwesenheit nicht unbeaufsichtigt lassen wollte. Ana war froh, ihm diese Aufgabe zu überlassen.

Sie versuchte sich keine Sorgen darüber zu machen, was mit ihrem Vater nicht in Ordnung sein könnte und ob dieser Elliott-Mensch ihm wohl helfen könnte. Er würde Dad natürlich untersuchen müssen, aber es gab an ihrem Vater nichts zu entdecken, nichts in der Art der Energie-Edelsteine, die in ihrem eigenen Körper eingepflanzt waren. Als sie noch alle mit den Atlantern zusammen gelebt hatten, hatte er die schützende Insel kaum verlassen, um ins Meer zu gehen, und hatte daher auch keine Kristalle zum Atmen nötig gehabt ... zumindest nicht, bis sie geflohen waren. Da hatte sich sein Defizit allerdings fast als tödlich erwiesen und hatte Ana um ein voll funktionstüchtiges Bein gebracht – ebenso wie um fast alle ihre Erinnerungen an ihr Leben in Atlantis.

Das war vor über zwölf Jahren passiert, aber sie gab sich keinen Illusionen hin, dass die Familie ihrer Mutter nicht immer noch nach ihnen suchte. Ana durchlief ein Schauder, als sie sich an jene schreckliche, wirbelsturmartige Nacht erinnerte, ganz kurz nach dem Tod ihrer Mutter ... und lenkte ihre Gedanken wieder in die Gegenwart zurück.

Nur Fence war zu Fuß unterwegs, aber er schritt in einem gleichmäßigen Tempo voran, anscheinend ohne je müde zu werden. Sie und Dad hatten ihre Pferde auf eine gemütliche Gangart gedrosselt, und wann immer sie Rast einlegten – was, um ihren Vater hier insgeheim Erleichterung zu verschaffen, recht oft passierte –, ging Fence voraus und erkundete die Route.

Selbst wenn sie unterwegs waren, hielt er oft an, um zu lauschen, um an der Luft zu riechen, um auf ein altes Auto oder einen Haufen aus sonstigem Schrott zu klettern und in die Ferne zu blicken. Er zeigte auf die Stelle, wo eine Elefantenmutter mit ihrem Kalb durch das Unterholz getrampelt war, und auf eine Stelle unter einem niedrigen, weit ausladenden Baum, wo eine Meute verwilderter Hunde geschlafen hatte. Er fand schwarze Brombeeren, wilden Mais, wild verschlungene Gurkenpflanzen und essbare Pilze. Einmal hielt er eine Hand hoch, legte einen mahnenden Finger an die Lippen und zeigte hin zu einem wilden Pfau, der sein eher unscheinbares Weibchen umwarb.

Ana wusste, sie hätte keines dieser Dinge erkannt oder auch nur bemerkt, wenn sie mit jemand anderem gereist wäre. Es gab ihr ein neues Gefühl der Wertschätzung für einen Teil der Welt, den sie – im Gegensatz zu ihrem geliebten Meer – einfach als selbstverständlich hingenommen hatte ... und auch eine höhere Wertschätzung für den Mann, der mit ihnen reiste.

Als sie die Überreste des Highway hinter sich ließen und anfingen etwas raueres Terrain zu durchqueren, führte Fence sie über ein weites, offenes Feld mit einer großen, weißen Stange am Ende. Hinter der Stange war eine alte, elektrische Tafel, längst zerfressen und verwittert. Zu einer Seite befand sich ein riesiges, verdrehtes Metallobjekt.

„Das hier war früher mal ein Football-Platz", erzählte Fence ihnen und unterbrach sich für einen Moment. „Die weiße Stange am Ende ist das Tor – der obere Teil ist abgebrochen. Früher sah es aus wie ein weites, flaches **Y**. Da drüben war früher die Tribüne, wo alle gesessen haben." Er zeigte auf das verrostete, klapprige Metallgestell, das wie eine hohe, weite Treppe aussah.

Jetzt, wo er es mit den fehlenden Bildern füllte, konnte Ana es erkennen und erinnerte sich an Szenen von den DVDs, in denen Football-Spiele vorkamen. Sie erkannte einen traurigen Unterton in seiner Stimme und schaute ihn neugierig an. Er stand da, schaute das Feld entlang und wieder zurück, auf dem nun Grashuppel und niedrig wachsende Büsche wuchsen.

Dann, als wolle er den kurzen Abstecher in eine Art nostalgisches Zauberland abschütteln, setzte Fence sich wieder in Bewegung. „Wir schlagen in etwa einer Stunde Nachtlager auf", sagte er, aber seine Stimme klang ungewohnt leise und rau. „Da weiter oben ist ein Platz, der ganz gut aussieht, mit genug Platz für die Pferde."

Etwas später, als sie sich in einem heruntergekommen Haus zur die Nacht eingerichtet hatten, sagte er, „ich schätze, ich halt jetzt mal Nachtwache." Er blickte kurz zu dem kleinen Feuer, das sie in einer alten Spüle gemacht hatte. Rauch stieg zu dem kleinen Fenster darüber nach draußen und noch weiter draußen war die Sonne untergegangen und die Welt in Schatten versunken. „Ihr beide könnt schlafen gehen."

„Warum willst du Wache halten?", fragte Ana, während sie den Rucksack mit Essen auspackte, das sie vorbereitet hatte. „Die Zombies können die Treppe nicht hochklettern, um hierher zu kommen."

„Könnte alles Mögliche sein. Wildkatzen oder Kojoten. Oder verwilderte Hunde. Andere Eindringlinge."

„Oh", sagte Ana und dachte daran, dass das Brüllen und das Heulen, das sie von Glenway aus – und aus sicherer Distanz – gehört hatte, genauso gut von lauernden Pumas oder Wölfen sein könnte. Und dann schauderte es sie – denn als sie und ihre Freundinnen unlängst ihren Trip nach Envy gemacht hatten, hatten sie niemand aus ihrer Gruppe dazu abgestellt, nachts Wache zu schieben.

Dann ging ihr auf, was er gesagt hatte: *andere Eindringlinge.* So was wie ... andere Leute?

„Das sieht gut aus", sagte Fence und spazierte rüber zu dem Paket von zartem, gegrillten Thunfisch, das sie gerade ausgepackt hatte. „Brauchst du Hilfe?"

Ana schüttelte den Kopf. „Nein, ich komme klar."

Sie dachte, dass er sich vielleicht auf den verstaubten Sessel setzen würde, dessen Polsterung schon längst angenagt oder verrottet war – aber das tat er nicht. Stattdessen nahm er den Thunfisch, eingewickelt in ein Stück flaches, weiches Brot, den sie ihm anbot und ging in dem Raum auf und ab, wobei er aus jedem Fenster schaute. Nach was hielt er Ausschau?

Oder nach wem?

Sie waren gerade dabei, das Abendessen zu beenden, als Fence ein warnendes Geräusch machte und sich vom Fenster wegdrehte. „Mach das Feuer aus. Jetzt sofort."

Bevor sie reagieren konnte, eilte er schon quer durch den Raum, um die klapprige Treppenkonstruktion, auf der sie hier hochgeklettert waren und die sie dann hinter ihnen her hochgezogen hatten, wieder für den Abstieg bereit zu machen. „Bleibt hier", sagte er. „Und weg von den Fenstern. Ich muss die Pferde verstecken gehen."

Ana hatte schon ein Tuch über das kleine Feuer geworfen und jetzt starrte sie ihn mit offenem Mund an. "Was–?"

Aber er war verschwunden, geschmeidig und leise und schnell – und ließ sie gereizt und nervös zurück. Sie tauschte mit George eine Blick aus, der von seinem ewig präsenten Notizbuch nur kurz aufgeblickt hatte.

„Wahrscheinlich ein Wolf oder so was", brummte ihr Vater und kehrte dann zu seinen Aufzeichnungen zurück.

Aber Ana war anderer Ansicht. Sie schlich sich auf die Seite zu dem Fenster, wo Fence gestanden und in die Dunkelheit raus gestarrt hatte.

Zuerst bemerkte sie nichts Besonderes. Aber dann hörte sie ein unbekanntes Poltern in der Ferne und im gleichen Augenblick fielen ihr zwei Lichter auf, tief unten am Boden, genau hinter einem niedrigen Hügel.

Zuerst wollte sie ihren Augen nicht trauen ... aber als das da draußen weiterrollte und sie das Geräusch von einem sich nähernden Motor hörte, gab sie ihrer ersten Einschätzung der Lage Recht.

Es war ein Fahrzeug.

Fence schlüpfte hinaus, ins Gras hinein und schlich sich an der von Efeu bedeckten Hauswand entlang. Es gab nicht viel, was er tun konnte, um die Pferde vom Schnauben und Wiehern abzuhalten, außer sie weit nach drinnen in einen alten Vorratsraum zu schaffen, hier drin in dem, was wohl mal ein kleines Bürogebäude gewesen war. Das war das Beste, was er tun konnte, um ihre Geräusche zu dämpfen.

Es gab keinen Grund anzunehmen, dass die Fremden oder ihre Kopfgeldjäger – denn sonst hatte niemand Zugang zu motorisierten Fahrzeugen – genau hier an diesem Gebäude anhalten würden, von allen anderen überwucherten, die sonst noch hier in dem ehemaligen Vorort standen, aber Fence war der Ansicht, dass man nie vorsichtig genug sein konnte. Ana hatte schnell reagiert und die Flammen gelöscht und es war unwahrscheinlich, dass das helle Flackern oder der Rauch von jemanden in dem Auto da gesehen worden war, wer auch immer drin saß.

Fence zog los in die Richtung, wo er die Scheinwerfer gesehen hatte, leise wie eine Katze und auch flink, durch stachelige Bäume durch, über kleine Erhebungen und dann ein paar Spalten runter und um Müllansammlungen herum. Seine Sinne waren nicht nur auf das gelegentliche Auftauchen der Lichter da vorne fixiert, sondern auch auf seine unmittelbare Umgebung: Auf alles, angefangen von sich anpirschenden Raubtieren bis hin zu Zombies ... und auch auf den Geruch oder die Geräusche von Wasser. Das Letzte, was er wollte, war kopfüber in eine Art Teich oder Fluss reinfallen.

Er wusste, es war eher unwahrscheinlich, dass er das Fahrzeug einholen würde; ebenso unwahrscheinlich, dass es die Richtung beibehielt. Aber er dachte sich, dass er es einfach mal riskierte. Die Gelegenheit, die da auszuspionieren oder zu belauschen, würde er sich nicht entgehen lassen.

Es war schwer genug, bei Tag auf unebenem Gelände und über nicht vorhandene Straßen zu fahren, aber fast unmöglich in der Dunkelheit, ohne eine Achse durchzubrechen oder einen Reifen zu ruinieren. Daher ging Fence davon aus, dass sie schon bald Halt machen müssten.

Das tiefe Brummen von etwas, was sehr wahrscheinlich ein Humvee war, zerstörte die Stille der Nacht und von den aufheulenden Geräuschen und ihrem Nachlassen, konnte Fence berechnen, in welche Richtung der fuhr. Er korrigierte seine eigene Marschrichtung und sein Herz begann schneller zu schlagen, als er kapierte, dass der Truck langsamer wurde ... vielleicht anhielt.

Das könnte was Gutes werden, wenn er nah genug rankam, um mitzuhören, was los war.

Fence legte eine schnellere Gangart ein und hielt dann an, presste sich gegen die kratzige Rinde eines Baumes, als er einen geschmeidigen Katzenschatten durch das Unterholz streifen sah. Neben anderen Dingen trug er auch stets ein Messer bei sich, aber er brachte es nicht gern zum Einsatz ... und als der Panther nichts anderes machte, als ihn mit einem bernsteingelb-grünen Blick zu streifen und dann weiter seines Weges zu ziehen, stieß er erleichtert den Atem aus. Er hatte sich mal mit einem Wolf angelegt, mit dem Messer in der Hand gegen Zähne und Klauen, und hatte den Ring als Sieger verlassen ... aber er hatte den Sieg nicht im Mindesten genossen. Im Nahkampf war er lieber ein Liebhaber als ein Kämpfer.

Er grinste da insgeheim im Dunkeln.

Fence hörte das Brummen nun etwas lauter, dann ein kleines Quietschen und dann Stille. Das Geräusch einer zuschlagenden Tür, dann noch eine. Leise Stimmen.

Ja.

Rasch warf Fence einen Blick nach hinten, um sich zu vergewissern, dass der Panther nicht einen Bogen zurück zu ihm geschlagen hatte, und pirschte dann vorwärts, bewegte sich selbst wie ein Schatten von Baum zu eingefallenem Haus zu überwuchertem Auto.

Das Geräusch von Wasser, das in den Boden sickerte, brachte Fence kurz zum Stillstand, und es wurde ihm kurz ganz klamm, bis er verstand, dass einer der Männer gerade pinkelte ... etwa sieben Meter weg, auf der anderen Seite eines umgestürzten Baums. So wie sich das anhörte, hatte der Kerl entweder einiges intus oder es war schon ein Weilchen her, dass sie eine Pinkelpause eingelegt hatten. Ein echt langes Weilchen.

„Fertig?", kam jetzt eine Stimme von weiter weg.

„Moment noch", rief der, der Fence am nächsten stand, zurück, immer noch mit seiner Evakuierungsmaßnahme beschäftigt.

Ein Krachen in den Büschen verkündete das Eintreffen von demjenigen weiter weg und Fence hockte sich tiefer in die Schatten, als er etwas weiter entfernt die Bewegung von einem Umriss wahrnahm.

In der Zwischenzeit war der erste Kerl *immer noch* am Pinkeln.

„Bist du dann soweit?", sprach der Neuankömmling.

„Jep.", erwiderte er.

„Himmel Herrgott, was dauert denn bei dir so scheißlang, Graves?"

„Ich pisse grade", erwiderte Graves und das Geräusch herabfallenden Wassers wurde schwächer ... um dann wieder anzuschwellen. Fence konnte sich ein stilles Grinsen nicht verkneifen. Der Kerl konnte eine Bewässerungsanlage am Laufen halten, wenn er so weitermachte.

„Roofey wird *angepisst* sein, wenn wir nicht rechtzeitig am Treffpunkt sind. Er freakt total aus, weil wir diesen Quent-Kerl finden müssen, bevor der herausfindet, wie's geht. Ich wette, dass er in Envy ist."

„Was werden wir tun – da einfach reinspazieren und nach ihm fragen?"

„Ich hab's dir doch gesagt – wir müssen ihn nicht mal treffen, Graves. Nur sicherstellen, dass er dort ist – ein bisschen rumfragen und so. Und dann der Natur ihren Lauf lassen. Das wird sich alles deutlich gemütlicher gestalten – und beide Probleme endgültig lösen."

Als der letzte Strom versiegte, ein paar letzte Spritzer noch, kam dann das Rascheln von Stoff und das metallene Klink von einem Gürtel, der wieder geschlossen wurde. „Was, wenn er nicht dort ist?"

„Dann suchen wir weiter. Wir werden ihn finden", sagte der zweite Typ. „Aber es macht eigentlich keinen Unterschied." Seine Stimme war leiser, als ob er sich umgedreht hätte, und dann gab es eine ganze Menge Krachen im Unterholz, als sie sich entfernten.

Fence lauschte angestrengt, um bei dem Lärm noch was zu hören, während er sachte – ganz, ganz sachte – hinter ihnen herschlich.

„Warum?", sagte Graves, seine Worte von irgendwas gedämpft.

„Roofey hat mir erzählt, Kaddick hätte gesagt, dass es in ein paar Wochen sowieso kein Envy mehr geben wird, in dem Quent sich verstecken könnte."

6

Siebzig Meilen entfernt....

Remington Truth schaute runter zu ihrem fünfzig Kilo schweren Deutschen Schäferhund mit den erwartungsvoll leuchtenden Augen und sagte, „Platz, Dantès."

Sein Hintern ploppte natürlich sofort zu Boden und er schaute zu ihr hoch, als wäre sie ein höheres Wesen – was, so dachte Remy bei sich, zumindest aus seiner Sicht der Dinge so war – und sie beugte sich runter, um ihn zu umarmen.

Er war ihr bester Freund. Ihr einziger Freund. Ihr Wächter und ihr Retter. Und das einzige Wesen auf dieser kaputten Erde, dem sie vertrauen konnte.

Sie befanden sich in Sicherheit, hinter den Mauern von dem, was vor dem Wechsel einmal der große Landsitz von einem Computer und Elektronik Genie gewesen war, und vor anderen gut beschützt wurde, inmitten einer kleinen Ansammlung von Bäumen und Büschen, die überall auf dem drei Hektar großen Anwesen wuchsen. Sie hatte Dantès weit weg vom Haus geführt, in dem zu viele Leute (nämlich vier) wohnten. Zumindest, was Remy und ihre Sicherheit sowie Seelenruhe anbetraf – auch wenn Selena und Theo und die anderen ihr gegenüber nichts als freundlich gewesen waren.

Vielleicht auch mehr als freundlich, insbesondere, weil sie selber nicht komplett ehrlich oder offen ihnen gegenüber war.

Die Dinge waren seit ihrer Ankunft in Yellow Mountain mehr als nur ein bisschen kompliziert gewesen, einer Siedlung etwa eine Meile von dem alten Landsitz entfernt, der jetzt Selenas Zuhause war und den sie als Hospiz benutzte. Selena kannte man als die Todeslady, denn sie besaß die Gabe, Menschen während ihrer letzten schmerzvollen Tage zu begleiten und sie hinein in das Leben nach dem Tod zu geleiten. Auf diese Weise war sie auch Theo Waxnicki begegnet, als der selber so gut wie tot hier aufgetaucht war.

Das, was als eine kurze Demonstration für ihre Zufriedenheit begonnen hatte, weil Dantès ihr so perfekt aufs Wort gehorchte, wurde jetzt zu einer etwas verzweifelten Umarmung, als sie sich ins Gras hockte. Remy brannten die Augen ein bisschen an den Augenwinkeln und sie versuchte die Erinnerungen wegzudrängen.

Aber sie kehrten zurück, schnell und hart und finster, wie so oft: Die kräftigen Hände, die Grimasse von Seattle, seine Lippen schmal und die Zähne zu einer primitiven Machtdemonstration entblößt, das grobe Zerren an ihrem Körper, als ihre Kleider weggerissen wurden. Kühle Luft auf ihrer nackten Haut.

Und der Schmerz.

Sie presste die Augenlider zusammen, schluckte die brennende Übelkeit runter. Dantès schien zu spüren, dass seine Herrin Kummer hatte, denn er ließ ein leises, trauriges Winseln hören und drehte seinen Kopf weg, um ihr über Nase und Kinn zu lecken. Dann fand er die salzige Spur an ihrer Wange und küsste es ganz ausgiebig fort.

„Danke dir, mein braver Junge", flüsterte sie in sein tröstliches Fell. „Danke dir, dass du mich gefunden hast."

Sie konnte sich kaum ausmalen, was sie jetzt tun würde, was jetzt gerade mit ihr geschehen würde, wenn Dantès nicht ihre Fährte aufgenommen hätte und ihr gefolgt wäre.

Sie war an die Vorderachse von Seattles Fahrzeug gefesselt gewesen, zerschunden, blutig, betäubt und noch mit den Schmerzen seines letzten Übergriffs. Ihr brutaler Wächter war drauf und dran mit ihr unter dem Fahrzeug loszufahren, sie über den steinigen Boden mitzuschleifen, als Dantès wie eine

Kanonenkugel auf die Lichtung geschossen kam. Der Hund war durch das offene Truckfenster gesprungen, hatte Seattle mit seinem tödlichem Biss an der Kehle gepackt. Und zugebissen.

Seattle, der Kopfgeldjäger, stellte für Remy keine Gefahr mehr dar ... noch für sonst jemanden.

Wäre Dantès doch nur alleine gewesen, als er sie fand!

Aber, nein. Er hatte ja diese Männer aus Envy mitbringen müssen. Die Männer, die ihre Identität aufgedeckt hatten, die Remy fast zwanzig Jahre mühelos geheim gehalten hatte.

Jetzt steckte sie in der Klemme.

Da sie sich immer noch von den Übergriffen und den Schlägen von Seattle erholte, war Remy noch nicht ganz bereit diese kleine Siedlung hier hinter sich zu lassen. Sie mochte zwar dickköpfig sein, aber sie war nicht blöd: Sie wusste, dass sie erst mal ausheilen musste, wieder auf die Beine kommen und dann einen Plan machen, was sie als Nächstes tun würde und wie sie – wieder auf sich alleine gestellt ⊠ überleben würde.

Und jetzt, wo Ian – der Kopfgeldjäger, ihr Partner wider Willen und dann auch Gelegenheitslover – höchstwahrscheinlich tot war, wusste niemand außer den Männern von Envy, dass sie die Enkelin des berühmt-berüchtigten Remington Truth war.

Der Mann, den die Fremden seit dem Wechsel fieberhaft suchten.

Der Mann, der ihr den kleinen Kristall gegeben hatte, den sie in ihrem Nabel trug, um ihn verborgen und sicher zu wissen, der ihr gesagt hatte, sie müsse ihn mit ihrem Leben verteidigen.

Gottseidank hatten weder Ian noch Seattle erkannt, für was der Kristall stand.

Nicht dass Remy selbst irgendeine Idee hatte, was das nun war. Sie wusste nur, dass ihr Großvater ihr gesagt hatte, er sei wichtig und dass sie ihn sicher verwahren müsse. *Du wirst wissen, was damit zu tun ist, wenn die Zeit dafür gekommen ist.*

Ha! Na dann.

„Dantès!"

Die Männerstimme ließ die Ohren von Remys Hund zu voller Aufmerksamkeit spitz hochstehen und zu ihrer Verärgerung und – lass uns ehrlich sein – auch ihren verletzten Gefühlen, erhob Dantès sich, sogar als Remy immer noch die Arme um ihn geschlungen hielt.

Sie spürte, wie er einen inneren Kampf durchmachte: Wollte bei seiner angebeteten Herrin bleiben, bei der er über fünf Jahre gelebt und mit der er zusammen herumgereist war, und wollte auch dem Sirenenruf eines anderen Herrchens folgen.

„Dantès!", rief die Stimme erneut, jetzt schon viel näher.

Remy schlang ihre Arme fester um ihn, in einem kurzen, letzten Versuch ihren einzigen Trost bei sich zu behalten, dann ließ sie ihn ziehen. Sie entschied, dass es ihrem Herzen weniger abträglich wäre, wenn sie ihn losließ, als wenn er sich tatsächlich losreißen würde.

In seiner Eile fortzuspringen, wäre Dantès fast über sie getrampelt und genau in dem Moment tauchte ein Mann hinter einer Ansammlung von Büschen auf.

„Oh, Remy", sagte Wyatt. Er blieb abrupt stehen, als wäre er gegen eine Mauer gerannt.

Warum sollte es ihn überraschen, sie hier zu sehen – *mit ihrem eigenen Hund*?

Was auch immer er sonst noch gesagt hatte oder sagen wollte, ging unter, als er in die Hocke ging, um seinen persönlichen Willkommensgruß von dem abtrünnigen Hund zu bekommen, der sich auf den Bauch warf und winselte und den neu Hinzugekommen küss-leckte.

Auf dem Boden in der Hocke, waren sie alle etwa auf gleicher Augenhöhe miteinander: Mann, Frau und Hund.

Mehr als einmal hatte Remy festgestellt: Der Mann war groß, gut gebaut und kräftig. Er hatte dunkles Haar, das dringend einen Frisör gebrauchen könnte, denn es wellte und wogte rund um sein Gesicht und am Hals, hing ihm fast bis in die Augen und weit über den Kragen seines Hemds. Seine dunkelbraunen Augen waren fast immer ausdruckslos und kalt. Die wenigen Male, als sie gesehen hatte, wie sie zärtlich wurden, waren, wenn er mit Dantès zusammen war. Und – ganz, ganz selten – wenn er und die Waxnicki Brüder über etwas lachten.

Auf eine verwilderte Art sah er eigentlich ganz gut aus, auch wenn er Elliott oder Ian nicht das Wasser reichen konnte. Er wäre vielleicht etwas attraktiver, wenn er ab und zu mal lächeln würde, anstatt immer dreinzublicken, als ob er von der Welt schwer enttäuscht worden sei.

Aber was zum Teufel machte das schon. Sie sah wahrscheinlich genauso aus.

Ein Lächeln war nur eine Einladung.

Remy kam wieder auf die Füße und stand nun über ihrem vierbeinigen Begleiter und dem Mann, den dieser Abtrünnige gerade anbetete. Wahrscheinlich sollte sie Dantès seine Zuneigung zu Wyatt nicht missgönnen, dachte sie bei sich, und auch nicht die nie endende Zuwendung dieses Mannes für ihn.

Denn letztendlich: Wenn die beiden nicht so dicke Freunde geworden wären nach ihrer Flucht, als Wyatt und seine Freunde sie aufgespürt hatten, dann wäre Dantès nicht zur Stelle gewesen, um ihre Fährte zu finden und sie vor Seattle zu retten.

Auch wenn sie eine Schlange nach dem Mann geworfen hatte, als er versuchte sie an der Flucht aus Envy zu hindern, es blieb die Tatsache bestehen, dass er sich in ihrer Abwesenheit gut um Dantès gekümmert hatte.

Mittlerweile hatte Wyatt einen fetten Stock aufgetrieben und zeigte diesen dem übereifrigen Hund. Dantès sah so schön aus, wie er da stand und das Fell ihm vor Aufregung fast zitterte, seine Augen ganz starr und seine Zunge völlig unter Kontrolle, als er auf seinen Lieblingssport wartete. Remy wurde von der Liebe zu ihm auf einmal geradezu überwältigt und war aufs Neue verärgert, dass seine Zuneigung jetzt zweigeteilt war.

Der Stock pfiff durch die Luft und der Hund sauste los, ließ die beiden Menschen mit sich allein.

„Eine schöne Nacht", sagte er.

Remy blickte um sich und bemerkte da, dass es in der Tat bald Nacht sein würde. Die Sonne war schon hinter den Mauern des Anwesens untergetaucht. „Das ist es", stimmte sie zu.

„Wie geht es dir?", fragte Wyatt. Er war aufgestanden, um den Stock zu werfen, und blickte jetzt zu ihr runter.

„Mir geht es gut", antwortete sie. Wie sie es immer tat, wenn er fragte.

„Irgendwelche schlimmen Träume in letzter Zeit?"

Remys Schultern wurden da ganz steif. „Nicht mehr als sonst auch", erwiderte sie, genau in dem Moment als Dantès wieder durchs Unterholz zurückgestürzt kam.

Er ließ den Stock fallen und wedelte wild mit dem Schwanz, während er darauf wartete, dass jemand ihn warf.

Remy und Wyatt bückten sich beide zur gleichen Zeit und wären fast mit den Köpfen zusammengestoßen, als sie gleichzeitig danach greifen wollten. Er riss seine Hand sofort wieder weg und überließ ihr die Ehre, den Stock aufzuheben. Dantès war jetzt stocksteif vor Erwartung.

„Theo und Lou haben über unser Computernetzwerk eine Nachricht von Quent bekommen", sagte Wyatt, „Elliott ist wieder gut in Envy eingetroffen."

Warum bist du nicht mit ihm zurückgegangen, ich wünschte, ich wüsste das. Sie warf den Stock mit deutlich weniger Geschwindigkeit und sehr viel weniger weit als Wyatt in den dünnen Baumbestand hinein.

„Danke, dass du mir Bescheid gegeben hast." Trotz allem war sie hier aufrichtig.

Seit dieses ganze Debakel vor fast sechs Monaten angefangen hatte, als ihr beschauliches, einfaches Leben in Redlow durch das Eintreffen von Wyatt, den Waxnickis und einem weiteren Mann namens Quent gründlich durcheinandergerüttelt worden war, hatte sie die lässige und freundliche Art von Elliott sehr zu schätzen gelernt.

Und natürlich hatte sie mehr als einmal seine medizinische Hilfe nötig gehabt. Und er war überaus sanft und fürsorglich gewesen, nachdem Wyatt sie unter Seattles Truck hervorgezogen hatte.

Dantès kehrte zurück und Remy gestattete Wyatt, diesmal den Stock zu werfen. Der Hund schoss los wie der Blitz.

„Du hast nie erzählt, was du mit Ian Marck zu schaffen hattest", sagte Wyatt unvermittelt. Seine Augen sahen sie jetzt an und er machte nicht einmal den Versuch sein Misstrauen zu verbergen.

„Nein, das habe ich nicht." Remy war sich bewusst, wie wild ihr das Herz jetzt gerade schlug. Sie wünschte, sie hätte ein weiteres Reptil – oder was noch Schlimmeres –, was sie nach ihm werfen könnte.

„Also."

„Also, was?"

„Was hattest du mit einem Kerl wie ihm zu schaffen? Einem Kopfgeldjäger."

Weil es sicherer war mitten drin in der Schlangengrube zu sitzen, als von den Schlangen gejagt zu werden. Unter ihrem Hemd schlossen sich Remys Finger um den Kristall dort, bevor ihr das bewusst wurde. Sie zwang sich, die Hand unauffällig wieder zu lösen.

„Es war mir voll und ganz bewusst, was für einen Ruf er hat", sagte sie. „Er und sein Vater waren derart skrupellos, dass andere Kopfgeldjäger nur allzu froh waren ihnen aus dem Weg zu gehen. So kam es, dass ich bei Seattle gelandet bin: Er hat uns in einen Hinterhalt gelockt und Ian von einem Berg in den sicheren Tod werfen lassen."

„Wie du bei Seattle gelandet bist, hast du uns schon erzählt. Aber was ich nicht verstehe, ist diese Verbündung mit Ian Marck. Warum hast du seinen Kopfgeldjäger-Partner gemimt, bist mit ihm rumgezogen und hast Unschuldige in Ansiedlungen terrorisiert?" Wyatt hatte sich nicht gerührt, aber etwas in seiner Körperhaltung war fast einschüchternd geworden, und auf einmal fühlte Remy sich unwohl.

Dantès kam in dem Moment mit großen Sätzen über die Lichtung herangeprescht und ließ den Stock vor ihre Füßen fallen. Anscheinend hatte er die Reihenfolge durchschaut und wusste, jetzt war seine Herrin dran.

Sie schleuderte ihn etwas ungeschickter von sich als vorhin. Verdammt nochmal. Er machte sie nervös. „Das machen Kopfgeldjäger nun mal so."

„Aber du bist keine Kopfgeldjägerin."

Remy zuckte die Achseln. „Du weißt gar nichts über mich."
Dann wandte sie sich ab. „Ich gehe rein", sagte sie nach hinten
über die Schulter, als sie durch das hohe Gras schritt.

„Ich weiß ein paar Sachen. Ich weiß, dass du einen Stock
deutlich besser werfen kannst als eine Schlange."

Es klang nicht, als würde er gerade einen Witz machen.

„Tja, zumindest wissen wir jetzt etwas mehr", sagte Vaughn
grimmig. „Sie werden Envy zerstören, aber bevor sie das tun,
werden diese zwei Arschlöcher hierherkommen und nach Quent
suchen", fügte er hinzu. „Dagegen habe ich schon ein paar
Vorkehrungen getroffen – habe deine Beschreibung von Graves
und dem anderen Kerl an die Patrouillen weitergegeben. Aber ...
verdammt. Was genau haben die denn vor?"

„Und du bist dir ganz sicher, dass es das war, was sie gesagt
haben?", unterbrach ihn Quent. „,Es wird ohnehin kein Envy
geben, in dem er sich verstecken könnte'?"

Wie die Mitglieder der Widerstandsbewegung es oft taten,
saßen sie gerade in ihrer unterirdischen Computer-Festung, zwei
Stockwerke unter dem *New York, New York* Casino. Nur die
Mitglieder der Gruppe wussten, dass es diese Räume hier überhaupt
gab, geschweige denn wie man den alten Aufzugsschacht benutzte
und den richtigen Code eintippte, um hier reinzukommen.

Fence nickte grimmig. „Bis ich richtig kapiert hatte, was das
bedeutet, saßen die Arschlöcher schon wieder im Humvee und
fuhren weiter. Aber ich bin mir sicher. Das war's, was er gesagt
hat – ich war nah genug dran, um ihre gesamte Unterhaltung
mitzuhören."

„Was werden die also tun? Die Stadt bombardieren?", sagte
Vaughn und rieb sich mit einer breiten Hand die Schläfen.
„Herrgott nochmal. Wir lassen niemand mehr als drei Kilometer
an die Stadt ran, bis man ihn durchsucht hat."

Fence schüttelte den Kopf und fühlte sich an die Welt vor dem
Wechsel erinnert, mit ihren umfassenden Sicherheitsmaßnahmen

nach 9/11. Obwohl das hier eine viel wildere Umgebung war, mit noch weniger Zivilisation, hätte er niemals gedacht, dass solche Maßnahmen notwendig sein würden.

„Was denkst du?", fragte er und drehte sich zu Marley um. „Irgendeine Idee bei all dem, was du so über die weißt?"

Marley Huvane war eine Freundin von Quent gewesen noch aus der Zeit vor dem Wechsel. Sie hatte die Katastrophe nicht nur überlebt, sondern ihr war auch die Unsterblichkeit gewährt worden, wegen dem Kristall, den ihr milliardenschwerer Vater ihr in die Haut hatte einpflanzen lassen – ohne ihr zu sagen, was das genau war. Jetzt war sie eine Elite, die aus Mekka, der Hauptfestung der Elite, geflüchtet war und jetzt heimlich unter den Sterblichen von Envy lebte. Wenn irgendjemand die Elite aus der Nähe kannte, dann sie.

Sie war knackig auf eine High Society Art, ohne spröde und überkandidelt zu sein, und Fence war sich ziemlich sicher, dass Quent da mehr als nur einmal auf seine Kosten gekommen war – zumindest vor dem Wechsel. Jetzt hatte Quent natürlich nur Augen für Zoë und hatte unlängst Avancen von Marley eine Absage erteilt – oder so hatte sie es Fence erzählt.

Gerade schüttelte Marley den Kopf. „Sie müssen außer sich sein, weil sie wissen, dass du", sie schaute Quent an, „dich mit dem Kristall aus dem Staub gemacht hast, den sie für die Kommunikation mit Atlantis benutzen. Also haben sie jetzt entweder keinen Weg, wie sie mit denen kommunizieren können, oder sie haben Angst, dass du selber rausfindest, wie das geht – oder beides."

Alle vier schauten auf den alten Büroschrank aus Metall, wo der Kristall, eingewickelt in ein Tuch, versteckt lag. Bislang hatte Quent nicht so viel Glück mit dem faustgroßen, durchsichtigen blauen Stein gehabt, denn er konnte ihn nicht sehr lange in der Hand halten, ohne in einen komaähnlichen Strudel aus Erinnerungen und Bildern reingesogen zu werden. Während es ihm keine Schwierigkeiten bereitete, die Geschichte von Alltagsgegenständen auszulesen, nur indem er sie berührte, war er eher weniger in der Lage, die immense Flut von Energie hinter dem Atlantis-Kristall zu beherrschen.

„Aber", fuhr Marley fort, „ich kann mich nicht erinnern etwas gehört zu haben, was man als eine Bedrohung für Envy auffassen könnte. Nicht dass ich Teil vom Inneren Kreis gewesen wäre, oder so was. Faktisch wussten die, dass ich nicht glücklich war dort zu sein, eine von ihnen zu sein, und dass ich schon versucht habe zu fliehen. Aber was Envy anbetrifft … sicher, die Elite sind sich über die Größe der Stadt im Klaren und sie überwachen sie auch, um sicherzugehen, dass hier nichts passiert, was ihnen missfällt–"

„Klar doch. Beispielsweise die Nutzung von Computern", fügte Fence hinzu, mit einem ironischen Blick ins Zimmer um sich. Überall im Raum standen Ablagen und Schreibtische und auf jedem standen jede Menge Computer, Monitore, Drucker und eine ganze Brandbreite Elektronik – alles davon war entweder bei Plünderungsstreifzügen aufgetrieben oder von den Waxnicki Brüdern repariert worden. Hier befand sich das Herz der neuen Kommunikationsinfrastruktur, die sie gerade versuchten aufzubauen – alles, ohne dass die Fremden es zu Gesicht bekamen. „Oder jegliche Art von Massenkommunikation oder Infrastruktur. So wie die Dinge jetzt liegen, jede Siedlung – ob klein oder groß ⊠ ist von der nächstgelegenen isoliert. Es ist kackscheiße nochmal wie im Wilden Westen."

Marley nickte. „Wenn sie auch nur eine Ahnung hätten, dass dieser Platz hier unten existiert, wäre er morgen weg. Wir wären tot. Ich bin nicht sicher, was ihnen mehr Sorgen bereiten würde: Die Möglichkeit, dass eine Kommunikationsinfrastruktur existiert, die uns alle miteinander verbindet, oder all die Informationen und Daten, die Theo und Lou und Sage von all den Festplatten und Großrechnern zusammengesammelt haben, die sie finden konnten."

„Vielleicht haben die Fremden es irgendwie rausgefunden", sagte Vaughn, das Gesicht jetzt noch ausgezehrter.

„Wir waren scheißvorsichtig", sagte Fence. „Niemand weiß von dem hier außer uns. Und von uns ist keiner drauf und dran was zu erzählen."

Er konnte sich fast vorstellen, was der Mann gerade dachte: Dass er die Verantwortung für so viele Menschenleben trug, hier in Envy. Und dass es, wenn er dem Widerstand nicht das Angebot einer sicheren Zuflucht gemacht hätte – oder weil er das Ganze auch einfach nur zuließ –, dann würde wahrscheinlich keine Gefahr für Envy bestehen. Die Fremden würden sie in Frieden leben lassen – auch wenn das ein Friede der Unterdrückung war, der durch das Verschwinden von egal wem jederzeit wieder zerstört werden konnte.

Fence beobachtete Vaughn genau und fragte sich, ob der Bürgermeister sie alle verraten würde, im Austausch für die Sicherheit seiner Leute.

Oder ob er sie in ihrem Kampf, die Fremden zu zerstören, unterstützen würde, ungeachtet der Gefahr für das Leben so vieler.

Marley hatte wieder das Wort ergriffen. „Und wenn ich raten müsste ... so würde ich logischerweise annehmen, dass jede Bedrohung von Envy aus dem Meer kommen würde."

Vaughn fluchte leise. „Dieses glitzernde, graue Zeug. Wir haben immer noch nicht rausgefunden, was es ist. Aber so was hat noch nie jemand vorher gesehen."

Aber jemand anderes hatte es gesehen. Die Augen von Fence wanderten zur Decke, wo zwei Stockwerke höher Ana und ihr Vater sich in Elliotts Krankenstation befanden.

Er hatte ihr nicht erzählt, was er bei den Kopfgeldjägern belauscht hatte, aber es war ohnehin an der Zeit für eine kleine Unterhaltung mit der Sonnengöttin.

❧

Ana flitzte wie ein Fisch durch das Meer und ließ eine glitzernde Spur von Luftblasen leise hinter sich her platzen. Diesen Teil vom Ozean auf der nördlichen Seite von Envy war ein Ort, den sie noch nie erkundet hatte. Und jetzt, wo ihr Vater und sie von Elliott Drake gute Nachrichten bekommen hatten, fühlte sie sich so frei wie ihre Delfin-Freunde loszuschwimmen und an dem Ort einzutauchen, hochzuspringen, den sie als ihr zweites Zuhause betrachtete.

Nach ihrer Ankunft in Envy hatte Fence ein paar Minuten gebraucht, um sie zum Arzt zu bringen, und ihr dann dabei geholfen einen Platz zum Schlafen zu finden – und das alles ohne eine einzige zweideutige oder anzügliche Bemerkung, dass sie doch zu ihm kommen solle – und dann machte er sich woandershin auf und seither hatte sie ihn nicht mehr gesehen.

Zu ihrer großen Erleichterung. Es war so viel einfacher, seine Wirkung auf sie zu ignorieren, wenn er nicht in der Nähe war.

In der Krankenstation hatte Elliott über ihrem Vater seine Hände wie im Scan bewegt, vom Scheitel bis zur Sohle. Er brauchte nur knappe fünf Minuten um George als schwer anämisch zu deklarieren – was, so fuhr er dann erklärend fort, leicht geheilt werden konnte, indem er mehr Eisen mit der Nahrung aufnahm. Es war pure Ironie für Ana: Sie war dem Meer so verbunden und hatte von allem gegessen, was sich bot, von Seetang und Algen bis hin zu Fisch. Aber dass George dann so einen Mangel hatte... Aber dann wiederum: Er vergaß oft, etwas zu essen, es sei denn Ana zwang ihn dazu.

Das würde sie von nun an mit deutlich mehr Nachdruck tun.

Und das war einer der Gründe, warum sie jetzt gerade durch die grünblauen Fluten flitzte: Auf der Suche nach einer Seepflanzenart, die eine hohen Anteil an Eisen und Protein hatte ... ganz zu schweigen davon, die Gelegenheit zu nutzen hier noch zu kundschaften und zu sehen, ob sie noch etwas mehr über diese seltsame silbrige Substanz erfahren könnte, die an den Strand von Envy gespült worden war.

Im Gegensatz zum Ozean in der Nähe von Zuhause in Glenway, war das Wasser hier dunkler und trüber, sogar nahe an der Oberfläche. Teilweise lag das daran, dass das Wasser nicht so tief war und dass vieles, was mal Las Vegas gewesen war, sich an manchen Stellen keine zwanzig Meter unter der Wasseroberfläche befand. Hohe Gebäude, manche davon noch unversehrt und andere zusammengefallene Überreste – genau wie an Land. All das schuf eine ungewöhnliche Wasserlandschaft.

Aber auch hier spürte Ana dieses ungewohnte, befremdliche Gefühl im Meer. Die fast unmerkliche Veränderung, die ihr zu Hause aufgefallen war, war hier noch stärker – entweder wegen der geographischen Lage oder weil mehr Zeit verstrichen war. Egal wie, es bereitete ihr nur noch mehr Sorge – was auch immer sich hier im Wasser zu rühren schien. Auf was auch immer das Meer zu warten schien. Auf was es sich vorbereitete.

Sie hatte ihr Hemd hochgezogen und festgebunden, um ihren Oberkörper frei zu haben, und Anas Kristalle glühten hell, erleuchteten die schummrigen Durchgänge zwischen Dächern und Türmen. Sie tauchte tief runter … runter, runter, runter … an der Seite eines riesigen Gebäudes entlang, als würde man hier vom höchsten Stockwerk runterfallen, bis runter auf den Boden.

Es war schwarz und eng und das Wasser drückte auf sie runter, aber sie hatte keine Angst. Das hier war ihre Welt. Rot, rosa und gelb glühende Fische und winzige Seeanemonen erhellten die Dunkelheit und zerstoben bei Anas jähem Tauchgang abwärts. Blitzschnell tauchte sie durch zerbrochene Fenster, das Glas schon längst verschwunden, und aus Zimmern heraus, durch zerborstene Türen, Korridore entlang, die jetzt an manchen Stellen wenig mehr als pelzige Metalltunnel darstellten.

Sie bog um eine Ecke, in einer Spirale hoch, hoch … und hielt an, als sie an der Ecke eines dunklen Gebäudes ein Licht aufblitzen sah.

Es war nur einen Augenblick dort und dann war es weg. Das Herz sackte ihr weg und blitzschnell verschwand sie hinter einer von Algen bedeckten Säule, wo sie ein paar Seekrabben aus ihrem Versteck aufscheuchte.

Sie achtete kaum auf die Meerestierchen … denn sie spähte aus den Schatten dort hinaus, während sie rasch ihr Hemd runterzog, um ihre glühenden Kristalle zu verstecken.

Licht von den Energiekristallen war anders als das Licht, das von Fischen oder Pflanzen kam: Es war schärfer, klarer und flackerte weniger, und durchbohrte die düsteren Tiefen mit mehr Kraft. Sie wusste, was sie gesehen hatte.

Ein Leuchten wie das da konnte nur von einem Atlanter stammen.

Sie sah keinerlei Anzeichen mehr von dem kristallenen Licht, also glitt Ana hinter ihrem Versteck hervor und schwamm rasch zu einem weiteren, schattigen Platz, weiter in die Richtung, wohin das Licht verschwunden war.

Und schaute und wartete, mit einem Herz, das wild hämmerte, und einem Magen, der ein einziger Knoten war. Blind tastete sie nach unten und vergewisserte sich, dass ihr Messer an Ort und Stelle war.

Über Ana bewegte sich etwas Langes und Dunkles, auf der Suche nach Beute, mit langsamen, trägen Schwanzschlägen. Aber wie die meisten wilden Tiere – ausgenommen die riesigen elektrischen Aale – waren Haie eigentlich keine Gefahr, solange sie sich nicht bedroht fühlten. Also machte sie sich erst mal keine Sorgen und hörte dem Wasser zu.

Sie ließ ihre Hände von ihrem Körper wegtreiben, sich sanft ausbreiten, um so die kleinste Strömung und Veränderung im Wasser zu spüren. Ana konzentrierte sich, atmete durch ihre Kristalle und achtete nur noch auf das Schieben des Ozeans um sie herum ... und während sie wartete, atmete, erfühlte ... veränderte sich etwas und ihr fiel eine klitzekleine Veränderung im Summen des Meeres auf.

Wenige Augenblicke später schwamm ein menschlicher Umriss vorbei, genau über ihrem Kopf.

Ana wickelte sich ihr Hemd noch fester um den Oberkörper und stellte sicher, dass die kristallierte Seite ihres Körpers zur Wand stand, als sie zu der Gestalt hochblickte, die durch den wässrigen Raum glitt. Das funkelnde Licht von Kristallen an seinem Oberkörper war heller als ihr eigenes, was ihren Verdacht bestätigte.

Er war ein Atlanter.

Tiefe Furcht und Übelkeit ergriffen überall von ihr Besitz und sie drückte sich noch tiefer in die Dunkelheit hinein. Sie holte ihr Messer aus der Scheide. Nur für den Fall.

Er war zu weit weg, als dass sie irgendwelche Einzelheiten hätte erkennen können, bis auf die bloßen Umrisse einer Gestalt, die ihr von früher bekannt vorkam. Natürlich kannte sie einige Atlanter. Es könnte jeder von denen sein, sagte sie entschlossen zu sich selbst.

Sie suchten nicht zwingend nach ihr – noch würden sie sie automatisch erkennen. Ganz besonders nicht, wenn sie ihre Kristalle verbarg.

Wenn sie einen besseren Blick erhaschen könnte, würden die kleinen Punkte vielleicht seine Identität verraten – denn die Farbe der Kristalle und das Muster auf dem Oberkörper eines Atlanters war so einzigartig wie ein Fingerabdruck.

Und noch wichtiger: Er schwamm ungewöhnlich nah am Ufer, viel zu nah an der Welt der Sterblichen...

Anas Magen zuckte nervös, als hinter ihm eine zweite Gestalt auftauchte. Wieder hoch über ihr. Noch mehr Kristalle, wie eine Konstellation angeordnet, leuchteten wie Sternbilder am Meereshimmel. Ein weiterer Mann.

Etwas in der Art, wie sie hintereinander dahin schwammen stimmte nicht. Von Neugier getrieben machte Ana sich leise auf den Weg, unterhalb der zweiten Figur und hinter der her. Sie imitierte sein Bewegungsmuster mit den Stopps und dem erneuten Vorwärtsschwimmen, dem Ducken und dem Verstecken. Und dann ging ihr auf, dass *er* dem *anderen* Schwimmer folgte.

Zwei Atlanter. Und einer verfolgte den anderen heimlich...

Das war nun etwas, was neugierig machte.

Sie schwamm schneller, leise, benutzte ein überhängendes Dach als Deckung, um den zweiten Mann einzuholen.

Aber als sie anhielt und verstohlen nach oben spähte – dorthin, wo einer oder auch beide sein sollten –, sah sie nichts als Dunkelheit und Schatten. Ein Schwarm von Segelflossern, dann ein Trio von Eidechsenfischen und die von Korallen besetzte, runterhängende Tür eines Autos.

Und kein Anzeichen von leuchtenden Kristallen, die durch die Dunkelheit schnellten.

Ana bewegte sich in stets weiter werdenden, konzentrischen Kreisen, achtete darauf, dass auch nicht eine Welle von ihr selbst ausging, hielt Ausschau nach Lebewesen, die durch sie vielleicht zu plötzlichen Bewegungen erschreckt werden und so die Aufmerksamkeit anderer erregen könnten.

Aber sie sah nichts.

Wohin waren sie verschwunden?

Und was hatten sie hier zu suchen?

Nach langer Suche gab Ana es schließlich auf und steckte ihr Messer wieder in seine Scheide. Sie machte sich auf den Weg zurück zum Strand, glitt mit leichten, schnellen Schwimmstößen durch das Wasser. Sie war mehr als drei Stunden hier draußen gewesen und auch wenn George es gewohnt war, dass sie den halben Tag oder noch mehr im Meer verbrachte, er war krank gewesen und befand sich jetzt an einem fremden Ort. Sie verspürte leichte Gewissensbisse wegen—

Ana hielt abrupt an, ihr Körper schob sich jäh in eine senkrechte Position, als sie auf das sanfte, rosa Glühen starrte, das aus einem dunklen Kämmerchen hervorströmte. Rasch warf sie einen Blick um sich, das Herz schlug ihr bis zum Hals.

Es war niemand hier. Nichts rührte sich.

Mit einem ganz sachten Flattern der Hände schob sie sich näher heran. Sie hatte sich nicht geirrt: Da lag ein kleiner rosa Kristall – nicht größer als der Nagel an ihrem kleinen Finger – gut eingebettet in der Mitte einer rosa-orangenen Seeanemone. Die wogenden Arme, Blütenblättern gleich, tanzten sanft zum Rhythmus des Wassers. Anas Herz machte da einen seltsamen kleinen Purzelbaum und ihre Hände fühlten sich auf einmal trocken und wie zusammengepresst an.

Die Blume hatte man in einem geöffneten Briefkasten abgelegt – oder eben in einem Metallobjekt aus vergangenen Tagen, das einem solchen ähnelte. Sie war dort mit Absicht kunstvoll arrangiert worden, als eine Botschaft ... genau wie Darian es gemacht hatte, wenn er wollte, dass sie ihn treffen kam.

Es war *doch* Darian gewesen, den sie gesehen hatte.

Ana schnellte davon, weg, auf einmal von der Furcht gepackt, dass er hier irgendwo lauerte – oder dass irgend*jemand* hier lauerte – und sie beobachtete. Mit ihren Händen krampfhaft um eine verrostete Metallstrebe gekrallt, hielt sie inne, um nachzudenken. Sie sog tief lange, kühle Wasserzüge durch ihre Kristalle ein ... und gestand sich die Fakten ein, die sie vorhin noch als pure Einbildung verwerfen wollte. Die vertraute Figur, der erste Atlanter, den sie heute schwimmend über sich gesehen hatte: Das musste Darian gewesen sein.

Ihre Augen wanderten zu der Anemone zurück, die in das Leuchten des rosa Kristalls eingetaucht war. Er suchte wieder nach ihr. Wusste er, dass sie hier in der Gegend wohnte? Oder gab es jemand anderen, mit dem er vielleicht Erinnerungsstücke austauschte? Es war nicht Eifersucht, die sie bei dem Gedanken überkam ... es war Verwirrung und Furcht.

Das letzte Mal hatte sie ihn vor fünf Jahren gesehen – als sie den wahren Grund erfahren hatte, warum er so an ihr hing. Sie war mehr als verletzt und wütend gewesen, und selbst jetzt noch erfasste sie da der Zorn wie ein Donner und erinnerte sie mit aller Kraft daran, dass sie ihm niemals trauen durfte. Oder irgendeinem anderen Atlanter. Aber Darian ... er hatte all die Monate damit verbracht, sie zu umwerben und sie zu lieben, nur als Köder, damit sie mit ihm zurückkehrte.

Und die ganze Zeit über hatte sie gedacht, er liebe sie. Dass sie jemanden gefunden hätte, bei dem sie ganz sie selbst sein konnte, der all ihre Geheimnisse schon kannte. Sie hatte gedacht, dass sie tatsächlich einen von ihrem Volk gefunden hätte, der ehrlich, selbstlos und gütig war.

Aber letztendlich war ihr klar geworden, dass sie alle gleich waren: selbstsüchtig und böse.

Deswegen waren sie und George unmittelbar nach ihrer Auseinandersetzung mit Darian in eine andere Siedlung gezogen. Sie hatten die nördliche Küste, an der sie früher gelebt hatten, weit hinter sich gelassen – hunderte von Kilometer entfernt von ihrem Liebhaber und den Erinnerungen an seinen Verrat und seine Ränkespiele.

Ana drehte um und schwamm weg. Sie ließ die Anemone mit ihrem Kristall hinter sich, unberührt, anstatt das zu hinterlassen, was normalerweise ihre Erwiderung gewesen wäre: Ein Geschenk oder ein Andenken von ihr selbst, um ihm mitzuteilen, dass sie die Nachricht bekommen hatte.

Aber hier war eine Nachricht, die sie nicht wollte...

Oder doch?

Ana hielt wieder inne, diesmal machte sie neben einer großen von Seeanemonen bedeckten Felszunge Halt. Eine spindeldürre, blaugrüne See-Assel flitzte ihr kurz über die Hand, aber sie achtete kaum drauf. Wenn hier im Meer gerade etwas vor sich ging, wusste Darian vielleicht davon.

Ihre Eingeweide drehten sich wild umeinander, als sie an das Risiko dachte, falls sie auf seine Nachricht antwortete. Ihren Aufenthaltsort preisgab, nachdem sie jahrelang so hart dran gearbeitet hatte, ihn geheim zu halten. Wie es wäre, ihn wiederzusehen.

Darian war schließlich ihre erste, wahre Liebe gewesen. Der erste Mann, vor dem sie ihre Kristalle nicht verstecken musste. Verdammt, er war der *einzige* Mann, dem sie ihre Kristalle nicht verheimlichen musste.

Fence und seine heißen, dunklen Augen platzten da in ihre Gedanken herein. Sie erinnerte sich an die Skepsis in seinem Gesichtsausdruck und in seiner Stimme, als er ihren schlammbedeckten und zerschrammten Oberkörper gesehen hatte, wie sie aus dem Meer rausgelaufen kam. Es würde genauso schwierig sein ihn abzulenken, wie es mit Darian gewesen war – vielleicht noch schwieriger, denn sie konnte vor ihm nicht einfach ins Wasser springen und wegtauchen. An Land war sie deutlich weniger wendig und er war so voller Anmut und–

Warum dachte sie ausgerechnet jetzt an Fence? Er war nichts weiter als einer, der andauernd flirtete und schäkerte, der sich auf seinen Charme verließ, um in der Welt weiterzukommen. Obwohl er ein verteufelt guter Tour-Guide war.

Und denk daran, wie er mit Tanya und den Kindern gewesen war.

Und er war ein superheißer Küsser.

Ana runzelte da über sich selbst die Stirn und schob diesen störenden Gedanken von sich, als eine kalte Strömung im Wasser über ihr sich bewegte. Was soll ich tun?

Sollte sie es wagen, Darian zu antworten und versuchen herauszufinden, was er wusste?

Warum wurde er verfolgt?

Und was *in der tiefen, dunklen Finsternis* ging hier in ihrem herrlichen Meer gerade vor sich?

7

Fence saß am Strand.

Strand war ein etwas irreführender Begriff, dachte er mit Bedauern, als er seine Hände wieder neu absetzte, weil größere Steine und Geröll ihn stachen. Denn das Wort „Strand" implizierte eine lange Strecke aus warmen Sand ... üblicherweise mit ein paar Schönheiten im String-Bikini beim Sonnenbaden drauf.

Oder ganz ohne.

Er grinste und erinnerte sich an einen Besuch in der Heimat seiner Mutter, Brasilien, und an die Oben-ohne-Strände in Rio. Das war vielleicht abgefahren.

Aber hier an diesem Strand gab es zwar ein bisschen Sand, aber auch jede Menge Geröll und Metallstücke. Bäume und Büsche hockten drauf und er saß doch tatsächlich auf einer alten Straße, die in zwei Stücke gebrochen war und jetzt in den Ozean abbog.

Jetzt saß er hier und war erleichtert, dass um ihn alles menschenleer war. Er hatte reingeschaut – in die Krankenstation, den Pub, alle Gemeinschaftsräume – auf der Suche nach Ana und dann hatte er sogar an ihre Tür geklopft. Letztendlich landete Fence dann hier – wo er eh schon den Verdacht gehabt hatte, dass er sie hier antreffen würde. Und obwohl er versucht hatte es zu vermeiden. Dreißig Minuten lang war er den Strand entlang gegangen, vom einen Ende mit der hohen, schützenden Mauer, die sich hinter ihm erhob, bis hin zum anderen Ende an dieser kleinen Bucht, und hatte keinerlei Anzeichen von jemandem im Wasser gesehen. Keine Boote. Nichts.

Das Gelände war so gespenstisch wie manche der verlassenen Geisterstädte, durch die er gereist war.

Obwohl Envy am Meer lag, hatten seine Bewohner wenig Interesse am Fischen als Industrie. Es gab ein paar mutige Gestalten, die an der Südostseite mit dem Boot rausfuhren, wo der Strand etwas abgeschiedener war, weil das Meer hier eine kleine geschützte Bucht bildete, die von dem Gebiet hier, wo er gerade saß, von einer langen, schmalen Landzunge abgetrennt wurde. Aber hier in der nordwestlichen Ecke war der Strand stets menschenleer.

Teilweise lag das an den Geschichten von Leuten, die wegzogen, in den Norden zogen, in die Richtung, wo Washington und Oregon früher mal gewesen waren. Und die niemals zurückkehrten.

Es überraschte nur wenig, denn das Meer hier war finster und wütend – zumindest Fence schien das so, und heute ganz besonders. Vielleicht lag es daran, dass halb Vegas dicht unter der Meeresoberfläche lag und die Trümmer und Ruinen das Wasser eintrübten. Als letzte Woche die Ebbe weit draußen gewesen war und ein wilder Sturm die Wellen umherwirbelte, hatte Vaughn ihm gezeigt, wo man einen Blick auf die Gebäudespitzen erhaschen konnte. Gruselig.

Richtung Südwesten, gerade hinter der Hauptmauer, befand sich in einem verlassenen Teil von Envy ein hohes Gebäude. Es wurde das Beretta genannt und es ähnelte auch der gleichnamigen Waffe. 2010 war das ein funkelnagelneues Apartment-Gebäude gewesen. Genau in jenem Gebäude hatten Simon und Sage einen alten PC Flashdrive gefunden, der einmal dem berühmtberüchtigten Remington Truth gehört hatte, einer der Schlüsselfiguren der Elite.

Der Tower hatte als Lagerhaus fungiert, beschützt von den Zombie-ähnlichen Ganga und den wilden Hunden, die ihre Beute waren, bis Vaughn mit einer Brigade von Männern und Frauen da eingezogen war, um das Gebiet zu säubern. Es war zu gefährlich einen solchen Ort so nah an ihrer Siedlung zu dulden, wo Kinder spielten und andere ein ruhiges Leben lebten.

Aber hier, einen Kilometer vom Beretta entfernt, platschten die Wellen sanft gegen den aufgeborsten Rand eines Highway und einen schmalen Gürtel von Sand und Kies. Außer dem regelmäßigen Geräusch und dem Schrei einer Möwe ab und an war die Welt in Schweigen getaucht.

Fence war ganz und gar allein.

Und deswegen hatte er auch seine Schuhe ausgezogen und seine Cargohose hochgekrempelt – und war ein bisschen näher ans Wasser gerobbt.

Sein Herz wummerte wie der Bassrhythmus beim Jazz, als er sich dort zurechtsetzte, Knie bis an die Brust angezogen und die Arme um die Beine geschlungen. Die Wellen spielten mit seinen Zehen und er schloss die Augen und versuchte die Panik zu beruhigen, die drohte, seinen Verstand zu überwältigen, als er daran dachte, was sich weiter draußen befand.

Er war mächtig angepisst, weil ein Teil von ihm so gerne in diese kühlen, beschwingten Tiefen reingleiten wollte – jene Freiheit noch mal zu spüren ... sich treiben lassen, durch das Wasser zu fliegen. Und weil der andere Teil von ihm ... der größte, stärkste, angsthasigste Teil von ihm nur kehrtmachen und mit eingeklemmten Schwanz wegrennen wollte. *Fliehen wollte.*

Sein Atem hatte sich verändert, war schneller und flacher geworden, und er spürte die altbekannte Übelkeit aus den hintersten Ecken seines Bauches hochkriechen, die ihm die Lunge abschnürte, ihm hinten im Hals brannte. Seine Stirn fühlte sich nassgeschwitzt an und seine Haut heiß.

Warum komme ich nicht drüber weg? Was stimmt Scheiße nochmal mit mir nicht?

Er schluckte schwer und abrupt, und ohne die Augen zu öffnen, rutschte er noch näher ans Wasser ran. Etwas brannte ihm in den Augen und er erlaubte sich nicht einmal den Gedanken zu erwägen, ob das hier Tränen waren, die sich hinter seinen Lidern sammelten oder nur das Brennen der Salzwasser Gischt. Es musste Letzteres sein.

Er schmeckte Salz, den Geruch von Algen und den fischartigen Geruch anderer Kreaturen der Tiefe, schmeckte die Feuchtigkeit. Das Wasser wogte um ihn herum, durchnässte seine Hose am Hintern, bedeckte seine Füße und Zehen. Diese kleinen Körperteilchen rollten sich nach unten ein, in den groben Untergrund und Fence zwang sich, seine Augen zu öffnen.

Der Ozean war *direkt* vor ihm. Um ihn herum.

Alles, was er sehen konnte, waren schlingernde, wilde Wellen, die darauf warteten, ihn hinab in ihren finsteren Abgrund zu ziehen. Der Druck, die Last, das Ansteigen und Wegfallen. Er vermochte nicht, die Erinnerungen fortzudrängen ... noch konnte er ein unablässiges Ziehen tief in seiner Magengrube ignorieren, als ob das Meer ein Spiel mit ihm trieb, ihn verführte, wie eine verdammte Femme Fatale.

Nein.

Er schloss die Augen wieder, die Welle panischer Angst rauschte wieder über ihn hinweg, wie eine pfeifende Lokomotive, und ließ ihn zitternd und aufgewühlt zurück. Sein Kinn vergrub sich zwischen seinen beiden Knien, als er sein Gesicht nach vorne der Windböe entgegen streckte, die Augen fest geschlossen.

Du musst dagegen ankämpfen, Arschloch. Du musst damit hier und jetzt fertig werden.

Was würde beim nächsten Mal passieren, wenn wieder jemand in Gefahr geriet? Diese Welt hier steckte voller Gefahren und Bedrohungen. Die Menschen bauten auf ihn, verließen sich auf ihn, dass er sie anführte, beschützte ... aber hier steckte er nun fest, mit einer todbringenden Schwäche.

Klar doch, bei mir bist du sicher ... es sei denn du fällst ins Wasser. Dann bist du auf dich allein gestellt.

Fuck.

Etwas Feuchtes rollte ihm die Wange runter und es war nicht, *war auf gar keinen Scheißfall,* eine Träne. Aber sein Atem stockte auf einmal, ganz entsetzlich in seinen Lungen und er kämpfte gegen den ansteigenden, schleppenden Ruck eines Schluchzers, vergrub seine Finger in den Armen und schlang sie noch enger um seine Beine. *Nein. Hör. Jetzt. Auf. Hör—*

„Alles in Ordnung mit dir?"

Die plötzliche Stimme und die Gegenwart schockte Fence wie eine Dusche Eiswasser. Er riss die Augen auf und schaute hoch zu ihr – Ana; hatte ihre Stimme erkannt, bevor er sie sah – sprang dann sofort auf. Überwältigt von Scham und Wut sagte er, „was zum Teufel willst du?", bevor er sich bremsen konnte.

Seine Hände zitterten und seine Eingeweide waren in Aufruhr, aber durch seinen momentanen Tunnelblick der Demütigung, der Wut und der Schwäche hindurch, sah er sie zurückzucken, als hätte man sie geschlagen.

„Nichts", sagte sie und machte rasch und unbeholfen einen Schritt zur Seite.

Sie landete mit dem Fuß auf einem losen Stein und ihm blieb gerade noch die Zeit zu bemerken, dass ihre Haare und ihre Kleider nass waren, bevor sie das Gleichgewicht verlor und hinzufallen drohte.

Automatisch streckte Fence die Hände nach ihr aus, aber Ana gelang es, das Gleichgewicht wiederzufinden, bevor sie auf den unebenen Boden fiel. Seine Finger streiften an ihrem feuchten Arm lang, genau in dem Moment, als sie sich nach hinten wegbewegte.

„Vergiss es", sagte sie da, als sie sich wieder im Griff hatte. Verärgerung und Beschämung ließen sie kalt und unnahbar aussehen. „Tut mir Leid, dass ich dich erschreckt habe." Jetzt drehte sie sich ganz weg und entfernte sich.

Fence schluckte schwer, während er darum kämpfte, seine Verwirrung, Scham und seine Wut unter Kontrolle zu bekommen – alles gegen ihn selbst gerichtet – und versuchte Worte zu finden, irgendwas. Aber sie stakste schon, so gut sie es mit einem verkrüppelten Bein auf unebenem Boden konnte, davon. Weg von ihm.

Gottverdammt!

Ohnmächtige Wut tobte schweigend in ihm, aber er unternahm nicht, den Versuch ihr zu folgen. Er war jetzt einfach nicht er selbst ... und sie war ganz offensichtlich total verärgert – von seiner Reaktion bis hin zu ihrer eigenen Unbeholfenheit.

Und dann fiel ihm wieder ein, dass *er* auf der Suche nach *ihr* gewesen war.

Verdammt.

Den ganzen Weg zurück in das große, alte Gebäude, wo anscheinend fast jeder aus Envy wohnte und aß, schäumte Ana vor Wut. Sie war sich nicht sicher, welche der Emotionen ihr das Tempo und die ungewöhnliche Beweglichkeit verliehen, um von ihm wegzukommen: Wut auf das Riesenarschloch oder Scham, dass sie schon wieder fast auf den Arsch gefallen wäre, genau vor besagtem Riesenarschloch.

Ich kann monatelang durchkommen, ohne zu stolpern oder hinzufallen, aber diese zwei Mal muss ich genau vor diesem Mann stehen.

Grrr.

Wie zum Teufel hätte sie wissen sollen, dass er nicht gestört werden wollte? Sie war von ihrer Schwimmtour wieder an Land gegangen und hatte ihn dort am anderen Ende vom Strand hocken sehen. Er sah aus, als würde er die sanfte Meeresbrise genießen und dem gemächlichen Ansteigen und Abfallen der Wellen zusehen.

Und trotz einer inneren Warnglocke hatte Ana sich ihm genähert, wollte hin zu dieser einsamen, starken Gestalt dort, umgeben von salzigem Wasser, das ihn umspülte und sanft umfloss. Sie bewunderte den satten, warmen Farbton seiner Haut unter der heißen Sonne – stellte sich vor, wie es wäre, diese zu berühren – und die Breite seiner Schultern, und – als sie näher kam – sogar die großen, kantigen Füße, die sich im Sand vergraben hatten.

Aber als sie mit leisen Schritten vor ihm angekommen war und sein Gesicht sah – die Augen fest zusammengepresst, die Stirn wie vor Pein gerunzelt und das Gesicht verzerrt ... und sogar eine feuchte Spur an einer Wange entlang – da wusste sie, hier war etwas nicht in Ordnung.

Sie hätte einfach gehen sollen. Ihr Instinkt sagte ihr genau das, denn sie erinnerte sich an das letzte Mal, als sie ihn in solcher Not gesehen hatte. Aber sie konnte ihn nicht einfach links liegen lassen.

Und jetzt wünschte sie, sie hätte genau das getan.

Genau wie sie Darians Seeanemone mit ihrem Kristall in Ruhe gelassen hatte, die immer noch in ihrem Kämmerlein im Ozean saß.

Sie konnte auch morgen noch zurückgehen, so redete sie sich ein, und eine Antwort dalassen. Aber bevor sie das tat, wollte Ana noch über das Risiko nachdenken und ob sie es wagte, wieder mit Darian Kontakt aufzunehmen. Und wie sie sich schützen würde, sollte er etwas im Schilde führen.

Sollte sie auch George davon erzählen? Er war mit ihrer Mutter verheiratet gewesen, er hatte länger bei den Atlantern gelebt als Ana. Auch wenn seine Erinnerung an jene Zeiten nach ihrer Flucht etwas schwammig geworden war, konnte er ihr immer noch einen Rat geben.

Da sie nicht der Typ für übereilte Entscheidungen war, ging sie zu dem Zimmer zurück, das Fence für sie organisiert hatte, solange sie und ihr Vater hier in Envy waren. Sie nahm an, dass sie es dem Kerl hoch anrechnen musste, sie hierhergeführt und ihr einen Platz zum Schlafen organisiert zu haben. Aber abgesehen von dieser Gastfreundschaft und einem kurzen Zum-Dahinschmelzen-Lächeln – oh, na gut, dieser Kuss da am Strand war phänomenal gewesen – gab es keinen Grund mehr sich weiter mit Fence abzugeben.

Im Gegenteil: Wenn er in seiner witzigen, sinnlichen Flirt-Laune war, wäre es verflixt gefährlich in seiner Nähe zu sein.

Sie runzelte die Stirn. Es war, als bestünde er aus zwei verschiedenen Personen. Genau wie bei ihr.

Der Gedanke gefiel ihr ganz und gar nicht, also schob sie den rasch beiseite und zog sich trockene Sachen an. Sie rieb ihre Haare mit einem Handtuch ab, bis sie nur noch feucht waren und ließ sie dann offen über ihre Schultern fallen. Dann ging sie George besuchen ... und überlegte sich die ganze Zeit, was sie ihm erzählen würde – oder ob sie ihm überhaupt etwas erzählen würde.

Ihr Dad sah rosig und gesund aus, als sie in das Krankenzimmer kam. Er saß aufrecht im Bett und redete mit Elliott und einer älteren Frau mit rotblonden Haaren, durch das sich vorne eine breite, weiße Haarsträhne zog.

„Und so habe ich daran gearbeitet, diesen Stamm von Penicillin herauszufiltern, um zu sehen, ob ich ein stärkeres Medikament herstellen kann", sagte George gerade. An seinem geröteten Gesicht konnte sie erkennen, dass er schon eine ganze Weile redete. Oder vielmehr Vorträge hielt. „Wenn ich nur ein paar Vorräte von den früheren Arzneifabriken finden könnte, wäre ich vielleicht in der Lage ein paar der anderen Medikamente zu kopieren."

Die Frau, die sich so wohlzufühlen schien wie ein flauschiges Kissen weich war, sah aus, als wäre sie an Georges Erklärungen hochgradig interessiert – deutlich mehr, als Ana sich erklären konnte. Entweder sie war selbst eine Wissenschaftlerin oder sie war einfach eine sehr gute Zuhörerin.

„Dabei könnte ich dir vielleicht helfen", sagte Elliott gerade. Er warf der Frau einen vorsichtigen Blick zu und schaute dann wieder zu George. „Wir haben ein paar alte Bücher und Informationen, die man im Laufe der Jahre aus Bibliotheken und ehemaligen Buchläden gerettet hat. Ich würde es unglaublich hilfreich finden, nicht nur eine Alternative zu Penicillin zu haben, sondern auch ein paar wirksame Schmerzmittel."

„Ich wäre gern bereit, mir mit dir ein paar von den alten Büchern vorzunehmen", sagte die Schwester erwartungsvoll. „Wenn du mir sagst, wonach ich suchen muss."

„Tja, das sieht aus, als würdest du dich sehr viel besser fühlen, Dad", sagte Ana und zog damit die Blicke aller auf sich. „Du hast jetzt ein bisschen Farbe im Gesicht."

„Ich hab dir doch gesagt, mir geht es ausgezeichnet", sagte George. „War wirklich nicht nötig, dass ich herkomme. Elliott hat gesagt, ich muss nur drauf achten, was ich esse."

„Es muss sich jemand darum kümmern, dass er genug dunkles Fleisch und Spinat isst", sagte die Krankenschwester mit einem nachdenklichen Blick zu Ana – als ob sie ihr die Mangelernährung ihres Vaters zum Vorwurf machte. Das flauschige Kissen war gerade zu einer strengen Aufseherin mutiert.

„Jetzt mal langsam, Flo", setzte Elliott an, aber bevor er fortfahren konnte, hörten sie eine laute, aufgeregte Stimme.

„Wer macht denn jetzt schon wieder Krach?" Flo starrte wütend die Wand an. „Der Himmel steh mir bei–es ist noch nicht Zeit für Zoës nächsten Check, oder etwa doch?" Sie schüttelte den Kopf und schürzte die Lippen. „Sie war erst letzte Woche hier, als du angefangen hast ihr zu erklären, wer jetzt das Sagen ha–"

Aber Elliott war aufgestanden und Ana wandte sich der Tür zu. Sie hatte es auch gehört: Jemand rief dringend nach dem Arzt.

„Ich gehe besser nachsehen, was da los ist", sagte Elliott.

Ana wusste nicht warum, aber sie machte sich daran, ihm raus in den Flur zu folgen. Vielleicht dachte sie, man könnte ihre Hilfe gebrauchen, vielleicht war sie einfach nur neugierig. Oder vielleicht dachte sie, jemand *wusste Bescheid*.

Und als sie die Stimmen hörte, aufgeregt und drängend, und Bruchstücke der Sätze – „angeschwemmt" ... „aus dem Ozean" ... „denke, er ist tot" – fing ihr Herz an zu rasen.

„Ich bin gleich wieder da, Dad", sagte sie, als sie ihren Kopf wieder kurz ins Zimmer reinsteckte, was ihn und Flo dazu brachte, sich mitten in einer recht angeregten Unterhaltung zu ihr umzudrehen.

Aber sie hatte keine Zeit sich jetzt über die Implikationen davon Gedanken zu machen. Anna eilte den Flur entlang und auf die Stimmen zu. Als sie bei dem kleinen Zimmer anlangte, war die Tür glücklicherweise noch offen und sie war in der Lage reinzuschauen.

Mehrere Leute drängten sich um ein Bett. Elliott stand da natürlich, zusammen mit einem Mann und einer Frau, die Anna nicht erkannte. Und Fence. Ana war sich der jähen Erleichterung – wie ein kleiner Stromschlag – bewusst, dass der Körper, den man am Strand gefunden hatte, nicht Fence war, aber mit dieser seltsamen Empfindung setzte sie sich nicht auseinander ... ganz besonders nicht jetzt, wo ihre andere Furcht möglicherweise nur allzu begründet war. Stattdessen versuchte sie um die Ecke zu spähen, ohne Aufmerksamkeit zu erregen.

Die Leute im Zimmer standen nun gerade so, dass sie ihr die gesamte Sicht blockierten, bis auf zwei bleiche nackte Füße, die groß genug für einen Mann waren. Sie musste eine bessere Sicht bekommen, denn alles, was aus dem Meer kam – ob jemand von einem Meeresgeschöpf getötet oder verletzt worden war, oder eine ungewöhnliche Substanz wie dieser graue, glitzernde Blubber – war wichtig für sie und konnte ihr Hinweise darauf geben, was gerade geschah.

Plötzlich blickte Elliott hoch und sah sie. Ana wurde rot und zuckte zusammen, und machte sich daran, aus dem Zimmer zu sprinten, aber er sagte: „Du kannst reinkommen. Ich kann vielleicht deine Hilfe gebrauchen. Schließ die Tür, so dass wir hier keinen Menschenauflauf bekommen."

Obwohl sie sich fragte, welche Art von Hilfe sie bieten könnte, die ihm die anderen nicht bieten konnten – oder wollten –, nahm Ana dennoch sein Angebot an und tat, wie er verlangt hatte, während Elliott sich wieder dem Bett zuwandte.

Fence hatte bei den Worten seines Freundes hochgeschaut, ebenso wie der andere Mann und die Frau. Sein Blick traf ihren und da lag weder eine Entschuldigung noch Humor drin. Es war fast wie ... ein Verdacht?

Ana zog ihre Schultern nach hinten und drehte sich von seinem durchdringenden Blick weg und sah zum ersten Mal die Gestalt dort an. Sie vermochte nur noch, ein Aufkeuchen zu unterdrücken.

Nein, es war nicht – wie sie befürchtet hatte – Darian.

Aber sie kannte ihn trotzdem, trotz der Wunden an seinem Gesicht und dem Schlamm und dem Blut, das drüber verschmiert war. Sein Name war Kaddick und wie ihr ehemaliger Liebhaber kam er aus Atlantis.

Aus der Blutmenge zu schließen sowie aus den tiefen Schnittwunden quer über seinem Oberkörper und an seinem

Bauch, wusste sie, dass er tot war – und wahrscheinlich schon gewesen war, bevor er aus dem Ozean aufgetaucht war. Furcht und Ekel verdrehten ihr den Magen. Wenn er Darian gefolgt war, war er dann entdeckt worden und war es zum Kampf gekommen? Oder hatte er als Erster angegriffen?

War Darian auch verletzt oder tot?

Oder hatte ein Stachelrochen oder eine Seekatze mit ihrem Schwanz nach Kaddick geschlagen und ihn getötet?

Letzteres war von allen das Unwahrscheinlichste, denn es gab nicht viele gefährliche Seegeschöpfe, die ohne Veranlassung angriffen.

Während Gedanken und Fragen auf sie einstürzten, kam Ana näher ans Bett ran. Sobald Elliott Kaddick untersuchte, oder ihm gar die Kleider abnahm, die sich ohnehin von allem unterschieden, was man hier an Land trug, würde er wissen, dass das Opfer kein normaler Mensch war.

„Kennst du ihn?", fragte Elliott und Ana ging da mit einem Schock auf, dass er sie anschaute.

Warum schaute er sie an? Warum würde er annehmen, dass *sie* ihn kannte?

Das Herz steckte ihr im Hals fest, als sie versuchte zu entscheiden, wie sie reagieren sollte.

„Da ist eine Menge Blut", sagte Fence. „Geht es dir gut, Ana?" Er beobachtete sie genau.

Sie ergriff das als Vorwand und schlug sich mit einer Hand vor den Mund, als würde ihr gleich übel werden, wandte das Gesicht ab und bemühte sich, total bleich und mitgenommen auszusehen. Einer Antwort aus dem Weg zu gehen, wäre jetzt die beste Option.

„Sie braucht frische Luft", sagte Elliott und die andere Frau ging rasch zur Tür. Ana ging dankbar raus, als sie Elliott drinnen fortfahren hörte, „er ist nicht aus Envy. Ich dachte, sie würde ihn vielleicht kennen, falls er zufällig aus Glenway stammt."

„Was zum Teufel hat er an? Aus was ist das gemacht?", fragte der dritte Mann. „Wir haben gleich erkennen können, dass er nicht aus der Gegend hier ist. Aber ich habe so was noch nie gesehen."

Ana lehnte sich im Flur gegen die Wand, als die Tür sich hinter ihr schloss. Sie hätte ihm sagen können, dass der Stoff aus den Fäden des weißen Seewurms hergestellt wurde, verwebt mit einer Art von Seidenpflanzengewächs, das in Atlantis wuchs. In der Kombination ergab das einen Stoff, der leicht war, glatt und warm, und der sich auch nicht vollsog oder Wasser aufnahm. Er verströmte auch einen Duft, der elektrische Aale abschreckte – meistens zumindest – und auch die kleinen Seeskorpione, bei denen ein einziger kleiner Stich tödlich sein konnte.

Sie wusste alles über diese Kleider und noch über anderes. Aber was sollte sie ihnen sagen? Alles oder gar nichts?

Nichts.

George hatte sie – überflüssigerweise – immer zur Vorsicht ermahnt, niemandem je etwas über ihre Abstammung zu erzählen, und auch kein Wort über die Existenz von Atlantis zu verlieren, oder von dem Volk ihrer Mutter zu erzählen. Obwohl alle Menschen vor über 3000 Jahren aus derselben Rasse hervorgegangen waren, unterschieden sich die Atlanter sehr stark von denen, die sich daran gemacht hatten, eine Zivilisation an Land aufzubauen. Ihr Vater hatte Angst, dass man Ana verstoßen würde, sie zum Sündenbock machen würde oder man ihr sogar etwas antat und sie töten würde, wenn die Menschen an Land die Wahrheit über die Atlanter in Erfahrung brachten.

Es war ohnehin nicht nötig das zu sagen, denn Ana – egal wie sehr sie ihre Mutter liebte – empfand weder Achtung noch Zuneigung für die Rasse ihrer Mutter. Sie wusste, wer die waren und was sie getan hatten, und sie wollte nicht Teil davon sein. Sie schämte sich das Blut von Atlantis in ihren Adern zu haben.

Wenn irgendjemand herausfand, dass sie aus Atlantis stammte, und Kunde davon Atlantis erreichte ... wenn sie Ana fanden, würden sie sie wieder dorthin mitnehmen. Sie zwingen dort zu bleiben. Mit ihnen zu leben.

Sie holte langsam und tief Luft. Sie würde dorthin nicht zurückkehren. Niemand würde sie nach dort mitnehmen. Sie und Dad hatten ihr Leben riskiert von dort zu fliehen.

Aber wenn gerade etwas vor sich ging, etwas, das eine Gefahr für Envy darstellte – oder egal welchen Flecken Erde – wegen dem, was sich gerade unter Wasser abspielte, war es dann nicht ihre Verantwortung, das jemandem zu erzählen. Alles, was sie wusste?

Für den Fall, dass man es verhindern könnte?

Natürlich war sie dazu verpflichtet. Aber sie musste ihnen nicht erzählen, wer sie war. Oder wie sie es erfahren hatte.

Entschlossen drehte Ana dem kleinen Zimmer den Rücken zu und ihr wurde klar, dass zumindest eine Entscheidung für sie getroffen worden war: Sie musste auf Darians Nachricht antworten.

„Schaust du dir das mal an?", sagte Fence, während er Elliott half den noch verbliebenen Rest des glatten, glänzenden Stoffes von dem Toten abzureißen. „Der Kerl hat mehr Piercings als der Typ aus Hellraiser."

Sogar bei all den Fleischfetzen und dem Schimmern weißer Rippenknochen konnte er sehen, dass mehr als ein Dutzend erbsengroßer Kristalle in die Haut des Mannes eingepflanzt worden waren. Fence hatte noch nie einen der Fremden und seine Kristalle aus der Nähe gesehen, aber er wusste, dass Elliott das getan hatte – und dass die Fremden nur einen oder maximal zwei leuchtende Steine trugen. Und anstatt am Oberkörper eingepflanzt zu werden, zwischen den Rippen und drum herum, trugen die Fremden ihre Unsterblichkeitskristalle immer an der weichen Stelle genau an der Südseite des Schlüsselbeins.

Der Kerl sieht aus wie ein beknackter Discotänzer. Saturday Night Flipper.

Mann – war er vielleicht witzig!

Fence blickte hoch zu seinem Freund und behielt den Witz diesmal für sich. „Verdammt gut, dass du Wendy und Herb hier rausgeschickt hast, bevor sie das sehen konnten."

Elliott nickte kurz. „Ich hatte so ein Gefühl ... und es ist besser, es kursieren keine Geschichten, bis wir herausfinden, was eigentlich los ist und wer – oder was – dieser Mann hier genau ist." Er war noch nicht dabei, den Mann zu scannen, indem er seine Hände wie einen menschlichen Technicolor MRI-Apparat einsetzte. Stattdessen schaute er mit nachdenklichem Gesichtsausdruck runter auf den Toten.

Nachdem man den Mann restlos entkleidet hatte, schien er abgesehen von den Kristallen ganz normal zu sein – zumindest dem Äußeren nach zu urteilen.

Fence war sich über die Ironie der Sache vollkommen im Klaren, dass er kein Problem damit hatte, auf einen Körper zu starren, der quasi in Fetzen lag, aber dass das leise Wispern eines Ozeans an seinen Füßen ausreichte, um in ihm eine ausgewachsene Panikattacke auszulösen. Er wischte dieses Wissen verächtlich beiseite, weil es ihn schweinemäßig ärgerte, und versuchte sich was Witziges zu den Stofffetzen von dem Kerl auszudenken ... aber selbst Fence verließ in dieser Situation der Sinn für Humor. Der Kerl sah einfach erbarmungswürdig und mitleiderregend aus.

Genau wie er wahrscheinlich nach dem Ertrinken aussehen würde: alles schlaff und nass und grau.

Hey, nicht gerade ein spritziger Gedanke. Du liebe Güte.

Also sagte er, „was war der wirkliche Grund, warum du Ana hier reingerufen hast? Auf keinen verdammten Fall hast du gedacht, sie würde den Kerl hier erkennen."

Auch wenn genau das der Fall war.

Elliott schaute zu ihm hoch und Fence sah, dass auch sein Freund Anas Reaktion gesehen hatte. „Sie war zu neugierig. Und da ist etwas Seltsames bei ihrem Vater. Als ich ihn gescannt habe, habe ich in seiner Lunge seltsame Male gesehen ... als wäre sie verändert worden oder so was. Sie schienen wunderbar zu funktionieren, aber etwas an ihnen ist anders..."

„Sie lebt praktisch im Ozean", erzählte Fence ihm. „Und ich wollte dir und Vaughn auch schon erzählen: Als ich bei ihnen war, habe ich einen Blick in das Labor von George geworfen. Der Kerl hat ein bisschen von diesem grauen, glitzernden Zeug dort. Ich weiß nicht, wie er da dran gekommen ist, aber ich werd' mich dranmachen, es rauszufinden."

Genau da kam ein Klopfen von der Tür her. Fence machte die Tür auf und ließ Quent und Zoë rein, ebenso wie Vaughn Rogan. „Jade ist losgegangen, um Marley zu finden", erklärte Letzterer, als er die Tür hinter sich schloss.

Fence nickte. Das war gut. Wenn irgendjemand wusste, was diese Art von Kristall und ihre Platzierung bedeutete, so war das Marley.

„Er sieht wie Scheiß-Elvis aus in dem weißen Anzug", sagte Zoë, die das berühmte Bild wohl irgendwann mal gesehen hatte. „Was zum Teufel soll das mit all den scheiß Kristallen? Hat er Angst sich im Dunkeln zu verirren?"

„Vielleicht ist er wie mein Vater", antwortete Quent. „Der hat sich immer mehr Kristalle eingepflanzt, weil er dachte, die würden ihn am Leben erhalten."

„Das da sind viel kleinere, als die von den Elite", erinnerte ihn Zoë.

„Ich werde ihn jetzt scannen", sagte Elliott und positionierte seine Hände über dem Kopf des Mannes.

Unter ihren Augen glitt er mit seinen Händen an dem leblosen Körper entlang, vom Kopf bis zu den Zehenspitzen und hoch und an jedem seiner Glieder wieder runter, die Augen geschlossen und hochkonzentriert.

Als er sie öffnete, holte er einmal tief Luft. Ein kleines Runzeln zwischen seinen Brauen verschwand, als sich die Tür für Jade öffnete, und auch für Marley.

„Alles in Ordnung?", fragte Jade, die sich gleich an Elliotts Seite stellte. Ihr Gesicht war angespannt und Fence wusste, das hing vor allem mit der Sorge um den Doktor zusammen. Sie versuchte immer sicherzustellen, dass er sich nicht verletzte, während er sich um andere kümmerte – etwas, was mehr als nur einmal passiert war. Er wäre beinahe gestorben, als er Vaughn das Leben rettete, als Elliott, Fence und die anderen gerade neu in Envy eingetroffen waren.

„Er ist bereits tot", sagte Elliott zu ihr und Jades Gesichtsausdruck entspannte sich, als sie mit der Hand um seinen Arm glitt. Fence fiel die schlichte, offene Zuneigung zwischen den beiden auf und wurde da auf einmal, und auf recht traurige Weise, an seine Eltern erinnert. „Aber noch nicht lange. Eine Stunde vielleicht, so in etwa. Aber nicht viel länger."

„Es sieht nach einem entsetzlichen Tod aus", sagte Jade, als sie den Blick auf den blutigen Leib richtete.

„Er ist kein Elite", sagte Marley mit leiser, nervöser Stimme.

Fence sah, dass sie erbleichte und sich an der Kante eines Tisches neben ihr festklammerte. „Hey, Zuckerstück, setz dich lieber. Jetzt ist nicht gerade der Zeitpunkt, vor mir auf die Knie zu gehen", sagte er und grinste sie dabei an. „Wir haben Publikum." Er zog einen Stuhl heran und half ihr sich zu setzen.

„Woher weißt du, dass es kein Elite ist?", fragte Vaughn, die Stimme kühl. „Er ist gespickt mit Kristallen."

„Zu viele, zu klein und an der falschen Stelle", sagte Marley, ohne zu zögern, und bestätigte damit die Unterhaltung von vorhin zwischen Fence und Elliott. Ihr Blick war abgewandt und ihre Fingerknöchel weiß.

„Sie hat recht", sagte Elliott und alle drehten sich ihm zu. „Diese Kristalle sind anders – abgesehen von all den anderen Gründen, die Marley angegeben hat ... sie sind auch anders in den Körper eingepflanzt. Bei den Elite haben die Kristalle kleine Fäden, so wie eine Art Fiberoptik, die sich durch den ganzen Köper schlängeln, wie die Wurzeln einer Pflanze ... oder wie ein Durchblutungssystem, das aber von dem Kristall ausgeht und nicht vom Herzen. Aber diese Kristalle sind wie winzige Kegel, die in der Lunge festgemacht sind, und es gibt – oder gab – mindestens ein Dutzend davon. Sie haben auch kleine Wurzeln, aber die sind viel kürzer als die vom anderen Typus. Und die hier sind mit den Bronchiolen in der Lunge verwachsen. Als wären sie ein Teil des Organs, als ob sie die Atemfunktion übernommen hätten. Vielleicht auch die Funktionsweise der Lunge an sich verändert haben."

Alle schwiegen und schauten ihn an. Fence konnte die mächtige Unruhe in dem Raum fast spüren, als das Hirn von jedem einzelnen hier diese neue Information verdaute.

„Ich würde mal vermuten", fuhr Elliott fort, „dass diese Kristalle seinen Lungen dabei helfen, Wasser in Sauerstoff umzuwandeln."

„Also, was willst du damit Scheiße nochmal sagen? Dass der Kerl ein bekackter Fisch ist? Oder was?", fügte Zoë hinzu, wobei ihre Stimme eine Tick weicher wurde, als sie auf den Toten runterblickte.

„Er ist aus Atlantis", sagte Fence leise.

Fence sah da, dass Quent ein Stück von der Kleidung des Mannes hielt. „Atlantis? Kannst du es sehen?", fragte er Quent und sein Puls machte gerade Salto. „Wie sieht es aus?"

Zoë rückte näher an Quent ran und Fence sah, wie sie ihre Finger bei seinen einhakte. Sie war seine Rettungsleine, hielt ihn in der Gegenwart fest oder brachte ihn wieder zurück, wenn der Strom der Erinnerungen drohte, ihn in die Bewusstlosigkeit zu stürzen.

„Ich habe nur ein paar Bilder von der Stadt gesehen", erwiderte Quent. Er hatte den Stoff fallen lassen und unter seiner Bräune war sein Gesicht bleich. „Es ist schimmernd und hell. Und abgeriegelt. Ich kriege später sicher mehr."

„Du hast vermaledeit verdammt recht, dass das später sein wird, Einstein", sagte Zoë wild entschlossen. „Nicht scheiß jetzt. Ich werde deinen armseligen Arsch – oder Popo oder was du den da Scheiße nochmal nennst – nicht wieder den ganzen Weg zu unserem Zimmer hochschleppen, wenn dir die Knie wieder einknicken und du deinen scheißsturen Dickschädel auf dem Boden anhaust."

„Und hier haben wir die sanftere Seite von Zoë", sagte Fence mit einem Grinsen, erleichtert seine dunklen Gedanken beiseite zu schieben. Und waren schwangere Frauen angeblich nicht …

flauschiger und mütterlich und—wie nannte man das noch? Schnäbelten? Nein, nestelten die nicht?

Blitzschnell drehte Zoë sich zu ihm um und warf ihm einen so wutentbrannten Blick zu, der ihm alle Haare auf der Birne versengt hätte, wäre die nicht eh schon eine Glatze. Ihre Augenbrauen zogen sich zu einem Halt-deine-Scheiß-Fresse-Blick zusammen und Fence wurde da klar, dass er vielleicht gerade mitten in ein echtes Näpfchen getreten war. Und Zoë auf der gegnerischen Seite ... nein, *das* wollte er nun lieber nicht.

Ganz besonders nicht, wenn sie voll von unberechenbaren Hormonen war. Leichtes Unbehagen kroch ihm den Rücken hoch, als er sich an seine Schwester und deren Schwangerschaft erinnerte. *Nicht gerade schön.*

Aus Zoës Gesichtsausdruck und dem plötzlichen Blaulicht-Warn-Blick, den Elliott ihm im gleichen Moment zuwarf, schloss Fence, dass Quent noch nicht wusste, dass er bald Vater werden würde. *Oops.*

Wie zum Teufel war das denn passiert? Alle wussten Bescheid, nur Quent nicht? Fence blickte Elliott an, der mit den Achseln zuckte und mit einem kurzen Verdrehen seiner Augen seinen Zoë-Kommentar machte. Anscheinend wollte sie nicht, dass er es erfuhr. Fence hatte die Nachricht von Lou Waxnicki, der es von Zoë selbst erfahren hatte, kurz bevor er Envy verließ, um Theo zu besuchen. Sie hatte rumgeflucht, dass Quent sie nicht mehr auf Zombiejagd gehen lassen würde, sobald er herausfand, dass sie einen Braten in der Röhre hatte.

Das würde interessant werden: Quent bei dem Versuch, die Alpha-Männchen, athletische, stur-wie-der-Tag-lang-war Zoë vom ständigen Herumreiten und Zombieschießen abzuhalten. Nicht dass Fence es dem Kerl zum Vorwurf machen würde ... er würde auch wollen, dass seine Frau vorsichtig mit seinem Baby umging.

Wenn er so was je haben sollte.

Seine gerade angestiegene Stimmungslage verschlechterte sich und er konzentrierte sich wieder auf die Sache vor ihm ... darin mit inbegriffen seine eigenen Frauenprobleme.

Jetzt, da sie zu dem Schluss gekommen waren, dass Mr. Disko hier in der Tat aus Atlantis stammte, war als Nächstes dran, herauszufinden, woher genau Ana das wusste – oder woher sie ihn kannte.

„Ich bin dann mal weg", sagte Fence und schlüpfte hinter Jade, um zur Tür zu laufen. „Muss mich um ein paar Sachen kümmern."

Er vergeudete keine Zeit damit, aus der Krankenstation rauszukommen und wieder zurück an den Strand. Die Spuren von Herb und Wendy – und seine eigenen – waren immer noch da, aber die Stelle, wo Mr. Disko zwischen einem Felsen und einem alten Auto eingeklemmt aufgefunden worden war, war jetzt schon von Wellen überspült.

Fence lief den Strand auf und ab, bis er Anas Spuren fand. Es gab Fußspuren, die ins Wasser rein führten, aber keine die rauskamen. Und er fand ein Hemd und ein paar Schuhe, die man zwischen einen Zweig von einem Baumschößling gezwängt hatte, also wusste er, dass sie hierher zurückkommen würde.

Aber wie er da so stand, mit einer Hand zum Schutz über den Augen wegen der Sonne, die zu seiner Rechten gerade unterging, bemerkte er keinerlei Anzeichen von ihr. Kein auf- und abtauchender Kopf, nichts an der Wasseroberfläche. Die Wellen waren recht flach, also war es schwerlich möglich, dass sie von denen verdeckt wurde.

Er wartete und beobachtete das Meer länger als zehn Minuten und seine Furcht und die Sorge stiegen dabei immer weiter an. Wo steckte sie nur?

Und dann – auf einmal – erblickte er einen Kopf, der aus dem Wasser auftauchte, etwa dreißig Meter weit draußen. Ein Bündel langer Haare fuhr aus dem Wasser hoch, beschrieb einen weiten Bogen nach hinten und versprühte im Sonnenlicht funkelnde Wassertropfen in alle Richtungen. Lange, schlanke Arme und glatte Schultern kamen zum Vorschein, glitzerten und glühten unter der goldenen Sonne. Sie war so weit entfernt, dass er ihr Gesicht nicht sehen und auch keine Einzelheiten erkennen konnte, aber er erkannte die Sonnengöttin.

Weil er sich sonst nicht erklären konnte, wieso er sie die ganze Zeit über nicht gesehen hatte, schrieb Fence es den Lichtreflexen der glühenden Sonne auf den Wellen zu. Aber jetzt hatte er sie im Visier und er konnte ihr zusehen, wie sie langsam auf ihn zukam.

Kaum hatte er diesen Gedanken gehabt, beschrieb sie einen Bogen noch oben und dann runter ins Wasser hinein wie ein verdammter Delfin. Sie sprang so hoch, dass er doch tatsächlich einen Halbkreis zwischen ihr und dem Horizont erkennen konnte.

Irre. Wahnsinn.

Er würde sich wohl ein Büßerhemd mit eingewobenen Nägeln anziehen müssen, wenn er je wollte, dass sie zwei noch eine Chance hatten, was zum Laufen zu bringen. Und das wollte er. Der tiefe Schauder von Lust erschreckte ihn, so intensiv kam es ihm.

Die Hand über den Augen hielt Fence Ausschau, wo sie wieder aus dem Wasser hochkam. Schaute. Und schaute.

Und *schaute.*

Nichts. Nichts tauchte aus dem Wasser auf. Nichts schoss an der Oberfläche hoch. Kein goldener Kopf. Nicht einmal das Wellenmuster wurde unterbrochen, von Bewegungen oder einem Plantschen der Beine.

Fence runzelte die Stirn, sein Herz schlug jetzt wieder heftiger. Sie war seit mindestens drei Minuten unter Wasser.

Dann vier Minuten.

Herr im Himmel, nein. Nicht schon wieder. Tu mir das Scheiße nochmal nicht noch einmal an.

Sein Mund war jetzt staubtrocken und ihm kam ein ganz übles Feeling hoch. Das Bild von dem toten Kerl, vollgesogen mit Wasser, schlaff und nackt, steckte in seinem Kopf fest.

Fünf Minuten. Nicht möglich.

Ihm schwindelte und es war ihm übel und er konnte nicht anders, als mächtig sauer auf die oberen Gefilde zu fluchen. *Was zum Teufel tust du mir an? Warum nimmst du mich nicht einfach mit zu dir, Gott, anstatt hier so mit mir rumzuspielen?*

Das Herz hämmerte nun in seiner Brust und sein Atem war ganz flach geworden.

Sechs Minuten?

Sie musste in Schwierigkeiten stecken. Niemand konnte unter Wasser sechs Minuten lang den Atem anhalten.

Niemand.

Aaargh, Herrgott nochmal. Warum? Er blinzelte heftig und schluckte.

So kurz nach dem letzten Mal war es auch dieses Mal nicht einfacher geworden für ihn, auf diese brechenden, wütenden Wellen zuzugehen. Auf das dunkle, hungrige Wasser zu.

Fence streifte sich schnell die Schuhe ab, ohne sich den Grund dafür einzugestehen. Zog sich das Hemd aus. Schweiß rann ihm am Rücken runter und seine Haut fühlte sich klamm an. Er glaubte, gleich hier und jetzt kotzen zu müssen, oder seine Knie würden wegknicken ... aber er konnte Ana nicht im Stich lassen.

Er schloss die Augen, öffnete sie dann wieder, versuchte etwas zu erkennen, *irgend*etwas, da draußen ... und als er dann nichts sah, presste er sie fest zusammen und rannte los.

Sobald das Wasser ihm gegen die Knie klatschte, tauchte er blindlings rein. Er wusste, wenn er es auf egal welche andere Art machen würde, langsamer oder mit mehr Bedacht, würde er es nicht schaffen.

Als das dunkle, kalte Wasser sich um ihn drängte, wurde er von Panik erfasst. Zuerst wollten seine Arme und Beine sich nicht rühren. Einen hysterischen Augenblick lang hätte er fast eingeatmet, beinahe eine Lunge voll Wasser eingesogen und sich auf der Stelle seinem Schicksal ergeben.

Aber er dachte: Ana.

Und dann stellte er sich ihren geschmeidigen, goldenen Körper vor.

Er zwang seine Gliedmaßen in den Rhythmus rein, den er noch kannte, versuchte, nicht auf das Gewicht des Meeres zu achten, diesen schweren Mantel. Fence öffnete die Augen und tauchte mit dem Kopf nach oben aus dem Wasser hoch und suchte nach Ana, nach einem Anzeichen von ihr.

Nichts.

Seine Lunge und sein Brustkorb verkrampften sich, als wäre da ein Band um seine Rippen. Er ließ sich unter die Oberfläche gleiten in der Hoffnung, dort ein Anzeichen von ihr zu entdecken.

Überall ragten Schatten in Gestalt von dunklen, scharfen Spitzen hoch, was ihm in dieser Lage noch mehr Panik bereitete. Er war sich kleiner Bläschen bewusst, die ihm aus der Nase kamen und für einen Moment stieg die Panik in ihm hoch und überwältigte ihn fast, als er sich die Bläschen vorstellte, die in einem langen Schleier hochsteigen würden ... und dann aufhörten ... wenn er ertrank.

Oh, Gott. Oh, Gott.

Er zwang sich vorwärts und dann – ganz plötzlich –, als er unbeholfen um einen rostigen Metallbarren herum schwamm, sah er ein Leuchten.

Er sah sie.

Sie *schwamm*. Lang und geschmeidig und elegant, wie ein Delfin. Um ihren Bauch leuchtete etwas.

Fence vergaß seine Angst und erstickte fast, als er ansetzte, schockiert Luft zu holen. Als er kapierte, was er fast getan hätte, blies er die Luft aus und sein Hals begann hinten zu kitzeln und ein Hustenanfall drohte ... der stieg ihm in die Lunge, dieses Bedürfnis einfach nur die Luft explosionsartig einzuatmen und wieder rauszupressen, und er war zu weit unten, um rechtzeitig an die Oberfläche zu gelangen, und ihm blieb keine Luft mehr...

OhmeinGott, OohmeinGott, ohGottohGott...

Sein Gehirn schaltete sich ab, nur Panik und Hysterie blieben übrig und das Wasser rauschte in ihn rein, und er schlug um sich und prallte gegen etwas Hartes und Raues, das ihm den Unterarm und die Schläfe aufschürfte. Stechender, brennender Schmerz schnitt ihm in die Rippen unter seinen Armen. Kaltes Wasser strömte da hinein und Fence merkte noch, wie er fiel, sank. Das Husten und das Ringen um Luft.

Auf einmal war sie da, tauchte auf wie ein blasser Engel, ihre Haare ein sanftes Wogen um sie herum. Er packte sie, wusste, er wurde sie mit sich ertrinken lassen, aber er atmete schon das Wasser ein, sog es in sich hinein. Und sein Körper würde schlaff werden, und langsam und versinken...

8

❦

Selbst im Wasser erkannte Ana die furchtbare Panik in seinen Augen und wich instinktiv aus, als er sie packen wollte.

Mit einem wilden Froschschlag ihrer Beine schlug sie einen Bogen rückwärts um ihn herum, Luftbläschen stiegen in brausender Spirale nach oben und das Wasser um sie herum geriet in Bewegung. Er drehte sich unbeholfen um, folgte ihr, mit wild um sich schlagenden Armen und Beinen, als ob er nicht schwimmen könnte ... aber er *war* geschwommen. Was war nur los mit ihm?

Irgendwie – sie wusste nicht wie – schaffte sie es, ihn wieder zurück an den Strand zu schleppen. Kaum hatte er wieder festen Boden unter den Füßen, lockerte er den Klammergriff um ihren Arm leicht und stolperte aus dem Wasser, wobei er sie hinter sich her zerrte. Aber Fence keuchte und hustete, und sie spürte, wie sein muskelbepackter Körper zitterte, als würde er frieren ... oder würde unter einer Art Schock stehen.

Trotz alledem war er kräftig und stark, und Ana nicht sehr sicher auf den eigenen Beinen. As Fence dann am Strand zusammenbrach, stolperte auch sie und fiel hin. Ana blieb für einen kurzen Augenblick einfach liegen, die Luft blieb ihr weg, derart eingezwängt, halb niedergedrückt von einem schweren, männlichen Körper, verwirrt, aber auf eine seltsame Art auch befriedigt. Ihr nasses Haar klebte an ihrer und seiner Haut, einzelne Strähnen davon unter seinem Arm und an seinem Brustkorb festgeklemmt.

Ana unternahm nicht einmal den Versuch sich zu rühren, fort von der Stelle, wo sie beide gelandet waren, denn sie war etwas verstimmt und auch erschöpft, nachdem sie sehr, sehr schnell zu Darians Nachrichtenplatz geschwommen war und wieder zurück. Und dann hatte sie sich mit dem panischen Fence herumschlagen müssen. Um ihn wieder ans Ufer zu bringen. Außerdem, hmmm ... sie mochte das Gefühl von ihm neben ihr irgendwie.

Auf einmal fiel ihr auf, dass er sich nicht bewegte. War er ohnmächtig geworden?

„Fence?", sagte sie und schüttelte ihn leicht. „Fence?" Sie klopfte ihm leicht gegen die Wange, um seine Aufmerksamkeit zu erregen, während sie immer noch neben ihm auf dem Sand ausgebreitet lag.

Er bewegte sich, mit einem leisen, murmelnden Geräusch. Sein Atem veränderte sich, als seine Augenlider sich langsam öffneten. „Mmmm...", murmelte er, ein kleines Lächeln spielte ihm um die Lippen, als wäre er gerade aufgewacht.

Seine Hand bewegte sich ... glitt. Schloss sich.

Um ihren Hintern ... und presste sie an sich.

„Tja, jetzt wo du schon da bist, und wir beide noch am Leben...", murmelte er.

Er bewegte sich. Als Nächstes wusste sie nur, dass sein Körper nicht mehr einfach neben ihrem lag, sondern sich an ihren Brustkorb schmiegte, glatt und kraftvoll, als seine Arme sich um sie schlangen. Sein Mund fand den ihren, während eine große Hand zwischen ihren Schultern hochglitt, bei ihren Haaren endete und Finger sich in die schweren, nassen Strähnen einhakten.

Anas anfängliche Überraschung bei diesem blitzschnellen Umschalten verflog, als sie ihn wieder schmeckte – dieses Mal salzig und feucht und warm vom Meer. Sein Mund war köstlich: eine süße Kombination von Sinnlichkeit, Zärtlichkeit und unverfrorener, überwältigender Anmache. Gemeinsam mit dem tiefen Kuss kam das Gleiten seines großen, kraftvollen Körpers an ihrem – sein Knie schob sich zwischen ihre Beine, der Spann seines Fußes streichelte sie am Knöchel, das Spiel von mächtigen Muskeln unter ihren Händen.

Ahhh.

Sie schloss die Augen und glitt in den Augenblick hinein, lang unterdrücktes Begehren entfaltete sich in ihrer Bauchgegend, als der Kuss tiefer ging. Seine Hände waren überall, als müssten sie sich Ana vom Scheitel bis zur Sohle einprägen, zogen sie fest an sich, so dass jede ihrer Rundungen an seiner Haut brannte. Inmitten dieser tiefen Sinnlichkeit besaß sie immer noch die Geistesgegenwart – so gerade noch – ihre kristallierte Seite Richtung Boden zu halten und ihr Tank Top an Ort und Stelle ... auch wenn er einen Träger von ihrer Schulter streifte und begann, sie am Hals entlang zu liebkosen.

Das Kitzeln seiner absurden Wimpern an ihrer Wange, gefolgt von dem zärtlichen, sanften Knabbern an der Kurve ihres Halses, verursachte in ihrem gesamten Körper scharfes Prickeln der Lust. Ana konnte ein leises Stöhnen der Lust nicht unterdrücken, als sie den Kopf zur Seite rollte, erschauerte, als er mit seiner Zunge sanft um und in ihr Ohr fuhr. Seine Hand fand durch ihr nasses Hemd hindurch eine ihrer Brüste und er legte eine große Handfläche darauf, die Hitze von ihm sickerte durch den Stoff, als er erspürte und streichelte, die harte Brustwarze fand, die durch ihr Hemd nach oben stach und diese durch das Tuch hindurch neckte.

Sie bemerkte den groben Sand unter sich kaum, auch das kleine Plätschern der Wellen nicht, die hochrollten und mit ihren Zehen spielten. Sie schmeckte Fence – warm, dunkel und so zärtlich für jemand von solcher Körpergröße –, kostete von dem frischen, jetzt salzigen Duft seiner Haut. Und wollte *mehr*.

Sie musste die wundervolle Breite seines Rückens streicheln, ihre Handflächen an seinen Brustmuskeln lang gleiten lassen und hoch über die kraftvollen Schultern ... sie wollte an seinem Ohr nibbeln und an den Erhebungen seines Brustkorbs runtergleiten. Als sie sich bewegte, weiter unten an seinem Bauch und an seinen Hüften entlangstreichelte, gab er einen leisen, überraschten Laut der Lust von sich, an ihrem Ohr, und packte sie fester. Der Kuss ging noch tiefer, wurde heißer, seine Zunge glitt und tanzte feucht mit ihrer.

Ana war sich nicht sicher, was dann passierte ... während ihres wilden Spiels dort auf dem Strand, hatten sie sich bewegt – und vielleicht blies der Wind jetzt auch stärker – aber auf einmal krachte eine Welle über sie hinweg.

Es war mehr als erfrischend, und unerwartet, und Fence riss sein Gesicht weg. Es war, als ob man einen Eimer kalten Wassers über eine jaulende Katze geworfen hätte, und er ließ sie mit einer solchen Plötzlichkeit los, dass sie sich erst einmal wieder fangen musste.

Sie blinzelte und kam mit einem Rums wieder zurück in die Gegenwart. Shit! Was zum Teufel hatte sie sich dabei gedacht? Sie war drauf und dran gewesen, ihm zu erlauben, ihr das Hemd abzunehmen ... ein Fehler, den sie vorher noch nie mit irgendjemandem begangen hatte, außer mit Darian. Seine Hände waren an ihren Brüsten gewesen, auf ihrem Hintern, ihrem ... Überall. Und es war ihr egal gewesen. Anas Lippen waren wund und sie konnte das feuchte Ziehen der Lust nicht leugnen, das sie immer noch sanft stach, aber gleichzeitig empfand sie Bedauern und Furcht.

Aber wenn sie ihn anschaute, schien er sie nicht anklagend oder verständnisvoll anzuschauen. Er schaute auf das Meer raus, das in den letzten paar Minuten dunkler geworden war, stärker aufgewühlt. „Is' schon ok!", murmelte er zu sich selbst. „Ich bin ok."

Endlich drehte er sich zu ihr, das Gesicht nicht mehr weich vor Leidenschaft und Verführung, auch wenn jene superleckeren Lippen jetzt noch voller und sinnlicher waren. „Was zum Teufel hast du da draußen denn gemacht?", fragte er abrupt und vollführte wieder so eine seiner Kehrtwenden. Als er das sagte, löste er seinen warmen, glatten Körper von ihrem und Ana spürte, wie eine Brise kühler Luft sie streifte.

„Wovon redest du?" Sie hatte erwartet, dass er sie zu den Kristallen befragen würde. Das hier ergab keinen Sinn. Vielleicht hatte er sie doch nicht bemerkt. Vielleicht hatte sie es doch nicht verbockt.

Aber er schaute sie nicht an. Er hatte sich aufgesetzt und starrte wieder raus auf das Wasser, als hätte er noch nie einen Ozean gesehen. Seine Brust hob und senkte sich, als ob er gerannt wäre, und kleine Wassertropfen glitzerten überall an diesen dunklen, breiten Schultern und den Muskelwölbungen seiner Oberarme.

Obwohl sich gerade eine Vielzahl von Gefühlen – Verwirrung, Verärgerung, Furcht – um ihre Aufmerksamkeit stritten, konnte Ana das erneute Auflodern von Lust nicht leugnen, die ihr gerade wie ein Stachel in die Magengrube fuhr.

„Was zum Teufel ist da draußen passiert?", sagte er, aber wieder schien er gar nicht mit ihr zu sprechen. Er flüsterte es irgendwie nur. Während er weiter in die Ferne starrte, legte er eine große Hand auf sein Schlüsselbein, wie um den Rhythmus seines Atems zu spüren.

„Fence?", sagte sie nach einem kurzen Augenblick und konnte nicht umhin als daran zu denken, wie er sie vor ein paar Stunden zornig angebrüllt hatte. Dieser Mann war ... seltsam. Affenscharf und sexy, aber vielleicht ein bisschen durchgeknallt.

„Ich dachte, ich würde ertrinken", flüsterte er. „Ich war *dabei* zu ertrinken. Ich war..."

Ana beobachtete ihn, während Befremdung zu Ungläubigkeit wurde und dann – widerstrebend – zu Verstehen. Wenn er am Ertrinken gewesen wäre, Wasser eingeatmet hätte, hätte er es hochgehustet, sich erbrochen. Sie hätte ihn an Land schleppen müssen und auf ihn eintrommeln, damit er alles aus seinen Lungen ausspie. Nach all der langen Zeit unter Wasser wäre er gar nicht mehr bei Bewusstsein gewesen.

Aber nichts von alledem war eingetreten. Stattdessen hatte er sie praktisch vernascht, mitten in Envy, hier und jetzt, ohne auch nur einen Schluck Salzwasser hochzuhusten.

Genau wie – so erinnerte sie sich in dem Moment auf einmal – als er Tanya gerettet hatte. Er hatte rein gar nichts ausgespuckt.

Sie hatte recht. Er hatte unter Wasser *geatmet*. Sie runzelte die Augenbrauen. Das machte so überhaupt keinen Sinn, aus so vielen Gründen, dass sie gar nicht wusste, wo sie anfangen sollte zu zählen. *Er* war kein Atlanter. Das wusste sie ganz sicher.

„Ich...", seine Stimme wurde leiser und er tat da einen tiefen, zittrigen Atemzug, während er sich mit der Hand über seinen kahlen Schädel strich. Und dann war er auf einmal wieder ganz auf sie fixiert. Seine Augen waren jetzt klar und darin lag mehr als nur eine Andeutung von Verdacht. „Was zum Teufel hast du da draußen getrieben? Du hast mir eine Scheißangst eingejagt!"

„Ich weiß nicht, was du meinst." Sie war jetzt wirklich verwirrt.

„Ich kam auf der Suche nach dir her und habe dich nicht gesehen", sagte er, seine Stimme jetzt etwas entspannter, als wäre das – was auch immer ihn so in Unruhe versetzt hatte – verschwunden. „Und dann bist du aufgetaucht und dann wieder untergetaucht. Für eine verdammt lange Zeit, Ana. Niemand kann so lange unter Wasser bleiben."

Erwischt.

Sein Blick fing ihren ein und sie konnte die Augen nicht mehr abwenden. *Nicht gut. Gar nicht gut.*

Ana strampelte sich hoch auf die Füße und schämte sich nicht, dass sie sich dabei auf seine unglaublichen, wie aus Stein gemeißelten Schultern stützte und daran hochschob, um beim Aufstehen Hilfe zu haben. Hey, die boten sich an.

Sie strich sich mit der Hand über das Tank Top, um sicherzugehen, dass es immer noch eng anlag, ihre Kristalle bedeckte. Zumindest würden die jetzt nicht durch den Stoff durchglühen. „Ich freue mich, dass du jetzt ok bist", sagte sie und fing an wegzugehen.

„Nicht so schnell", sagte er und stand erstaunlich schnell selbst auf den Beinen. Er war nicht nur größer als sie, er warf jetzt geradezu einen Schatten auf sie runter. Mistkerl. „Ich bin dir gefolgt und du warst schon am Schwimmen. Und ich habe ein Leuchten an dir gesehen. Wie von Kristallen."

Sie konnte sehen, wie die Teilchen in seinem Kopf Klick Klick machten, wobei die Entdeckung von Kaddicks Körper wenige Stunden zuvor natürlich gute Hilfe leistete. *Echt Pech für mich.*

„Ich gehe immer schwimmen", sagte sie und versuchte ein aufreizendes Lächeln aufzusetzen. Vielleicht gelang es ihr wieder, ihn abzulenken. „Ich mag das Gefühl, wenn mich das Wasser an der Haut streichelt." Sie senkte ihre Stimme zu einem leisen Summen. Nein, Moment. Das war keine gute Idee. Er brachte sie vielleicht wieder dazu, ihr Hemd auszuziehen...

Das ganz schwache Aufflackern in seinen Augen verriet ihr, dass er nicht vergessen hatte, was wenige Minuten zuvor passiert war. Aber dann war es wieder weg, als sein Blick von hitzig zu fordernd wechselte. „Heb dein Shirt hoch."

Ana musste nicht so tun, als wäre sie empört. „Den Teufel werde ich!" Sie tat einen Schritt rückwärts und gab diesmal Acht darauf, wo sie ihren Fuß hinsetzte, und schaffte es, nicht zu stolpern. „Ich weiß nicht, für wen du dich hältst–"

Auch wenn er gerade eben an ihrem Hemd gefummelt *hatte*. Peng.

„Ana", sagte er und seine Hand kam schlangengleich hervorgekrochen und legte sich um ihr Handgelenk. Er war nicht grob und hielt sie auch nicht sehr fest, aber sie wusste, dass sie jetzt in Schwierigkeiten steckte.

„Nimm deine Hände da weg", sagte sie und versuchte sich loszureißen. Sie hatte keine Angst vor ihm. Sie war wütend. Kochte vor Wut.

Und außer sich vor Angst – nicht vor ihm, sondern vor dem, was er womöglich herausfand.

Zu ihrer Überraschung ließ er sie los, und zu ihrer großen Erleichterung, stolperte sie auch nicht rücklings weg, als der Widerstand plötzlich wegfiel. Sie trat von ihm weg, achtete auf den Boden unter ihren Füßen und behielt ihn aber auch im Auge, so gut sie das konnte mit der Sonne genau in ihrem Blickfeld.

„Ich habe die Lösung schon, Ana", sagte er. „Du musst sie nicht mehr verbergen."

Ihr Mund war so trocken, dass die Antwort ihr kaum über die Lippen kam. „Von was redest du da?" Sie drehte sich am besten einfach um und ging weg.

Sie sollte Dad holen und Envy schleunigst hinter sich lassen und nie wieder herkommen. Sie musste sich und auch ihren Vater schützen.

Aber andererseits musste sie Envy helfen, wenn sie das konnte. Unentschlossen kam sie ins Zögern und drehte sich verwirrt wieder um.

Fence hatte sich nicht gerührt, aber die Sonne schon, und sein Schatten lag nun lang und dunkel über dem Boden. Sie konnte sein Gesicht nicht erkennen, denn das Licht kam von hinter ihm.

Und dann wurde ihr auf einmal klar, welche Waffe sie in ihrem Besitz hatte, und richtete die genau auf ihn. „Ich weiß auch über dich Bescheid", sagte sie kühn ... selbst wenn das strenggenommen nicht ganz der Wahrheit entsprach.

Ihre kühne Drohung erzielte eine bessere Wirkung, als sie erwartet hatte, denn er richtete sich doch tatsächlich auf und erstarrte. „Du weißt gar nichts über mich." Aber seine Worte klangen leicht panisch und sie konnte sehen, wie seine Finger sich an seinen Oberschenkeln zu Fäusten verkrampften.

„Du und das Wasser", sagte sie, wobei sie sich blind den Weg ertastete – denn sie konnte kaum seine Gesichtszüge erkennen. Aber die Puzzleteilchen von Fence ergaben in ihrem Kopf allmählich ein Bild. Da war etwas, etwas zwischen ihm und dem Ozean. Er schien beinahe ... erschrocken.

Wirklich seltsam für so einen großen, selbstsicheren Mann, der die ungezähmte Natur liebte. Sie musste da etwas übersehen haben.

„Ana", sagte er. Seine Stimme klang gequält und sie schob sich zu einer Seite weg, in der Hoffnung, dass er dann nicht so im Schatten stehen würde.

„Ich gehe jetzt wieder. Dad und ich brechen morgen Früh auf und du musst uns nicht begleiten", sagte sie und ging dann los, so schnell es ihr hinkend möglich war.

Sie durfte die Bedrohung für Envy nicht vergessen. Sie musste nur einen Weg finden, wie sie ihr eigenes Geheimnis wahren konnte.

„Ana, bist du aus Atlantis?", fragte er und sie blieb wie angewurzelt stehen. Das Herz schien ihr fast zu explodieren, das Hämmern davon dröhnte ihr in den Ohren.

„Nein", sagte sie nach hinten zu ihm. Und dann hinkte sie weg, wobei sie sich ganz grässlich bewusst war, dass sie zwar nicht gelogen, aber auch nicht die Wahrheit gesagt hatte.

9

Fence versuchte nicht, Ana aufzuhalten. Nicht dieses Mal.

Stattdessen setzte er sich einfach wieder auf den groben Sand und die Kiesel, und sah dem Meer zu, wie es in der Dämmerung immer dunkler wurde.

Seine Schuhe lagen immer noch da drüben, zusammen mit seinem Hemd, wo er alles hingeworfen hatte. Ana hatte sich nicht die Mühe gemacht ihre restlichen Sachen aufzuheben, so eilig hatte sie es gehabt, von ihm wegzukommen.

Die Einbuchtungen im Sand, wo sie herumgetollt und miteinander gespielt hatten, waren nur teilweise von der Welle verwischt worden, die ihn so abrupt aus der tiefen, heißen Leidenschaft gerissen und ihn dran erinnert hatte, wo er war ... und wer er war.

Was er war.

Aber was zum Teufel *war* denn passiert?

Er erinnerte sich nur sehr bruchstückhaft an jene Minuten im Wasser, bis auf das blanke Entsetzen und die absolute Angst. Er erinnerte sich, runtergesunken zu sein, an das kalte Meer, das in ihn hereinströmte, in seine Lungen ... den plötzlichen, stechenden Schmerz unter seinen Armen.

Mit einem Stirnrunzeln tastete er seine Rippen ab, um zu sehen, was ihn gestochen hatte, denn im Gegensatz zu den anderen Kratzern und Beulen an seiner Haut, verspürte er hier gar keine Schmerzen mehr.

Er fand nichts außer einem kleinen Streifen, sehr schmal, als Narbe kaum spürbar, eigentlich nicht mal ein Kratzer – der war ihm aber auch schon ein Weilchen vorher aufgefallen, aber er hatte dem keine Bedeutung beigemessen. Dann ging ihm jedoch auf, dass sich an jeder Seite einer befand, genau unter seinen Armen, genau in dem Zwischenraum der zwei obersten Rippen. Ein zarter, kleiner Schnitt. Zwei davon. Seltsam.

Sie bluteten nicht, noch waren sie gerötet oder auch nur rosa. Aber sie waren identisch: ihre Position und ihre Länge. Er wusste nicht die Bohne, wie lange er sie schon dort hatte – nach der Apokalypse gab es nicht allzu viele Spiegel zum reinschauen.

Er zuckte die Achseln und glitt mit den Fingerspitzen ein letztes Mal über die kleine Narbe und wandte sich dann wieder der Inspektion seines zerschrammten Unterarms zu. Er kam zu dem Ergebnis, es sei nichts Ernsthaftes, aber dass einmal gut auswaschen und vielleicht ein Verband nicht fehl am Platze wären. Genau wie er Ana gewarnt hatte, bei jenem ersten Mal, als sie aus dem Meer aufgetaucht war: Die simpelste Schnittwunde konnte zu einer septischen Entzündung werden.

Aber auch wenn seine Gedanken gerade um praktische Dinge kreisten, konnte er den nagenden Zweifel nicht loswerden, der ihm immer noch zusetzte. Er war unter Wasser gewesen. Er hatte Wasser geschluckt, er *wusste*, er hatte in jenen panischen Momenten Wasser geschluckt ... er hatte gespürt, wie es durch ihn hindurchschoss. Kalt und fremd. Stechend.

Sein Herz dröhnte so laut wie ein Straßenkampf in Downtown Detroit und er spürte, wie jenes Gefühl von klammer Haut und leichtem Schwindel wieder über ihn hereinbrach. Er war unter Wasser gewesen, er hatte *eingeatmet* und er war *nicht ertrunken*.

Fence schüttelte seinen Kopf derart heftig, dass ihm schwindlig wurde. Unmöglich. Schlicht unmöglich.

Ana hatte ihn gerettet. Und das war alles. Sie war rechtzeitig hinzugekommen und hatte ihn gerettet. Ihn ans Ufer gezerrt.

Und er war so verdammt glücklich gewesen noch zu leben. Egal welcher Sensenmann ihn nun noch einmal ertrinken lassen wollte – er hatte ihm den Stinkefinger gezeigt. *Und* am Ende von alledem lag ihm noch eine irre heiße Braut in den Armen. So verdammt glücklich, dass er sich geradewegs da reinfallen ließ.

Trotz all seiner Angst grinste Fence in der Dämmerung. Heiße Scheiße. Das war der Höhepunkt eines ansonsten ziemlich beschissenen Tages gewesen: Seine Hände und sein Mund beim Kosten von der nachgiebigen, süßen, salzig-würzigen Ana.

Eine besonders große Welle krachte vor ihm auf dem Strand, platschte wild um seine Füße und zog seine Gedanken weg von der angenehmen Erinnerung und wieder dorthin, woran er lieber nicht denken wollte. Als das Wasser sich wieder zurückzog, spielte er mit den Fingern im nassen Sand und ließ seine Gedanken wieder zu dem Unmöglichen zurückwandern. Das Grinsen verflog.

Komplett scheißunmöglich.

Aber … wenn Simon sich ohne die Hilfe eines Zauberumhangs unsichtbar machen konnte und wenn Elliott das Innere eines menschlichen Körpers abscannen und mit seinen Händen heilen konnte … war es dann so unglaublich, die Möglichkeit in Betracht zu ziehen, dass er unter Wasser atmen konnte?

Er konnte den Blick nicht von dem tobenden, schäumenden Meer abwenden. Schon die Vorstellung, seinen Kopf ins Wasser zu hängen und einzuatmen, zu versuchen Luft zu holen, war jenseits von grauenerregend. Seine Handflächen wurden feuchter als die Träume eines Sechzehnjährigen in der Peepshow und er schob seinen Gedanken beiseite. Er konnte es nicht tun.

Selbst wenn es vorher schon mal passiert war … wenn er unter Wasser eingeatmet hatte … auf gar keinen Scheißfall würde er es je wieder tun. Er *konnte* es schlicht und ergreifend nicht.

Fence war kein Arzt, er hatte keine genaue Vorstellung davon, wie die menschliche Physiologie genau funktionierte, außer dem, was er in der Sanitäter-Ausbildung mitbekommen hatte. Aber er wusste, dass er jetzt in diesem Moment Luft einatmete, wie er es schon immer getan hatte. Er musste sich das alles eingebildet haben.

Er hatte keine Kristalle wie der Kerl da auf Elliotts OP-Tisch....

Oh. Augenblick mal.

Ana.

Sie hatte ihm geholfen. Und dann hatte er im Wasser auch noch jenes Glühen um sie herum gesehen.

Seine Hände waren fast überall an jenem langen, goldenen Körper gewesen ... hätte er die Kristalle nicht gespürt?

Oder vielleicht war er auch ein bisschen abgelenkt gewesen.

Fence schloss für einen Moment die Augen, seine Gedanken ließen sich ganz leicht umpolen, weg von der unangenehmen Konfrontation mit der Realität zu der leckeren Erinnerung von Ana, die überall an ihm klebte, wie der Zuckerguss an einer Hochzeitstorte – all diese schlanken Rundungen und diese endlos langen Beine und die Hände gut gefüllt mit Brüsten und Hüften und Arsch. Selbst jetzt verspürte er noch seine Reaktion, das scharfe Jucken, jenes Erwachen der Lust, die erneut in ihm hochstieg.

Und auch außen an ihm hochstieg. Er grinste und hob die Hand um sich wieder einmal über den Schädel zu streichen. Jep, er war noch nicht fertig mit der Sonnengöttin.

Aber er hielt inne, als er seine Finger anschaute. Gerade waren sie noch durch den letzten Rest der Welle gestrichen und jetzt glitzerten an ihnen Tropfen von zähem, grauen Blubber.

Fence starrte diese Substanz an und merkte dann, dass sie ihm auch an den nackten Füßen klebte. Er wusste nicht, was das war noch warum es plötzlich hier am Strand von Envy auftauchte, aber er wusste, es war an der Zeit, Antworten von jemandem einzufordern, der es wusste.

Diesmal würde er es an einem Ort *fernab* vom Wasser tun.

Er konnte Ana nirgends finden. Bei ihrem Vater war sie nicht, im Pub oder in Speisesaal für alle auch nicht, im Zimmer, das Fence für sie organisiert hatte, auch nicht.

Sie wäre doch nicht derart bescheuert sich heute Nacht noch ganz alleine auf den Rückweg nach Glenway zu machen, oder doch? Nein – diese plötzliche Sorge redete er sich gleich wieder aus – sie würde George nicht alleine zurücklassen.

Fence wäre gern bei George geblieben und hätte auch ein paar Antworten von ihm eingefordert, wenn Flo nicht immer im Hintergrund herumgeschwirrt wäre, an den Bettlaken ihres Patienten herumgezupft und Fence *Mach-Dich-vom-Acker*-Blicke zugeworfen hätte.

Da er noch nie zu denen gehört hatte, die einer Frau mit einem solchen Ich-schneid-dir-die-Eier-ab-Blick ins Gehege kam, verließ er den Raum schleunigst. Ein stinksaures oder verärgertes Weibsstück war zu viel Ärger, zu gefährlich und zu viel verdammte Arbeit. Er bevorzugte die zärtliche, lächelnde und neckende Variante. Selbst mit Tränen kam er klar – alles, was man in der Situation tun musste, war die Frau im Arm zu halten, ihr die Schultern zu streicheln, die Augen trocken zu tupfen, während man sich anhörte, was auch immer sie zum Plärren brachte, und dann – wenn die Dinge sich beruhigt hatten – ein paar Witze zu reißen. Und ziemlich oft hatte solch ein „Sensibelsein" zu anderen, angenehmen Dingen geführt.

Erbosten und stinkigen Frauen wich er jedoch so geschickt aus wie einem hart geschleuderten Ball beim Baseball. Wenn er sie nicht mit seinem betörenden Grinsen zum Schmelzen brachte, machte er sich vom Acker.

Er hatte es aufgegeben, Ana zu finden – die bedauerlicherweise anscheinend in die letztere Kategorie von Frau zu fallen schien, was seinen Abend heute nicht gerade angenehmer gestalten würde – und mit einem zunehmenden Gefühl der Dringlichkeit, machte er sich auf den Weg. Nur weg von den bewohnten Bereichen des alten Casino Hotels.

Elliott hatte erwähnt, dass sie den Leichnam des vermuteten Atlanters in den geheimen Computerraum schaffen würden, und Fence dachte, dass er sich besser dorthin begab, um allen mitzuteilen, was er glaubte herausgefunden zu haben – zumindest das über Ana.

Er würde ganz scheißverdammt nochmal sicher nicht erzählen, was mit ihm passiert war.

Rasch ging Fence den dunklen, schlecht erleuchteten Flur entlang, den man absichtlich so ungepflegt aussehen ließ. Trotz der geschickt verborgenen Lämpchen, die den Bereich in ein schwaches, natürlich aussehendes Licht tauchten, schien der Flur ganz ausgestorben. Wie jedes unbewohnte Gebäude, wär er übersät von Schutt, Rattennestern und anderem Müll. Je weniger Leute in diesen Teil des Gebäudes kamen, desto weniger hätten dann die Gelegenheit den noch funktionierenden Aufzugsschacht zu entdecken, der in das Computerlabor darunter führte.

Die Waxnicki Brüder – die nicht nur Computergenies sondern auch noch SciFi und Comic Nerds waren – hatten etwas gebaut, was sie die Batman Höhle nannten. Nur dann zugänglich, wenn man den Geheimcode für den Aufzug kannte. Fence hatte ihn sich eingeprägt: Hoch-Runter-Runter-Hoch-Hoch und wenn sich dann die Türen öffneten musste man einen weiteren Code eingeben, aus Stockwerksnummern und dann erst öffnete sich die zweite Tür des stillstehenden Aufzugs, um den Blick auf die Geheimtreppe freizugeben. Der aktuelle Code, denn der wurde jede Woche geändert, war der Geburtstag von jemandem namens Linus Torvalds. *Lie*-nus, hatte Theo ihm gesagt, nicht *Lei*-nus.

Scheißegal.

Gerade als Fence um die Ecke bog, um zum Aufzugsschacht zu gelangen, sah er im Halbschatten eine Gestalt an der Aufzugstür. Eine Frau. Er blieb überrascht stehen ... es war nicht Jade oder Sage, ganz sicher nicht Zoë.

Sie war vornüber gebeugt und presste irgendwelche Knöpfe...

Fence rannte los. Ihre Körperhöhe und das Hinken in ihren Schritten bestätigten seine Vermutung, dass es sich um Ana handelte, und er bekam sie am Oberarm zu fassen, bevor sie sich wegdrehen konnte.

Sie versuchte sich loszureißen, aber er hatte das Überraschungsmoment und überlegene Körperkraft auf seiner Seite. Seiner Magengrube war gerade etwas übel geworden, aus Furcht und Bedauern, während er sich fragte, wie sie den geheimen Eingang der Widerstandsbewegung entdeckt hatte. Es gab keinen Grund für Anas Hiersein, in diesem entlegenen, leeren, alten Winkel des Hotels, außer sie hatte darüber etwas in Erfahrung gebracht – vielleicht war sie Elliott gefolgt, als er den Körper hergebracht hatte. Was heißen musste, dass sie auf der anderen Seite stand – welche Seite das nun auch war, es war nicht die seine –, wenn sie auf diese Weise hier herumschlich.

„Was machst du hier?", fragte er und schob sie rückwärts gegen die Wand. Er achtete auf ihr lahmes Bein, aber schob sie resolut weiter, indem er seine Hand an ihrem Arm als Hebel benutzte.

„Ich habe mich verlaufen", erzählte sie ihm. Und als nächstes hatte sie schon dieses kleine Messer in der Hand, dessen Klinge in dem trüben Licht genau unter seinem Kinn aufblitzte. Selbst bei der schlechten Beleuchtung konnte er die Entschlossenheit in ihren Augen erkennen. Und vielleicht ein wenig Furcht.

Er wusste, was für einen Eindruck er machte: kräftig und schwarz und scheißriesengroß. Furchteinflößend, das ganz sicher, insbesondere hier, ein Ort wie die sprichwörtliche finstere Gasse. Normalerweise war er sich dessen sehr bewusst, ganz besonders mit einer Frau in der Nähe, und er änderte seine Vorgehensweise etwas. Schließlich war das Leben kein Football-Spiel. Und hatten sie nicht gerade vorhin im Sand herumgetollt?

Aber jetzt benutzte er seine furchteinflößende Seite zu seinem Vorteil und machte einen Schritt seitwärts, so dass sein Oberschenkel sie gut einklemmte. Herrgott. Sie roch gut. „Du hast dich verlaufen? Den ganzen weiten Weg hierher?"

„Was treibst *du* denn hier?", schoss sie gleich zurück. Das Messer zitterte leicht, aber er bemerkte es kaum, denn das kleine Ding war ihm in etwa so gefährlich wie die Nadel von einem Tattoo-Künstler.

„Vielleicht bin ich dir gefolgt", sagte er und packte ihre Hand, um das Messer zur Seite zu schieben.

„Das bezweifle ich." Ihre Stimme, zwar noch unter Kontrolle, klang etwas atemlos, und sie wich seinem Blick nicht aus. „Du warst ein komplettes Nervenbündel da am Strand. Ich glaube nicht, dass Du in der Lage warst mir irgendwohin zu folgen", sagte sie höhnisch.

Er versuchte die Beleidigung zu überhören, aber ein Hauch von Wut und Beschämung blieb ihm doch. So viel zum Plan mit ihr jetzt loszulegen. „Was zum Teufel hast du nur vor, Ana?"

„Ich habe keine Ahnung, wovon du redest", sagte sie und er spürte, wie die Anspannung in ihrer Hand mit dem Messer in seiner Hand etwas nachließ ... aber er ließ nicht los. „Und du kannst aufhören, mir zu folgen. Hier, am Strand, überall. Lass mich in Ruhe."

Fence überdachte seine Lage. Sie würde gar nirgends hingehen und auch wenn sie nun mal ein heißes Bündel Weiblichkeit war, durfte er hier nicht schwach werden. Wenn sie, so wie er mittlerweile vermutete, aus Atlantis stammte – oder zumindest irgendwas damit zu tun hatte – durfte er ihr nicht über den Weg trauen. Niemand von ihnen durfte das, aber zumindest könnten sie versuchen herauszufinden, was sie wusste ... ohne ihr gleich die *eigenen* Geheimnisse zu verraten.

Er könnte hier auf der Stelle ihr enges, kleines zugeknöpftes Hemd hochheben und nachschauen, ob diese Kristalle, von deren Existenz er überzeugt war, sich in der Tat an ihrem Oberkörper befanden ... aber ... das hübsche, aber strenge Gesicht seiner Mama kam ihm da wieder in den Sinn, zusammen mit ihren erhobenen Zeigefinger und ihrem wütenden, scharfen Blick. *Du behandelst alle Frauen mit Respekt, zu jeder Zeit, Bruno Paolo Washington, oder du wirst von mir zur Rechenschaft gezogen – entweder jetzt oder später an der Himmelspforte.*

Und irgendwie hatte Fence schon immer den Verdacht gehabt, dass seine Mutter noch mehr zu sagen hatte als Petrus, wenn es um die Frage ging, wo er sein Leben nach dem Tode verbrachte. Da oben oder eher Richtung abwärts.

Also konnte er nicht einfach die Hand ausstrecken und Anas Hemd hochzerren. So wütend und voll Sorge er auch war, so hässlich wie sie gerade eben zu ihm gewesen war, es wäre einfach nicht richtig. Sein verdammtes Gewissen.

„Das sind die Alternativen, Ana", sagte er und beugte sich weiter zu ihr vor ... und nicht nur, um sie einzuschüchtern.

Sie musste geduscht und sich das Meersalz abgewaschen haben, denn sie roch irre, wie Blumen und köstliches Weibchen. Ihre Haare – lange, weiche Wellen – waren fast ganz trocken und es sah aus, als hätte man sie gerade ins Bettchen gebracht, oder gerade da raus geholt. Und als Kontrast zu diesem, weichen After-Sex-Look, hatte sie das Hemd bis praktisch unters Kinn zugeknöpft, und ihre Ärmel bis zu den Ellbogen runtergerollt. Oberproper in ihrem Baumwollpanzer.

Trotz der Ungewissheit ihrer Lage, entbrannte in ihm da eine Hitze bei dem Gedanken, was sich darunter befand. „Du kannst entweder dein Hemd hochheben und mir zeigen, dass du keine Kristalle in der Haut hast, oder ich nehme dir die Arbeit ab. Mit dem größten Vergnügen."

Er konnte ihren unregelmäßigen Puls an seiner Haut hämmern hören und die Anspannung, die unter ihrer Haut vibrierte. Zu verdammt schade, dass es nicht wegen seines fabelhaften Aussehens und seines Charmes war.

Oder wegen dem, was er mit seinen Lippen anstellen konnte.

„Du bist widerwärtig", sagte sie. „Du machst alles, um einer Frau die Kleider auszuziehen."

Er unterdrückte den Gedanken, wo das enden könnte. „Ich zähle jetzt bis fünf. Wenn du es nicht tust, dann ich." Er bemühte sich, seine Augen hart dreinblicken zu lassen, anstatt dahin zu schmelzen bei der Hitze, die dieser Gedanke generierte. Knopf um Knopf um Knopf–

Mann, Mann, Mann. Konzentrier dich.

„Eins … zwei."

Ihre Brust hob und senkte sich, wie sie da wütend zu ihm hochstarrte. Er glaubte, echte Unentschlossenheit an ihren Augen abzulesen, und schon das genügte ihm beinahe als Antwort. Wenn sie nichts zu verbergen hatte, würde sie ihm jetzt reichlich Haut zeigen.

Bei dieser neuerlichen Ablenkung vergaß er beinahe zu zählen. Uhm… „Drei."

Auf einmal schnellte ihr Arm nach vorn – der mit dem Messer –, aber er wehrte sie mitten in der Bewegung ab. „Herrgott nochmal, Ana", sagte er, eher beleidigt denn wütend. Es war ein Winz-Messer, aber sie stieß damit zu, als wäre es ihr ernst. „Willst du mich jetzt umzubringen?"

„Ich habe auf deinen Oberarm gezielt", sagte sie zu ihrer Verteidigung. „Das würde einen großen Kerl wie dich nicht umbringen. Es würde kaum einen Kratz–"

„Vier", sagte er, weil er da wirklich nicht gegen argumentieren konnte.

Sie verkrampfte sich, dann wurde sie unter seinen Händen wieder locker. „Ok. Aber geh einen Schritt zurück. Ich zeig's dir."

„Traust mir nicht zu, das selbst zu erledigen?", fragte er mit einem lässigen, einladenden Grinsen. „Ich bin echt gut mit Knöpfen."

„Ich trau dir gar nichts zu, außer mich echt auf die Palme zu bringen", sagte sie. „Jetzt lass los."

Er tat einen Schritt weg, weit genug weg, so dass er sie nicht mehr mit seinem Oberschenkel gegen die Wand klemmte, aber nahe genug, dass er sie wieder packen könnte, sollte sie versuchen auszubüchsen. Nicht dass sie so richtig ausbüchsen konnte.

Das Schuldgefühl stach ihn da wieder, bei der Erinnerung an seinen großen Vorteil ihr gegenüber. Er würde seine Mama nicht mal an der Himmelspforte zu sehen bekommen – er würde sofort in der Hölle landen.

Er konnte nicht anders, als runter auf Anas Beine zu blicken. Sie steckten in einer dunklen Jeans, daher war alles, was er sehen konnte, die krumme Kurve ihres nackten Fußes neben einem schmalen, ganz normalen Fuß. Aber Himmel, hatte sie lange Beine.

„Ok, fang an das aufzuknöpfen", sagte er und zwang etwas Selbstbeherrschung in seine Stimme, erinnerte sich daran, dass Mitgefühl ihn wahrscheinlich nur schwach werden ließ.

Sie blickte kurz hoch, dann fing sie mit ihrer Messer-losen Hand an, ihr Hemd von unten her aufzuknöpfen. Langsam.

Sein Atem veränderte sich und stockte, als sie einen Knopf aufmachte, dann einen weiteren. Er hatte schon einer ganzen Menge Frauen beim Ausziehen zugeschaut, aber das hier war der heißeste Striptease, an den er sich erinnern konnte. Seine Handfläche fühlte sich ein wenig klamm an und er rieb sie unauffällig seitlich an seiner Shorts, als sie noch einen Knopf an ihrem Hemd aufknöpfte.

Jetzt konnte er ein Dreieck aus Haut erkennen und er schluckte schwer, das Herz hämmerte ihm mittlerweile. *Mmm-hmm.* Ihre Jeans war tief geschnitten und ihr Bauch war glatt und schimmerte bleich wie ein Mondstrahl in dem Licht hier. Er bewunderte gerade die dunkle Sichel ihres Bauchnabels, als sie einen vierten Knopf aufmachte und ihm aufging, dass ihm die Knie zitterten.

Danke, lieber Gott, dass du mich heute nicht hast ertrinken lassen.

Ein weiterer Knopf enthüllte die zarte Einbuchtung genau unter ihrem Brustkorb und Fence ertappte sich dabei, wie er völlig gebannt auf die kleine Stelle starrte. Er musste seine Lippen dorthin bekommen, einen kleinen Kuss da rein pressen ... und dann mit der Zungenspitze sanft auslecken.

Ganz knapp darüber würde sich das untere Ende von ihrem BH befinden. Wenn sie einen anhatte. Wenn nicht ... ein Schaft der Lust erwischte ihn Breitseite im Magen. Wenn nicht, dann wäre da nichts außer der dieser heißen Kurve unten an ihren Brüsten. Weich, warm und voll vom Duft von Ana.

Sie hielt inne, dann klappte sie schnell den Zipfel ihres gelösten Hemds wie ein großes Dreieck zur Seite und gab den Blick auf ihre Hüfte und absolut nichts anderes frei. *Auuu-aaa.* Jetzt war ihm echt schwindlig.

„Bitte", sagte sie. „Reicht das?"

War es nur seine Einbildung oder lag da ein eindeutig verführerischer Unterton drin?

„Aber nicht mal annähernd", sagte er und kam etwas näher. Es juckte ihn in den Fingern, über diese glatte Fläche von nacktem Bauch zu streicheln, den Kontrast zwischen seiner dunklen Haut und ihrem goldenen Bauch zu sehen und die seidige Wärme von ihr zu spüren, die kleinen Schauder, die seine Berührungen hinterließen ... und dann runter hinter die klobigen Knöpfe ihrer Jeans runterzugleiten und rein in die köstliche Hitze seiner Sonnengöttin.

„Fence", sagte sie mit scharfer Stimme ... aber irgendwo auch brüchig. Und tiefer.

Selbst durch diesen übermächtigen Nebel von Lust durch, kam er wieder drauf, hinter was er her war ... und wie wenig sie ihm gezeigt hatte.

„Die andere Seite", sagte er und ergriff jetzt sanft ihre Messer-Hand. „Zeig mir die andere Seite."

Er spürte die Anspannung in ihrem Handgelenk. Ihre Brust hob sich mit einem jähen Schluchzen und sie sagte, „ok. Lass mich los."

„Gestatten", murmelte er und hielt ihren Arm in die Höhe, fest auf Höhe ihrer Schulter gegen die Wand gepresst. *Gestatten.* Seine Finger rollten sich erwartungsvoll zusammen, sein Mund ganz trocken. Sein ganzer Körper war angespannt und pochte.

„Nein", sagte sie. Ihre Stimme wie eine Peitsche.

Nein. Fence hatte keine Wahl. Das Wort war wie eine eiskalte Dusche, eine Steinmauer, ein auf ihn gerichteter Gewehrlauf. Er wich zurück.

„Ana", sagte er. „Wir wissen beide, was du versteckst." Er schaute sie direkt an, fing ihren Blick ein und tauchte immer tiefer darin ein.

Ihre Augenlider flatterten und wieder spürte er den Wechsel in ihrem Atem. Aber sie rührte sich nicht, widersprach nicht mehr, noch enthüllte sie ihm die linke Seite ihres Oberkörpers.

„Warum erzählst du mir nicht, was du hier im Schilde führst", sagte er. „Was dieses graue Zeug ist – ich habe es im Labor von deinem Vater gesehen", fügte er hinzu, als sie Luft holte, um etwas zu sagen.

Nicht dass es ihn störte, denn es brachte ihre Brüste etwas höher und etwas weiter raus, näher an seine Brust ran. Er war sich plötzlich und ganz verzückt sicher, dass sie keinen BH trug. Die Knie wurden ihm schwach.

Was war mit seiner Abneigung für wütende, schwierige Weibsbilder geschehen? Selbst ihr Messerzücken brachte ihn nicht dazu, die Flucht zu ergreifen.

„Ich führe gar nichts im Schilde", sagte sie, wobei ihre Augenlider verführerisch nach unten flatterten, was mit ihm absolut klar ging.

„Ich muss jetzt da nachsehen, Zuckerstück. Ich hab dich gewarnt..." Er legte ihr eine seiner großen Hände auf die Schulter, um sie festzuhalten. Sanft, aber mit Nachdruck. „Glaub mir, ich würde dir lieber aus einem anderen Grund die Kleider ausziehen."

Mit einer raschen, gekonnten Bewegung klappte er das locker sitzende Hemd weg von der linken Seite ihres Brustkorbs. Ana zuckte zurück, als er das tat, dann hielt sie ganz abrupt still und hörte auf, noch weiter Versteck zu spielen ... denn da war alles schon gelaufen.

Herr im Himmel.

Fence sah die vier dunklen Punkte, die ihr zwischen den Rippen steckten. Beim oberflächlichen Hinsehen hätte man sie für große Leberflecken und Schönheitsflecken halten können, aber er hatte ein bisschen genauer und länger hingeschaut, was der schwachen Beleuchtung hier die Gelegenheit bot, die geschliffenen Oberflächen aufblitzen zu lassen.

Kleine Lichtreflexe kamen von den erbsengroßen Steinen, in einer zarten Andeutung von Blau. Er hatte Edelsteine oder Piercings in Bauchnabeln von Frauen gesehen, und sogar Marleys Elite-Kristall, den man ihr unterhalb des Schlüsselbeins eingepflanzt hatte ... aber das hier war anders. Unerwartet und erotisch.

Und zugleich machte es ihm Angst.

Ana hatte wieder Luft holen können und wurde so starr wie eine Statue, als er auf die Kristalle in ihrer Haut runterstarrte.

„Tun sie weh?", fragte er, wobei er sie mit einer Hand immer noch in derselben Stellung festhielt, während die andere sich langsam ihrer Haut näherte. Er musste sie berühren ... um die Steine zu spüren. Das Herz hämmerte ihm in freudiger Erwartung.

Ihr Bauch beschrieb einen kleinen, zitternden Tanz, als seine Finger darüber wegstrichen und dann über jede der vier kleinen Erhebungen ihrer Edelsteine streiften. Sie waren kälter als ihre Haut, hart, wohingegen sie weich war, aber jede Facette davon so glatt wie sie.

„Nein", sagte sie und er brauchte einen Augenblick, um sich zu erinnern, was er sie gefragt hatte.

„Und wie war es, als du sie eingepflanzt bekommen hast? Hat das weh getan?" Er berührte einen mit der Kuppe seines Daumens, mit sanftem Druck, um zu sehen, ob er sich bewegte. Ihre Haut gab ein wenig nach und war dann wieder wie vorher. Fence merkte, dass er die ganze Zeit die Luft angehalten hatte, und jetzt ließ er sie langsam entweichen.

Sein Körper summte und pochte, und er kämpfte gegen den Drang an, seine Arme um ihre nackte Taille zu legen und sie fest gegen sich zu ziehen, überall, vom Oberkörper, über Hüften, bis zu langen, langen Beinen...

„Das weiß ich nicht", erzählte sie ihm „Ich habe sie ... schon, solange ich denken kann. Lass mich los. Du hast gesehen, was du sehen wolltest." Ihre Stimme zitterte ein wenig und zum ersten Mal erkannte er Furcht in ihren Augen.

Aber er war noch nicht fertig mit ihr.

„Bist du ein Atlanter?", fragte er und schaute plötzlich zu ihr hoch, musste dabei die Lust geradezu wegschälen, die ihm den Verstand vernebelte. Nach allem, was er wusste, konnte sie eine Mata Hari sein, hergeschickt, um sie alle hier auszuspionieren und alles über die Widerstandsbewegung herauszufinden. „Und sag mir diesmal die Wahrheit."

Es folgte eine lange Minute, in der er glaubte, sie würde gar nicht antworten. Aber dann: „Zur Hälfte", sagte sie. „Meine Mutter war aus Atlantis."

Erleichterung schwappte über Fence hinweg und er brauchte einen Augenblick, um zu begreifen, warum: Dass seine Handgreiflichkeiten und seine Einschüchterungstaktik berechtigt gewesen waren. Vielleicht würde er doch nicht in der Hölle schmoren.

Aber andererseits ... die Richtung, in die seine Gedankenspiele gingen...

„Wirst du mich nun endlich loslassen?", sagte sie noch einmal. Ihre Schulter bewegte sich unter seiner Hand und er ließ sie zur Seite sinken, als sie sich gegen ihn schob. Sie verströmte Anspannung und er bedauerte diese Missstimmung.

Egal wer sie war, und ungeachtet seiner finsteren Verdachtsmoment, wollte er sie weich und nachgiebig und entspannt. Wie sie am Strand gewesen war ... so ganz Hitze und Seufzen und Stöhnen. Warm und nass–

Damit konnte ein Kerl so viel mehr anfangen. Seine Augen wanderten zurück zu dem nackten Oberkörper, nur wenige Zentimeter weg von seinem eigenen. Nur so eine kleine Sneak Preview von dem Gesamtpaket, und schon drohten ihm die Knie zu versagen. Der Mund wurde ihm wieder trocken.

„Ich habe nichts Böses getan", fuhr sie fort, aber ihre Stimme schien weniger zuversichtlich. Fast außer Atem. Und ihre Hände schoben nicht mehr so energisch gegen seine Schulter wie zuvor.

Warum sollte man dagegen ankämpfen?

„Tja, lass uns mal sehen, ob wir daran was ändern können, Zuckerstück." Fence gab seinen Knien nach und als er sie an den Hüften zu packen bekam, sank er vor ihr nieder.

10

❧

Ana keuchte, als seine Lippen ihren Bauch zum ersten Mal sanft streiften, genau neben ihrem Nabel. Ihre Haut vibrierte mit kleinen Wellenschlägen, als Fence sie zärtlich, so unglaublich zärtlich küsste. Seine Zunge kam zum Vorschein, seine Lippen warm und voll, als er in kleinen, süßen Kreisen an ihrem Bauch entlang kostete und sie liebkoste.

Sie sank kraftlos nach hinten, gegen die Wand. Sie brauchte diesen zusätzlichen Halt und ihre Hand um das Messer löste sich nun restlos. Es fiel scheppernd zu Boden und das störte sie nicht einmal...

Er hielt sie an den Hüften sicher fest, als er mit seiner Nase ihren Hemdzipfel beiseite zog, während sein Mund sich neckisch über die leichte Wölbung ihres Bauches einen Weg bahnte. Das Kitzeln wie von zarten Federn ließ in ihr Hitze anschwellen, hinunterschießen. Dorthin, wo sie allmählich voll und warm und feucht wurde.

Ana hielt die Luft an, als er den Kristallen nahe kam, aber auch dort war er sanft und fing dann an, eine Spur hauchzarter Küsse genau oberhalb von ihrer Jeans überall an der Haut dort entlang zu beschreiben. Sie erschauerte unter diesen sanften Berührungen, ihr Atem jetzt rau – und ihre Hände ... sie zitterten und kamen schließlich auf seinen unbeschreiblich breiten Schultern zu ruhen. Heiß und breit und glatt wegen der Muskeln unter dem dünnen, enganliegenden Hemd, und bei ihrer Berührung kam auch er in Bewegung.

Als Fence bei den Knöpfen ihrer Jeans anlangte, hielt er kurz inne, dann ließ er ihre Taille los. Ein kleines Zerren, ein kleines Poppen und ein ... nein, zwei ... Knöpfe standen offen.

Irgendwo, weit unten in ihrem Verstand begraben, wusste Ana, dass sie protestieren sollte, aber sie fühlte sich schwach und wehrlos, eingelullt in diesen lustvollen Rausch. Ihr kleines Messer war ... irgendwo hier, aber nichts schien wichtig außer der herrlichen Wärme, die sich in ihrem Körper ausbreitete, das anschwellende *Verlangen*.

Fence kam wieder hoch und ehe sie sich's versah, hatte er ihren Mund unter dem seinen: Lippen so voll und zärtlich, die sie verführten und in eine Welt der Sinnlichkeit lockten. Selbstsichere Hände wanderten gemächlich an der Kurve ihrer Hüften entlang, unter ihr Hemd. An ihrer Hüfte glitten sie sanft in die gelockerte Jeans hinein und beschrieben dort einen Bogen, um die obere Rundung ihres Hinterns zu fassen, als er sie dann abrupt an sich zog. *Ganz* an sich.

Und ... *wow*.

Tief aus ihrer Brust kam ein verzücktes Summen und sie spürte, wie sein Mund an ihrem grinste und dann war auf einmal die harte Wand hinter ihr, als er sich noch mehr an sie ran presste. Sie schlang die Arme um seinen Hals, umfasste seinen glatten Schädel hinten, presste sich gegen ihn.

Aber Ana verkrampfte sich nervös, als er ihre rechte Hüfte berührte, seine Hände glitten jetzt tiefer in ihre Jeans rein. Denn sie wusste, dass ihre Haut dort von hässlichen Narben überzogen war ... dann vergaß sie all das, als er seine Hüften erneut gegen ihre presste, sich drängend in sie hineinpresste. Der tiefe Klang, halb Lachen, halb Stöhnen, der da von ihm ertönte, sandte ihr ein scharfes Stechen der Lust durch den ganzen Körper.

Dann hörte sie plötzlich eine Stimme, sofort gefolgt von einem dumpfen, grollenden Geräusch und die Stimme wurde lauter. Mehr Licht fiel in ihre Ecke und Ana erstarrte zur Salzsäule, als sie begriff, dass die Aufzugstüren, die sie gerade versucht hatte zu öffnen, sich jetzt wirklich öffneten.

„– verrückte spatzenhirnige Ausrede, Einstein", sagte ein Frau. „Ich kann es scheiß nochmal nicht brauchen, dass ich dir jedes Mal den Arsch retten muss, wenn ich dich mal für fünf Minuten aus den Augen lasse, egal wie knackig dein Arsch ist." Dann kam ein raschelndes Geräusch, vielleicht sogar eine kurze feuchtnasse Saugaktion... „Und das ist ein höllenmäßig knackiger Arsch."

Fence stand ganz ruhig da, aber trotz Anas instinktiver Reaktion ihn wegzuschieben, um wieder zusammenhängend denken zu können, um hier Teufel nochmal schleunigst zu verschwinden, machte er nur einen lässigen Schritt nach hinten. Er schaute auf sie runter und ein kleiner amüsierter Funke glomm in seinen Augen auf, die immer noch ziemlich verdammt erregt aussahen.

„Alles klar", erwiderte ein Mann, mit einer Stimme, die so knapp und dennoch zärtlich klang wie die der Frau sauer. „Nur, dass dein *Lebenszweck* darin besteht, mir den Arsch so oft wie nur möglich zu retten. Das hält dich am Laufen, Süße."

Die Frau schnaubte nur und schien in dem Moment auch Fence und Ana zu bemerken. „Wer zum Teufel seid–oh, Shit. Fence, kannst du nicht einen anderen verdammten Ort dafür finden?"

Ana hatte inzwischen ihr Hemd wieder in Ordnung gebracht und ihre Gedanken unter Kontrolle. Ihr ging auf, dass ihr Partner – nun so mehr oder weniger – ihr einen Gefallen erwiesen hatte, als er nicht gleich zur Seite gesprungen war: So hatte er die Sicht auf sie verstellt.

„Tja, du kennst mich, Zoë", sagte Fence mit eben jenem leisen Lachen in Bass-Tonlage, bei dem Ana kleine Schauer tief im Magen flatterten. „Wenn sich die Gelegenheit ergibt, dann ergreife ich sie mit beiden Händen und dem ganzen verdammten Rest von mir."

Ana richtete sich auf. *Was zum Teufel?* Die Gelegenheit *ergab* sich?

Es war wohl eher ein brutales Herbeizerren, verdammt nochmal. Die letzten Reste von Lust waren jetzt verflogen und sie bewegte sich heimlich unauffällig fort ... aber der Arm von Fence war schon da und packte sie am Handgelenk.

Er warf ihr einen „nicht so hastig" Blick zu, dann drehte er sich wieder zu dem Mann und der Frau, deren Name Zoë zu sein schien. Sie war eine schlanke, durchtrainierte Frau mit niedriger Geduldsschwelle, deren Körper unter Dauerstrom zu stehen schien. Ihr dunkles Haar war kurz und rund um ihr exotisches Mahagoni-Gesicht standen die Spitzen ihrer Locken in alle Himmelsrichtungen ab.

Ihr Begleiter war ein hochgewachsener, gutgebauter Mann mit blondem Haar. Er sah entspannt, gelassen und ordentlich aus – ein klarer Gegensatz zu der Frau, die er kurz zuvor anscheinend geküsst hatte. Er sah auch nicht wie ein Kerl aus, der eine Frau brauchte, um seinen Arsch in Sicherheit zu bringen.

„Ich bin auf der Suche nach Elliott", erzählte Fence ihnen.

Zoë schnaubte. „Ja, genau so sah das für mich aus."

Fence ließ ein Lächeln aufblitzen, das Ana noch mehr auf die Palme brachte. „Tja, wie ich sagte, eine Gelegenheit und so weiter und so fort. Wir müssen ihm ein paar Dinge erzählen. Und du auch." Dabei packte er Ana ein wenig fester am Handgelenk und ihr Herz fing an, heftiger zu schlagen.

Jetzt steckte sie echt scheißtief im Schlamassel. Er hatte sie ausgetrickst und verführt, und jetzt kannte er ihr Geheimnis und würde es allen erzählen ... und was würden die dann mit ihr machen?

Anas Magengrube, die gerade eben noch herrlich lustvoll gezittert hatte, war jetzt ein einziger Knoten. Ihr war jetzt wirklich schwindlig und ein Schweißtropfen lief ihr am Rücken runter. Sie war ja so blöde. Ein hübsches Gesicht und breite Schultern und ein gutes Verhältnis zu Kindern ... und sie hatte sofort kapituliert. *Ich muss von ihm wegkommen. Hier verschwinden.*

„Dred ist unten", sagte der Mann und blickte Ana neugierig an. „Ich habe gerade den Kristall untersucht–"

„Und dabei fast den Verstand verloren", unterbrach Zoë ihn, die Stimme angespannt und sauer. Aber darunter erkannte Ana die gleiche nackte Angst, die auch immer in der Stimme ihres Vaters mitschwang, wenn er ihr Vorhaltungen dazu machte, so weit weg von zu Hause alleine zu schwimmen. „Also habe ich Quent scheiß nochmal dazu gebracht, eine Pause einzulegen. Man muss schon mehr als ein arschvergeigtes Hirn haben–"

„Es musste sein", sagte der blonde Mann – Quent, vermutlich. Aus seiner Stimme war eindeutige Zuneigung herauszuhören, aber auch verbockte Sturheit. „Es ist unsere einzige Chance–" Er unterbrach sich, als er Ana wieder sah. „Hm, genau."

„Genau", kam das Echo von Fence und die beiden Männer tauschten Blicke aus. Sie schienen nicht sicher, wie sie fortfahren sollten.

„Mann, oh *Mann*", platzte es aus Zoë raus. „Leg ihr eine Scheiß-Augenbinde um und nimm sie da mit runter, bevor wir hier Wurzeln schlagen. Sie weiß doch Scheiße nochmal schon, wo es ist."

Ana schaltete wieder auf starr. „Ich werde mich nicht wie eine Art Gefangene rumschleppen lassen", sagte sie Fence überdeutlich und warf Zoë einen scharfen Blick zu. „Mit verbundenen Augen wie eine Geisel."

Ein schrecklicher Gedanke kam ihr. Er würde sie doch nicht ernsthaft als Gefangene hier behalten? Sie würden es nicht wagen, sie einzusperren – aber was, wenn man sie wieder nach Atlantis zurückschickte?

Fence schien ihre Panik zu bemerken und in der Tat, er schenkte Ana einen mitfühlenden Blick. „Ganz ehrlich. Wir dürfen dir nicht zeigen, wo wir hingehen oder wie man dort hingelangt. Aber du bist keine Gefangene", sagte er zu ihr.

„Super. Dann sehen wir uns nachher", sagte Ana und entzog ihm ihren Arm. Sie wünschte, sie hätte noch ihr Messer, aber es lag da drüben in einer Ecke.

Er packte sie erneut am Handgelenk. „Du bist keine Gefangene, aber ich würde dir gern ein paar Fragen stellen."

„Aha, jetzt *möchtest* du mir also ein paar Fragen stellen? Du *verlangst* also von mir, ein paar Fragen zu beantworten?", sagte sie und funkelte ihn böse an. „Nun, da wirst du einfach warten müssen, bis sich eine Gelegenheit ergibt. Und lass dir von mir sagen, *das* kann ein ganzes Weilchen dauern."

„Scheiße verdammt. Ich mag das Mädel", sagte Zoë, die mit einem frechen Grinsen zuschaute.

Fence grinste auch. „Hey, ich hab sie zuerst gesehen", warnte er Zoë. Als Ana ihm einen weiteren wütenden Blick zuwarf, grinste er nur noch breiter und ließ seine Augen ein bisschen wärmer werden.

Ihr Magen wurde flattrig, verflixt und zugenäht.

„Zoë hat recht", sagte Quent. Er schaute Ana an. „Bitte verzeih uns, aber wir müssen einfach mit dir reden. Und um uns selbst – und auch dich – zu schützen, wäre es das Beste, wenn du dir die Augen verbinden lässt. Je weniger du weißt, desto weniger kann man aus dir rauspressen."

Nun, wenn sich die Sache so gestaltet. Anas Magengrube legte sich gerade in viele Angstknoten. Eines war sicher: Was auch immer gerade im Meer passierte und worüber sie sich den Kopf zerbrach, diese Leute hier schlugen sich mit anderen Sorgen rum. Und sie gingen kein Risiko ein.

„Ok", sagte sie kurz angebunden. Dann schaute sie Fence an. „Aber hieraus ergibt sich noch lange rein gar nichts, ist das klar?"

„Das ist jammerschade", sagte er mit einem noch breiteren, frechen Grinsen, die Augen warm und einladend. „Denn ich liebe eine Frau mit verbundenen Augen."

Ana ließ es über sich ergehen, dass man ihr die Augen verband – teils weil sie nicht die Wahl hatte, wenn man es genauer betrachtete –, denn sie würden sie nicht einfach gehen lassen. Und abgesehen davon hatte, was Quent gesagt hatte, Sinn gemacht, als er meinte, es würde sie womöglich beschützen.

Sowohl die Atlanter – und damit dann auch die Elite – waren etwas, was sie lieber meiden wollte. Genauer gesagt wollte sie alle Wesen meiden – sowohl sterbliche wie unsterbliche, sowohl Landbewohner als auch Meeresbewohner.

Wenn man sie nur einfach *in Ruhe* lassen würde. Besser einsam zu sein als wieder zurück in Atlantis.

Da ihr keine Wahl blieb, sah sie ein, dass sie ihre Kraft besser darauf verwendete, zu überdenken, wie sie sich in der bevorstehenden Befragung verhalten sollte, was sie sagen würde und was nicht – anstatt auf Flucht zu sinnen.

Sie begriff auch, dass sie damit Druck ausüben konnte: Wenn sie die Geheimnisse dieser Leute für sich behielt, würden die vielleicht das Gleiche mit ihren eigenen tun.

Die Augenbinde roch nach Fence, was etwas verstörend wirkte, denn sie roch das nur allzu gerne. Er hatte dieses dünne Hemd abgenommen und ihr damit die Augen verbunden, bis über den Kopf, und sie dann an der Hand fortgeführt.

Sie drehten mit ihr ein paar Runden, wahrscheinlich um ihren Orientierungssinn durcheinanderzubringen, auch wenn sie wusste, dass die Aufzugstüren an einen bestimmten Ort führten...

Und endlich – nach längerem Herumgehen, ein paar Mal Stolpern, etwas Gezerre und dann einem seltsam schwerelosen Gefühl... Als sie dann zum Stillstand kam, wurde ihr der Sichtschutz abgenommen.

Ana fand sich in einem sehr hell erleuchteten Raum wieder, der ein bisschen nach etwas aus einer alten DVD aussah. Auf der einen Seite befand sich eine Ansammlung von Sofas und Stühlen, mit einem niedrigen Tisch in der Mitte. Die dicken, weißen Wände waren mit ein paar alten Filmplakaten verziert und einem Metallschild mit dem Code WIXY 97 darauf eingraviert. Aber den meisten Raum in diesem sehr großen, kargen Zimmer nahmen mehrere Tischreihen ein, mit etwas drauf, was sie für Computer hielt. Bildschirme. Tastaturen. Andere elektronische Apparate, die sie nur in Filmen gesehen hatte und nicht identifizieren konnte.

In dem Raum war ein konstantes, leises Summen, ein surrendes Geräusch, zu hören, und am anderen Ende erkannte sie eine Tür, die woandershin hinführte.

Eine stechendes Angstgefühl packte sie in der Magengegend, als sie sich umschaute, auf der Suche nach Fluchtwegen. Sie war es nicht gewohnt, in einem abgeschlossenen Raum ohne Fenster zu sein, ohne die Außenwelt zu sehen oder zu hören. Vom Hinabgehen auf Treppen wusste sie, dass sie sich unterhalb der Erde befanden und unter der Erde zu sein war ganz anders als auf dem Meeresgrund zu sein. Ihr Atem kam rauer und flacher. Auch wenn der Raum riesig war, fühlte es sich für sie an, als würden die Wände aufeinander zu rücken, die Decke über ihr ganz niedrig und schwer.

„Nimm Platz", sagte Fence und dann musste er ihren Gesichtsausdruck bemerkt haben, denn er hielt inne und betrachtete sie aufmerksam. „Ana?" Sorge lag in seinem Gesichtsausdruck und seinen Worten, was sie etwas besänftigte.

„Wir sind unter der Erde", schaffte sie zu sagen. Ihre Haut fühlte sich angespannt und verschwitzt an.

Er nickte und kam etwas näher zu ihr, sah aus, als würde er versuchen ihre Gedanken zu erraten. „Ja", sagte er. „Niemand hier wird dir etwas antun. Wir müssen nur wissen, was gerade vor sich geht."

Ana holte einmal tief Luft und schluckte die Worte runter, die ihm verraten würden, dass das nicht das war, was ihr Sorgen bereitete. Und sie benutzte den Gedanken, um sich von ihrer beunruhigenden Umgebung abzulenken.

Wie auch immer, sie sollte sich eher mal keine Sorgen darüber machen, dass sie ihr Geheimnis kannten. Und darüber, was den Status als Gefangene betraf – denn einen anderen Weg als den, um ihre derzeitige Lage zu beschreiben, gab es wohl nicht. Niemand wusste, dass sie hier war, und es gab keinen Weg hinaus, außer sie ließen sie gehen.

Erneut gingen ihr fast die Nerven durch und Ana verkrampfte ihre Finger zu einem komplizierten Knoten. *Einen Schritt nach dem anderen. Fence hat nichts getan, außer dich gründlich abzuküssen.*

Aber dann ... das hatte Darian auch getan ... und noch mehr. Und schau, wie das ausgegangen war.

Mit diesem nicht so angenehmen Gedanken setzte sie sich auf eins der Sofas, als Quent und Zoë Platz nahmen. Einen Augenblick später kam Elliott der Arzt durch die andere Tür ins Zimmer herein.

Fence schlich nicht um den heißen Brei herum. „Ana ist halb Atlanter", sagte er.

„Hast du Kristalle?", fragte Quent. Er schien von diesen Nachrichten nicht entsetzt zu sein, sondern eher interessiert. Ebenso wie Elliott und Zoë ... im Grunde schienen alle hier eher fasziniert als anklagend.

Alle, bis auf Fence, der trotz seines Mitgefühls von gerade eben immer noch einen skeptischen Gesichtsausdruck zur Schau trug.

Ana nickte Quent zur Erwiderung.

„Sie helfen dir beim Atmen unter Wasser?", fragte Elliott.

Sie nickte noch einmal.

„Was ist dieses graue Zeug, was wir an deinem ersten Tag in Envy am Strand gefunden haben?", fragte Fence.

„Ich weiß es nicht", sagte sie ihnen.

„Du hast was davon zu Hause", sagte Fence, womit er sie überraschte. „Im Labor von George. Wo kam das her? Was ist es?"

„Ich habe etwas davon für Dad mitgenommen, so dass er versuchen könnte herauszufinden, was es ist. Er war auch nicht imstande es zu identifizieren. Und ich auch nicht."

„Wo ist Atlantis?", fragte Quent. Er beugte sich vor, seine Augen funkelten fasziniert und entschlossen.

Jetzt hämmerte Anas Herz wie wild. Würden sie ihr glauben, wenn sie sagte, sie wüsste das nicht? „Ich habe Atlantis verlassen, als ich dreizehn Jahre alt war. Ich weiß nicht, wo es sich befindet."

Zoë schnaubte. „Beschissener Bockmist. Irgendeine Ahnung musst du haben. Du hast da gelebt, oder nicht?"

Ana warf ihr einen kühlen Blick zu. „Der Ozean ist groß."

„Wie ist es? Ist es wirklich eine Stadt mit einer Kuppel drüber? Auf dem Grunde des Ozeans?", sagte Quent. „Ich kann nicht glauben, dass es das wirklich gibt."

Sie biss sich auf die Lippen. Sie hasste die Atlanter ... aber wagte sie es, deren Geheimnisse preiszugeben? Würde sie dann die gleiche Welle aus Anschuldigungen und Schuld überrollen, wenn Fence und seine Freunde herausfanden, was genau ihr Volk getan hatte? Würden sie die Schuld auch bei ihr suchen?

„Es ist ... ja, die ursprüngliche Stadt hat eine Kuppel darüber", sagte sie, nachdem sie sich für eine vage gehaltene Informationspolitik entschied. „Ich erinnere mich nicht mehr an sehr viel ... es ist lange her ... ich bin nur einmal dorthin gegangen."

„Die *ursprüngliche* Stadt. Dann ... gibt es also noch eine?" Quents Blick war jetzt härter geworden. „Ist das die, die sich jetzt im Pazifischen Ozean befindet? Die, die nach dem Wechsel aufgetaucht ist?"

Ana schluckte. Sie wussten mehr, als sie geahnt hatte ... mehr als jeder andere Landbewohner. Woher nur?

Die anderen tauschten Blicke aus und dann wie auf eine Art von geheimer Absprache hin, fragte Fence, „warum hast du Atlantis verlassen?"

Und da wollte sie so gar nicht wieder hingehen. Ana behielt eine ausdruckslose Miene bei und ermahnte sich, ihre Finger nicht nervös ineinander zu verknoten. „Meine Mutter starb und daher sind mein Vater und ich fortgegangen. Wir hatten keinen Grund mehr zu bleiben", sagte sie ruhig. „Meine Mutter war die einzige Verbindung."

„Ich möchte dir etwas zeigen." Quent stand auf einmal auf und ging rüber zu einem hohen Metallschrank. Die Schublade kreischte leise, als er sie aufzog und ein in Tuch eingeschlagenes Objekt rausholte.

Ana spürte, wie sich im Raum etwas veränderte ... eine Art Vibrieren, leise und noch verborgen.

Quent stellte den Gegenstand auf den niedrigen Tisch vor ihnen und zog das Tuch weg, um einen großen, blassblauen Kristall freizulegen. Der Stein sah wie ein Brocken aus, den man aus einem größeren Edelstein rausgehauen hatte. Größer als ihre Faust, hatte er oben scharfe Kanten und glatte, von Furchen durchzogene Seiten.

„Wo hast du das her?", keuchte Ana und starrte entsetzt darauf. Es musste aus dem Jarrid Stein stammen. Das Leuchten, die Kraft, die von ihm ausging, die Farbe – alles war gleich. Und jetzt fing dieser ebenfalls an, heller zu glühen.

Auf einmal wurde sie sich der ansteigenden Hitze unter ihrem Hemd bewusst, die von ihren Kristallen dort ausging. Sie blickte an sich runter und erkannte durch den Stoff das schwache Leuchten und verstand dann, was gerade im Begriff war zu geschehen.

Panik packte sie da überall. *Shitshitshit.*

„Tu es weg", schrie sie und schoss von ihrem Sitz hoch. „Schaff es weg von mir!"

11

Das Entsetzen und die Panik auf Anas Gesicht reichte, um Fence nach vorne springen zu lassen und den Kristall zu packen. Er riss ihn hoch, legte blitzschnell das Tuch wieder drum, in dem Moment als Quent gerade aufstand.

„Was ist los?", fragte er Ana, während er Quent das Bündel zuschob. „Was stimmt nicht?" Er konnte unter ihrem Hemd ein Glühen erkennen – einem Hemd, das immer noch verlockend flatterte, ganz besonders bei ihren panischen Bewegungen.

„Schaff ihn einfach weg", wiederholte sie zwischen zusammengebissenen Zähnen hindurch. Sie war immer noch damit beschäftigt, so weit wie möglich von dem Kristall wegzukommen, wobei sie die eigenen Kristalle mit ihren Händen bedeckte. Sie war erstaunlich schnell quer durch das Zimmer gelangt, wenn man an ihr verkrüppeltes Bein dachte.

„Ich bin gleich wieder da." Quent nahm das Bündel, sicher eingepackt, so dass es ihn nicht in den Strudel aus Erinnerungen und Energie reinsaugen würde, und rannte damit aus dem Zimmer.

Elliott hatte sich erhoben und war zu Ana gegangen, als Fence aufgestanden war und sich zwischen sie und den Kristall gestellt hatte, eine Art Barriere, aber eher ein etwas hilfloser Versuch zu helfen.

„Hast du Schmerzen?", fragte Elliott und nahm sie sanft beim Arm.

Mit Quent aus dem Zimmer, wurde das Glühen unter Anas Hemd schwächer und die nackte Panik auf ihrem Gesicht löste sich. Auf Elliotts Drängen hin setzte sie sich wieder hin, wobei sie immer nervös zu der Tür blickte, durch die der Kristall verschwunden war.

„Nein", sagte sie. „Schmerzen nicht. Aber er hat mich erkannt ... meine Kristalle. Er muss sie ... aktiviert haben. Die Kristalle stehen alle miteinander in Verbindung und ein paar von ihnen sind in der Lage andere zu rufen oder aufzuspüren. Wenn das einer davon ist – dann hat er meine zum Glühen gebracht ... mein Gott, jetzt werden sie mich *finden*." Sie sprang auf die Füße, als würde sie wieder nach einem Fluchtweg suchen. „Ich muss hier weg. Und Dad – wir müssen von hier verschwinden." Der drängende Unterton und ihre verschreckten Bewegungen versetzten selbst Fence in Unruhe.

„Ana", sagte er und schaltete mit seiner sanften Stimme in den Beruhigungs-Modus. Das hier waren keine Tränen, aber verdammt nah dran. Und sein Misstrauen ihr gegenüber hatte angesichts ihrer offensichtlichen panischen Angst abgenommen. „Der große Kristall ist jetzt weg. Deine glühen nicht mehr. Wie wäre es, wenn du dich hinsetzt und uns erzählst, was es damit auf sich hat und wie wir dir helfen können?"

Zuerst dachte er, sie würde nicht reden – wenig überraschend, denn sie war schon die ganze Zeit recht zurückhaltend gewesen. Aber Fence setzte sich da neben sie und – zu seiner freudigen Überraschung – erwiderte sie mit ihrer Hand seinen Händedruck, als er seine Hand auf ihre legte.

„Ich habe mich vor ihnen versteckt, seit Dad und ich entflohen sind. Wenn sie mich jetzt wegen dem Kristall da finden, werden sie mich wieder dorthin zurück mitnehmen." Ihr Blick fügte da noch hinzu: *Und das ist alles eure Schuld.*

Er pickte die wichtigen Teile aus ihrer Rede raus. „Nach Atlantis?"

„Ja."

„Du willst nicht zurück nach Atlantis", sagte Quent dann noch einmal zur Bestätigung, als er wieder ins Zimmer kam.

„Nein", entgegnete sie scharf, ihre Augen wütend und entschlossen. Ihre Hand ließ die von Fence los. „Nie wieder."

Fence merkte da, wie Erleichterung sich übermächtig durch ihn durch wälzte. Das war gut. Wenn sie nicht zurück wollte, dann stand sie sehr wahrscheinlich nicht auf deren Seite.

Das ging klar mit ihm, die Vorstellung, dass sie vielleicht auf ihrer – auf seiner – Seite stand, ging definitiv klar mit ihm.

Statt *an* seiner Seite hätte er sie natürlich lieber *liegend* oder *kniend...*

„Der Kristall steht also mit deinen irgendwie in Verbindung?", sagte er und verwies seine lustvollen Gedanken in ihre Schranken.

Ana nickte. „Sie stehen alle durch die gleiche Energie, ein Kraftfeld, miteinander in Verbindung. Manchmal ist es stärker als sonst und der Kristall, den du hast – ich kann mir nur nicht vorstellen, wie du an den rangekommen bist. Und ich kann nicht glauben, dass sie nicht schon hinter dem her sind. Ihn nicht schon gefunden haben. Sie müssen..." Sie schüttelte den Kopf. Auf ihrem Gesicht kämpfte die Sorge mit der Neugier. „Wer seid ihr denn *wirklich*?"

„Das", sagte Fence, „ist eine sehr gute Frage." Er war jetzt bereit, es ihr zu erzählen, aber er brauchte dafür die Zustimmung der anderen.

„Mein Vater war einer von den Elite", sagte Quent. „Parris Fielding. Sagt dir der Name etwas?"

Ana schüttelte den Kopf. „Nein, sollte er das?"

Fence zuckte die Achseln und genoss die Tatsache, dass sein Arm ihren streifte. Er rutschte ein nano-bisschen näher. „Vielleicht. Er war einer aus dem Inneren Kreis der Elite und so wie wir es verstanden haben, standen die mit Atlantis in Verbindung. Mittels des Kristalls, den Quent gerade hatte."

„Ich war erst dreizehn, als wir gegangen sind ... ich zählte wahrhaftig nicht zu den Eingeweihten, was die inneren Ratschlüsse von Krone und Schild anbetraf", sagte sie.

„Was ist das?", fragte Quent, der sich jetzt wieder interessiert vorbeugte. „Sind das Kristalle?"

„Es sind Personen ... Die Krone ist der männliche Herrscher, fast wie ein König. Und Der Schild ist die weibliche Herrscherin. Sie haben eine Gruppe von Beratern, die über alles herrschen. Der Vater meiner Mutter war ein Mitglied der Gilde, so nennt man diese Gruppe. Sie treffen sämtliche Entscheidungen, machen die Gesetze ... sie waren wahrscheinlich diejenigen, die in Kontakt mit ... mit den Elite waren."

„Wir konnten noch nicht herausfinden, wie man den Kristall benutzt, um Kontakt mit Atlantis aufzunehmen", sagte Quent.

„Und Einstein hier hat sich beim Versuch das rauszufinden fast umgebracht", sagte Zoë – die sich, schockierend genug, jetzt erst zu Wort meldete. „Wenn du eine Scheißidee hast, Schwester, wir sind ganz Ohr."

„Ich bin mir ziemlich sicher, er ist ein Teil vom Jarrid Stein", sagte Ana. „Das ist – oder war – ein großer Kristall, etwa so groß wie das Sofakissen hier. Ich habe gesehen, was davon übrig ist. Man hat Stücke davon rausgebrochen und in entlegene Winkel der Erde verschickt, tief unten im Meer, in der Hoffnung, Atlantis würde so einen Weg finden, mit denen oberhalb des Wassers zu kommunizieren. Oder mit anderen Atlantern, wenn und falls diese die größte ihrer Städte verließen."

„Wie eine Flaschenpost. So in der Art", sagte Fence.

„Wie viele Stücke?", fragte Quent.

„Ich bin mir nicht sicher. Vielleicht fünf. Aber wie kam dein Vater an dieses Stück?"

„Das weiß ich nicht. Ich nehme an, er fand es per Zufall. Oder vielleicht hat er eine Art von Wegweiser oder Karte entdeckt ... er war sehr reich und ihm standen viele Mittel zur Verfügung. Er gehörte zu einer Gruppe, die man den Kult von Atlantis nannte. Leute, die glaubten, dass Atlantis existierte, und die es finden wollten. Und anscheinend trat genau das ein. Und dann haben sie die Welt zerstört."

Da nickte Ana. „Ja, ich habe die Geschichte, wie es dazu kam, gehört." Ihr Gesicht war ernst und ihre Augen wanderten für eine Sekunde zu Fence. Zum ersten Mal erblickte er da, wie ein Ausdruck des Ekels ihr Gesicht zur Grimasse werden ließ. „Sie reden darüber, dass es eine Art von Wunder war, ein großartiges und wunderbares Ereignis, das Aufsteigen."

„Als die Stadt aus dem Meer hochkam?", sagte Fence. Jetzt verdrehten sich ihm die Eingeweide.

„Die Emporgestiegene Stadt. Die Stadt, die sie seit Jahrhunderten bauten und vorbereiteten. Das ist, wo ich die meiste Zeit meiner ersten dreizehn Lebensjahre verbracht habe."

„Dann liegt die Stadt *nicht* unter Wasser? Wofür hast du dann die Kristalle gebraucht? Können Atlanter außerhalb des Wassers atmen?" Die Fragen kamen schnell, Quents Befragung war ein Echo von dem, was Fence dachte und wissen wollte – und beim Betrachten der Gesichter von Elliott und Zoë, auch ein Echo von ihren Gedanken.

„Außerhalb des Wassers können sie nicht lange überleben. Sie dürfen sich auch nicht allzu weit von der Energie des fließenden Wassers entfernen, oder die Kristalle sterben ab ... und dann sterben die Atlanter. Im Laufe der Jahrhunderte wurden sie abhängig von den Kristallen und jetzt können sie ohne diese nicht überleben. Selbst die Emporgestiegene Stadt ist aus diesem Grund absichtlich von Wasser durchzogen – Straßen, Teiche, überall. Sie leben halb im und halb außerhalb des Wassers, während sie versuchen sich weiterzuentwickeln ... ich denke mal, das Wort trifft es ... sich so zu entwickeln, dass sie wieder an Land leben können, ohne auf den Ozean beschränkt zu sein." Ana wandte sich Quent zu. „Wie um alles in der Welt, hast du den Stein von deinem Vater bekommen?"

Quent lächelte ohne die Spur von Humor. „Ich habe ihn gestohlen."

Da kam Fence ein Gedanke, ein übler Gedanke. „Ana, erzählst du uns gerade, dass sie den Aufenthaltsort und die Gegenwart des Kristalls ausfindig machen können?"

Sie zuckte die Achseln, schaute ihn an, als sie eine dicke Locke Haar nach hinten schob. „Ich bin mir nicht sicher... Sie haben mir nicht viel erzählt, auch wenn..." Ihre Stimme wurde immer leiser. „Aber die Reaktion meiner Kristalle auf den großen da könnte bedeuten, dass es einen Weg gibt, seinen Aufenthaltsort zu erspüren. Sie sind alle miteinander verbunden, die gesamte Energie davon. Ich befürchte, meine Kristalle haben den großen da aktiviert oder irgendwie erweckt, oder dass er meine erweckt hat – denn ich habe seine Energie gespürt – und wegen dem werden sie uns jetzt aufspüren. Wenn es noch andere Kristalle von der Energiequelle des ursprünglichen Kristalls aus Atlantis gibt, könnten die jetzt auch aktiviert sein und genau jetzt glühen."

„Du und George seid geflohen? Warst du eine Gefangene?", fragte Fence.

„Ich wollte nicht bei ihnen bleiben", sagte sie.

„Und deine Mutter? Du hast mir erzählt, sie wäre aus Atlantis."

„Sie starb. Und Dad und ich gingen fort."

Fence hatte das Gefühl, dass die Geschichte nicht halb so einfach gewesen war, aber jetzt war offensichtlich nicht der Augenblick, um tiefer zu graben.

„Habt ihr irgendwelchen Kontakt mit Atlantis gehabt, seit ihr da fort wart?", fragte Elliott.

Ana schüttelte schnell den Kopf. Zu schnell, dachte Fence. „Nein. Ich habe dir gesagt, ich will da nicht zurück. Ich will nicht, dass die wissen, wo ich bin – warum sollte ich mit denen in Kontakt sein? Ihr wisst ja offensichtlich, was sie getan haben."

Logische Antwort. Aber eine nicht ganz ehrliche. „Dann musst du den Mann, der am Strand angespült wurde, erkannt haben. Ist das der Grund, warum du in diesem Teil vom Gebäude warst?"

Sie zögerte, dann erwiderte sie, „ich kannte ihn nicht sehr gut, aber – ja – ich habe ihn wiedererkannt. Ich wollte … ihn nur noch einmal sehen", sagte sie, wie zu ihrer Verteidigung. „Um zu sehen, ob ich erkenne, woran er starb."

„Für mich sah das aus, als wäre er angegriffen worden", sagte Fence. „Ein Hai oder ein anderes Tier aus dem Ozean."

„Atlanter werden nicht so einfach von Meerestieren angegriffen", sagte sie mit mehr als nur einer Andeutung von Spott in der Stimme. „Ich will damit sagen, sie leben miteinander. Irgendwie. Es wäre sehr ungewöhnlich. Der Ozean ist nur eine

Erweiterung ihrer Welt ... wie der Wald und die Berge es für euch sind."

Und urplötzlich schüttelte Ana den Kopf und ihr Miene wurde kühl. „Ich habe genug geredet. Ich denke, es ist an der Zeit für ein paar Antworten von euch. Zum Beispiel, wer zum Teufel seid ihr Typen denn? Und was ist das hier für ein Raum?"

Fence' ungeniert lustvolle Betrachtung von Ana wurde noch einen Zacken verschärft durch seine Bewunderung – nicht nur wegen dem Ton in ihrer Stimme, aber die Art, wie sie sich zurücklehnte, als würde sie jetzt die Kontrolle übernehmen. Ein Teufelsweib. Ganz besonders in der Lage, in der sie sich gerade befand. Eine Frau, die in die Offensive ging, fand er ziemlich gut, selbst wenn das hieß, dass sie für einen Kerl mehr Arbeit war.

Klug. Tapfer. Mutig. Und sie kapierte seine Witze.

Das ganze verdammte Gesamtpaket ... hier neben ihm.

„Ich denke, wir sollten es ihr sagen", sagte er mit einem Blick zu Elliott.

Der Arzt nickte leicht zur Bestätigung, aber dann fragte er, „in was für einem Verhältnis stehst du zu den Fremden?"

„Meinst du die Elite?", sagte Ana. „Ich stehe in keinerlei Verhältnis zu ihnen. Ich will einfach allen aus dem Weg gehen, ok? Ich wäre genauso glücklich, wenn ich nicht hier wäre, insbesondere jetzt, wo euer verdammter Kristall nach zwölf Jahren meinen Aufenthaltsort verraten hat." Ihre Stimme war wieder angespannt. „Ich muss von hier weg."

„Das weißt du nicht sicher", setzte Fence an, aber er tauschte mit Elliott und Quent besorgte Blicke aus. Wenn die Aktivierung des Kristalls irgendwie den Kopfgeldjägern ihren Aufenthaltsort verraten hatte, oder den Elite oder den Atlantern ... waren sie verdammt ernsthaft am Arsch.

„Das Risiko will ich nicht eingehen." Sie versprühte Ärger wie Funken. „Wenn ich nicht so besorgt darüber wäre, was gerade im Ozean vor sich geht, *wäre* ich nicht einmal hier."

Moment, Moment, Moo-ment. „Was meinst du damit, was im Ozean gerade vor sich geht?" Der Raum vibrierte jetzt geradezu vor Spannung.

Ana lehnte sich wieder zurück, fuhr sich mit der Hand über die Stirn und fasste ihr Haar wieder zu einem Bündel hinten zusammen. „Ich weiß nicht, aber etwas stimmt nicht. Etwas passiert gerade, etwas anderes. Das war der Grund, warum ich das graue Zeug zu Hause habe – auch ich habe das noch nie zuvor gesehen. Und ich kenne das Meer, so wie ihr–na, die Gegend kennt. Euch an Land auskennt. Es gefällt mir nicht. Es fühlt sich an, als würde bald etwas passieren. Und nichts Gutes."

Im Zimmer war es still geworden. Fence tauschte einen Blick mit Quent aus, der auf seine unausgesprochene Frage hin zustimmend nickte.

„Als wir von Glenway aus auf dem Weg hierher waren", erzählte er ihr, „und ich dem Auto gefolgt bin, habe ich zwei Kopfgeldjäger belauscht. Sie haben erzählt, dass Envy zerstört werden würde. Und da sind wir gerade dran: Wir versuchen herauszufinden, was passieren wird. Was auch immer es ist, wir müssen es aufhalten." Er schaute Ana an und zum ersten Mal ließ er in seinen Augen die Sorge offen sehen. „Ich denke, dass du uns vielleicht helfen kannst."

Sie blickte misstrauisch drein. „Was soll ich denn tun?"

„Wenn vom Ozean eine Bedrohung ausgeht, erkennst du das als Allererste."

Sie nickte und sah weniger nervös aus. „Natürlich. Glaub mir, ich hatte bereits vor, dir – oder jemandem – davon zu erzählen, sollte ich etwas rausfinden. Aber ich weiß nichts *sicher*. Es ist nur, dass ich *fühle*, etwas stimmt nicht."

„Schätze, du musst einfach wieder zurück in den arschgroßen Ozean", schlug Zoë vor. „Sehen, was du so findest."

„Ich werde nicht nach Atlantis zurückgehen, wenn du das damit meinst. Selbst wenn ich wüsste, wo ich es finde", sagte sie kurz und bündig.

„Ok. Aber was denkst du denn, Ana? Du kennst sie", sagte Quent. „Eine Unterwasser-Armee wäre das ganz Offensichtliche, oder eine Art Marine, wo wir gar nicht sehen, wie sie herankommen, bis es zu spät ist. Oder – verdammt nochmal, sie haben es einmal getan, sie könnten es wieder tun: Ein Tsunami, der die Stadt zerstört. Und wir hätten keine Chance das zu verhindern, selbst wenn wir vorgewarnt wären."

„Wir wissen ja nicht einmal, ob die Atlanter hinter dem stecken, was auch immer Envy gerade bedroht", sagte Fence noch einmal zu ihm. „Ich habe gehört, wie die Kopfgeldjäger über ein paar Typen geredet haben, die Bescheid wüssten. Zum Teufel, vielleicht sollten wir die Meute zusammentrommeln und ein paar Kerle namens Roofey und Kaddick aufspüren, um herauszufinden, was die wissen." Er sagte das halb im Scherz, als er seine Fingerknöchel knacken ließ, als ginge es in den Kampf.

„Kaddick?" Anas Nachfrage kam wie ein Pistolenschuss.

„Himmel, Barsch und Schwert. Kaddick, so heißt der Atlanter, den man am Strand gefunden hat."

„Das ist kein gutes Zeichen", sagte Fence. „Und es kann auch kein Zufall sein."

Ana schüttelte den Kopf. „Da müsste ich auch verneinen."

Sie biss sich auf die Lippen und lehnte sich zurück. Zum ersten Mal, seit man ihr die Augenbinde abgenommen hatte, sah es eher so aus, als würde sie nachdenken, anstatt einen Ausweg zu suchen. Ihr Blick irrte durch den Raum, auf ihrem Gesicht zeichnete sich ein Kampf ab und alle anderen schwiegen einfach, als würden sie spüren, dass sie Zeit zum Nachdenken brauchte.

Dann schaute sie Fence an. „Ja, natürlich werde ich helfen, aber ich brauche zuerst ein paar Garantien von dir."

Eine Frau, die gerne verhandelte. Was ihn betraf, ging das in Ordnung. „Zum Beispiel?"

„Ich brauche Sicherheit – man darf mich hier nicht finden oder aufspüren, denn wenn sie das erfahren, dann werden sie mich holen kommen."

„Nun, das ist mein Spezialgebiet." Fence grinste und legte sich auch gleich ein einladendes Lächeln zu. „Privatpersonenschutz ist mein–"

Ana lächelte ebenfalls, aber nicht über seinen Witz. Es war ein kühles, distanziertes Lächeln, das ihn an die Mona Lisa erinnerte. „Das habe ich nicht gemeint. Ich meine, ich muss wissen, wie man hier rein und wieder raus kommt." Sie machte eine

Handbewegung zum Zimmer hin. „Ihr habt eure Geheimnisse und ich meine ... und es ist nur fair, wenn ich eure kenne. So kommt niemand in Versuchung den anderen zu verraten."

„Druckmittel", sagte Quent mit ausdrucksloser Miene.

Zoë schüttelte entrüstet den Kopf. „Ich kann Scheiße nichts dagegen tun, ich mag sie wirklich."

„Es ist nur fair. Ich habe euch vertraut, ich habe euch Sachen gesagt, die musste ich euch nicht erzählen – jetzt müsst ihr mir vertrauen. Und", fügte sie mit einem Blick zu Quent hinzu, „halt mir den verdammten Kristall da vom Leib. Wir haben keine Ahnung, was für eine Kraft da drin steckt. Es ist vielleicht schon zu spät."

Ihr Kristall *brannte*.

Remy machte gerade ihren Abendspaziergang mit Dantès und nutzte die Zeit alleine, um darüber nachzudenken, wann und wie sie Yellow Mountain verlassen würde. Die Welt war in immer längere Schatten getaucht und im Westen war schon ein halber Mond aufgegangen.

Zuerst hatte sie außer einem Zwicken unten an ihrem Bauch nichts bemerkt. Dann wurde das Zwicken zu einem Pochen und innerhalb der letzten zehn Minuten war das Pochen stärker, heftiger geworden. Und auch stechender.

„Was ist das denn?", sagte sie laut und hob ihr Hemd hoch, um nachzuschauen. In den zwanzig Jahren, die er in ihrem Besitz war, hatte ihr Kristall noch nie etwas Derartiges getan.

Was zum Teufel?

Remy starrte auf ihren Nabel runter, wo der blass-orangene Kristall durch die feingearbeitete Gold- und Silbereinfassung an Ort und Stelle gehalten wurde. Das zierliche, komplizierte Metallgeflecht war an vier Stellen in ihrem Nabel gepierct worden, um den daumennagelgroßen Kristall zu fixieren – und das kunstvolle Design diente dazu, von dem orangenen Stein abzulenken.

Aber jetzt sah sie durch das ineinander verwobene Geflecht der Metallfäden, wie ihr Stein *glühte*.

Und er verbrannte sie, versengte ihr die Haut.

Dantès kam krachend durch die Büsche gesprungen, nach einer begeisterten Hatz wegen irgendeinem Geräusch oder Geruch. Als sie ihn nicht grüßte, blieb er stehen und schaute zu ihr hoch, während sie immer noch auf den Stein und die ansteigende Hitze runterstarrte. Ein plötzliches Zischen überrumpelte sie und sie fauchte unbewusst vor Schmerz.

Ihr Herz hämmerte. Remy versuchte die Klammern zu lösen, die sich wie kleine, zierliche Klauen krümmten – aber ihre Hände stellten sich mit den komplizierten Verschlüssen ungeschickt an und von ihrem Blickwinkel und von dieser Entfernung aus, konnte sie das auch nicht gut erkennen. Es lag Jahre zurück, dass sie einmal Gelegenheit gehabt hatte, den Stein abzunehmen, und selbst damals hatte sie Probleme gehabt und Hilfe gebraucht.

Der glühende Schmerz verstärkte sich und sie war am Verzweifeln. Aber die Hitze verkohlte ihr jetzt die Fingerspitzen, lief an den Drähten entlang und zischte, wo es die Haut berührte. Sie konnte ein schmerzerfülltes Stöhnen nicht unterdrücken, als sie versuchte, die Drähte rauszubiegen.

Remy fiel rückwärts gegen einen Baum, schürfte sich den Arm auf und ließ sich langsam zu Boden gleiten. Vielleicht konnte sie im Sitzen besser sehen und einen Weg finden, wie sie das Ding herauspulen konnte. Aber der Himmel verdunkelte sich und trotz dem Licht von dem Kristall her, strahlte er nicht hell genug, um allzu viel Licht zu spenden.

Der Schmerz wurde unerträglich und jetzt war sie panisch, versuchte ihn aus ihrer Haut herauszureißen, heulte fast vor Schmerzen. Sie ertrug es fast nicht, ihn mit Händen anzufassen, und fing an nach einem Stock zu suchen. Und wenn sie ihn rausreißen musste, sie würde es tun. Egal was, nur diesem Schmerz hier ein Ende machen.

Auf einmal war jemand da, hockte neben ihr, wo sie keuchend zusammengebrochen war, die Hände um den Bauch verkrampft, vor Schmerzwellen geradezu zitternd, und reichlich Tränen im Gesicht.

Die feuchte Nase von Dantès stupste ihr ins Gesicht, als jemand sanft, aber entschlossen ihre Hände von ihrem Unterleib wegzog.

„Was zum – Himmel Herrgott." Es war Wyatt. „Ich glaube, das *qualmt* schon."

„Hol ihn raus", schaffte sie zu keuchen und es war ihr in ihrer Pein jetzt egal, dass Dantès ausgerechnet *ihn* zu Hilfe geholt hatte. „Schneid ihn raus, reiß ihn raus ... hol ihn einfach raus." Ihre Stimme stieg vor Verzweiflung schrill an.

„Wenn du mal still hältst", murmelte er. Er schob ihre Hände beiseite, als diese wieder automatisch dorthin zurückkehren wollten, um den Schmerz zu lindern. „Gott verdammt." Diesen Fluch stieß er aus, als er selbst an den Drähten herumfummelte, sich dabei dicht über ihren Bauch beugte, während sie auf der Erde lag und versuchte, sich nicht wieder in Fötalstellung einzurollen und auch nicht ständig wie ein Kleinkind zu wimmern. „Das ist gesichert wie Fort Knox", sagte er entnervt.

„Dann *reiß* es raus", sagte sie mit einem unterdrückten, verzweifelten Schrei, die Augen geschlossen. Sie konnte kaum atmen: Ihr ganzer Leib drehte sich nur noch um ihren Mittelpunkt, ihren Nabel, von wo der anschwellende Schmerz immer stärker wurde und sich ausbreitete. Sie spürte, wie Haut und Muskeln sich verkrampften, Hitzebläschen sich bildeten, die Haut ganz ausgetrocknet von diesem Schmerz. Und sie roch den verbrannten Geruch davon.

Seine Hände wanderten rasch über ihren nackten Bauch. Sie fühlten sich kühl an und es gelang ihm einen Finger zwischen eingefassten Stein und Haut zu bekommen, was ihr etwas Erleichterung verschaffte. Sie war sich nicht sicher, wie er es anstellte, aber auf einmal fühlte sie ein scharfes Drehen und ein paar kleine Zerrbewegungen, und dann spürte sie, wie die Drähte sich lösten und ihre angespannte Haut sich entspannte ... und schließlich verschwand auch diese sengende Hitze.

Als Remy die Augen öffnete, hielt sie sich immer noch den Magen. Wyatt hockte immer noch neben ihr auf der Erde. Er hielt den Kristall in der einen Hand und blickte abwechselnd auf den immer noch orange glühenden Stein und dann auf sie. Hin und her.

„Wir müssen nach dieser Verbrennung da schauen lassen", sagte er nur. „Aber wenigstens ist die Haut nicht aufgeplatzt."

Sie schaute an sich runter und konnte bis auf einen schwarzen Fleck um ihren Nabel nichts erkennen, der aber auch ebenso gut von den Schatten herrühren konnte wie von den Verbrennungen. Es tat immer noch weh, was kein gutes Zeichen war. Aber es blutete nicht, was ein Zeichen dafür sein könnte, dass er ihr das Ding nicht aus der Haut gerissen hatte.

Und auf einmal wurde ihr klar, dass er den Kristall in seinen Händen hielt. *Ihren* Kristall. Ihr Großvater hatte ihr aufgetragen genau den mit ihrem Leben zu verteidigen falls nötig.

Und er glühte immer noch. Was war nur los damit?

Es schien beinahe so, als hätte man ... ihn eingeschaltet.

Sie versuchte sich den Anschein zu geben, es wäre nicht wichtig, und streckte ihm die Hand entgegen. „Danke."

Sie wünschte, sie könnte in dem abnehmenden Licht Wyatts Gesichtsausdruck besser erkennen. Da er nach unten blickte und sie beide von Unterholz und Bäumen umgeben waren, war ihr Eindruck lediglich einer von dunklen Augenbrauen und Augen, die im Schatten lagen. Und der kantigen Linie seines Kiefers.

„Was ist das?", fragte er und ließ den Kristall in ihre Hand fallen. Dabei beschrieb der Stein einen gold-orangenen Lichtbogen.

Remy schrie fast auf, als die Hitze sie erneut verbrannte. Sie hatte angenommen, das Glühen wäre weniger heiß, und vielleicht war es das auch ... aber nicht sehr viel weniger. Glücklicherweise war die Haut ihrer Handflächen rauer als die zarte, elfenbeinfarbene Haut an ihrem Bauch.

Aber sie hatte ihren Stein wieder und die Erleichterung, dass das so leicht gewesen war, übertrumpfte diese kleine Unbequemlichkeit. Sie stopfte ihn in eine Tasche ihrer Shorts und spürte noch durch die verschiedenen Stofflagen, wie er Hitze verströmte.

Dantès schien ihre Erleichterung ebenfalls aufzufallen und er stieß ihr mit der Nase sanft ins Gesicht, leckte sie mitfühlend ab und wandte sich dann um, um das Gleiche bei Wyatt zu tun, der immer noch auf der Erde hockte.

Der Mann lachte auch dann noch, als die Begeisterung von dem Hund ihn fast umstieß.

„Braver Junge", murmelte er und streichelte Dantès mit beiden Händen aus Leibeskräften. Die Zunge hing dem hechelnden Hund fast auf dem Boden, so glücklich war er hier eingekeilt zwischen den beiden Menschen, die er über alles liebte. Remy konnte die Hitze seines Atems geradezu spüren, als er sich zu ihr drehte und ihr einen nassen Kuss auf die Nase klatschte.

„Vielleicht passt es ihr nicht in den Kram, aber das hast du gut gemacht, als du mich geholt hast." Wyatt redete immer noch mit Dantès.

„Danke für deine Hilfe", sagte Remy da noch einmal und reichlich steif. „Es tut mir Leid, wenn ich ungnädig war."

„Ungnädig?" Von Wyatt ertönte da ein Prusten. „Ah, ihre königliche Hoheit spricht. Und dann noch ein grobes Understatement. Du musst mir nicht die Füße küssen, aber mal dir doch einfach mal aus, was passiert wäre, wenn Dantès mich nicht gefunden und hergebracht hätte."

Ihre Königliche *Hoheit?*

„Ich dachte, ich müsste es mir rausreißen", gab Remy daraufhin zu. „Danke, dass du es rausgekriegt hast, ohne zu Gewalt zu greifen."

Wyatt hob etwas auf und schleuderte es in die Nacht und Dantès setzte dem direkt hinterher.

„Was ist es denn genau?", fragte er noch einmal.

„Ein Schmuckstück", antwortete sie. Da wäre sie dann aufgestanden, aber sein Arm kam wie ein schmaler Schatten hervorgeschossen und packte sie am Handgelenk.

„Herrgott nochmal, Remy, hältst du mich für einen Idioten?"
Er hielt sie weiterhin fest gepackt und in der Dämmerung ringsum
bohrte sich sein Blick in den ihren.

Das war's dann wohl. Entweder sie erzählte jetzt einen Teil
der Wahrheit oder ... oder ihr fiel eine richtig gute Lüge ein. Eine
richtig gute Lüge.

„Und denke dir jetzt ja keine Lügengeschichten aus", sagte er.
„Du schuldest mir eine Erklärung, das ist das Mindeste."

„Ich schulde dir gar nichts", sagte sie abweisend und ergriff
die Möglichkeit, hier eine Ausflucht zu finden. „Ja, du bist dazu
gekommen und hast mir geholfen, aber ich gehe mal davon aus,
weil du so ein guter Mensch bist. Du bist vielleicht ein Hanswurst",
fuhr sie fort – das bezog sich auf ihren Spitznamen für ihn, den
sie ihm verpasst hatte, bevor sie seinen richtigen Namen kannte
–, „aber rumzustehen und zuzusehen, wie jemand Schmerzen hat,
dafür bist du einfach nicht der Typ. Genau wie damals, als du
mich unter dem Truck von Seattle hervorgezerrt hast."

Einen Moment lang herrschte nur Schweigen.

„Das hast du echt drauf", sagte er. „Dein Pech, dass ich es
noch besser drauf habe. Also. Sagst du mir jetzt endlich, warum
sich ein Kristall, der glüht, in deinem Besitz befindet, oder muss
ich davon ausgehen, dass du eine Bedrohung darstellst, die man
besser einsperrt?"

„Einsperrt? Dann wärst du keinen Deut besser als Seattle,
wenn du mich zu deiner Gefangenen machst."

Seine Hand wurde da zu einem schmerzhaften Schraubstock.
„Netter Versuch", sagte er und lockerte seinen Griff ein ganz
kleines bisschen. „Aber zwei Sätze vorher, hieß es bei dir, ich wäre
nicht der Typ dafür."

„Dann lag ich wohl falsch."

„Oder vielleicht siehst du die Dinge mal aus meiner
Perspektive. In den letzten paar Monaten hast du schließlich
auf mich geschossen. Aus kurzer Distanz, möchte ich noch
hinzufügen. Mir eine Schlange ins Gesicht geworfen. Und jetzt
weichst du meinen Fragen aus, die ich aus gutem Grund stelle,
nachdem ich dich aus einer sehr schmerzhaften und schwierigen

Situation gerettet habe. So handelt doch nur jemand, der etwas zu verbergen hat."

„Erstens, ich habe dich gewarnt, dich nicht zu bewegen. Zweitens habe ich nicht auf *dich* geschossen. Ich habe auf die Wand hinter dir geschossen – genau auf den Punkt, auf den ich gezielt habe. Und drittens, die Schlange war ein harmloses Ablenkungsmanöver, damit ich fliehen konnte–"

„Das hat die Schlange wahrscheinlich anders gesehen. Und du hast damit nach mir geworfen, als ich *auf einer Treppe* stand. Gar nicht nett."

„Ja ja, ich war auch dabei."

„Wie konnte mir das nur entfallen."

Zu ihrer Verwunderung ließ er ihre Hand los. „Was geht hier vor, Remy? Hast du denn immer noch nicht kapiert, dass wir dir nichts antun wollen? Dass wir dir vielleicht helfen können?"

„Ich sehe keinerlei Veranlassung anzunehmen–"

„Wir wissen, du bist die Enkelin von Remington Truth. Und es gibt dich immer noch, du bist in Sicherheit. Bei uns. Wir haben dich nicht an die Kopfgeldjäger oder die Zombies übergeben. Sagt dir das denn gar nichts?"

„Es sagt mir, dass ihr noch nicht herausgefunden habt, was ihr mit mir anstellen wollt", schaffte sie noch zu sagen. Sie knirschte mit den Zähnen und das Herz hämmerte ihr so sehr, dass sie kaum Luft holen konnte ... aber sie kämpfte um ihre Selbstbeherrschung.

„Wenn es nach mir ginge ... mir würden schon ein paar Dinge einfallen, die man mit dir anstellen könnte." Seine Stimme klang ... anders.

Da blieb Remy das Herz kurz stehen und ihr Körper wurde plötzlich überall ganz heiß. Und ihre Gedanken schossen in Körpergegenden, wo sie nichts zu suchen hatten – heiß, tiefrot, herrliche Gegenden. Mit Wyatt drin.

Und dann war Dantès auf einmal wieder da, sprang krachend durchs Unterholz und sie stolperte von ihrem Möchtegern-Kerkermeister weg, als der Hund auf sie zugerannt kam.

Damit war die Entscheidung gefallen. Sie musste sich und ihren Kristall von hier fortbekommen, weg von Yellow Mountain, weg von diesen Leuten. Und ganz besonders weit weg von Wyatt.

Als sie zum Haus zurückeilte und diesen Verräter von Hund Dantès mit seinem neuen Freund zurückließ, hörte Remy in der Ferne das ihr wohlbekannte Stöhnen der Zombies.

Ruuu-uuthhh ... ruuuuuuthhh.

Sie riefen nach ihr. Truth.

Remington Truth.

Ana hätte Fence und Quent von ihrer Kontaktaufnahme zu Darian erzählen können, aber auch als sie sich bereit erklärten ihr zu zeigen, wie man in den Computerraum reinkam, war sie immer noch nicht ganz so weit, ihnen all ihre Geheimnisse zu offenbaren. Sie hatte ihnen bereits erzählt, dass sie mit Atlantis keinen Kontakt mehr aufgenommen hatte, seit sie vor zwölf Jahren von dort fortgegangen war – aber das entsprach natürlich nicht ganz der Wahrheit.

Sie war mit Darian zusammen gewesen.

Außerdem ... sie musste abwarten und sehen, ob ihr Ex-Liebhaber auf das Zeichen Antwort gab, das sie ihm in dem Briefkasten hinterlassen hatte. Sie war sich sicher, dass er es vorhatte – denn warum hätte er sonst den ersten Schritt gemacht – aber er würde vielleicht keine Informationen haben, die ihnen helfen könnten.

Es *gab* solche Informationen vielleicht gar nicht.

Sie lagen mit dieser Bedrohung von Envy vielleicht alle ganz falsch.

Obwohl Ana das nicht so recht glauben wollte. Sie bestand darauf, die unterirdische Kammer zu verlassen, um nach ihrem Vater zu sehen, aber ihr wahres Motiv war, wieder nach oben zu kommen und weg von dem Stück aus dem Jarrid Kristall. Wo sie atmen konnte.

Auch wenn ihre Kristalle anscheinend nicht mehr auf die Nähe des faustgroßen Kristalls reagierten, wollte sie kein unnötiges Risiko eingehen.

Und sie würde Fence und seinen Freunden auch noch nicht jetzt sofort verklickern, dass sie ihnen wahrscheinlich dabei helfen konnte, den Stein richtig einzusetzen. Sie durfte nicht riskieren, denen in Atlantis ihren genauen Aufenthaltsort zu verraten. Die Leute also, die sie so dringend wiederhaben wollten.

Sie blieb lange genug bei ihrem Dad, um seinen Jammertiraden zuzuhören, dass man ihn nicht länger auf der Krankenstation behalten müsste und was das überhaupt sollte und wo waren seine Petrischalen ... aber dann kam Flo rein und urplötzlich versiegte das Gejammer.

Und er hörte Ana nicht mehr zu, sondern redete nur noch mit der älteren Frau.

Na dann.

Ana konnte sich ein amüsiertes Lächeln nicht verkneifen und sie schlüpfte aus dem Zimmer ... und wäre fast gegen Fence geprallt.

Die jähe Freude, ihn so plötzlich, so unerwartet wiederzufinden versiegte auch sehr rasch. *Eine Gelegenheit ergibt sich, hmm?*

Und da-dam, Mädel. Du ergibst dich auch gleich mit. Shit.

„Hey", sagte Fence und schenkte ihr dieses lässige, breite Grinsen, das ihr Inneres zu Brei werden ließ. „Was für ein Zufall. Du, hier."

Sie bewahrte eine ausdruckslose Miene, erinnerte sich immer wieder daran, wütend auf diesen Mann zu sein, der – erstens – sie dazu gebracht hatte, ihr größtes Geheimnis zu verraten und sich damit in Gefahr zu bringen; zweitens, aus ihr faktisch eine Gefangene gemacht hatte; und drittens, sie als *Gelegenheit* bezeichnete.

Und dann war da das Riesenarschloch, der am Strand so frech geworden war.

Aber irgendwie ... die Erinnerung, wie er neben Tanya kniete und ihr eine unglaublich liebe Entschuldigung versprach, stieg vor ihrem inneren Auge auf. Und all die Liebe und Hingabe auf seinem Gesicht, als er ihr auf der Reise von Glenway hierher all diese Dinge zeigte, seine wunderbare Erzählung, ohne einmal zu zögern, was ihr verriet, dass er seine Welt ebenso sehr liebte, wie sie ihr Meer liebte.

„Ich, hier?", sagte sie und hielt ihre Stimme ganz bewusst kühl. „Wie seltsam kann das denn sein?"

„Seltsamer als ein grünes Marsmännchen", entgegnete er ihr, ohne mit der Wimper zu zucken. Aber seine Augen leuchteten einladend und er schnurrte, „wenn ich es nicht besser wüsste, könnte ich vermuten, dass du mir nachsteigst, nur um wieder an einen dieser Wackelpudding-Knie-Küsse zu kommen."

Es bestand überhaupt kein Zweifel, was ihm hier vorschwebte, und diese Erkenntnis füllte Anas Magengrube mit köstlichem Geflatter.

Trotzdem setzte sie einen überraschten Gesichtsausdruck auf, „Hmm. Daran habe ich überhaupt nicht gedacht." Und lächelte, breit, aber noch nicht hundertprozentig einladend, und versuchte dann, an ihm vorbei zu schlüpfen.

Er hob seinen Arm, um ihr den Weg zu versperren. „Nun, ich hab' mich so gefragt, was du jetzt vorhast."

„Jetzt?", sagte sie und blickte sich um. Sie wollte sichergehen, dass niemand in Hörweite war. „Jetzt … nachdem man mich befragt und zur Gefangenen gemacht und gezwungen hat, meine Sicherheit aufs Spiel zu setzen?"

Er öffnete den Mund. Um zu antworten, aber musste es sich dann anders überlegt haben, denn er glitt stattdessen in ein warmes Lächeln rüber.

Das machte sie ziemlich stinksauer, dass er dachte, er könnte sich mit seinem Charme ihr Wohlwollen erschleichen – und andere Dinge womöglich noch dazu. Nur mit einem Lächeln und heißen Blicken. Aber was sie noch viel, viel stinksaurer machte, war, dass es *verflixt und zugenäht funktionierte.*

Was war es nur an diesem Mann? Er war so viel mehr als nur ein sexy Lächeln und Doppeldeutigkeiten … warum verdammt nochmal musste er sich dahinter verstecken? Hinter diesem oberflächlichen Charme?

Sie zwang sich, innerlich einfach still und leise empört zu bleiben, und gab sich dann ganz unschuldig und sprach mit großen Augen wie beiläufig zu ihm: „Tja ... ich dachte gerade daran, schwimmen zu gehen. Hast du Lust mitzukommen?"

Ein Zucken in seinem Lächeln war das einzige Anzeichen, dass sie ins Schwarze getroffen hatte, aber er fing sich gleich wieder. „Hmmm ... nasse, nackte Haut", sagte er, seine Augen jetzt zudringlich und warm. „Gute Idee ... aber wie wäre es, wenn wir das Nass da weglassen? Oder vielleicht sollte ich sagen, erst einmal feucht, statt nass ... denn ... du weißt schon ... ein bisschen nasse Haut könnte schon dabei sein."

Irgendwo unter all der flatternden Hitze, die sie nicht mehr unter Kontrolle hatte, ging Ana auf: Wenn irgendein anderer Kerl so etwas zu ihr gesagt hätte, hätte es sie angewidert und wütend gemacht und absolut abgetörnt.

Aber so war das mit Fence eben, verdammt. Er sagte solche Dinge und er bekam exakt die Reaktion, die er sich offensichtlich erhoffte. Auch wenn sie ihn am liebsten angefaucht hätte und dann voller Verachtung wegstolziert wäre ... er war wie ein Magnet. Und sie steckte fest.

Genau hier. Verführte sie.

Und dann kam ihr auf einmal ein Gedanke. Er hatte ihre Kristalle gesehen. Er wusste, sie stammte aus Atlantis.

Sie musste es nicht mehr vor ihm verstecken. *Verdammt. Heiß.*

Jetzt schenkte Ana ihm ein einladendes, verführerisches Lächeln. „Ein bisschen feucht?", sagte sie und beobachtete, wie die Pupillen in diesen dunklen Geheimniskrämer-Augen plötzlich weit wurden. „Ist das ein Versprechen?"

„Dein Wunsch ist mir Befehl", sagte er und ließ weiße Zähne aufblitzen, als er ihr dieses Riesenteil von Arm aus dem Weg nahm. Und ... ganz plötzlich sah sie, wie der Lack, der charmante Lack etwas abblätterte und ihr die *Wirklichkeit* zeigte. Eine echte Emotion da drin, tief unten in seinen Augen. Stark ... verunsichert ... warm.

Bei diesem Blick flatterte ihr Magen noch mehr.

„Bei dir oder bei mir?", fragte er.

Ana war sich im Klaren darüber, dass ihr Herz jetzt schneller schlug, dass ihr Magen sich mit diesem flattrigen Gefühl der Vorfreude füllte. „Was näher liegt."

„Bei dir", sagte er und kam langsam auf sie zu.

Es war sonst niemand hier, also wehrte sie sich nicht, als er sie langsam gegen die Wand hinter ihr schob und seinen Mund auf ihren legte. Lippen, Zunge, glatt und warm, hungrig und eine einzige Verheißung ... und dann löste er sich. „Na, wackeln deine Knie schon?", murmelte er, während er ihr eine Locke von der Schläfe nach hinten strich.

„Absolut gar nicht", sagte Ana, die versuchte, nicht ganz so atemlos zu klingen, wie sie sich fühlte, „Ich denke, da musst du dich noch etwas ins Zeug legen."

Seine Augenlider fielen noch tiefer runter. „Oh, das werde ich, Zuckerstück", sagte er mit tiefer, gedehnter Stimme. „Da kannst du deine sexy Kristalle drauf verwetten."

Fünf Minuten später war er schon auf dem besten Wege, seiner Angeberei Taten folgen zu lassen.

Schon bald befanden sie sich in ihrem Zimmer, die Tür hinter sich fest geschlossen und irgendwie hatte er sie zwischen weiteren langen und intensiven Küssen zum Bett hin bugsiert. Die Matratze stieß Ana hinten gegen die Beine und sie musste sich an seine Schultern klammern, um nicht umzufallen.

In dem Moment fiel ihr auch ein, dass das hier jetzt das erste Mal war, wo sie mit einem Mann intim wurde und sich nicht im Ozean befand. Normalerweise half ihr das Wasser dabei, auch mit ihrem verkrüppelten Bein aufrecht zu bleiben ... und mengte dem ganzen Abenteuer auch noch seinen salzigen Geschmack und sanfte Schwingungen bei.

„Optimal durchdacht", murmelte Fence, als er sich an die Knopfleiste vorne an ihrem Hemd runter machte. „Sofortiger Zugang." Seine warmen, trockenen Hände glitten unter ihr offenes Hemd und er bedeckte ihre Brüste mit großen Handflächen. „Und kein BH", fügte er mit einem dankbaren Stöhnen hinzu.

Ana erschauerte, als seine Daumen ihre harten, empfindsamen Brustwarzen fanden. Sie bestand nur noch aus Hitze, als er dort kleine Kreise beschrieb, wieder und wieder, mit unglaublich zarten Streichelbewegungen, während er sich herunterbeugte, um die weiche Haut an ihrem Hals zu küssen. Ihre Knie waren schon Wackelpudding, aber das hinderte sie nicht daran, ihm das Hemd hoch und aus der tief geschnittenen Jeans, die er anhatte, raus zu ziehen. Unter dem Baumwollstoff legte sie ihm die Hände flach auf seine breite, warme Brust.

Dann verlagerte er sein Gewicht und riss sich mit einem kleinen Lächeln das Hemd von den massigen, dunklen Schultern. „Besser so?", fragte er und schaute sie an, dann runter auf ihre Hände an seiner Brust.

Sein Oberkörper war so unglaublich groß und – konfrontiert mit solcher Schönheit – wurde Ana der Mund ganz trocken. Auch wenn sie an einer Hand die Finger ganz weit spreizte, so umfasste das kaum einmal einen seiner Brustmuskel.

„Naja, ... noch ein bisschen Training vielleicht", antwortete sie und kam näher, um ihm einen Kuss auf die kleine Erhebung aus Muskeln und Knochen nahe an der Einbuchtung unten an seinem Hals zu pressen. Er schmeckte warm und frisch, ein wenig salzig. Und glatt. Sein Herz schlug wild unter ihren Lippen und sie musste einfach noch ein bisschen knabbern. Es war anders ... und erotisch ... die Haut von einem Mann zu kosten, der nicht gerade im Salzwasser schwamm, kühl und glatt.

Fence lachte da leise und sie fühlte diesen tiefen Bass in seiner Brust brummen. „Ich werd' mich gleich dranmachen. Aber vorher..." Seine Stimme war so leise, dass sie fast nicht zu hören war. „Will ich dir etwas zeigen, was man gar nicht mehr verbessern kann."

Seine Hände lagen auf ihren Schultern und Ana ließ sich von ihm nach rechts drehen, so dass sie jetzt zur anderen Seite des Raumes blickte, dann ließ sie ihn ihr Hemd abstreifen. Nachdem er es auf den Boden geworfen hatte, stellte Fence sich hinter sie und sagte, „schau nur."

Ana blickte hoch und fand sich einem Spiegel gegenüber wieder, genau gegenüber von ihnen. Sie war von der Taille auf nackt, darunter nur eine jetzt verdächtig locker sitzende Jeans, die seltsamerweise schon aufgeknöpft war und den Blick auf ein kleines Dreieck von Unterhose freigab, sowie eine Andeutung von Hüftknochen. Ihr Oberkörper war fast so lang wie der von Fence, aber viel schmaler und mit Kurven an anderen Stellen. Ihre Kristalle blitzten dunkel auf in dem schummrigen Licht und ihre Brüste sahen aus wie zwei Tränen mit jeweils einem schwarzen Tupfen.

„Ist das nicht schlicht herrlich?", murmelte er ihr ins Ohr, als seine großen Hände von hinten vor kamen, um sich um ihre Brüste zu schmiegen, die zwei zärtlichen Hände jetzt ganz voll.

Er streichelte mit seinen Daumen immer wieder über eine der Brustwarzen und die Widerspiegelung von diesem erotischen Bild hypnotisierte Ana geradezu. Kleine Schauer der Erregung kitzelten sie bis in ihr Innerstes. Das Licht in dem Raum bestand nur aus einer kleinen Tischlampe, die sie in der Nähe der Tür hatte brennen lassen. Die Lampe tauchte den Raum in einen warmen Schimmer, in dem ihre Haut wie poliertes Gold aussah. Seine dunklen Hände und die Breite seiner Schultern und seine muskelbepackten Arme brannten wie dunkle Bronze um sie herum und ihr Haar ergoss sich in weiteren Wellen von Gold und Bronze über seine Unterarme.

Sie streckte die Arme nach oben und schlang sie hinten um seinen Kopf, ihre Brüste streckten sich verführerisch nach oben. Sie spürte die Bewegung an seiner Wange und sah das Lächeln im Spiegel aufblitzen, als er beide Hände an ihrem Bauch entlang gleiten ließ und sie schließlich an ihren Hüften ankamen.

„'S die reine Wahrheit ... das ist das heißeste, was ich je in meinem Leben gesehen habe", sagte er leise in ihr Ohr, während seine Hände über die Kristalle rechts an ihrem Oberkörper strichen.

Seine Fingerspitzen streichelten ihre Haut mit kleinen Kreisen, wieder und wieder, runter und immer weiter. Immer wieder jagten ihr Schauer von Gänsehaut über den Leib. Sie konnte die Hitze nackter Haut spüren, die gegen ihre Schultern presste, und das mächtige Anschwellen hinter seinem noch geschlossenen Hosenschlitz, sowie die intensive, kribbelnde Antwort, die tief in ihr hochkam. Ana war es jetzt überall feucht und heiß, und als er seine Hände an ihrem Oberkörper immer schneller hoch und runterwandern ließ, dann wieder ihre Brüste fest packte, sie losließ, um ihre Brustwarzen zu necken, sank sie nunmehr völlig wehrlos, rückwärts gegen ihn. Ihre Hände umfassten seinen Kopf von hinten, streichelten lustvoll über die warme, glatte Haut, glitten nach vorne, um ihn an Schläfe und Wange zu streicheln.

Er beugte seinen Kopf zu ihrer Schulter runter, wobei er immer noch nach oben blickte, als er schon zärtlich an der schwachen Erhebung dort von Sehnen und Haut nibbelte. Mit der Zunge fuhr er an dieser Kurve entlang, seine Lippen feucht und warm, so ganz anders als die von Darian, und sie konnte das köstliche Schaudern nicht unterdrücken, das sie überall packte, wo sein Mund gewesen war.

Als er sich wieder ihrer Jeans zuwandte und genüsslich weitere Knöpfe öffnete, überkam Ana auf einmal Panik und sie versuchte sich in seinen Armen umzudrehen, um ihn direkt anzuschauen.

„Kommt nicht in die Tüte, Zuckerstück", sagte er mit Nachdruck und hielt sie fest. Mit Blick in den Spiegel.

Seine langen Finger glitten unter den gelockerten Bund ihrer Jeans, unter ihr Höschen und weiter runter über ihre Hüften, und – unter ihren Augen – schob er beides mit einer weichen, geschmeidigen Bewegung nach unten.

Ana wollte eigentlich die Augen schließen, aber sie wusste: Das, was er sah, der Anblick ihres entstellten Beins, das musste auch sie sehen. Sie musste seine Reaktion beurteilen können, feststellen, wann seine Augen dorthin wanderten und ob sie darauf verweilten, außerstande wegzusehen. Mit Darian hatte es ihr nichts ausgemacht, denn im Wasser lag auch in ihren Bewegungen Schnelligkeit und Anmut ... aber hier und jetzt lagen die Dinge anders. Sie war ein Krüppel ... und das direkt neben einem so schönen Körper.

„Aahhh", murmelte er ihr tief bewegt ins Ohr, als die Jeans runterglitt, zu einem Gewühl von Stoff an ihren Knien. „Ana." Er atmete ganz langsam aus, warm an ihrer Wange, und hielt sie einfach nur fest.

Die schöne Rundung ihrer Hüfte und die Stelle, wo ihre Oberschenkel eins wurden, zusammen mit dem dunklen Dreieck an jener Stelle, kamen jetzt zum Vorschein, aber Ana sah auf ihre linke Hüfte, wo diese in ihren Oberkörper überging. Das süße Anschwellen ihrer Lust war abgeebbt und alles, was sie jetzt noch sah, war ein Muster aus ineinander verschlungenen Narben, zackenförmigen Schnitten und verschrumpelter Oberfläche von beschädigter Muskulatur, die nie ganz verheilt war.

Entsetzen ergriff von ihr Besitz angesichts einer solch schaurigen Unvollkommenheit, aber bevor sie reagieren konnte, fuhren seine Hände schon die volle Länge ihrer Hüften entlang, runter über ihre Schenkel und wieder hoch – und die ganze Zeit hielt er sie so fest.

„Das nenne ich eine verrückte, verdammte Süße, Zuckerstück", sagte er und hielt ihren Blick im Spiegel gefangen. Glitt mit seiner Hand zwischen ihre Beine. „Genau hier, Baby. Und ich habe vor, von allem hier naschen."

Ana zitterte jetzt, als er mit den Fingern um sie herum glitt, in die Hitze und das Feuchte dort hinein. Ein lustvolles Aufbäumen überraschte sie und sie wollte sich weiter spreizen und ihm mehr Zugang verschaffen, aber die Jeans an ihren Knien hinderte sie.

Das tiefe Lachen von Fence grollte ihr noch in den Ohren, wieder blitzte dieses weiße Lächeln auf. „Lass mich mal", sagte er und ohne die Hände wegzunehmen, hob er den Fuß hoch und zerrte ihre Jeans runter, bis auf den Boden.

Ana konnte sie jetzt wegkicken, zumindest an einem Bein, und als sie auf einem Bein hopste, nutzte er die Gelegenheit, um sich zwischen ihren Beinen mal richtig genüsslich umzutun.

„Oh!", keuchte sie überrumpelt auf, als er sie fand ... oh, ja, er *fand* sie. Und seine Finger glitten so leicht in ihr heißes, angeschwollenes Zentrum hinein ... sie konnte die Nässe spüren, und jede winzige Bewegung, jedes kleine Necken, wurde dadurch noch verstärkt. Ana erstarrte, versuchte wieder ruhig zu atmen, als die kleinen Schauder jäh über sie kamen.

„Ich hatte dir doch ein bisschen nasse Haut versprochen",
sagte er ... aber auch seine Stimme klang weniger beherrscht als
zuvor, etwas abgehackter und außer Atem. „Oder etwa nicht?"

Er hielt ihren Blick fest, während er sie im Spiegel beobachtete.
Wegzuschauen war ihr unmöglich, als er streichelte und hineinglitt
und drum herum, seine Finger selbstbewusst und zärtlich und
absolut magisch. Er schien genau zu wissen, wie man lockte und
neckte, und Ana spürte, wie ihr Körper sich anspannte, in dieser
Hitze wegschmolz vor Lust, sich bereit machte zu explodieren. Sie
sah seinen dunklen Armen zu, einer davon oben um ihre Brust
gelegt und der andere vergraben zwischen ihren Beinen. Wie eine
Art erotisches Fesselspiel, das sie rücklings an ihm festband.

„Komm schon, Zuckerstück ... ich will spüren, wie du zitterst,
an mir erbebst", flüsterte er. Ihr Blick begegnete seinem, sah die
Hitze, die darin loderte, und sie spürte den wilden Ausstoß von
seinem Atem in ihrem Haar, ihren Magen, der sich plötzlich zu
einer wilden Spirale aufdrehte, ein fast schmerzhaftes Stechen
ihren gesamten Körper erfasste.

Und dann dachte sie an gar nichts mehr, als er in *genau* die
richtige Stelle reinglitt, *genau* den richtigen Punkt fand und den
Rhythmus ... und dann war sie auf einmal nichts als ein langes,
glückliches Stöhnen, ausgiebig, zitternd und bebend. Und an ihm
explodierte.

Er hielt sie fest, murmelte ihr ins Ohr, sorgte dafür, dass diese
Wellen von Lust noch lange andauerten ... und andauerten ...
neckisch, lüstern, bis sie ihre herrliche, jubelnde Kapitulation
hinausschrie.

Als sie die Augen wieder öffnete, standen sie immer noch vor
dem Spiegel. Er stand immer noch hinter ihr, seine Augen immer
noch lüstern und heiß, sein Mund zuckte, ein angespanntes,
zufriedenes Lächeln, eine Hand strich wieder über ihre Kristalle,
die andere strich eine Locke dichten Haares über ihre Schulter
nach hinten.

„Also, das", murmelte, „war, was ich eine echte Süße nennen
würde."

Sie hätte sich in seinen Armen umgedreht, aber wieder hielt er sie, genau wie sie war, gluckste leise auf seine aufreizende Art. Und dann kippte er sie schon sanft seitwärts auf das Bett.

Als sie rückwärts fiel und sich dabei in ihren langen Haaren verfing, streifte sie mit einer raschen Bewegung schnell die Jeans vom zweiten Bein und kam gut auf dem Bett zu liegen, während er sich nun auch die Hose aufknöpfte.

Er schaute sie an, als seine Hände runter in seine Hose und seine Unterhose hinein glitten und beides dann mit der gleichen geübten Bewegung abstreifte, mit der er schon sie ausgezogen hatte. Seine Erektion, voll und mehr als bereit, sprang hoch.

Woww.

Ihr stockte der Atem, als er sich restlos auszog. Sowohl sein glatter, straffer Bauch als auch die Rundung seines Hinterns leuchteten in dem gleichen satten Bronzeton, alles schlank und muskulös und *groß*. Groß und kraftvoll und breit.

Überall.

Ana hämmerte das Herz vor Verzückung und Vorfreude, als ihre Blicke sich erneut begegneten. Seine Augenwinkel kräuselten sich, als wollte er lächeln, würde es aber nicht ganz schaffen.

Als Nächstes war er schon da, neben ihr auf dem Bett. Sein Mund wanderte sofort zu einer ihrer Brüste und er ließ seine Zunge in gierigen, nassen Bewegungen um ihre Brustwarze kreisen ... dann ... dann zog er sie in einem langen, donnernden Rhythmus in seinen Mund, was ihr Innerstes in gleichem Rhythmus immer wieder vor Lust erschauern machte.

Weil sie spürte, wie ihr Körper sich wieder anspannte, erneut bereit war, streckte Ana ihren Arm nach unten zwischen sie, streichelte über den harten, flachen Bauch. Seine Haut zitterte genau so heftig wie die ihre und als sich ihre Finger um seine samtene, harte Länge schlossen, kam von ihm ein tiefes, unverhohlenes Stöhnen. Er war schwer und heiß, und sie konnte förmlich spüren, wie er in ihrer Hand pulsierte, als sie ein wenig fester drückte. Sein Stöhnen vibrierte an ihrer Brust und er hob den Kopf hoch.

„Wie wäre es mit noch ein wenig mehr von dem gleichen Nass, Zuckerstück?", schlug er mit einem schiefen, angespannten Lächeln vor. „Entweder das oder du hast gleich ein echtes Desaster in der Hand."

Sie lächelte und hätte ihm gleich noch einmal kräftig die ganze Länge gestreichelt, wenn er sich ihr nicht entzogen hätte. „Was machst du denn da?", fragte sie, als er sich halb wegdrehte und nach seiner Hose griff.

Er machte etwas ... *da* ... und seine Hände beschrieben kurze, ruckartige Bewegungen ... und dann drehte er sich wieder zu ihr.

„Was...?", wollte sie fragen, aber ihre Worte wurden von seinem Mund verschluckt, der ihren mit einem heißen, fordernden Kuss bedeckte.

Und dann zerstoben alle Gedanken und Fragen, als er zwischen sie reichte. Er streichelte sie einmal schnell und gezielt, bei dem lustvollen Schock blieb Ana der Atem weg ... und dann manövrierte er sich genau dort hinein, wo sie ihn haben wollte.

„So verdammt nass", murmelte er, als er sich zwischen ihren Beinen bereit machte und...

„Ah", seufzte sie und hob ihm etwas unbeholfen die Hüften entgegen, wobei sie sich stärker auf ihrer guten Seite abstützte.

„Ana, Grundgütiger, du schwimmst mir ja davon", sagte er, seine Stimme an ihrem Ohr war ehrfurchtsvoll. „Süß, so süß, und glatt und nass", sagte er und bewegte sich in ihr drin ... tief und langsam und *süß*.

Oh, Gott.

Ana schloss die Augen, fand seine Schulter und presste ihren Mund gegen diese starke Wand, als er sich bewegte ... sie so gänzlich ausfüllte, so groß und rhythmisch...

Er hielt sie ganz fest, drückte sie an sich, als er sich wiegte, lässig und langsam. Und dann kam sein Atem schneller und abrupter, seine heiße Brust, von Schweiß bedeckt, klebte an ihrer, der Rhythmus jetzt schneller. Ana löste sich von seiner Schulter, weil sie wieder Luft holen musste, und sie spürte die sicheren Anzeichen der ansteigenden Lust ... kurz davor, schon bald bereit erneut zu explodieren.

Als es dann geschah, schrie sie laut, und dann ließ er den Atem entweichen, den er bis dahin angehalten hatte ... und wenige Sekunden später stieß auch er mit einem letzten Zustoßen ein tiefes Stöhnen aus.

Und brach über ihr zusammen, zog sie dann aber auf sich, als er zur Seite weg fiel. Seine Brust hob und senkte sich in heftigen Atemstößen, wie nach einem Marathon. Sie schloss die Augen und ließ sich gelöst auf ihn fallen, ihr ganzes Wesen nicht nur voll von befriedigter Lust ... sondern auch voller erotischer, schmutziger Bilder von ihren ineinander verschlungenen Körpern.

Mit einem Lächeln auf ihrem Gesicht schloss sie die Augen und bemerkte den Schmerz in ihrem Bein kaum.

12

Als das Letzte der Lust sanft abgeklungen war, wurde Fence auf einmal ganz anders und er riss die Augen auf.

Du *Riesenarsch* von einem Trottel.

Auf einmal erfüllt von einer Heidenangst, weil er gerade seine Mutter mit ihrem Todesdolchblick vor sich sah, genau neben Petrus, schob er sich vorsichtig von Ana weg. Sie sah aus wie Gold. Warm und gelöst, neben ihm auf den Laken zusammengerollt. Ihre Haare ergossen sich zu einer Rolle aus seidiger Bronze, über Decke und Schultern.

Trottel.

„Hey", sagte er und bugsierte sie jetzt ganz auf das Bett. Er konnte sich einen raschen Blick auf ihre langen Beine nicht verkneifen, sah dort die Narben und die seltsame Oberfläche ihrer Haut an einem von beiden. Verdammt nochmal, sie *hinkte* beim Gehen. Ihr Fuß war seltsam verdreht. Selbst dort oben, zwischen Hüfte und Bein, war etwas verdreht.

Der kalte Angstschweiß kam ihm, als er sich erinnerte, wie er sich gegen sie, in sie hinein gepresst hatte, erbarmungslos und total fixiert, und drauflos gerammelt hatte.

Klar, an das verdammte Kondom hatte er gedacht – wenn man das, was er angelegt hatte, Kondom nennen konnte – aber in seinem Drang hatte er Anas Handicap total vergessen.

Und jetzt ... Herrgott nochmal, jetzt hatte er sogar Angst davor, sie deswegen zu fragen. Sie war so verdammt empfindlich, was ihr Bein betraf.

Ana streckte sich gerade, als Fence sich das Kondom von seinem mittlerweile reichlich schlaffen Pimmel schälte und zusammenknüllte, um es zu entsorgen. Als er auf der Suche nach einem Abfalleimer aus dem Bett glitt, hörte er ein leises, überraschtes Lachen.

Das war ein gutes Zeichen.

„Was gibt's zu lachen?", fragte er vorsichtig und ging wieder zurück zum Bett. Sie schien keine Schmerzen zu haben. Oder irgendwelche anderen Beschwerden wegen seiner ... Begeisterung.

Du bist ein großer Kerl, Bruno Paolo. Du kennst deine eigene Stärke nicht, hatte seine Mama ihn gewarnt. Mehr als einmal.

„Seltsamerweise", sagte Ana mit einem genüsslichen Räkeln, das – Gott sei Dank – seine Mutter aus dem Zimmer beförderte, „war das mein erstes Mal in einem Bett." Sie bog ihren Rücken durch, verdrehte ihren Oberkörper katzenartig zauberhaft, während sie ihn anschaute.

Natürlich hatte er gesehen, wie ihre Brüste sich bewegten und wegglitten, ihn mit vorstehenden Spitzen quälend neckten, die nur darum bettelten, geküsst zu werden ... und die geschmeidige Rundung ihres Bauches und ihrer Hüften ... und das sanfte Glühen ihrer Kristalle. Verfickt nochmal, die waren scheißsexy, so wie die perfekt in ihre Haut eingelassen waren. Ihm fiel ebenfalls auf, wie sie nur ein Bein und einen Fuß benutzte, um ihren Körper hochzustemmen. Das andere Bein bewegte sich gar nicht und als sie mit ihrer Streckübung fertig war, legte sie sich auf die Seite von ihrem kaputten Bein. Und versteckte es.

Fence setzte sich neben sie. Mit etwas Distanz, so dass er einen klaren Kopf behalten konnte, anstatt sie zu packen und–

Dann begriff er, was sie gerade gesagt hatte, und alles andere wurde unwichtig.

„Wirklich?", sagte er und fragte sich da, mit wem und wo genau sie eigentlich Sex gehabt *hatte*. Und nie in einem Bett? Sie schien ihm nicht wirklich verklemmt, aber bis dahin hatte er nicht wirklich drüber nachgedacht, denn – wie er schon mehr als einer Frau im Bett erzählt hatte – alles was zählte, war das Hier und Jetzt.

...Natürlich kam das normalerweise dann zur Sprache, wenn sie etwas über *seine* Vorgeschichte wissen wollte. Und er hatte gelernt, dass das nie ein gutes Thema war.

„Jep", sagte sie. „Und es war auch das erste Mal, dass ich es nicht unter Wasser getan habe."

„Willst du mich auf den verdammten Arm nehmen?" Sollte das heißen, das hier war ihr erstes Trockenbumsen gewesen? *Heyyy.*

„Nein", sagte sie. „Es ist ziemlich viel wärmer und trockener an Land."

Fence konnte nicht anders. „Ich weiß nicht, Zuckerstück, da wo ich war, war es absolut irre nass." Bevor er dann aber zu sehr bei dem Bild klebenblieb, wurde er ernst und rief seine lüsternen Gedanken zur Ordnung. „Habe ich dir wehgetan?"

Zu seinem großen Entzücken, wanderte ihr Blick da zu seinem Schwanz, der nicht anders konnte, als sich bei ihrer Betrachtung wieder zu regen. „Ähmm ... nein", sagte sie. „Ich könnte theoretisch ein Baby da rauspressen ... *damit* kann ich, glaube ich, schon fertig werden."

Sein Schwanz zuckte erneut, bereit sie beim Wort zu nehmen.

„Ich meinte ... dein Bein", wandte er vorsichtig ein. „Ich war ein bisschen grob, denke ich. Ich ... uhmm ... hab' nicht wirklich dran gedacht."

„Tatsächlich? Du warst in Gedanken anderswo?", fragte sie und ihre Augen waren jetzt ganz groß und unschuldig, auf eine Weise, von der er mittlerweile wusste, dass sie ziemlich gefährlich war. „Hast du vielleicht Schafe gezählt? Oder die Streifen in der Tapete?"

Er grinste. „Tja, ich kann nicht leugnen, dass ich das früher gemacht habe ... manchmal muss der Mann, uhm, die Sache etwas langsamer gestalten, für die Dame. Aber", seine Stimme wurde tief, „diesmal nicht. Nicht mit dir. Wenn ich irgendwas gezählt habe, Zuckerstück, dann war das, wie oft du gestöhnt und geseufzt und geschrien hast."

Selbst in dem schlechten Licht konnte er den leisen Hauch von Rosa sehen, der ihr die Wangen hochkroch. „War ich sehr laut? Ich wusste nicht … wir … uhm, unter Wasser können wir gar nicht sehr laut werden. Wir reden nicht wirklich."

Ohne es zu wollen, war er fasziniert. „Du musst dich nicht schämen, Zuckerstück. Es ist ein Kompliment, wenn du laut bist. Dann weiß der Mann, dass er in deinem Sinne handelt."

Sie legte ihm eine Hand mitten auf seine Brust, genau über dem Brustbein und sein Herz donnerte schon los. „Ich höre gerne zu, wenn du mir … solche Sachen sagst", sagte sie und schaute dabei nicht ihn, sondern ihre Hand an.

„Wirklich?", fragte er und verstärkte seinerseits den Druck gegen ihre Hand. Er spürte, wie sich beim Vorbeugen ihre gesamte Handfläche sich in seine Haut presste. Dann beugte er den Kopf runter und fand ihre Lippen wieder, küsste sie zärtlich und ausgiebig, ein herrliches Schmecken von Fülle und Wärme. „Und ich habe da auch noch viel, was ich sagen möchte."

Sie lächelte an seinem Mund. „Das überrascht mich gar nicht."

Er legte den Rückwärtsgang ein, im Bewusstsein dass weiter unten die Dinge ihrerseits wieder in Gang gekommen waren, er aber erst mal andere Dinge abklären musste. „Ana, ganz ernsthaft, sag mir jetzt … habe ich dir am Bein wehgetan?"

„Nicht wirklich", sagte sie und heißes Schamgefühl überkam ihn da.

Nicht wirklich? Trottel, Trottel, Trottel.

Sie musste seine betretene Miene bemerkt haben, denn sie fuhr fort. „Ich meine damit, nicht mehr als jeder andere Stoß oder wenn meine Haare sich irgendwo verhaken oder mich etwas piekst oder so. Du weißt schon, ganz normale Sachen." Sie lächelte etwas fies. „Wie, als ich dich gebissen habe."

Die Scham verflog. Einfach weg. „Du hast mich gebissen?" Er fluchte und sein Herz setzte mal kurz aus – um dann mit voller Wucht wieder zu schlagen. *Ganz eindeutig quicklebendig, diese Frau.*

„Hast du das nicht gemerkt?", sagte sie mit dem gleichen fiesen Lächeln. Ihre Augen funkelten vergnügt. „Da." Sie strich ihm an der Schulter lang und ihr Zeigefinger beschrieb einen kleinen Kreis um eine Stelle, die vielleicht etwas empfindlicher auf Berührung reagierte, als der Rest seines Körpers. Bis auf die wilde Latte, die plötzlich zwischen seinen Beinen sägte.

Ganz ruhig, mein Junge.

Alles der Reihe nach.

„Ok", sagte er und versuchte, seine Konzentration zu bewahren. „Hilf mir hier einfach mal ein bisschen. Ich will sichergehen, dass ich dir nicht wehtue, also muss ich wissen, wo deine Grenzen sind. Ok, Ana?" Er hielt den Atem an.

Das sexy Lächeln erlosch langsam und in ihren Augen flackerte etwas Dunkles. „Ich weiß, man bekommt Angst beim Ansehen–"

„Das habe ich ganz und gar nicht–"

„–aber es tut wirklich fast nicht weh", beendete sie ihren Satz. „Die meiste Zeit jedenfalls nicht."

Er setzte sich zurecht, stützte sich auf einen Ellbogen und wünschte sich, dass ihr Bein nicht gerade unter einem Haufen zerwühlter Laken verborgen wäre, so dass er ihr zeigen könnte, wie egal es ihm war, wie es aussah. „Was ist passiert?"

Bei dieser Wendung in der Unterhaltung winkte sein Schwanz desinteressiert und schlaff ab, und auch Anas Gesichtsausdruck verzeichnete nur wenig Enthusiasmus.

„Ich würde lieber–"

„Erzähl's mir", drängte er sie – zur großen Enttäuschung seiner Hormone. *Cool bleiben, Easy Rider.*

„Ich erzähle es dir, wenn du mir dein Geheimnis erzählst", sagte sie schließlich.

Es überzog ihn da eiskalt. „Ich habe keine Geheimnisse", sagte er und wünschte, er hätte auf seine Hormone gehört. „Wie ein offenes Buch." Nicht mal in seinen eigenen Ohren klang sein übliches Schmunzeln überzeugend. Sein Schutzwall bekam Risse.

„Offen ist hier gar nichts", erwiderte sie. „Ich will wissen, wie du zu dem Namen Fence gekommen bist und wie deine Eltern dich genannt haben."

Er versuchte sich die endlose Erleichterung nicht anmerken zu lassen, die er da verspürte, sondern tat, als würde er gerade nachdenken. „Nun, ich denke, ich lasse mich dazu überreden, das preiszugeben. Wenn du mir das nächste Mal auch schön laut bist.“

„Wie kommst du auf die Idee, es könnte ein nächstes Mal geben?“, schlug sie zurück. Aber dieses aufreizende Lächeln war wieder da und sie hatte sich gerade genug gedreht, so dass ihre linke Brustwarze keinen Zentimeter von seinem Oberarm entfernt landete. Niedlich und rosig. Bettelte darum, geküsst zu werden.

Er hätte die Gelegenheit beim Schopf packen können – sie hatte ihm wahrlich genug Hilfestellung gegeben und er war nicht der Typ so was ungenutzt verstreichen zu lassen –, aber etwas hielt ihn ab. Er wusste jetzt, dass er mehr über sie in Erfahrung bringen wollte, als wie man sie zum Schreien, Stöhnen und Seufzen brachte.

„Erzähl mir, was passiert ist, Ana. Ich würde es wirklich gern wissen.“

Sie machte eine Bewegung und als Nächstes hatte sie bereits Decke und Laken um sich geschlungen, um ihre nackte Hüfte zu verbergen. „Mein Vater und ich waren auf der Flucht aus Atlantis und mein Bein verfing sich in einem der Tore, als das krachend runterkam.“ Sie sprach schnell und ohne Aufhebens, als würde sie erklären, warum der Himmel blau sei.

Da musste er leise lachen. „Aber, Zuckerstück, das führt doch eher zu mehr Fragen, als dass es Antworten gibt. Das ist dir doch wohl klar?“

Sie nickte. „Ich schätze, ich sollte am Anfang beginnen.“

„Da haben die Geschichten meiner Mama auch immer angefangen.“

„Deine Mama klingt wie eine kluge Frau.“

Plötzlich brannte ihm etwas in den Augen und sein Hals wurde kratzig. „Das war sie.“

Ana blickte ihn prüfend an. „Ich habe meine Mutter auch geliebt. Wie du weißt, stammte sie aus Atlantis und sie hat meinen

Vater gegen den Willen ihrer Eltern und der Gilde von Atlantis geheiratet."

„Und die Gilde von Atlantis ist…?"

„Der Regierungsrat von Atlantis und allen Atlantern. Sie wollten verhindern, dass der Gen-Pool oder ihr Blut von minderwertigem Menschenblut besudelt wird. Sie fühlen sich auf vielerlei Arten denen gegenüber, die an Land leben, um einiges überlegen. Aber Mamya und Dad sind sich beim Fischen begegnet – er war Fischer und liebte den Ozean – und sein Boot kenterte. Sie hat ihn gerettet, ihn an Land geschleppt und … was?"

„Das klingt wie ein Disney Film. Hatte deine Mutter rotes Haar und lila Muscheln an den–"

Ana lachte und für ihn geriet da kurz mal wieder die ganze Welt aus den Fugen … oder so was in der Art. Ihre Augen leuchteten auf einmal hell, ihr Gesicht strahlte, ihr wunderschöner Mund verzog sich zu einem Lächeln, ihr Kopf sank nach hinten, so dass ihre Haare zu einem dunkelgoldenen Wasserfall wurden. *Jesus, Maria und Joseph.*

„Nein, meine Mutter war nicht Ariel", sagte sie. „Aber um die Wahrheit zu sagen, als mein Vater und ich dann Atlantis endlich entkommen waren und an Land heimisch wurden, habe ich diese DVD viel zu oft angeschaut, während ich mich von meinem Unfall erholte. Der Gedanke, dass meine Eltern sich so sehr geliebt haben, dass sie den Mut fanden ihren beiden Welten die Stirn zu bieten, um zusammen zu sein … der Gedanke half mir."

„Wurde sie krank?"

„Ja. Wir wussten, sie würde nicht überleben … ihre Kristalle fingen schon an zu flackern und zu erlöschen. Und wenn das passiert…" Ana zuckte mit den Schultern, aber er konnte den Kummer in ihren Augen erkennen. „Dad – er ist wirklich ein ganz fabelhafter Wissenschaftler – hat versucht herauszufinden, wie man ihre Kristalle wiederbeleben könnte, wie man sie wieder erweckt, so dass sie wieder funktionieren."

„Deine leuchten nicht die ganze Zeit", warf Fence da ein. „Heißt das, dass…?" Er unterbrach sich, weil er sich plötzlich bewusst wurde, wie ihm am ganzen Körper eiskalt wurde.

Aber Ana schüttelte den Kopf. „Meine sind anders, weiß du ... daher leuchten sie nicht immer wie die von reinrassigen Atlantern. Wo war ich? Ach ja, mein Vater hat eine Menge Experimente mit anderen Kristallen durchgeführt, um hinter das Geheimnis ihrer Energie zu kommen ... woher sie ihre Kraft ziehen. Aber er konnte sie nicht retten. Mamyas Kristalle sind abgestorben und dann war sie tot."

„Es tut mir so Leid, Zuckerstück. Ich kann mir gar nicht vorstellen, wie es ist seine Mutter in dem Alter schon zu verlieren. Es ist immer schrecklich, aber mit dreizehn... gerade wenn man zur Frau wird..." Er spürte wieder, wie die Trauer in ihm anschwoll. Er war dreißig gewesen, als er seine Mutter verloren hatte – und alle anderen Menschen in seinem Leben. Er hatte seine ganze Familie geliebt, und Lenny auch ... aber es war der Verlust seiner Mutter, der ihn am meisten schmerzte.

„Ich vermisse sie so sehr. Wir standen uns sehr nah. Und ... Mamya war anders als die anderen. Sie hat nicht richtig reingepasst – vielleicht war es, weil sie meinen Vater liebte, der nicht aus Atlantis stammte. Sie hatte nicht die gleichen Vorurteile, die ihr Volk hatte, vielleicht weil sie einen ganz normalen Menschen kennengelernt hatte. Vielleicht war es ihr auch deswegen möglich meinen Vater zu lieben – weil sie nicht diese Vorurteile hatte. Viele Atlanter empfinden eine Art Überlegenheit gegenüber Landbewohnern, weil sie nicht im Wasser existieren können, zumindest nicht wie ein Atlanter. Aber in Wirklichkeit sind es die Atlanter, die nicht frei sind, die auf eine gewisse Weise schwächer sind als Leute wie du. Sie sind an ihre Wasserwelt gefesselt und können den Ozean nicht länger als ein paar Stunden – höchstens – verlassen. Ich denke ... ja, das glaube ich wirklich ... der Grund für den Hass der Atlanter auf Landbewohner ist Neid. Sie sind neidisch auf eure Freiheit. Und ich glaube auch, dass da auch Furcht mit im Spiel ist. Noch dazu gibt es nicht so viele Atlanter. Nur ein paar Tausend. Ich denke, sie haben große Angst, dass – wenn die Menschen von ihnen erfahren – ...dass sie dann vernichtet werden."

„Genau wie Atlantis es mit den Landbewohnern getan hat?", sagte Fence grimmig.

Anas Gesicht wurde ernst. „Es war nicht zu entschuldigen ... das, was sie der Welt angetan haben. Ich erinnere mich noch an die Geschichten, als ich klein war ... aber man erzählte sie, als wären es Heldentaten gewesen, die neue Stadt aus dem Meer emporsteigen zu lassen. Von der Massenvernichtung hier oben haben sie uns nichts erzählt, oder von den unzähligen Menschen, die dabei getötet wurden."

„Selektive Geschichtsschreibung", murmelte Fence, der auch daran dachte, wie die Besiedlung von Nordamerika in geschönter Fassung in Schulen unterrichtet wurde, wobei der Völkermord an den Indianern stillschweigend unter den Tisch fiel. „Passiert immer wieder."

Ana fuhr fort. „Aber Mamya wusste davon ... und sie und Dad haben dafür gesorgt, dass ich die Wahrheit darüber hörte. Das ist der Grund ... einer der Gründe, warum Dad und ich nach ihrem Tod nicht bleiben wollten, um ein Teil von ihnen zu bleiben. Diesen Teil meiner Familiengeschichte möchte ich gerne vergessen. Aber Mamya und Dad mussten in Atlantis leben, wegen ihrer Kristalle und weil sie damit an das Wasser und an seine Kraft gebunden war – auch wenn ich eher glaube, dass sie es lieber nicht so gehabt hätte. Obwohl man ihr beigebracht hatte zu glauben, Landbewohner wären niedrigere Wesen, primitiv und unzivilisiert im Vergleich mit Atlantern, wusste ich, dass meine Mutter eine andere Wahrheit für sich entdeckt hatte."

„Du hast gesagt, du musstest fliehen. Du musstest aus Atlantis ausbrechen?"

„Ja. Es war ziemlich klar, warum sie ihre Meinung zur Heirat von Mamya und Dad geändert haben, als ich erst einmal da war. Du musst wissen, ich war das einzige, lebende Kind von einem Atlanter und einem Menschen – und vielleicht bin ich das heute noch ... obwohl ich glaube, dass es noch zwei andere gemischtrassige Paare gab. Die Gilde wollte mich aus ganz offensichtlichen Gründen dabehalten – damit ihre Existenz weiterhin unentdeckt bleibt, aber dann auch um zu sehen, wie ich als Erwachsene sein würde und wie ich lebte. Dad hat mir die Kristalle eingesetzt, als ich noch ein Baby war."

„Ich habe natürlich bemerkt, dass deine Verzierungen wesentlich weniger Showgirl-mäßig aussehen als die von deinem Freund, der an den Strand gespült wurde. Er hatte genug Kristalle, um Elvis Konkurrenz zu machen." Er fragte sich da kurz, ob sie die Anspielung überhaupt kapieren würde.

„Ich bin nur zur Hälfte Atlanter und in dem Sinne war ich so eine Art Experiment", erklärte sie. „Sie haben mir die oxygenierenden Kristalle nur in einer Lunge eingepflanzt, in der Hoffnung, ich könnte sowohl unter den Sterblichen wie auch im Wasser hundert Prozent funktionieren. Und ... es hat geklappt."

„Aber ... ich weiß nicht viel über die Legende von Atlantis, aber ich hatte immer den Eindruck, dass die Atlanter ganz normale Menschen waren, die große technologische Fortschritte gemacht hatten und deren Stadt unter Wasser versunken war. Liege ich da richtig?"

„Zum Teil. Ihre Inselstadt ist nicht versunken, sondern vieles davon wurde von einem riesigen Erdbeben zerstört, was es so aussehen ließ, als wäre sie untergegangen. Von den Geschichten, die ich gehört habe, schien es so, als wäre sie an einem Tag dagewesen und dann ging alles drunter und drüber und dann verschwand sie. Aber sie hatten vorher schon begonnen, eine neue Stadt unten im Ozean zu bauen. Und so sind dann die Überlebenden dort geendet."

„Wie zum Teufel haben sie denn da unten geatmet?" Fence konnte die stechende Panikattacke in seinem Bauch nicht ganz unterdrücken.

„Sie haben den Jarrid Stein gefunden – einen der größten Tiefsee-Kristalle. Sie haben entdeckt, dass wenn sie einen Teil des Steines in der Hand halten oder einen Kristall davon im Mund haben, ermöglicht das ihnen zu atmen ... wie diese Dinger da, die Menschen benutzen, wenn sie ... skubiven? Skubadieren?" Sie runzelte die Stirn."

„SCUBA DIVING", warf Fence ein. „Der Kristall fungiert also als eine Art Regulator, er ermöglicht ihnen das Atmen. Das ist ziemlich abgefahren."

„Ganz ursprünglich waren die Atlanter genauso ein Mensch, wie du es bist, aber als sie erst einmal die Kraft dieser Kristalle entdeckt hatten und anfingen diese zu benutzen – und letztendlich damit herumexperimentierten, wie man sie am Körper befestigen, sie einbauen kann, und schließlich richtiggehend implantiert haben –, da begannen sie sich physisch wie auch mental zu verändern. Aber sie haben zu spät bemerkt, dass die Steine, auch wenn sie Macht verleihen, ebenso auch Abhängigkeiten erzeugen. Sie verleihen ihren Trägern Kraft, Macht und Jugend, wenn auch nicht immer Unsterblichkeit – ebenso wie die Fähigkeit unter Wasser zu atmen – aber sie werden auch Teil seines Körpers und schwächen ihn, wenn man versucht, die Steine zu entfernen."

Entsetzen packte Fence da und verdrängte jeden Restgedanken an sexuelle Spielchen, den er vielleicht noch gehabt hatte. „Wie eine Sucht? Willst du damit sagen, dass du ... auch ... geschwächt bist? Dass du auch in der Nähe vom Wasser bleiben musst?"

Ana schüttelte den Kopf und zuckte im Liegen noch so halb mit den Achseln. „Ich bin absolut in der Lage an Land leben zu können, ohne mich schwach zu fühlen, trotz meiner Kristalle. Deswegen finden sie mich so faszinierend. Ich bin womöglich die Antwort auf das Problem der Atlanter, derart vom Meer abhängig zu sein."

Fence dachte da auch an Marley, die – obwohl sie nicht aus Atlantis stammte – einen Kristall eingepflanzt bekommen hatte. Es stimmte: Wenn sie für längere Zeit weg von fließendem Wasser war, dann wurde sie krank und schwach. Aber der Kristall verlieh ihr nicht die Macht, unter Wasser zu atmen. Und er verlieh ihr Unsterblichkeit. Und Quent hatte den einen, den man benutzte, um mit ihnen zu kommunizieren. Wie viele abartige Sorten von Kristallen gab es denn noch?

„Du und dein Dad haben Atlantis also verlassen?", fragte Fence und brachte die Unterhaltung damit wieder zu Anas eigener Geschichte zurück.

„Bevor sie starb, erzählte Mamya mir und Dad, dass wir fortgehen müssten. Eigentlich hat sie versucht uns schon vor ihrem Tod zum Fortgehen zu überreden, aber das hätten wir auf gar keinen Fall getan. Dad wollte sie sogar mitnehmen, um zu schauen, ob es an Land jemanden gibt, der ihr helfen könnte, aber sie war zu schwach."

„Warum wollte sie, dass ihr fortgeht?"

„Sie hatte Angst, was uns passieren würde, sobald sie nicht mehr bei uns wäre – was man mir antun würde. Experimente und wer weiß was sonst noch. Und auch, was man Dad antun würde, weil er doch schon jahrelang mit diesen Kristallen herumexperimentiert hatte. Sie hat uns verraten, wie man aus der Stadt entfliehen kann."

„Es gibt Tore?"

„Mauern und Tore, und die Stadt selbst liegt natürlich unter der Meeresoberfläche – auch wenn die Emporgestiegene Stadt ein Ort ist, an dem wir … an dem sie fünfzig Jahre lang versucht haben, sich zu adaptieren. Weil das Oben doch zerstört worden war."

Fence hatte noch etwa eine Million weiterer Fragen, aber fürs Erste reichte es. „Deine Mutter hat Euch also den Weg raus gezeigt. Einen geheimen Weg, schätze ich mal. Und dabei hast du dann auch dein Bein verletzt?"

Ana nickte. „Ich war nicht schnell genug – uns blieben nur ein paar Sekunden, um unterhalb von dem Tor durchzukommen. Mamya hat uns gesagt, wie wir das Zeitfenster genau abpassen müssen, indem wir die Lichtschläge der Kristall-Riegel zählen. Dad wurde am Kopf schwer verletzt, als er mir zu helfen versuchte und das Eisengitter runtergekracht kam. Wir waren echt übel dran – es grenzt wirklich an ein Wunder, dass wir da blutend, aber heil entkommen sind. Ohne ihn wäre es nicht gegangen: Er schleppte mich fort, zwang mich weiter zu schwimmen, hielt nach Haien Ausschau … und als wir endlich an einen sicheren Ort gelangten, brach er bewusstlos zusammen. Und als er aufwachte … er war nie wieder derselbe. Er hat einen Teil von seinem Gedächtnis verloren

– zum größten Teil eben die Jahre dort in Atlantis. Aber Mamya hat er nie vergessen."

„Wie hat er unter Wasser atmen können? Er hat keine Kristalle, oder etwa doch?"

„Nein. Er trug einen an einer Halskette, wie die frühen Atlanter es gemacht haben, bis sie entdeckten, wie man sie dauerhaft implantieren kann. Er hat damit atmen können, aber der Kristall ... irgendwie hat der ihm auch etwas von seinem Verstand und seinen Erinnerungen ausgesogen. Ich denke, das ist der Grund, warum er sich nur noch an so wenig aus Atlantis erinnern kann."

„Teufel, mir kommt der Mann eigentlich ziemlich clever vor", sagte Fence kurz auflachend. „Bakterien für Medikamente zu züchten und zu erforschen, was die so machen. Er hat Elliott gefragt, ob er sich die Kristalle von Kaddick anschauen und ein bisschen mit ihnen arbeiten kann."

Sie lächelte. „Dad ist in der Hinsicht ein Genie ... aber der Rest von ihm ist ... sagen wir mal so ... ist milder." Und dann klatschte auf einmal Ana mit der Hand auf das Bett und sagte, „nun! Jetzt kennst du also mein Geheimnis – wahrscheinlich mehr, als dir lieb war – und es ist höchste Zeit, dass du an die Reihe kommst. Raus damit, mein Junge."

Während es Fence immer noch nach mehr Informationen hungerte, hungerte es ihn auch noch nach etwas ganz anderem ... und ein Wechsel des Themas war der erste Schritt in genau die Richtung, die ihm vorschwebte. Er hatte also gar kein Problem damit, ihr Folge zu leisten, und sagte nur, „was wolltest du nochmal genau wissen?"

„Wie du zu deinem Spitznamen gekommen bist. Und wie deine Mama dich genannt hat."

„Lausebengel", sagte er mit einem Grinsen.

Sie grinste ihn auch an und er spürte wieder dieses kleine Tingeln tief unten in der Magengegend. „Das kann ich nachvollziehen."

„Na gut. In Wirklichkeit heiße ich Bruno, aber ich habe den Namen Fence mit etwa vierzehn verpasst bekommen, als ein

Trupp meiner Kumpels und ich gerade ... nun, im Nachhinein bin ich nicht allzu stolz auf mich, aber wir waren gerade dabei was anzustellen–"

„Was denn genau?"

Hier zögerte er kurz. Denn die Welt damals war – verdammt noch mal – nicht dieselbe wie heute. Und wie zum Teufel sollte er ihr erklären, dass sie Haus und Auto vom Trainer und dem Quarterback des gegnerischen Teams in Klopapier beziehungsweise Frischhaltefolie eingewickelt hatten, in der Nacht vor dem größten Spiel der Saison? Zu viele Details aus diesem Szenario waren schlicht zu gefährlich zum Erzählen. „wir waren – uhm – dabei an einer Stelle zu graben, wo man das besser nicht tun sollte, und man hat uns erwischt. Also haben wir uns aus dem Staub gemacht. Auf der Flucht mussten wir über einen Zaun klettern und bei mir hat sich meine Jeans genau beim Drübersteigen festgehakt. Es war so schlimm, dass ich mich losschneiden musste und meine halbe Hose auf dem Zaun zurückließ – auch meine halbe Unterhose. Und genau so musste ich nach Hause gehen, mit nacktem Arsch. Meine Freunde haben mich das nie vergessen lassen, wie ich dort auf dem Zaun festsaß."

Ana lachte jetzt erneut und er dachte bei sich, dass er die Geschichte nochmal zum Besten geben wollte, nur um zu sehen, wie ihr Gesicht wieder so strahlte.

„Was hast du denn deiner Mom und deinem Dad erzählt?"

Er musste da dämlich grinsen. „Ich musste ihnen gar nichts erzählen. Als ich zu Hause einlief, wussten sie schon Bescheid, denn ich hatte das Beweisstück auf dem Zaun zurückgelassen." Er umging den Teil der Geschichte, dass seine Eltern durch einen Telefonanruf über seinen Streich informiert worden waren – denn dann müsste er noch einen ganzen Haufen weiterer Erklärungen nachschieben.

Obwohl ... Teufel nochmal, eine Frau, die in der sagenumwobenen Stadt Atlantis gelebt hatte, würde wahrscheinlich nicht mal ausflippen wie andere, wenn ein Kerl wie dreißig aussah, aber in Wahrheit schon achtzig Jahre alt war.

Vielleicht.

„Bekamen Quent und Elliott auch Schwierigkeiten?", fragte sie.

Fence brauchte einen Augenblick, bis er kapierte, was sie damit meinte, und wurde dann auf einmal von einer anderen, sehr schmerzhaften Gefühlsaufwallung überrumpelt. Obwohl er Lenny oder all die anderen Männern aus der Höhle 1995 – zu dem Zeitpunkt, als er seinen Spitznamen verpasst bekam – noch nicht einmal gekannt hatte, waren die fünf Überlebenden enge Freunde geworden: Wegen der ungewöhnlichen Umstände und der Erfahrungen, die sie in der Höhle bei Sedona und nachher beim Rauskommen aus der Höhle miteinander durchgemacht hatten.

„Die waren nicht mit dabei", erklärte er. „Ich habe sie erst viel später kennengelernt, als ich um einiges älter war." Verdammt, warum musste er jetzt ständig blinzeln?

Er streckte die Arme nach Ana aus, mehr als froh darüber, diese Gedanken beiseite zu schieben.

Aber sie widersetzte sich noch, sanft lächelnd. „Ich habe noch eine weitere Frage, jetzt wo die Lage etwas weniger ... angespannt ist."

Beklommenheit ergriff Besitz von ihm und Fence zerrte sie wieder näher zu sich. „Schluss mit den Fragen, Zuckerstück. Ich hatte noch nicht Gelegenheit, alles von dir zu kosten und ich schwöre, gleich bin ich nur noch ein verschrumpeltes Stückchen–"

Ihre Hand schloss sich um seinen Schwanz und er vergaß, was auch immer er an Überredungskunst gerade einsetzen wollte.

„Komisch, du fühlst dich gar nicht verschrumpelt an", sagte sie mit einem frechen Grinsen. Und dann glitt sie mit festem Griff an seiner ganzen Länge ein paar Mal ausgiebig hoch und runter, so dass sein Atem plötzlich völlig verrückt spielte und seine Hände sich ganz von selbst auf Entdeckungstour begaben.

Sie strich mit einem Finger oben über die Spitze, wo sich schon ein kleiner Tropfen Flüssigkeit gebildet hatte, und dieses Gefühl nassgleitender Bewegung verdrehte ihm so ziemlich alles und er war kurz davor. Ganz knapp davor.

„Noch einmal", sagte sie und glitt mit ihrer Hand ans untere Ende von seinem Schaft und lockerte ihren Griff etwas. „Meine Frage. Was hast du da gemacht, kurz bevor wir ... ähm ... zusammenkamen. Du hast dich weggedreht und ich konnte nichts sehen."

„Ein Kondom", schaffte er noch zu sagen, denn er spürte immer noch den leichten Druck ihrer Finger um sich, obwohl sie jetzt lockerer zupackte. Und *oh Shit, danke für den Weckruf.* Er brauchte noch eins.

Shit Shit Shit.

Es war ja nicht so, dass er einfach in einen Laden marschieren und eine Schachtel Gefühlsecht kaufen konnte.

Die Leute in Envy und anderswo missbilligten Verhütung. Nachdem große Teile der Menschheit ausgelöscht worden waren, war die generelle Meinung, dass man sich darauf konzentrieren müsste, die Erde wieder zu bevölkern. Nun, das war ein guter Plan, dachte Fence, aber er würde nicht einfach rumgehen und Scheiß Johnny Appleseed spielen und mit seinem Saft Babys pflanzen. Und er hatte noch weniger Interesse daran, einer Frau ein Kind zu machen, mit der er keine ernsthafte Beziehung hatte.

„Ein Kondom." Ana runzelte die Stirn.

„Um eine Schwangerschaft zu verhindern", sagte er. „Eine kleine Tüte, die ... uhm ... verhindert, dass ich etwas in dir drin lasse."

„Ah." Sie schaute jetzt die schwere Länge in ihrer Hand an und er freute sich kurz über den Gedanken, ob sie sich jetzt wohl überlegte, wie er nur etwas fand, was *da* drüber passte.

„Bitte versteh mich nicht falsch", sagte er, „aber da, wo ich herkomme, ist ein Kerl vorsichtig, wem er ein Kind macht, außer er ist bereit sich auf die Frau einzulassen und sesshaft zu werden."

„Atlanter werden nicht so leicht schwanger", sagte Ana. „Es ist nicht unmöglich, aber sie denken, dass ihre Fruchtbarkeit wegen der Kristalle abgenommen hat, weil es längst nicht so oft passiert, wie sie es gerne hätten. Deswegen hatten Mamya und Dad nur mich, was so dem Durchschnitt der Paare in Atlantis entspricht. Aber wenn sie auf Nummer sicher gehen wollen, um nicht schwanger zu werden, benutzen sie einen Schwamm, um ... ehm ... um die Dinge zu blockieren. Ich werde mir einen besorgen", sagte sie. „Morgen."

Er setzte an, ok zu sagen, aber da hatte sie wieder begonnen ihre Hand zu bewegen – und diesmal war es ihr ernst. *Oooh.*

Fence schloss die Augen, als sie sich runterbeugte, um ihn in ihren Mund reinzunehmen, und ihm wurde klar, dass er sich diesmal nicht um ein Kondom zu kümmern brauchte.

13

Ana öffnete die Augen und sah, dass Sonnenstrahlen sich durch das Fenster ins Zimmer ergossen. Sie streckte sich genüsslich und glitt an dem warmen Körper neben ihr entlang.

Letzte Nacht war nicht nur das erste Mal gewesen, dass sie Sex in einem Bett gehabt hatte, oder sogar Sex außerhalb vom Wasser, es war auch das erste Mal, dass sie – im buchstäblichen Sinne – mit einem Mann geschlafen hatte.

Und mit ihm aufgewacht war, warm und trocken und wundervoll bequem.

Diese Landbewohner wissen schon, wie man es richtig macht.

Sie lächelte und einen Augenblick lang gab sie sich ganz dem Genuss der herrlich warmen Laken und der Weichheit um sie herum hin. Im Wasser war natürlich alles nass, aber auch kühler und es *fühlte* sich einfach anders an. Da war immer ein Auf und Ab, die fluktuierende Barriere von Wasser und manchmal auch von feinem Sand zwischen Körpern und Mündern und anderswo auch. Und auch der Druck vom Wasser.

Selbstverständlich hatte sie eine Menge lustvoller Momente mit Darian geteilt, dort im Ozean. Aber der Gegensatz zu dem Gleichen an Land war ihr jetzt auch klar und sie lernte es schätzen, nicht andauernd hin und her gestoßen und abgetrieben zu werden vom Rhythmus des Wassers.

Darian.

Bei dem Gedanken zogen sich Ana auf unangenehme Weise die Eingeweide zusammen.

Zurück zur Realität.

Sie glitt vom Bett und Fence – oder sollte sie ihn Bruno nennen? – gab ein schnaufendes Schnarchgeräusch von sich. Auch etwas, was sie im Ozean eher nicht zu hören bekam, und trotz ihrer Sorge, was der Tag wohl bringen würde, wurde ihr Grinsen da noch breiter.

Nun, nach all den Aktivitäten hatte er sich wohl eine ausgiebige Nachtruhe – Morgenruhe? – verdient. Ein tiefes Erschauern in ihrem Bauch erinnerte sie daran, wie sie die glückliche Empfängerin all dieser Energie gewesen war, und sie lächelte, als sie auf nackten Füßen zum Badezimmer tappte.

Es war seltsam, mit Fence – oder überhaupt mit jemandem – über ihre Herkunft reden zu können. Sie hatte dieses Geheimnis so lange für sich behalten, so viele Menschen ... insbesondere Männer ... auf Abstand gehalten, auch wenn sie sich nach einem Gefährten und Intimität gesehnt hatte. Selbst Yvonne kannte nicht all ihre Geheimnisse.

Und jetzt hatte sie auf einmal nicht nur eine Gruppe von Leuten getroffen, die anscheinend wirklich auf ihrer Seite standen, sondern auch einen Mann, der sie mit nur einem Blick quasi zu einem butterzarten Klumpen Lust einschmelzen konnte. Er war hingebungsvoll und sanft – auf vielerlei Art ein großer Knuddelbär, dachte sie, als sie sich an ihn zusammen mit den Kindern erinnerte. War er bei der Fährtensuche nicht sogar der „Bär" für die Kinder gewesen? Sie lächelte und erinnerte sich an seine Ehrfurcht vor der Natur, für die Welt um einen ... und die Art, wie er über seine Mutter redete. Seine Augen hatten da ziemlich geglänzt, als er sie erwähnt hatte.

Er brachte sie auch zum Lachen, wider Willen, mit seinem riesigen, aber trotz allem charmanten Selbstbewusstsein. Das Selbstbewusstsein, das – so hegte sie den Verdacht – nur ein Schutzschild war, hinter dem er sein weiches Herz versteckte ... und alles sonstige, was ihn am Wasser beunruhigte.

Mit glasklarer Schärfe erkannte Ana, wie sehr sie Bruno mochte. Wie viel sie schon nach der kurzen Zeit, die sie sich kannten, für ihn empfand.

Sie hoffte nur, dass sie keinen Fehler gemacht hatte, als sie zuließ, alle diese Gefühle für ihn zu entwickeln. Ihn an sich ranließ.

Dass sie ihm ihr Vertrauen nicht blind geschenkt hatte, so wie sie es mit Darian getan hatte.

Immer wieder Darian.

Es schien, als würden ihre Gedanken heute immer wieder um ihn kreisen.

Aber so waren die Dinge nun mal in der wirklichen Welt. So unterhaltsam und unglaublich die letzte Nacht auch gewesen war, der heutige Morgen brachte ihr die bittere Möglichkeit zurück, Darian heute wiederzusehen und zu wissen, dass ihre Sicherheit nicht mehr gewährleistet war. Sie durfte nicht vergessen, dass der Kristall die ihren angezündet oder aktiviert hatte. Und dass irgendwo irgendjemand wahrscheinlich auf der Suche nach ihr war.

Versuchte herauszufinden, wie er sie in Envy aufspüren konnte.

Ana erschauderte und schluckte schwer. Sie würde das hier zu ihren Bedingungen durchziehen, mit Darian. Sie würde ihn finden, bevor er sie fand. Und sie würde alles in Erfahrung bringen, was er ihr erzählen konnte ... was man mit Envy vorhatte.

Mittlerweile war Ana in dem angrenzenden Badezimmer gewesen und hatte ihre Morgentoilette beendet. Als sie wieder rauskam, mit ihrem Haar über der Schulter zu einen Zopf geflochten, ihr Gesicht erfrischt und feucht, fand sie Fence schon sitzend im Bett vor.

„Wenn das kein hübscher Anblick ist", sagte er.

Morgens war seine Stimme noch tiefer als sonst, nicht ganz so glatt, aber ganz sicher ebenso angenehm. Es erinnerte sie an etwas, was sie gegessen hatte, nur einmal. Etwas Köstliches und sehr Seltenes: Schokolade. Darian hatte ihr davon einmal etwas gegeben, als er um sie warb, und sie hatte das dunkle, bittersüße Stück mit ihrem Vater geteilt.

Ana blieb in der Badezimmertür stehen. Sie war sich bewusst, was für ein Bild sie abgab – mit nur einem Höschen an, einem ihrer wenigen BHs und einem schwarzen Tank Top. Geschickt schob sie ihr entstelltes Bein hinter ihr gutes. „Danke", sagte sie, während ihr Blick auf ihm ruhte, bevor sie durch das Zimmer spazierte, zu der Stelle, wo sie ihren kleinen Rucksack ausgepackt hatte.

„Nur schade, dass du noch so viel anhast", fügte er hinzu. Das Raspeln war aus seiner Stimme verschwunden und er hatte es sich nun, auf einen Ellbogen aufgestützt, gemütlich gemacht. Die Laken fielen von seinem Oberkörper weg.

Ana schenkte ihm ein flüchtiges Lächeln. „Ich habe zu tun. Keine Zeit mehr zum Spielen." Sie zog einen zerknitterten Bauernrock aus ihrer Tasche hervor und zog ihn sich unter seinen Blicken über die Hüften nach oben.

„Wer redet hier vom Spielen?", neckte er sie. „Ich habe viel mit dir vor, Zuckerstück. Richtig harte Arbeit. Wenn du verstehst, was ich meine."

Er zwinkerte ihr zu und sie konnte sich das Grinsen nicht verkneifen. Der Kerl war ein wandelndes Klischee. Aber was soll's: Er brachte sie zum Lachen.

Ana musste für ihre Schuhe wieder in die Nähe des Bettes gehen und mit einem listigen Funkeln in den Augen versuchte er sie zu packen. Sie wich lachend aus, aber es missglückte ihr. Sie stolperte über ihren verkrümmten Fuß und bevor sie sich wieder einfangen konnte, fiel sie schon platt auf den Boden.

„Himmel Herrgott." Fence war schon aus dem Bett gesprungen, mit einer für seine Größe erstaunlichen Anmut und Behändigkeit, und hatte sie schon vom Boden hochgehoben, wo sie in einem wirren Knäuel Beine gelandet war. „Ana, ich bin so ein dämlicher Idiot."

Eins ihrer Knie hatte das meiste von dem Aufprall abbekommen, als sie hinfiel, zusammen mit ihrem linken

Ellbogen. Aber abgesehen von den Prellungen, war Ana nicht verletzt – sie selbst stand allerdings noch etwas unter Schock.

Und kam sich vor wie ein Trottel. Wenige Sekunden zuvor hatte sie noch in der Tür da gestanden und die Verführerin gegeben ... und jetzt war sie hier geendet, ein tollpatschiges, *unbeholfenes* Desaster. Ihre Wangen waren feuerrot und ihre Augen brannten.

„Es geht mir gut", sagte sie und biss die Zähne zusammen, damit ihre Stimme dabei nicht zittrig klang. Es war mehr Verärgerung und Wut als Schmerz oder Traurigkeit. Trotz ihrer Bemühungen Fence abzuschütteln, half er ihr auf die Beine – wodurch sie sich noch hilfloser fühlte und ihre Scham verstärkte.

„Mir geht es *gut*", sagte sie, als er darauf bestand, sich den Ellbogen anzuschauen, an dem sie rieb. „Das ist nicht das erste Mal, dass ich kopfüber auf die Nase donnere. Das ist schon anderen passiert."

„Es tut mir Leid", sagte er und sah dabei so mitgenommen aus, dass sie darüber fast ihr eigenes angeschlagenes Ego vergessen hätte. „Ich muss daran denken..."

Er verstummte und sie hatte das Gefühl, das könnte an dem finsteren Gesichtsausdruck von ihr gerade eben gelegen haben. „An was musst du denken?"

Während sie wusste, dass sie übersensibel reagierte, dachte sie auch, dass es wichtig war ganz offen über das Thema zu reden. Wenn irgendwie auch nur die Chance bestand, dass das hier mehr als nur ein One- oder Two-Night-Stand wurde, musste er begreifen, dass sie keine Porzellanpuppe war.

„Ich bin so ein großer, ungeschickter Kerl", sagte er, als würde er gerade durch tiefen, dicken Schlamm waten. „Meine Mama hat mir immer wieder gesagt, ich würde meine eigene Kraft nicht kennen–"

„Sei nicht dämlich. Hier geht es nicht um dich, Fence. Verdammt nochmal. Es geht um mich. Ich lebe schon seit zwölf Jahren damit", und zeigte auf ihr Bein. „Ich bin es gewohnt und ich weiß, was ich damit nicht mehr kann und wie ich damit aussehe. Du musst nicht ein Gesicht machen, als wärst du gerade in Pferdemist getreten, jedes Mal wenn ich stolpere oder falle.

Ich bin nicht nur ein Krüppel, ich bin auch so schon etwas tollpatschig."

„Aber Ana, ich muss doch–"

„Nein, das musst du nicht. Du musst mich nicht anders behandeln als jede andere Frau, mit der du zusammen warst. Oder zusammen sein wirst. Ok?"

„Zusammen sein werde?" Eine steile Falte tauchte zwischen seinen Augenbrauen auf.

Ana winkte bei seinem Einwand mit der Hand ab. „Lass uns mal realistisch sein, ok?" Shit. Das war nicht die Unterhaltung, die sie wollte oder genau jetzt brauchte. Das Knie tat ihr noch weh, ihr Stolz war angeknackst und sie kam sich vor wie ein Desaster.

„Tja, also ok", sagte er. „Realistisch ist gut."

„Was ich damit sagen wollte, ist–"

Ein ungeduldiges Klopfen an der Tür unterbrach sie da. *Wer war das denn?*

Dad!

Bei dem Gedanken eilte Ana so schnell es ging zur Tür.

Sie spürte, wie Fence ihrem ungeschickten Humpeln zusah, aber zu seinem Glück sagte er einfach gar nichts. Und blieb still liegen. Nochmal das Klopfen und jetzt klang es nur noch verärgert. Ana öffnete die Tür und dort draußen stand dann Zoë.

„Ja?", sagte sie zu dem Besuch.

Der Neuzugang schien komplett aus Ungeduld zu bestehen. „Quent hat sich gerade eben diesen dämlichen Scheißkristall angeschaut und hat ein paar arsch-merkwürdige Eingravierungen unten am Boden davon gefunden. Du musst ins Labor kommen und dir die Sache mal anschauen." Und dann schaute sie zum ersten Mal an Ana vorbei ins Zimmer. „Aha, hier steckst du also, Fence. Teufel nochmal. Ich nehme an, es hat sich einfach so ergeben, oder was?" Ihre Augen leuchteten ausgesprochen belustigt.

Ana machte sich nicht die Mühe sie ins Zimmer zu bitten. Noch machte es ihr etwas aus, dass Zoë mehr als nur ein bisschen interessiert schien an all den Teilen von Fence, die offen zu sehen waren, da er nackt aus dem Bett gesprungen war, um ihr zu helfen.

Wer würde einen so unglaublichen Körper wie seinen denn nicht bemerken? Und er gab sich auch nicht allzu viel Mühe, sich hier bescheiden zu geben.

Dass Zoë hierdurch etwas abgelenkt wurde, war nachvollziehbar. Das gab Ana die Zeit, kurz über ihre Anfrage nachzudenken. Sie wollte diesem schrecklichen Klumpen, diesem Jarrid Stein, nicht wieder zu nahe kommen; es bestand immer noch eine kleine Chance, dass die Aktivierung ihrer eigenen Kristalle so kurz gewesen war, dass es nicht zu einer Rückkopplung nach Atlantis gekommen war.

Aber gleichzeitig hatte sie diesen Menschen versprochen ihnen zu helfen. Es war das Mindeste, was sie tun konnte, nachdem Elliott sich um Dad gekümmert hatte.

„Kommst du jetzt?", fragte Zoë, Hände an den Hüften, Augen, die schon wieder vor Ärger nur so blitzten.

Schließlich gab Ana nach. Sie nahm an, Quent könnte die Symbole oder die Zeichen abmalen und sie könnte versuchen hinter deren Sinn zu kommen, während der Kristall die ganze Zeit in sicherer Entfernung verblieb.

„Ich bin auch gleich da", sagte Fence und warf Zoë ein breites, weiß blitzendes Lächeln zu. Und Ana ein etwas weniger selbstsicheres.

Als Ana und Zoë in der unterirdischen Kammer ankamen, saß ein hübscher Rotschopf gerade an einem der Computertische und hämmerte auf die Tastatur ein. Sie trug Kopfhörer und ihre Lippen bewegten sich, als ob sie Selbstgespräche führte oder etwas mitsang, was über die Kopfhörer kam. Ana nahm an, das hier war Sage, die Theo und Lou Waxnicki geholfen hatte, all die Computer hier zu etwas zusammenzubauen, was sie ein Netzwerk nannten. Was auch immer das nun war.

„Ana will diesem verdammten Kristall nicht zu nahe kommen, Einstein", verkündete Zoë Quent, als sie eintraten. „Zumindest bei einem hier funktioniert das Hirn noch. Sie will, dass du die Symbole abmalst, so dass sie sich die dann anschauen kann."

Kurz darauf brachte Quent ihnen ein Stück Papier und Ana nahm es entgegen. „Es ist das Alphabet der Atlanter", sagte sie.

Ein bisschen wie Hieroglyphen, aber etwas weiter entwickelt. Sie haben genau wie ihr auch das römische Alphabet benutzt."

Er spähte ihr über die Schulter. Sie spürte sein großes Interesse und begann ihm die einzelnen Hieroglyphen zu zeigen und deren Bedeutung zu erklären. „Es scheint eine Art Handlungsanweisung für den Finder dieses Steins zu sein. Es ist die Rede von einem Schiff. Hier ist Wasser und das Zeichen hier–"

„Verstehe. Und das da erkenne ich wieder", sagte Quent und zeigte auf eines der Symbole. „Das Labyrinth und die Swastika bilden zusammen das Symbol für den Kult von Atlantis, die Gruppe, der auch mein Vater angehörte. Sie hatten den Kontakt zu deinem Volk hergestellt."

„Das hier ist das Zeichen, welches die Atlanter benutzen, um sich selbst darzustellen. Und hier ... das hier ist, glaube ich, die Richtung oder der Ort, wo dieses Stück von dem Jarrid Stein versteckt war oder wo man ihn zurückließ. Und das hier..." Sie schaute ihn an. „Das sind die Instruktionen, wie man den Stein zur Kontaktaufnahme benutzt."

Ana sah da, wie Begeisterung auf Quents Gesicht übersprang. Im Gegenzug beschrieb ihr Magen da eine Spirale nach unten. „Ich muss dich aber warnen ... weil viele von diesen Kristallen durch intuitive Energie miteinander verbunden sind, besteht durchaus die Möglichkeit, dass – wenn du ihn aktivierst und versuchst Kontakt zu ihnen aufzunehmen – ... dass sie dann nicht nur mit dir kommunizieren werden, sondern auch in der Lage sind, deine Position zu bestimmen. Wo du dich genau aufhältst."

Diesen Schaden hatten sie vielleicht schon angerichtet.

„Willst du damit sagen, dass, wenn er dieses verdammte Ding zum Laufen bringt, dann all diese Scheiß Atlanter über uns herfallen werden wie eine verfluchter Haufen Kristall-tragender Zombies?", fragte Zoë. „Hierher, nach Envy? Auf keinen Scheiß Fall, Einstein."

Quents Kopf rotierte zwischen ihr und Zoë, und Ana erkannte darin Unentschlossenheit. „Was muss ich tun, um ihn zu aktivieren?", fragte er und Zoë sprang auf die Füße.

„Hey, Quent, du willst doch nicht den verdammten Arsch von allen hier riskieren–"

„Ganz so dämlich bin ich nicht, Süße", sagte er mit Schärfe im Ton. „Ich muss erst die Risiken abwägen. Und dann–"

„Was genau musst du denn verdammt nochmal abwägen, Einstein? Ich kann dir nicht jéden Scheißtag deinen verdammten Arsch retten. Und noch den von allen anderen dazu. Ich habe andere–" Hier schloss Zoë auf einmal ganz abrupt den Mund, weil ihr die Stimme schlicht wegblieb. Und Schweigen machte sich breit.

Bis auf das Geräusch von Zoës knirschenden Zähnen.

Und das unablässige Klickern von Sages Fingern auf der Tastatur. Ana merkte da, dass der Rotschopf nichts von dem Ausnahmezustand um sie herum mitbekam. Wahrscheinlich besser so. Es war offensichtlich, dass Quent und Zoë eine stürmische Beziehung pflegten und Sage war an diese hitzigen Auseinandersetzungen wahrscheinlich gewöhnt.

„Denk einfach mal drüber nach, wäge die Risiken ab", sagte Ana, während das Pärchen sich immer noch wütend anstarrte. „Ich bin bald wieder da; ich muss ein paar Sachen überprüfen gehen."

„Aber–", setzte Quent an.

„Tu's nicht", unterbrach Zoë ihn. Und jetzt erkannte Ana einen kleinen Funken Angst in den Augen der anderen Frau, gut versteckt unter all ihrem Gehabe.

Fence hatte Ana erzählt, dass Zoë schon seit ein paar Monaten schwanger war und dass fast jeder darüber Bescheid wusste, nur Quent eben nicht. „Da wird es nochmal richtig krachen, wenn er es rausfindet und versucht sie zu Hause in der guten Stube zu behalten wie ein braves kleines Frauchen", hatte er mit einem leisen Schmunzeln gesagt. „Das wird noch echt gut."

Ana betrachtete die schlanke Frau und fragte sich, wie weit es schon fortgeschritten war, versuchte ein sicheres Anzeichen dafür zu finden ... aber es gelang ihr nicht. Vielleicht befand sich unter dieser weiten Cargo Hose ein kleines Bäuchlein, aber kein sehr großes bislang. In stummer Verzweiflung hatte Ana all die jungen Frauen von Glenway in den unterschiedlichen Stadien der Schwangerschaft beobachtet und festgestellt, dass jede sich anders entwickelte. Manchen Frauen sah man monatelang überhaupt nichts an oder die Schwangerschaft manifestierte sich ganz unterschiedlich.

Ana biss die Zähne zusammen, als der alte Kummer wieder sachte anklopfte, und beschloss dem Ganzen hier zu entfliehen und Quent und Zoë ihre Kämpfe alleine austragen zu lassen. Sie humpelte, so schnell sie konnte, zu der Treppe rüber.

Nachdem sie in der Krankenstation nach ihrem Vater gesehen hatte – den man von seinem Krankenhausbett in einem Zimmer fast wie ihres verlegt hatte, ohne dass sie davon etwas gewusst hätte, und das sich auch nicht weit von Flos Wohnung befand – holte Ana tief Luft und verließ das große Gebäude.

Es war Zeit.

Als sie den mit Steinen und Dreck ausgelegten Pfad entlang ging, der zu dem Tor in der Mauer führte, die Envy vom Strand trennte, hörte Ana, wie man sie rief und drehte sich um. Fence kam auf sie zugeschlendert.

Selbst aus dieser Entfernung konnte sie das weiße Aufleuchten seines Lächelns erkennen. Er trug ein enges, weißes Hemd, unter dem sich jedes Detail seiner Brustmuskulatur und der Sixpack abzeichnete, dazu eine blaue Jeans, die man oberhalb vom Knie abgeschnitten hatte. Und keine Schuhe.

Einen kurzen Augenblick lang stockte ihr der Atem und dann wurden ihr die Wangen wieder warm bei dem Gedanken, wie sich dieser riesige Körper angefühlt hatte, als er an ihrem entlangglitt, völlig verschwitzt und glühend und stark. *Wow.* Sie hatte Schwierigkeiten wieder ruhig ein- und auszuatmen.

„Besitzt du denn gar keine Sachen, die dir passen?", fragte sie, als er sich näherte.

„Was?", sagte er und überrumpelte sie, als er sie mit einem seiner großen Arme ganz eng an sich zog und ihr einen herrlich langen, ausgiebigen Kuss auf die Lippen schmatzte. „Was hast du da noch über meine Klamotten sagen wollen?", fragte er mit dunklen, gierigen Augen.

„Uhm…" Sie hatte es schon wieder vergessen. Ihre Lippen fühlten sich geschwollen an und in ihrer Magengegend flatterte es schon wieder, als sie daran dachte, was alles so mit einem Kerl passieren konnte – nach einem Kuss wie dem gerade eben. *Yeah, oh, yeah.* „Jedes Hemd, das ich an dir sehe, sieht aus, als würde es eher zu jemandem von meiner Statur passen als zu dir."

Sein anzüglicher Blick wanderte sofort runter zu ihren Brüsten und dann wieder hoch, als sein lässiges Lächeln wieder zum Vorschein kam. „Ich weiß nicht, Ana-Herz", sagte er. „Ich bin nicht sicher, ob diese zwei Hübschen wirklich in dieses Hemd reinpassen würden. Aber das können wir ganz einfach rausfinden. Warum ziehst du deins nicht gleich mal aus?"

Ana lachte. „Netter Versuch, Bruno."

„Bitteschön. Ich habe mein Hemd schon einmal für dich ausgezogen. Fair ist fair."

„Nochmal … netter Versuch." Sie tätschelte ihn am Arm.

Er behielt den einen Arm um sie geschlungen und als sie ihren Weg zum Ozean wieder fortsetzte, packte er sie fester. „Wo willst du jetzt schon wieder hin?"

„Zum Meer. Ich möchte ein bisschen schwimmen gehen." Sie lächelte hoch zu ihm und blinzelte im Sonnenlicht etwas. „Willst du mitkommen?"

„Ach nee, ist schon ok", sagte er. „Möchte mir die Frisur nicht ruinieren." Sein Grinsen leuchtete, aber wieder einmal reichte es nicht bis zu seinen Augen hoch. „Ich habe eh noch etwas anderes, um das ich mich kümmern muss."

Dann drückte er sie noch fester an sich und hielt sie fest, drehte sie sanft mit dem Bauch zu ihm. Als Nächstes hatte sie die Mauer von einem Gebäude an ihrem Rücken kratzen und seinen Mund auf ihrem schon in Aktion.

Sie streckte sich ihm entgegen und erwiderte seinen Kuss enthusiastisch. Ihre Hände landeten auf der arg gespannten Baumwolle seines Hemds und die Hitze von seinem Bauch und seinem Oberkörper strömte durch zwei Lagen Stoff auf ihre Haut.

„Ich hatte keine Gelegenheit es dir zu sagen", sagte er und löste sich etwas. Seine Augen fanden ihre, als er die Arme hinter ihrem Rücken verschränkte. „Letzte Nacht war total unglaublich. Du bist so wunderschön und du schmeckst so zuckersüß", fügte er hinzu, während er zwischen Daumen und Zeigefinger mit einer Locke von ihrem Haar spielte. „Und so durchtrieben."

Sie lächelte zu ihm hoch. „Wo wir schon bei Gemeinheiten sind ... der arme Spiegel wird nie wieder derselbe sein."

„Ach der, der muss noch viel von der Welt sehen. Das war doch nur Vorspiel."

Gegen das kleine, erleichterte Flattern in ihrer Brust war Ana machtlos. Es würde also doch nicht nur ein One-Night-Stand sein.

Sie war nicht dumm; sie wusste, was er war – wie hatte man solche Männer noch genannt? Einen Aufreißer. Fence war ein Aufreißer. Sie hatte am Abend ihrer ersten Begegnung gesehen, wie er den Raum abgegrast hatte. Und seine umgängliche Art, seine Witze und seine Großzügigkeit zogen die Blicke vieler Frauen auf sich. Mit Frauen von jedem Typ und in jedem Alter darunter. Selbst die gekränkten Augen von der betörend eingeschnappten Tanya waren angesichts seiner Herzlichkeit und bei seiner Zuwendung weicher gestimmt worden.

Und obwohl sie sich nicht sicher war, *was* – wenn überhaupt irgendwas – sie hier in Zukunft mit ihm haben wollte, wohin das hier führen sollte, sie wusste, dass sie mehr Zeit haben wollte, um das herauszufinden. Zu erkunden, wie es war, mit ihm zusammen zu sein.

Es hatte ihr gefallen, eine Beziehung mit Darian zu haben, jemanden zu haben, mit dem sie reden und dem sie sich anvertrauen konnte. Und die Möglichkeit, einmal vielleicht eine Familie zu haben mit jemandem, den sie liebte, die gefiel ihr ganz sicher.

Auch wenn das nun vielleicht *wirklich* etwas voreilig war. Also schob sie den Gedanken erst einmal fest entschlossen beiseite.

„Bist du sicher, dass du gleich losrennen willst?", sagte er jetzt und blickte immer noch zu ihr runter.

„Rennen?", machte sie sich lustig. „Ich doch nicht. Ich humple doch nur. Es sei denn ich bin im Wasser", fügte sie hinzu.

„Außerdem werde ich heute hoffentlich meine Delfin-Freunde mal wieder treffen."

Seine Augenbrauen hoben sich. „Du hast Delfin-Freunde?" Er schien wider Willen fasziniert. „Das ist derart cool."

„Da ist ein Weibchen und sie heißt Zack – bei ihr fehlt ein Stück in der Rückenflosse, wie ein Zacken aus der Krone, daher der Name. Und dann noch Marco Polo, weil ich weiß, dass er weit herumreist und dann aber immer wieder zurückkommt."

„Woher weißt du, dass er weit herumreist?"

„Von dem Zeug, das ihm am Rücken klebt, wenn er zurückkommt – manchmal stecken da kleine Insekten oder Viecher in den Falten seiner Flossen. Er mag es, wenn ich ihn dort kratze."

„Die kennen dich also?", fragte er. „Sie lassen sich von dir streicheln?"

Ana nickte. „Ich bin auch schon rittlings mit ihnen mitgeschwommen. Sie durchqueren den ganzen Ozean, aber sie kommen mich in regelmäßigen Abständen besuchen. Marco war gestern hier – er ist mir, glaube ich, von Glenway gefolgt und ich hoffe, dass er heute wieder da ist." Sie lächelte. „Sie würden sich von dir berühren lassen, wenn ich dabei wäre. Ich kann sie näher heranrufen–"

„Ach nee, schon ok. Muss nicht sein", sagte Fence und seine Miene veränderte sich, wurde abweisender.

Eine verführerische Idee kam ihr da in den Sinn. „Weißt du", sagte sie da mit gedehnter Stimme und glitt dabei mit ihrer Hand über diese Einbuchtung an seinem Brustbein, „ich habe da eine Idee."

„Und die wäre?", fragte er, seine Hände jetzt genau auf ihre Pobacken gepresst, seine Finger schon auf gutem Wege, in ihre Jeans reinzuschlüpfen und dann runter.

„Nun ... letzte Nacht war das erste Mal, dass ich es je mit einem Mann in einem Bett getan habe, und die Lektion habe ich dir zu verdanken. Warum bringe ich dir nicht Sex im Ozean bei?"

Seine Arme wurden steif und der einladende Gesichtsausdruck verschwand. „Nee, ich glaub' eher nicht, Ana. Zu viel Salz. Kommt mir vielleicht in die Augen – oder anderswo rein." Als wolle er diesen Gedanken besonders betonen, stieß er mit seinen Hüften sanft gegen ihre, wo beide aneinander klebten und ließ dann ein gequältes Schmunzeln hören.

„Wir müssen nicht ganz unter Wasser sein", sagte sie und dabei dachte sie daran, wie *sicher* sie sich war, dass er unter Wasser geatmet hatte, als sie ihn gestern rausgezerrt hatte. „Wir könnten einfach–"

„Nein", sagte er. „Schwimmen ist einfach nicht mein Ding."

Anas Herz tat da einen dumpfen Schlag. Noch nie hatte er in diesem Ton zu ihr – oder zu irgendjemand anderem – gesprochen. *Also gut.*

Sie riss sich zusammen und lächelte. „Nun, ich gehe jetzt da runter und sehe nach, ob noch was anderes angeschwemmt wurde. Willst du mitkommen?"

Er schien mit sich zu kämpfen, aber schenkte ihr dann wieder eines seiner Lächeln. Ein reichlich schwaches. „Aber klar."

Zwischen ihnen war es jetzt nicht mehr ganz so entspannt. Es war diese ganze Sache mit dem Wasser und sie war völlig verunsichert durch seine Reaktionen.

Er *hatte* unter Wasser geatmet, oder etwa nicht? Sie war sich da so sicher. Auch wenn es ihr völlig unerklärlich war, wie er das angestellt hatte.

Vielleicht lag sie falsch. Vielleicht war es nur ein Irrtum gewesen.

Aber dann hatte sie eine Idee. Einen Trick, wie man ihn ins Wasser bekommen konnte.

„Warum grinst du denn jetzt so frech, Zuckerstück?"

„Ach, nichts", sagte sie mit einem koketten Augenaufschlag. Sie holte tief Luft. „Mmm. Ich liebe den Geruch von Meer. Es ist so ... frisch und sauber und salzig. Es ist einfach wundervoll."

Fence sagte dazu nichts und mittlerweile waren sie durch das Tor raus gegangen und bahnten sich einen Weg zwischen den Bäumen und den Büschen hindurch, die auf dem breiten Streifen Land zwischen dem Strand und der Schutzmauer wuchsen.

Anas Puls schlug jetzt schneller, so wie immer, wenn sie sich dem geliebten Meer näherte. Ihre Haut fühlte sich an, als wäre sie zum Leben erwacht und ihre Nase sog die Schönheit des Duftes um sie herum gierig ein. Sie hatte gelernt, dass viele Nicht-Atlanter den Geruch von Fisch und Algen unangenehm fanden, aber für sie war das *Heimat*. Und es war der einzige Ort, an dem sie sich wirklich als ganzes Wesen fühlte.

Noch in dem Moment, als sie das vertraute Ziehen – hinein in die sich brechenden, donnernden Wellen – spürte, spürte sie, wie das Verhalten von Fence sich änderte. Er sagte nichts, seine Schritte schienen langsamer, fast schleppend zu werden und seine Bewegungen wurden steif.

Sie würde das in Ordnung bringen. Und wieder grinste sie insgeheim, während sie ihre Schuhe abstreifte und sich dabei an Fence abstützte, als sie auf ihrem nutzlosen Fuß stehen musste.

„Sieht nicht so aus, als wäre heute Nacht etwas angeschwemmt worden", sagte Fence, der den Strand mit den Augen absuchte. Von einem Ende zum anderen maß der gut und gerne eine Meile.

Befriedigt stellte Ana fest, dass sie alleine waren. Sie waren weit genug weg von den Mauern um Envy herum, so dass niemand das beobachten konnte, was gleich passieren würde. „Das ist gut", sagte sie und ließ ihren Rock langsam nach unten gleiten.

Trotz der verkniffenen Mundwinkel schaute er ihr recht interessiert zu. „Komm her, Zuckerstück. Wie wäre es mit einer Runde im Sandkasten?" Er streckte den Arm nach ihr aus, aber nicht so kraftvoll und schnell wie heute Morgen – was es ihr leichter machte, ihm auszuweichen.

„Wie wäre es mit einer Runde in den Wellen?", fragte sie und ging rückwärts von ihm weg und ins Wasser rein.

Eine Welle umspülte ihre Knöchel und sie lächelte bei dem vertrauten, tröstlichen Gefühle dieser Liebkosung des Meeres. Aber Fence starrte sie jetzt verdutzt an.

„Was machst du da?", fragte er. Er grinste, aber das Lächeln schien etwas gequält.

„Komm schon, Fence", sagte sie. Das Wasser stand ihr jetzt schon an den Knien. Sie schaute ihn an, fing seinen Blick ein und hielt ihn ihrerseits gebannt mit einem lasziven, heißen Blick.

Dann kreuzte sie die Arme vor dem Oberkörper, um ihr Tank Top unten zu fassen zu bekommen und zog es dann nach oben und weg, streifte sich mit einer schnellen Bewegung das Hemd ab. Sie ließ es an einem Finger kreisen und neckte ihn, „du wolltest doch, dass ich mein Hemd abnehme, oder etwa nicht?"

„Ana", sagte er. Er war auf sie zugeschritten, aber hielt an der Stelle an, wo Sand und Dreck dunkler waren, von den Ausläufern der herankommenden Wellen. „Warum kommst du nicht wieder hierher und lässt dir da ein bisschen von mir helfen." Sein *He-he-he* klang nicht überzeugend.

„Warum kommst du nicht zu mir und hilfst mir hier?" Mit einer raschen Bewegung schleuderte sie das Tank Top Richtung Strand. Es landete in einer gerade auslaufenden Welle, bildete einen Knäuel genau vor seinen Füßen.

Sie stand jetzt schon bis über die Hüften im Wasser und es ging noch tiefer, sie ließ die Energie des Wassers allmählich in ihr innerstes Wesen hereinströmen, die Kristalle dienten als kleine Eingangstore.

„Ana, was tust du da?"

„Das", verkündete sie und öffnete ihren BH. Sie streifte ihn schnell ab, ihre Brüste hüpften jetzt vergnügt genau über den Wellen. „Komm schon her und hilf mir dabei. Warum denn nicht?"

„Komm wieder her, Ana. Jemand wird dich so sehen", sagte er und tat einen Schritt auf das Wasser zu, ging dann aber nicht weiter.

In der Zwischenzeit trieb sie schon im Wasser, hielt mit ihren tretenden Beinen die Balance und bewegte sich jetzt so geschmeidig wie er an Land. „Ich weiß, dass mich jemand sehen wird. Nämlich du", erwiderte sie. „Es ist nicht sehr tief … und das wird lustig. Komm schon, Fence. Wir können hier ein bisschen so dahingleiten, so rein und raus…"

Sie kam wieder etwas näher zum Strand, so dass sie wieder stehen konnte. Ihre Brüste waren genau oberhalb des Wassers und sie fing an, verführerische Bewegungen zu beschreiben, auf eine Art und Weise zu tanzen, die ihr an Land nicht möglich war, weil sie den Ozean als Stützte brauchte.

Ihre Arme streckten sich nach oben, Hände und Finger ineinander verschlungen und dann in langsamen, kreiselnden Bewegungen nach unten, wie sie es bei orientalischen Tänzerinnen auf DVDs gesehen hatte. Er verschlang sie mit den Augen und als sie ihre Brüste mit beiden Händen fasste, dann mit den Händen unter Wasser zu ihren geschwungenen Hüften glitt ... auch da sah er gebannt zu.

„Komm schon ins Wasser, Fence, Liebling", rief sie ihn sirenengleich. „Stell dir nur vor, was wir hier anstellen–"

„Ich komme nicht ins Wasser", rief er auf einmal barsch. Sein Gesicht war zu einer harten, kalten Maske geworden. *Ich komme Scheiße nochmal nicht in das gottverdammte Wasser.*"

Ana erstarrte, wie gelähmt bis zur Brust im Wasser. „Warum? Ich habe dich im Wasser gesehen. Was ist los mit–"

„Ich hab's dir gesagt", entgegnete er ihr schroff, „ich schwimme nicht gern. *Jetzt hör mit diesen Scheißspielchen auf*, Ana, und komm aus dem verdammten Ozean raus."

Es war, als wäre eine riesige, eiskalte Welle an einem heißen Sommertag über ihr zusammengekracht. „Fence–"

„Komm aus dem gottverfluchten Ozean raus."

Heiße Tränen brannten ihr in den Augen, aber Ana war unfähig sich zu rühren.

Bevor sie etwas erwidern konnte, machte er abrupt kehrt und stapfte davon.

14

Seine Hände zitterten. Sein Magen war ein einziger, beschissener Knoten. Fence schluckte schwer, um sich nicht sofort dort auf dem verdammten Strand die Seele aus dem Leib zu kotzen.

Er stapfte, so schnell er konnte, vom Meer weg, ohne gleich loszurennen. Wütend auf sich selbst, wütend auf sie, wütend auf diesen verfickten Ozean, weil es ihn Scheiße nochmal nun mal gab.

Von allen Frauen, in die er sich verlieben musste, musste es zum Teufel denn ausgerechnet eine verdammte Meerjungfrau sein, die den Ozean *liebte*?

Hey, Moment mal.

Sich verlieben?

Uhm ... nein. Das ging dann doch zu weit.

Er hatte sie ja gerade mal vor ein paar Wochen kennengelernt.

Fence blieb stehen, ein Anfall von Übelkeit erwischte ihn mit voller Breitseite und er musste sich an einer noch recht jungen Eiche abstützen. Die andere Hand ballte er zu einer Faust zusammen und konzentrierte sich, er schaffte es noch, sich das Hasenfuß-Seihern zu verkneifen. Herrgott nochmal.

Er würde einfach auf Abstand zu ihr gehen müssen. Er hatte sich von ihr mit runtergelassenen Hosen erwischen lassen. So hätte sein Vater es beschrieben – und nicht in einem guten Sinne. Und es traf sich dann ziemlich gut, dass er sich nicht weiter, und vor allem näher, mit einer solchen Versuchung befassen musste.

Denn das hier würde nie, nie, niemals klappen. Selbst dann nicht, wenn er es wollte.

Und er wollte es nicht. Nicht mehr.

Es wäre zu scheiß viel Arbeit.

Anas Tränen vermischten sich mit dem Salzwasser, so dass sie gar nicht mehr unterscheiden konnte, was Ozean und was Schock und Wut war.

Das war's dann wohl.

Sie schwamm, so schnell sie konnte, durchs Meer. Versuchte auf diese Weise ihren Gefühlen zu entfliehen. Sich bis zur restlosen Erschöpfung anzutreiben. Versuchte zu verstehen, warum Fence auf einmal so ein ... zu jemandem wurde, der er *überhaupt nicht* war.

Es war, als wäre er zwei verschiedene Personen: eine an Land und eine in der Nähe von Wasser.

Genau wie ich.

Der Gedanke war urplötzlich da und Ana blieb stehen, als wäre sie gegen eine Wand geknallt.

Aber zumindest habe ich nicht ein komplett durchgeknalltes Biest als eine meiner Persönlichkeiten.

Außer wenn du ihm wieder ins Gesicht springst, wenn er dir wieder von deiner Behinderung anfängt.

Sie runzelte die Stirn und schoss dann erneut wie ein Pfeil durch die Fluten. Nun, das waren nicht gerade angenehme Gedanken. Sie wollte einfach nur losschimpfen, auf ihn eindreschen, und ihr Gewissen argumentierte einfach zu ausgewogen.

Schwimmen, viel schwimmen, dann würde sie es schon hinter sich lassen.

Und sie war entzückt, nein, es bereitete ihr Trost, als das träge Gleiten eines elliptischen Schattens über ihr auftauchte. Und dann folgte schon der zweite, schlank und geräuschlos im dunklen Wasser.

Ana schoss lächelnd zur Oberfläche hoch, wo Zack und Marco ausgelassen miteinander herumtollten.

Zack, die eher Scheue von ihnen beiden, blickte sie kokett an, als Ana zwischen ihnen hochgeschwommen kam und machte dann eine Rolle seitwärts, weg ins Wasser, wobei sie Ana ihren hellen Bauch sehen ließ. Ana streichelte sie, als sie ihr nachsetzte, bis ein hartnäckiges Stupsen an ihrem Rücken ihr verriet, dass Marco auch seinen Anteil an Zuwendung einforderte.

Ana spielte eine Weile mit den beiden und untersuchte dabei auch ihre glatte Haut, um sicherzugehen, dass sie keine neuen Verletzungen hatten – was öfter vorkam, wenn sie durch all die von Menschen gemachten Überreste durchschwammen. Sie folgte ihnen, als sie einen Heringsschwarm zum Abendessen nachsetzten und als sie in einem Haufen alter Autos Verstecken spielten.

Sie verbrachte mehr Zeit mit ihnen, als eigentlich gut war ... aber der Grund für diese Trödelei war, dass sie nicht in den Briefkasten schauen wollte, wo sie Darian die Nachricht hinterlassen hatte.

Aber schließlich konnte sie es nicht länger aufschieben und sah zu, wie ihre beiden Gefährten davonschwammen.

Dann machte sie sich – mit reichlich Umwegen – auf den Weg dorthin zurück, wo sie das Zeichen von Darian gesehen hatte. Um für ein eventuelles Treffen gewappnet zu sein, hatte Ana sich ihr Tank Top bereits wieder geholt, von dort, wo es in den seichten Wellen trieb. Ihr BH war leider schon längst verschwunden, was ein echter Verlust für sie war, denn diese hübschen blauen fand man nicht mehr so leicht.

Sie war noch nicht einmal bei dem Briefkasten angelangt, da konnte sie schon spüren, dass er da gewesen war. Ihr Magen machte einen Purzelbaum, so in etwa wie ein Delfin, und sie hielt inne, spähte um ein wuchtiges Metallobjekt herum, als wolle sie abwarten, ob etwas da herausgesprungen kam. Natürlich passierte gar nichts – aber es war das Leuchten in dem Briefkasten, das ihr verriet: Er hatte ihr geantwortet.

Ana holte einmal tief Luft und spürte, wie das kalte Wasser ihr in die kristallierte Lunge strömte. Wäre sie jetzt an Land, hätte sie feuchte Hände.

Sie wollte gerade auf den Briefkasten zuschwimmen, als etwas seitlich in ihrem Blickfeld auftauchte. Sie wirbelte herum, wobei winzige Luftbläschen eine wilde Spirale bildeten, und fand sich direkt gegenüber von Darian wieder.

Sein Gesichtsausdruck hätte sie beinahe entwaffnet: Es war die Kombination seiner vertrauten, markanten Gesichtszüge und einem Blick, in dem Schock und Entzücken lagen.

Ana!, formten seine Lippen lautlos und er streckte die Arme nach ihr aus.

Sie wich zurück und hielt eine Hand hoch, um die Distanz zwischen ihnen zu wahren.

Er blieb verwirrt stehen, die Freude in seinem gutaussehenden Gesicht erlosch. *Was ist los?*

Er benutzte die Hände, um zu reden, denn im Wasser konnte man Geräusche natürlich nicht hören. Atlanter benutzten ein kompliziertes, bisweilen gestelztes System von Zeichensprache, wo oft Pfeif- oder Klicklaute wie bei Delfinen zur Betonung mit reingemischt wurden.

Ich habe auf deine Nachricht geantwortet, aber das bedeutet nicht, dass ich dich sehen will, sagte sie zu ihm.

Sein dunkles Haar umschwebte ihn hier im Wasser und sie konnte seine leuchtend blauen Augen erkennen. Sie waren immer noch von so intensiver Färbung und so strahlend wie vor fünf Jahren, und sie passten farblich perfekt zu seinen Kristallen. Darians Kristallmuster war auch eines der schönsten, das sie je gesehen hatte: Sie bildeten mehrere kleine Dreiecke ringsum um seinen muskulösen Oberkörper ... der – natürlich – bis auf eine enge Hose nackt war.

Ich habe viele Jahre nach dir gesucht, Ana, sagte er.

Warum? Ich habe dir nie gesagt, dass ich dich wiedersehen will.

Wenn du mich nie wiedersehen wolltest, warum hast du dann auf meine Nachricht geantwortet?

Gute Frage. Was sollte sie darauf nur antworten? *Kaddick ist tot.*

Seine Augen weiteten sich. *Tot? Woher weißt du das?*

Hast du ihn getötet?

Darian schüttelte heftig den Kopf. *Nein. Was ist mit ihm passiert?*

Sie verbarg ihre Skepsis nicht. *Ich habe dich gestern gesehen. Er ist dir gefolgt. Und dann taucht er tot am Strand auf. Er sah aus, als hätte man ihn zerhackt.*

Er ist mir gefolgt?

Selbst in dem schummrigen Licht konnte Ana den Schock an seinem Gesicht ablesen. Entweder er wusste nichts davon oder sie lag falsch. Sie wusste, Darian war der Erste der beiden Atlanter, die sie gestern gesehen hatte ... aber den Zweiten hatte sie nicht richtig gut gesehen. Vielleicht irrte sie sich.

Vielleicht waren es auch drei Atlanter gewesen, die im Meer in der Nähe von Envy herumgeschwommen waren. *Ich bin nicht sicher, ob er es war. Aber dich habe ich erkannt. Und jemand ist dir gefolgt.*

Er riss jetzt den Kopf herum, als wolle er herausfinden, ob jemand hinter ihm lauerte. *Jemand ist mir gefolgt? Wann? Wo?*

Sie erklärte ihm, wo sie gewesen waren und wo sie die beiden gesehen hatte. *Willst du mir damit sagen, du wusstest nicht, dass es sich um Kaddick handelte?*

Erneut schüttelte er den Kopf. Heftig. *Nein. Und jetzt ist er tot? Dann bin ich selber schon ein toter Fisch.*

Warum sollte jemand ihn töten wollen?

Darian zuckte die Achseln, diesmal machten seine Hände keine Bewegung. Aber die Unsicherheit war ihm noch an den Augen abzulesen und sie hätte schwören können, dass er hinter sie blickte, falls dort plötzlich jemand oder etwas auftauchen sollte.

Aber wenn man sich im Wasser befand, so befand man sich in einer Umgebung, wo alles im Fluss war, wo jede Bewegung die Strömung veränderte. Das Meer stand niemals still. Man konnte den Unterscheid in seinen Bewegungen spüren, wenn ein

Meeresgeschöpf darin schwamm oder auch lief. Im Meer war es sehr schwer sich an jemanden ranzuschleichen.

Solange sie also auf die Strömung Acht gab, abwartete und beobachtete, konnte man sie nur sehr schwer überrumpeln.

Was tust du denn in dieser Gegend hier? Du hast mir eine Nachricht hinterlassen?, fragte Ana.

Ich sagte doch: Ich bin schon Jahre auf der Suche nach dir.

Jetzt zeigte sie ihre Skepsis nicht nur in ihrem Gesichtsausdruck, sondern auch in den Handbewegungen, die sie beschrieb. *Ich glaube dir nicht. Das ist alles Tangmist – es gibt überhaupt keinen Grund für dich, nach mir zu suchen, geschweige denn jahrelang.*

Was auch immer du denkst, ich habe dich geliebt, Ana. Als du dich geweigert hast mit mir nach Atlantis zurückzukehren, war ich zutiefst verletzt. Am Boden zerstört.

Bei ihrer Antwort in Zeichensprache klatschten ihre Hände so heftig aneinander, dass das Geräusch davon sich im Wasser fortpflanzte. *Du meinst wohl, als ich mich geweigert habe, dir zu der Belohnung zu verhelfen, die die Gilde dir im Austausch für mich geben wollte.*

Wenn ich dich nur wegen der Belohnung gewollt hätte, warum hätte ich dich dann ein ganzes Jahr lang lieben sollen?, fragte er und streckte erneut die Arme nach ihr aus. *Ich hätte dich einfach mitnehmen können, nachdem wir uns gefunden hatten.*

Ana war ihm ausgewichen und hatte ihr Messer aus seiner Scheide gezogen. Sie würde hier nicht noch einmal das gleiche Risiko eingehen. *Dahin zurückgehen? Niemals. Eher schneide ich mir die Kristalle heraus.*

Wieder hielt er die Hände hoch, diesmal um sie abzuhalten. *In Ordnung, Ana. In Ordnung. Ich war nicht ganz aufrichtig dir gegenüber.*

Du? Nicht ganz aufrichtig? Wie wäre es mit überhaupt nicht aufrichtig?

Er grinste kummervoll und einen Moment lang erinnerte er sie an Fence, nachdem der einen schlechten Witz gerissen hatte. Ana schob die da aufkommenden Gewissensbisse beiseite und fuchtelte mit dem Messer.

Die Wahrheit ist, dass ich dich wirklich geliebt habe. Ja, ich hatte vor die Belohnung einzusammeln – aber nur, wenn du auch mit mir zurückkehren würdest. Dann hätte ich das Geld dafür verwenden können, uns ein hübsches, eigenes Haus zu bauen, um darin zu leben. Ich wollte dich nicht hinters Licht führen.

Ana verdrehte die Augen. *Noch mehr Tangmist. Ich weiß, dass du nicht Jahre damit verbracht hast, nach mir zu suchen. Aber jetzt suchst du mich offensichtlich. Warum?*

Ich habe *nach dir gesucht … ab und zu*, gestand er und verlieh dem mit einem scharfen Klick Nachdruck. *Wo bist du gewesen?*

Sie lächelte und das Wasser glitt ihr kühl in den Mund hinein. *Glaubst du wirklich, dass ich dir das erzählen werde?*

Offensichtlich irgendwo in der Nähe von Envy.

Ich bin nur auf Besuch hier. Tut mir Leid. Ich lebe weit weg von hier. Und du hast mich trotz allem hier gefunden?

Er holte gemächlich mit dem Arm aus, um zu verhindern, dass er abgetrieben wurde. *Ich habe vor einigen Monaten Zack wiedererkannt, wie sie raus ins offene Meer schwamm, von Envy aus, und wusste, dass du nicht weit weg sein konntest. Der Gedanke, du könntest meine Nachricht sehen, war, wie daran zu glauben, dass man ein Fischei in den Korallen findet.*

Ana versuchte gerade unter großen Mühen, die Wahrheiten in seinen Geschichten von den Halbwahrheiten zu trennen. Und das war eine echte Herausforderung. Jetzt kam sie zu dem Schluss, dass sie ihn lange genug hier im Korallengehege umhergescheucht hatte und ging ohne Umschweife auf das los, was sie wissen musste. *Etwas geht vor sich. Was ist das genau? Was führte Kaddick im Schilde?*

Darian fielen fast die Augen aus dem Kopf, es war fast komisch anzusehen. *Du weißt davon? Wie?* Aber seine Miene war gar nicht komisch. Sie war äußerst besorgt.

Ich kenne das Meer genauso gut wie du. Ich kann Veränderungen wahrscheinlich sogar besser wahrnehmen, weil ich mich nicht die ganze Zeit darin aufhalte. Ich weiß, hier geht etwas vor sich.

Die Gilde wird Envy restlos fluten. Sie warten nur auf die Mondphase.

Das hatte sie bereits befürchtet, aber es von jemand anderem zu hören – oder vielmehr, es zu sehen – und zu erkennen, dass der zwanghafte Lügner vor ihr ausnahmsweise einmal mit der Wahrheit rausrückte, ließ sie erstarren. *Welche Phase? Was haben sie vor?*

Sie nehmen dazu die Goleths. In einer Linie angeordnet, zu einer Flash-Reihe, um eine Riesenwelle zu kreieren.

Dann musste es also zu Vollmond sein – wenn jener Himmelskörper seine höchste Kraft erreicht hatte, und an allem, was auf Erden Wasser war, zog und zerrte.

Du musst mit mir nach Atlantis zurückkommen, Ana.

Sie merkte da, dass er wieder näher an sie rangeglitten war und sie holte zur Warnung mit dem Messer aus. Das Messer schnitt durch das Wasser und wirbelte einen Schwarm von Luftbläschen zwischen ihnen auf und brachte das Wasser in Aufruhr. *Ich gehe nicht dorthin zurück.*

Aber du könntest es ihnen ausreden. Du könntest die Stadt retten. Wenn du zurückkommst, würden sie auf dich hören.

Nein, sie würden sich nur freuen, mich wieder unter ihrer Fuchtel zu haben, so dass sie mich untersuchen können. Und mich zur Fortpflanzung zu zwingen. Sie blickte ihn warnend an. *Ist das der Grund, warum du hier bist? Noch ein Versuch mich zu verführen?*

Nein, Ana. Wirklich nicht. Ich bin gekommen, um dich vielleicht zu finden, weil ich denke, dass du diejenige bist, die sie aufhalten könnte.

Du machst dir Sorgen um Envy?

Er wich überrascht zurück. *Meinst du das ernst? Glaubst du, dass ich eine Stadt mit hunderten von Einwohnern weggespült sehen will? Insbesondere nach allem, was sie vorher schon getan haben?*

Sie nickte. Ok, das nahm sie ihm ab. Darian war vielleicht nicht der vertrauenswürdigste aller Männer, aber er hatte ein Herz. *Warum wollen sie das Ganze überhaupt tun?*

Einer der Jarrid Steine fehlt und sie denken, ein Sterblicher aus Envy hat ihn in seinem Besitz. Abgesehen davon hat dieser Abschaum, der sich Elite nennt, verbreitet, dass Envy zu groß wird und zu mächtig. Sie denken, dass die Landbewohner schon bald wieder

Schiffe und Autos haben werden, und dass die Leute die Wahrheit über uns herausfinden. Es gab natürlich kein Handzeichen oder Körperzeichen, um „Auto" auf Atlantisch zu sagen, also buchstabierte er es. *Sie haben Angst, dass die Landbewohner anfangen, sich zu versammeln und sich dann erheben werden.*

Also zerstören sie einfach eine ganze Stadt.

Er nickte, jetzt ganz ernst. *Ana, bitte komm mit mir zurück. Du könntest mit ihnen reden.*

Sie würden mich anhören? Ich bin doch nur ein Demiblut.

Aber du bist das einzige Demiblut. Als sie die Stirn runzelte und den Kopf schüttelte, fügte Darian hinzu, *Frithas Baby starb ein Jahr, nachdem man ihm die Kristalle eingepflanzt hatte. Und Swyllin hat kein Kind empfangen können. Sie brauchen dich.*

Sie schüttelte abwehrend den Kopf und ihre Haare machten da mit, kamen in langsamen Bewegungen in Schwingung. *Ich gehe nicht dahin zurück, um dort – in ihrer Gewalt – ihre Experimente und Untersuchungen über mich ergehen zu lassen.*

Wenn sie den Mutter-Stein nicht innerhalb des nächsten Jahres finden, werden wir aussterben, Ana. Es ist fünfzig Jahre her und die verbleibende Reserve ist fast aufgebraucht. Wenn sie den nicht finden, brauchen sie dich, um herauszufinden, wie sie am Leben bleiben können.

Jetzt hatte sie wirklich Angst. Und jetzt verstand sie auch seine Beweggründe. Sie hatte recht gehabt, es ging nur um ihn. *Denkst du, wenn ich zurückkehre, kann ich – können wir – die Riesenwelle auf Envy verhindern?*

In seinen Augen glomm ein Licht auf. *Da bin ich mir fast sicher.*

Was haben sie dir versprochen, für den Fall, dass du mich zurückbringst?

Er erbleichte etwas, aber das war mehr als genug: Sie hatte ins Schwarze getroffen. Seine Schultern beschrieben eine Bewegung, als würde er tief Luft holen, und seine Kristalle brannten heller. *Die Wahrheit ... Ana, ich bin ein Mitglied der Gilde. Ich habe genug Stimmen auf meiner Seite, um sie davon abzuhalten, wenn du mit mir zurückkehrst und dich von ihnen untersuchen lässt.*

Ana hielt immer noch das Messer in der Hand und beobachtete Darian scharf, aber sie ließ sich auch von der Strömung etwas abtreiben. Je größer der Abstand zwischen ihnen, desto sicherer war sie. *Ich kann nicht fortgehen, ohne mit Dad zu sprechen. Er war krank. Ich muss ihm Lebewohl sagen.*

In seinen Augen flackerte da die nackte Gier auf und erlosch fast augenblicklich wieder – aber es bestätigte ihren Verdacht. *Du würdest mitkommen?*

Ana fiel es deutlich leichter mit den Händen zu lügen, als mit ihrer Stimme. *Ja. Ich treffe dich später heute Nacht. Oder morgen. Warte auf mein Zeichen. Ich würde alles tun, um Envy zu retten.*

Und das war nur teilweise eine Lüge.

Und ohne es zu wollen, hatte Darian ihr verraten, wie sie das wahr machen würde.

15

⚜

„Ganz ehrlich, Zuckerstück, ich wäre mehr als bereit, dir das abzunehmen", sagte Fence ganz entspannt.

Das heiße bisschen Arsch ihm gegenüber kicherte und zog einen Schmollmund. Zu dumm, dass er sich nicht an ihren Namen erinnern konnte. „Ich denke, das wäre vielleicht etwas hart für dich", entgegnete sie ihm süffisant. „Selbst für einen Kerl wie dich."

Sie hatte nicht nur einen herrliches Hinterteil, sie hatte auch lange blonde Haare, die zu einem losen Knoten geschlungen waren und aus dem wahllos kleine sexy Strähnen runterfielen, als hätte man es ihr gerade besorgt.

„Zu hart? Das Wort gibt's in meinem Wortschatz gar nicht", sagte er mit einem Grinsen, seinem Lass-uns-in-den-Hot-Tub-steigen-Grinsen. „Weich und schlaff kenne ich auch nicht." Seine Mama hatte immer behauptet, mit dem Grinsen könnte man einer Nonne den Rosenkranz aus den Händen zaubern – und sie musste es ja wissen, mit zwei Schwestern, die Nonnen waren.

Und den Namen der Blondine konnte er auch später noch rausfinden. Er blickte quer durchs Zimmer und machte der Kellnerin Zeichen für noch ein Bier.

Als neben ihm Zoë angewidert Laut gab, drehte Fence sich zu ihr. „Was denn? Zumindest verheimliche ich dem Mann, den ich liebe, nicht meinen Braten in der Röhre, damit ich nachher wie ein Karnickel mit ihm rammeln kann", sagte er mit etwas scharfem Unterton. „Der zufällig auch derjenige welche ist, der mir den Braten reingeschoben hat."

Er schaffte es noch, nicht dem Drang nachzugeben, das ganze Statement noch zu einem langen Wortspiel über Karnickel, geile Böcke und Braten zu machen, und wie letztere durch die Begeisterung von echt heißen Hündchen in weibliche Röhren gelangten, *aber nur*, weil er wusste, dass Zoë die Pointe nicht kapieren würde. Es gab nämlich seit der Apokalypse keine Hot Dogs mehr. Aber *Würstchen* schon...

Zoë verdrehte die Augen. „Was du gerade von dir gegeben hast, ist ja so voll der arsch-verfickte Bullshit, dass ich nicht einmal eine Sekunde meiner Zeit auf eine Antwort verschwende." Sie starrte wütend sein Bier an, als wolle sie es dazu bringen, ihr in die Hände zu springen und sich von selbst in ihre Kehle zu kippen. Dann hob sie stattdessen doch ihr eigenes Glas Eistee hoch. „Das werden so scheißarschlange neun Monate werden", murmelte sie.

„Was redest du gerade von neun Monaten, Süße?", fragte Quent, der plötzlich hinter ihnen auftauchte.

Fence spürte, wie Zoë auf ihrem Stuhl neben seinem zusammenzuckte, und er vergrub sein Grinsen in seinem Bier. *Schon ziemlich bald wird es so ziemlich scheißheftig krachen.*

„Ich sagte, ich habe diese letzten neun Monate einen echt heißen Arsch in die Finger bekommen", antwortete ihm Zoë.

Von der Seite warf ihr Fence einen Blick zu, der besagte, *gutes Rettungsmanöver*, aber sie bemerkte es gar nicht. Er war sich ziemlich sicher, dass sie gerade vollauf damit beschäftigt war, ihr Herz wieder an die rechte Stelle runterzuschlucken.

„Ist das schon so lange her?", sagte Quent, während er einen Stuhl an den Tisch ranzog. „Das war mir gar nicht klar. Ich dachte, es wären nur sechs Monate. Teufel nochmal, wir könnten mittlerweile schon ein Baby haben."

Da Quent recht hatte – es war erst sechs Monate her, dass sie in Envy gelandet waren –, vergrub Fence das Gesicht noch tiefer in seinem Bierglas, diesmal um einen Gesichtsausdruck zu verbergen, der besagte, *Volltreffer und versenkt, Zoë Schätzchen.*

Und ihm ging auf, dass er den heißen Arsch ihm gegenüber komplett vergessen hatte. *Was wollte ich da nochmal gerade sagen?*

Es war schon traurig, wenn ein Kerl wie er sich von einer übellaunigen Geschwängerten ablenken ließ, anstatt von einer Bett-Frisur Blonden.

Zoës Antwort auf Quents möglicherweise ganz unschuldig gemeinten Kommentar hörte er nicht mehr, noch erinnerte er sich daran, was er der Bett-Frisur Blonden gerade sagen wollte, denn in der Tür, die er die ganze Zeit schärfstens im Auge behalten hatte, erstrahlte plötzlich eine Sonnengöttin.

Ihr Blick suchte das Zimmer ab. Selbst von da, wo er saß, konnte er sehen, dass ihre Haare immer noch nass von diesem stundenlangen Schwimmausflug waren.

Jep, er wusste genau, wie lange sie weg gewesen war, denn – und alle Teufel der roten Hölle waren ihm auf den Fersen – wider besseres Wissen und obwohl er sich aus dem ganzen Generve wegen diesem Scheiß hier eigentlich schon rausgeredet hatte, war er zurück zum Strand gegangen, nachdem er sein Hasen-Arsch-Fuß-Ego wieder im Griff hatte. Und er hatte dort gewartet, bis Ana wieder aus dem Wasser raus gekommen war.

Drei Stunden später.

Grundgütiger. Er hatte an einem Strand gesessen und drei geschlagene Stunden auf sie gewartet ... und hatte dann auch dafür gesorgt, dass sie es nicht einmal mitbekam.

Sie hatte ihn nicht gesehen, denn er hatte sich hinter einem etwas wilden Haufen überwachsenen Betons befunden. Es erleichterte ihn zu sehen, dass sie, bevor sie schwimmen ging, zumindest ihr Tank Top wiedergefunden hatte, während er sich etwas weiter entfernt den Magen restlos auskotzte. Aber diese drei Stunden waren viel zu lang. Mehr als einmal war er bis ganz ans Wasser gelaufen und hatte daran gedacht, weiter hinein zu gehen.

Gedacht war hier das Schlüsselwort.

An einem Punkt hatte er sogar bis zu den Knöcheln im Wasser gestanden, dann hatte er es aufgegeben, weil er kalte Schweißausbrüche bekam und sein wunder Magen wieder das Rotieren anfing.

Grundgütiger. Wenn irgendjemand jemals von all dem hier Wind bekam, wäre er unten durch. Ganz durch. So durch, dass man mit einer Gabel die Garprobe machen könnte. Finito.

Er überredete sich selbst, dann zu glauben, dass es sowieso sinnlos war, sich um Ana Sorgen zu machen, weil sie halb Atlanter war. Sie war ein Fisch. Sie fühlte sich im Meer ebenso wohl und sicher, wie er sich in der Wildnis fühlte.

Es war nur arschdumm, dass sie beide sich nicht am gleichen Ort wohlfühlen konnten.

Und abgesehen von all dem, was um Himmels Willen war in sie gefahren? Zu versuchen, ihn ins Wasser zu locken, ja zu zwingen? Er hatte ihr gesagt, dass er keine Lust hatte schwimmen zu gehen. Und dann hatte sie so eine Nummer abgezogen, hatte versucht ihn ins Wasser *rein zu tricksen*. Gar nicht cool.

Aber jetzt, als er durch das Zimmer schaute, und auch wenn er immer noch ein bisschen angepisst war, veranstaltete sein Magen da gerade eine langsame, genüssliche Drehung – als würde der über was nachdenken und dann zu einer Entscheidung kommen. Fence verspürte eine ungewohnte, ungemütliche Leere in seiner Mitte und war sich nicht ganz sicher, warum ihn letztendlich ein warmes Kribbeln überkam. Scham, vielleicht. Schuldgefühle. Vielleicht auch Ärger.

Nein, ganz sicher Ärger. Sie war zu weit gegangen, mit diesem Versuch ihn in eine Falle zu locken.

Aber er wusste, dass er lieber Ana ansehen wollte – und daraus folgte auch, lieber über sie nachdenken wollte – als über die blonde Bett-Frisur ihm gegenüber. Seine Sonnengöttin machte ihrem Namen alle Ehre, mit ihrer goldbraunen Haut unter einer weiten, weißen Tunika, die ihre schlanken, durchtrainierten Arme sehen ließ und einen tiefen V-Ausschnitt aufwies. Die Haare flossen ihr in hellen und dunklen Wellen über die Schultern.

Himmel Herrgott noch einmal. Sein Herz hämmerte derart, es war kaum zu bändigen.

Ana hatte sich im Raum umgesehen und als ihr Blick bei dem Tisch anlangte, wo er mit Zoë und Quent saß, fing sie an auf sie zuzukommen.

Fence fiel auf, wie seine Brust auf einmal enger wurde, je näher sie kam, wobei sie nicht ihn, sondern Quent anschaute. Er sah, wie sie mit einem kleinen Humpeln lief, ihm wurde bewusst, dass ihr Gang dem einer Krabbe mehr ähnelte, als ihm bislang aufgefallen war. Wie leicht es ihm gefallen war, all ihre Unvollkommenheiten zu vergessen – und wie Ana hingegen komplett darauf fixiert schien.

Es war kein Wunder, dass sie so viel Zeit wie möglich im Ozean verbringen wollte, wie sie nur konnte.

Aber sie musst ihn da *Scheiße nochmal* außen vor lassen.

Als er wieder an ihre Auseinandersetzung denken musste, fühlte er sich noch elender. Irgendwie leer. Seine Hände zitterten … *zitterten.* Verdammt.

Ich bin so ein Idiot.

„Könnte ich mit dir reden? Aber nicht hier?"

Das Herz sprang ihm gerade irgendwo frei herum. Oder kam ins Schleudern. Oder machte sonst was Akrobatisches und er drehte sich zu Ana um, auf einmal wieder bereit für ein neues Spiel. Vielleicht sogar bereit, die eigenen Fehler einzuge–

Aber sie beugte sich gerade zu Quent rüber, redete mit ihm … nicht mit Fence. Ja, ihre Hand befand sich zwar an der Rückenlehne von Fence' Stuhl … aber ihr Körper wandte sich von ihm ab. Und das mit voller Absicht.

Phantastisch.

Nicht dass es ihn davon abhalten würde, den beiden zu folgen. Da sie mit Quent sprechen wollte, musste es was mit dem Kristall zu tun haben. Vielleicht hatte sie im Wasser während diesem Drei-Scheiß-Stunden-Schwimmmarathon was gefunden.

Quent war schon aufgestanden und zog Zoës Stuhl nach hinten, damit sie leichter aufstehen konnte. Also schob Fence seinen Stuhl auch nach hinten vom Tisch weg.

„Ich muss los", sagte er kurz angebunden zu der Bett-Frisur Blonden, die gerade die gesamte Vierergruppe etwas verwirrt anschaute. Er unternahm nicht einmal den Versuch zu versprechen, später wiederzukommen. Der Gedanke daran war jetzt wirklich nebensächlich.

Er dachte im Moment gerade ausschließlich an Ana, verdammt.

Wenn es Ana aufgefallen war, dass er ihr aus dem Pub folgte, oder sie ein Problem damit hatte, so ließ sie sich nichts anmerken. Außer einem kurzen, unpersönlichen Blick, hatte sie ihn vor ihrem Aufbruch mit Quent zusammen nicht zur Kenntnis genommen. Zoë und ihm blieb nur den beiden zu folgen.

„Und wie zum Teufel hast du das denn versaut?", fragte Zoë, die ihre Stimme keinesfalls gesenkt hatte.

„Hast du gerade was gesagt, dass sich so ein kleines Malheur bei dir ergeben hat?", fragte er, gerade laut genug, dass sie die Message kapierte – aber nicht laut genug für Quents Ohren.

„Halt die Fresse", zischte sie.

„Wo wir schon vom Versauen reden ... was glaubst du denn, was passieren wird, wenn er rausfindet, dass du ihm das da verheimlicht hast? Oder weiß er es schon?"

Über Zoës exotisches Gesicht huschte da ein Ausdruck echten Kummers, der dann aber zu purer Bockigkeit wurde. „Er hat keine Ahnung. Ich bin noch nicht mal im fünften Monat."

„Und du meinst nicht, dass ihm aufgefallen wäre, wie deine Titten größer werden?", schoss Fence gleich zurück.

„Die sin—wie hast du das Scheiße nochmal rausgefunden?" Sie funkelte ihn wütend an.

Fence blickte ihr tief in die Augen. „Ich bin ein Kerl, Zoë. Uns fallen solche Dinge einfach auf, so wie wir merken, ob es sonnig ist oder regnet."

„Nun, erzähl ihm ja nicht solche arschblöden Sachen, ok? Oder ich muss dir wehtun." Wutentbrannt stapfte sie ihm davon und Fence blieb alleine mit seinen eigenen Gedanken zurück.

Was ihm auch die Gelegenheit bot, die hinkende Ana vor ihm zu beobachten.

Normalerweise war das etwas, was er immer tat – sich die Ansicht von hinten zu betrachten. Und auch wenn sie einen langen, schlanken Oberkörper hatte, der in einem sehr hübschen Arsch endete – ein Arsch, den er überaus gern gegen sich gepresst hatte, als er ihr den Spiegel zeigte –, ihr unbeholfenes Gehen bereitete ihm ein unangenehmes und nervöses Gefühl.

Es lag nicht daran, dass ihre langen Beine nicht vollkommen waren, eines davon gezeichnet von schrecklichen Narben und verwachsener Haut, die an den falschen Stellen nach außen drückte, wie ein altes Kissen. Nein, das fiel ihm fast nicht auf – nur wenn sie versuchte es zu verbergen oder ganz nervös wurde, wenn er sie an den Stellen berührte.

Was ihn störte, war, dass sie sich nicht mit der Anmut und der Leichtigkeit bewegen konnte, wie es jemand können *sollte*, der so aussah wie sie. Er fragte sich, ob Elliott wohl irgendwas für sie tun könnte. Vielleicht würde er mal nachfragen. Er wusste von Elliotts Gabe, Menschen unter gewissen Umständen heilen zu können ... auch wenn es für seine Gabe Grenzen gab.

Fence ertappte sich dabei, wie er seinen normalerweise schnellen, geschmeidigen Gang verlangsamte, so dass er weit hinter Quent und Ana zurückfiel.

Als er ein paar Minuten später auf einem Stuhl in den unterirdischen Computerräumen Platz nahm, merkte er, dass sein gesamter Körper angespannt und nervös war. Er gab sich innerlich einen Ruck und legte seine Sorgen erst mal beiseite, um zu hören, was Ana zu sagen hatte.

Obwohl ihre Hände sich in ihrem Schoß zusammenballten und ihr Gesicht ein wenig blass war, redete sie schnell und klar. „Ich bin an ein paar Informationen gekommen, was gerade los ist."

Fence war drauf und dran zu fragen wie und von wem, aber Quent redete schon. „Also ist die Bedrohung echt."

Ana nickte. „Ja. Du hattest recht – es soll vom Meer ausgehen. Und es ist eine große Welle, die Envy zerstören wird."

„Wir müssen alle evakuieren", sagte Quent ganz ruhig, beherrscht, mit diesem steifen, englischen Akzent. „Alle. Weißt du auch, wann es kommen wird?"

„Und was ist mit all dem hier?" Sage, die jetzt ihre Ohrstöpsel ausnahmsweise mal rausgezogen hatte, machte ein Handzeichen zum gesamten Raum. „Wir können das nicht zurücklassen. Und wie um alles in der Welt bekommen wir es hier raus? Das ist viel zu viel ... so viel. Alles, was wir wissen, alles, was wir gesammelt haben ... es wird weg sein. Ich meine, Vaughn schafft vielleicht alle Leute von hier weg – wenn uns die Zeit dafür bleibt. Wie viel Zeit haben wir? Weißt du das?"

„Es hängt von der Mondphase ab", antwortete Ana. Fence fiel auf, dass sie immer wieder mit den Augen die Decke und die Wände absuchte. Fast nervös, als würde sie damit rechnen, dass alles jeden Augenblick auf sie runtergestürzt kam. „In diesem Fall, vom Vollmond. Was bedeutet, dass wir drei Tage Zeit haben, bis er ganz voll ist."

„Drei Tage? Verflucht nochmal. Wir müssen *auf der Stelle* mit Vaughn reden, wie wir alle hier rausbekommen", sagte Quent und blickte dabei Zoë an.

„Es gibt vielleicht einen Weg, wie man das stoppen kann", sagte Ana. Ihre Augen sahen etwas müde aus. Vielleicht traurig. „Ich denke, es *gibt* einen Weg, es zu stoppen, es hängt nur davon ab, ob ich rechtzeitig dorthin komme."

„Du weißt, wie sie es anstellen werden?", fragte Fence. „Und du weißt, wie du dorthin kommst?"

„Wenn meine Informationen stimmen, ja, dann bin ich mir da ziemlich sicher."

„Und *wer* ist deine Quelle für all diese Informationen?", sagte er. Nicht gerade freundlich.

Als ihre Augen ein bisschen nach unten und dann nach rechts wanderten, hatte er ein ganz übles Gefühl. „Ein Freund", erwiderte sie, ohne zu zögern. „Ein Atlanter–"

„Du hast gesagt, du hättest keinerlei Kontakt zu den Leuten aus Atlantis gehabt, seit du fortgegangen bist", sagte Fence und machte keinen Hehl aus seinen Zweifeln an ihrer Geschichte. *Hat sie uns schon die ganze Zeit nur Lügen aufgetischt?* Etwas Unangenehmes verknotete sich gerade in seinem Magen. „Und keinen Tag, nachdem du uns davon erzählt hast, wer du bist und wie dein Volk drauf ist, erzählst du mir jetzt, du hast irgendwie Kontakt zu einem alten Freund aufgenommen, so mir nichts, dir nichts? Und du erwartest, dass–"

„Ist deine Quelle verlässlich?", unterbrach Quent ihn. Er warf Fence einen warnenden Blick zu.

„In diesem Fall, ja. Ich denke, er hat mir die Wahrheit erzählt. Ich kann mir keinen Grund denken, warum er wegen so einer Sache lügen sollte."

Er.

„Die Gilde will, dass ich wieder nach Atlantis zurückkehre, und Darian ist sicher, dass ich sie davon überzeugen könnte, die Welle zu stoppen. Ich–"

Was für ein beknackter Name ist denn Darian? Fence konnte ein verächtliches Schnauben nicht unterdrücken. „Ha, und wenn du erst einmal wieder dort bist, werden sie Teufel nochmal einfach genau das tun, was–"

„Ich bin nicht blöd", sagte sie und bedachte ihn da mit einem eisigen Blick, der geradewegs aus dem Repertoire seiner Mama stammen könnte. „Ich geh nicht wieder dorthin zurück, ganz besonders nicht bei so wenig Sicherheit."

Fence entspannte sich da wieder etwas, was Quent die Gelegenheit gab einzuwerfen, „aber du denkst, es gibt einen anderen Weg, die Welle aufzuhalten? Erzähl uns, was du weißt."

„Ihr wisst bereits, wie mächtig die Kristalle sein können. Und wie ihr mittlerweile vielleicht auch begriffen habt: Es gibt verschiedene Arten mit unterschiedlichen Eigenschaften. Es gibt den Jarrid Stein, den man zum Kommunizieren benutzen kann – ich habe dir gesagt, dass ich herausgefunden habe, wie man den einen, den ihr hier habt, benutzen muss. Aber das wäre gefährlich, denn wenn sie erst einmal wissen, wo dieses Stück vom Jarrid Stein sich befindet, werden sie dahinter her sein. Oder sie wollen ihn dann endgültig zerstören. Egal was von beiden, das ist *kein* guter Plan. Und es könnte vielleicht auch schon zu spät sein."

Quent nickte. „Klar."

„Dann gibt es noch das, was sie den Mutter-Kristall oder Mutter-Stein nennen, der die primäre Energiequelle für die Atlanter selbst ist – ihre Körperkristalle. Es ist ein orangener Kristall, etwa so groß", sagte sie und beschrieb ihnen mit Daumen und Zeigefinger einen Kreis von der Größe einer Kirsche. „Ein

Teil davon fehlt schon seit langer Zeit und ohne den, wird die Energiereserve bald zur Neige gehen. Wenn die Atlanter nicht bald das fehlende Stück zurückbekommen, werden ihre Kristalle absterben und damit auch sie selbst. Es ist möglich, dass der Mutter-Kristall, wo auch immer der sich befindet, ebenfalls aktiviert wurde, als meine Kristalle dem Jarrid Stein so nahe kamen. Wie ich sagte, diese Kristalle stehen durch eine Art Energie alle miteinander in Verbindung und sie erkennen einander auch irgendwie."

„Warum zum Teufel brauchen sie dich dann noch? Haben sie dir denn nicht ohnehin die Kristalle schon eingepflanzt?", fragte Fence da wütend. Ihm gefiel gar nicht, wie das hier sich anhörte. „Heißt das, dass deine Kristalle ebenfalls absterben werden?"

„Denk dran, in mir fließt auch ganz normales Menschenblut. Die Atlanter benutzen ihre Kristalle schon seit hunderten von Jahren und ebenso haben sie sich immer untereinander fortgepflanzt. Beides hat ihr Blut unrein gemacht – ja, besudelt – durch die Kristallenergie. Sie haben kleine Staubteilchen davon in ihren Organen und in ihrem Blut. Die Kristalle, die ihnen in der Lunge stecken, *wachsen* dort vom Tage ihrer Geburt an. Während meine implantiert wurden. Wie ich euch schon sagte, diese Energie verleiht ihnen Kraft und verhilft ihnen zu einer verlängerten Jugend, ebenso wie es ihnen dabei hilft, unter Wasser zu leben. Aber da ich etwas bin, was man dort Demiblut nennt, haben mein Blut und mein Körper anders auf die Kristalle reagiert. Sie sind nicht ein gewachsener Teil von mir."

„Sie wollen dich also untersuchen", sagte Quent. „Wie ein verdammtes Versuchskaninchen."

Ana nickte ernst. „Jetzt verstehst du, warum ich diesen Jarrid Kristall nicht in meiner Nähe haben wollte. Wenn er ihnen dabei hilft, mich zu finden, werden sie mich wieder dorthin schaffen."

„Und obwohl du wusstest, dass die Gefahr besteht, dass man dich mit Gewalt wieder dorthin schafft, warst du heute wieder drei volle Stunden im Ozean unterwegs – und hast noch einen alten Freund aus Atlantis getroffen, der ganz zufällig in der Gegend war?", sagte Fence.

Sie drehte sich mit kaltem Blick zu ihm. „Was für eine Wahl hatte ich denn? Niemand wollte mit mir ins Wasser kommen."

Auuutsch.

„Dann hättest du auch nicht gehen sollen", feuerte er gleich zurück.

„Wenn ich nicht dorthin gegangen wäre", erwiderte sie mit dieser geduldigen Stimme, die seine Mama immer benutzt hatte, kurz bevor er wieder Stubenarrest bekam, „würde ich nichts von ihrem Plan wissen."

„Und wenn du dann so weit bist, uns dann auch wirklich zu *verklickern*, was zum Teufel die vorhaben", unterbrach Zoë sie beide, „wären wir alle einen scheiß Haufen besser gelaunt, anstatt Kuhfladenscheißmäßig durchzudrehen. Und dann könnte wir uns vielleicht auch mal scheiß *dranmachen* scheiß etwas *tun*, um den Scheiß zu stoppen."

Ana warf der anderen Frau einen geduldigen Blick zu. „Wie ich sagte, es gibt unterschiedliche Arten von Kristallen mit unterschiedlichen Arten von Energie. Es gibt eine Gruppe davon, jeder davon etwa so groß wie der Stuhl da", sie zeigte auf einen Computerstuhl, „die man die Goleths nennt. Ihre Art von Kraft bündelt Energie – und in diesem Fall das Wasser – um sie herum, zu einer Art riesiger, kreiselnden Bewegung. Wenn sie alle – es gibt, soweit ich weiß, weniger als ein halbes Dutzend davon – ... wenn sie alle in einer Reihe angeordnet sind – wird der Sog unglaublich stark. Und es wird das Wasser dazu bringen, zu kreisen und sich um sie herum aufzubäumen, sich an der Linie zu sammeln, um dann in einer riesigen Welle loszubrechen."

„Was unvorstellbare Turbulenzen im Ozean zur Folge hätte", beendete Quent den Gedanken.

„Ein Tsunami", fügte Sage hinzu.

Ana nickte. „Ja."

„Und wie glaubst du, kannst du das Ganze stoppen?", fragte Fence. Ihm gefiel die Richtung nicht, die sein Kopf gerade einschlug, und daher schaltete er den erst einmal in Pause-Modus.

„Wenn einer von den Steinen aus der Anordnung verrückt wird, würde man damit das Kraftfeld unterbrechen und es würde dazu führen, dass der gesamte Prozess unterbrochen und damit beendet wird. Ich muss die Steine finden und einen von ihnen verschieben."

„Du hast gesagt, die hätten die Größe von diesem Stuhl", rief ein skeptischer Fence ihr ins Gedächtnis zurück. „Wie zum Teufel wirst du den verrücken und was wirst du damit tun, solltest du das geschafft haben?"

Ana schaute ihn mit undurchdringlicher Miene an. „Das weiß ich nicht. Aber ich nehme an, da drüber werde ich mir den Kopf zerbrechen, wenn ich dort bin."

„Weißt du denn, wo diese arschgroßen Steine sind?", fragte Zoë. „Und wie tief in der Arschspalte vom Ozean sie drin stecken?"

„Ich glaube, es wird nicht allzu schwer sein sie zu finden, jetzt wo ich weiß, wonach ich suche. Und auch wenn der Gedanke mich nicht glücklich macht, nehme ich an, dass sie mit meinen Kristallen verbunden sind. Vielleicht gelingt es mir sie zu finden, wenn ich mir diese Verbindung irgendwie zu Nutze mache. Und ja, sie werden auf dem Grund des Ozeans liegen, wahrscheinlich viel tiefer, als irgendeiner von euch schwimmen kann." Sie schaute Fence dabei nicht an.

„Wir könnten etwas basteln, was eine Hilfe wäre, um den Stein zu bewegen", sagte Quent. „Zoë ist ein Genie für so was." Er warf ihr ein strahlendes – und heißes – Lächeln zu, das Fence zu Ana blicken ließ, weil es ihn an den verführerischen Blick erinnerte, den sie ihm zugeworfen hatte. Vor seiner Verwandlung zum Arschloch.

Wenn sie ihn nur nicht so bedrängt hätte ...

„Wir kommen mit", sagte Zoë.

„Und in der Zwischenzeit kann Vaughn anfangen die Stadt zu evakuieren", sagte Quent. „Ich habe ihn heute Morgen gesehen. Er sagte, da wären gestern ein paar Typen im Restaurant gewesen, die ihm Fragen zu mir gestellt hätten", fügte er zu Fence hinzu. „Aber Simon hat sich dazugesetzt und kam mit ihnen ins Gespräch. Und der hat dann verlauten lassen, ich wäre schon ein paar Monate lang nicht mehr gesichtet worden. Und dann hat er dafür gesorgt, dass die Kopfgeldjäger weiterziehen, ohne mit noch anderen Leuten zu reden, und ist ihnen noch ein Stück gefolgt, um sicherzugehen, dass die nicht wiederkommen."

Fence nickte. „Gut gemacht, Simon. Wünschte, ich wäre da gewesen, um zu sehen, ob ich sie erkenne, aber es macht keinen Unterscheid. Sie sind umgeleitet und fehlgeleitet."

„Zu dumm, dass wir die Bedrohung von einem Tsunami nicht ebenso leicht umleiten und fehlleiten können", sagte Sage. Ihre Augen wanderten durch den Raum und sie sah aus, als würde sie gleich in Tränen ausbrechen. „Ich schaue mal, was Theo und Lou gerettet haben wollen, falls möglich." Dann setzte sie sich an den Computer und begann mit flinken Fingern loszuschreiben.

„Simon, Elliott und Jade werden dir dabei helfen, so viel von dem Zeug hier wie möglich rauszubekommen", sagte Quent. „Zu dumm, dass Wyatt noch nicht aus Yellow Mountain zurück ist. Fence–"

„Ich muss bei euch mitkommen", sagte er, ohne zu zögern. „Ihr könnt nicht ohne einen Führer losziehen."

Quent nickte. „Du hast wahrscheinlich recht, aber wir könnten hier auch jeden Mann gut brau–"

„Ich komme mit. Ihr könnt es euch nicht leisten, euch zu verirren oder in einen anderen Schlamassel reinzugeraten. Und außerdem, wenn wir einen scheißgroßen Stein vom Grund des Ozeans raufwuchten müssen, wirst du ein Muskelpaket brauchen."

Verdammt. Er hoffte nur, dass sie den größten Teil der Strecke an Land zurücklegen würden.

16

"Ana."

Sie blieb oben am Ende der Wendeltreppe stehen, erleichtert dem erdrückenden Raum entkommen und wieder im Erdgeschoss angekommen zu sein, und drehte sich um.

Fence kam in Riesenschritten nach oben geeilt, wobei seine langen Beine immer eine Stufe übersprangen. „Kann ich vielleicht kurz mit dir reden?"

„Ja", sagte sie, ihr Ton neutral und ihre Miene ausdruckslos. Sie trat aus dem Aufzug hinein in den menschenleeren Flur, was ihm genug Raum gab, um an ihr vorbeizukommen.

Trotz der Tatsache, dass ihr Herz wild hämmerte und dass die kurze Berührung von seinem warmen Arm an ihrem – als er an ihr vorbeiging – bei ihr ein leichtes Prickeln auslöste, hätte sie eigentlich lieber nicht mit ihm geredet.

Sooft sie auch darüber nachdachte, sie konnte keinen vernünftigen Grund für den kompletten Totalausfall von ihm heute Nachmittag finden. Und so plötzlich auch. Es war, als wäre er eine Münze und hätte sich auf einmal von der ganz anderen Seite gezeigt.

Was sie aber sicher wusste, war, dass die Sache wesentlich unkomplizierter sein würde, wenn sie zu dem Typ auf Abstand ging, eben weil er anscheinend so ... labil war.

Auch wenn ... ojemine, er schlicht so groß und grundsolide und stark aussah. Wie ein mächtiger Felsen. Mit all dem, was sich gerade so in ihrem Leben abspielte, hätte sie wirklich gerne jemanden gehabt, der sie einfach nur im Arm hielt.

Jemand, mit dem sie reden konnte.

Ana blinzelte mehrmals. Sie war es so Leid, das alles in sich drin aufzustauen.

„Hast du denn eine Idee, wo die Steine sein könnten?", fragte Fence.

Ana konstatierte diesen kleinen Stich und musste sich ihre Enttäuschung darüber eingestehen, dass er hier nicht auf Knien um Verzeihung bat, sich entschuldigte, dass er so ein Arschloch gewesen war, und sich stattdessen nur Gedanken zum Auffinden der Steine machte.

Und eine Stadt mit hunderten von Leuten zu retten.

Ach, ja.

Reiß dich zusammen, Ana. Jetzt ist nicht der Zeitpunkt für Knatsch mit dem Ex, um dich noch trübsinniger zu machen.

Sie seufzte und versuchte ihm die Frage zu beantworten. „Nicht wirklich ... aber ich bin mir sicher, dass wenn ich erst wieder im Ozean bin, ich es schnell herausfinden werde. Ich habe gespürt, dass etwas nicht in Ordnung war. Dass sich im Wasser etwas verändert hat. Und ich bin mir jetzt ziemlich sicher, dass es genau das war. Ein weiterer Aspekt, den ich noch nicht erwähnt habe, weil es einfach zu viele offene Fragen in dem Punkt gibt, ist, dass die Steine auch auf einem Energiezentrum aufgestellt werden müssen. Wenn ich also das Energiezentrum finden kann, das Envy am nächsten ist..."

„Ein Energiezentrum?" Fence runzelte die Stirn. „Du meinst, in der Erde drin?"

„Ja, genau. Es gibt überall auf der Welt Energiezentren und zusammen mit den Kristallen haben sie die dazu benutzt..."

Fence blickte jetzt auf sie runter und in seinen dunklen Augen mit diesen langen, geschwungenen Wimpern zeichnete sich so etwas wie Verstehen ab. „Sie haben sie benutzt, um den Wechsel einzuleiten, nicht wahr?" Das hatten Theo und Lou schon lange vermutet.

Sie schluckte und dachte an all das Grauen, dass die Menschen durchgemacht haben mussten, als die Welt um sie herum auseinanderbrach. All das Entsetzliche. All diese verlorenen Leben. Mütter, Kinder, Familien...

Ana schaute ihn an und die gleiche, schreckliche, entsetzliche Erkenntnis spiegelte sich in seinen Augen wider. Sie nickte zur Bestätigung. Ja, genau so hatten sie den Wechsel eingeleitet.

Das war der andere Grund, warum sie niemals zu den Atlantern zurückkehren würde. Wie konnte sie Teil von einer Gruppe Menschen sein, die einen derartigen Genozid verursacht hatte? Die Atlanter und die Elite standen den Nazis in rein gar nichts nach – die Elite hatte noch schwerere Schuld auf sich geladen, und Ana verachtete sie deshalb um so mehr, weil sie ihre eigenen Familien und Freunde umgebracht hatten.

Ana schüttelte sich.

„Wenn du Energiezentrum sagst...?"

„So wie ich es verstehe, ist die Erde von unzähligen Energielinien umgeben oder durchzogen. Wann auch immer es einen Ort gibt, an dem mehrere von ihnen sich überkreuzen oder sich verbinden, dann entsteht dort das, was man ein Energiezentrum nennt. Je mehr Linien dort langlaufen – manche sprechen da auch von Leylinien, wir nennen sie Flash-Reihen – desto stärker ist das Energiezentrum."

„Wow", sagte er. Er schien zu sich selbst zu nicken, als würde er jetzt endlich etwas begreifen. „Ja, ich weiß alles über scheiß Leylinien und ihre Überschneidungen und was die ausrichten können. Und du willst also sagen, dass sie – wer auch immer ,sie' nun sind, die Elite, die Atlanter, wer auch immer – ... sie haben die Kristalle an diesen Punkten aufgestellt, um ... ja um was? Um gigantische Erdbeben und Tsunamis rund um den Globus auszulösen? Ja, genau so haben sie es gemacht. Als alles erst mal in Gang kam, war es nur noch eine Kettenreaktion", fuhr er fort, so als würde er halb zu sich selbst sprechen. „Erdbeben, Flutwellen, verrückte Stürme und all das. Hat die ganze verdammte Erde umgekrempelt, mit all den Platten in Bewegung und auf Kollisionskurs – Himmel Herrgott."

Als er sie wieder anschaute, war der frühere Fence verschwunden, der mit den kühlen Augen, der distanzierte, Post-Wutausbruch Fence. Und wer auch fehlte, war der Verführer, der charmante Typ, der jeden Tag nahm, wie es kam, und der sie gekonnt in seine Arme rein manövriert hatte.

Stattdessen sah sie das gleiche Entsetzen, das auch sie angesichts der Erkenntnis empfunden hatte, was eine Rasse der anderen angetan hatte. Ganz zu schwiegen von zahllosen weiteren unschuldigen Kreaturen.

„Ich komme auf keinen Schimpfnamen, der schlimm genug wäre, um sie angemessen zu beschreiben", sagte er mit zusammengebissenen Zähnen. Er blinzelte und klatschte mit voller Wucht einen riesigen Handteller auf seinen Schädel, was seine ganze Stirn in Falten legte. *„Mein Gott."*

Ana nickte ernst. „Ich weiß. Wenn meine Kristalle mir also helfen, den Weg zum Energiezentrum zu finden, das sie ja benutzen müssen, wird es viel, viel einfacher sein. Aber wenn mir das nicht gelingt, dann ist es die Nadel im Heuhaufen."

„So wie der Küstenverlauf aussieht ... da wollte ich noch mit dir drüber reden. Ich kenne mich in der Gegend ziemlich gut aus und wenn wir uns eine Landkarte anschauen, finden wir vielleicht heraus, was Sinn macht, also welche Richtung für den Ursprung einer Welle am meisten Sinn macht."

Ana nickte, aber bevor sie etwas sagen konnte, öffnete sich der Aufzug erneut und Sage tauchte auf. Sie sah aus, als hätte jemand gerade ein Feuer hinter ihr angezündet – oder vielleicht war es auch nur ihr leuchtendes, rotgoldenes Haar. „Ich war gerade im Netzwerk mit Lou und Theo in Kontakt. Ich denke, wir haben die Lösung!"

„Was?", fragte Fence da und drehte sich offensichtlich erstaunt um. Dann schaute er nach rechts und links den Flur runter, als wolle er sicher sein, dass niemand dort rumstand, und schaute dann Ana an. „Ich weiß, du magst es dort unten nicht sonderlich, aber das Gespräch können wir hier nicht führen."

Sie holte tief Luft, überrascht, dass ihm ihr Unbehagen überhaupt aufgefallen war. „Es ist ok, es ist ok." Sie trat zu den beiden; wieder in den Aufzug hinein und wieder schlossen sich die Türen, um sie tief nach unten in die dunkle Erde runter zu schleppen.

Vielleicht gewöhnte sie sich schon dran, denn diesmal schien der komplett abgeschlossene Raum ihr nicht so viel auszumachen. Oder vielleicht lag es auch nur an Sage und ihren wichtigen Informationen. Ana fand jedenfalls, dass das sie komplett in Anspruch nahm.

„Vor ein paar Monaten fanden Simon und ich einen alten USB-Stick – das hat mit Computern zu tun", erklärte Sage ihr, als Anas Augenbrauen sich fragend hoben, „der einmal Remington Truth gehört hat."

„Remington Truth?", Ana beugte sich vor. „Den Namen kenne ich. Aber ich bin mir nicht sicher, woher."

„Er war ein Mitglied im Kult von Atlantis, ein sehr wichtiges Mitglied, und so etwa zu der Zeit des Wechsels muss etwas passiert sein. Wir sind uns nicht sicher, aber anscheinend ist er verschwunden."

„Er ist gestorben?"

„Da noch nicht. Aber wir wissen, dass die Fremden schon seit fünfzig Jahren versuchen, ihn wieder in die Finger zu kriegen – und sie haben ihre Zombies ausgesandt, um nach ihm zu suchen. Wir wissen nicht genau, wann er gestorben ist, aber wir wissen, dass seine Enkelin noch am Leben ist. Sie heißt ebenfalls Remington Truth und die Frau ist echt mies durchgeknallt."

„Weißt du, warum sie denn nach ihm suchen?", fragte Sage Ana.

Sie runzelte die Stirn und versuchte sich daran zu erinnern, was sie über Remington Truth wusste. Sie war sich nicht einmal sicher, ob sie gewusst hatte, dass es sich um einen Mann handelte. Es war ein Ausdruck, den sie gehört hatte, wie eine Art Passwort oder ein Motto. Immer mit einer Art boshafter Ehrfurcht ausgesprochen. „Ich hatte nicht verstanden, dass er eine Person war, bis du es mir gesagt hast."

Jetzt, wo sie wusste, dass Truth ein *Mann* war, nicht ein Ding oder ein Ausdruck, glaubte sie, sich vielleicht an mehr erinnern zu können als zuvor gedacht. Und dann auf einmal ... der Atem stockte ihr. „*Warte mal.* Jetzt erinnere ich mich ... ich denke ... ich glaube, er ist etwa zur selben Zeit verschwunden, als der Mutter-Kristall verloren ging." Bei dem Versuch, die Einzelheiten aus ihrem etwas trüben Gedächtnis rauszufischen, runzelte Ana die Stirn.

„Was ist das denn?", fragte Sage. „Der Mutter-Kristall?"

„Das ist ein für die Atlanter sehr wichtiger Kristall ... die Quelle ihrer Energie. Ich will damit sagen ... er ist eher wie ein *Schlüssel* zu ihrer Energiequelle, als die Energiequelle selbst. Ich weiß auch nicht", sagte Ana und schüttelte den Kopf beim Versuch sich zu erinnern. Sie wusste, sie klang etwas wirr – aber sie war nicht einmal dreizehn Jahre alt gewesen und hatte nur Gesprächsfetzen mitgehört. „Was auch immer es nun ist, sie brauchen ihn. Sie sind deswegen am Verzweifeln. Ich glaube, man hatte den Verdacht, Remington Truth habe den Kristall irgendwie zerstört. Ich weiß nur, dass der Kristall zur selben Zeit verschwand wie er."

„Wie um alles in der Welt konnte Truth denn an den rankommen, wenn er sich in Atlantis befand?", fragte Sage.

Ana schüttelte den Kopf. „Ich habe keine Ahnung. Ich gebe hier nur Gesprächsfetzen und Brocken wieder, die ich gehört habe ... ich könnte komplett falsch liegen." Sie wandte sich Sage zu. „Du wolltest doch gerade was zu Truth sagen."

„Ach, ja." Der Rotschopf nickte und fuhr fort. „Simon und ich haben seinen Stick gefunden und da war eine Liste mit Zahlen drauf abgespeichert. Theo und Lou haben die letzten paar Monate versucht herauszubekommen, was die bedeuten, und haben erst vor kurzem entdeckt, dass die Zahlen wahrscheinlich für geographische Koordinaten stehen."

Ana schüttelte den Kopf. „Ich verstehe nicht, was du damit meinst."

„Es sind Nummern, die man benutzt, um einen Ort auf der Erde ganz genau festzulegen – und zu finden", erklärte Fence ihr. „Aber seit dem Wechsel hat sich nicht nur die Geographie verändert, sondern auch die Punkte der Erdachse. Die Dinge haben sich verschoben und wir stehen gerade mal am Anfang davon, herauszufinden, um wie viel und wie man die Veränderung berechnen kann. Ich habe schon zig Karten entworfen, bis sie mir zu den Ohren rauskamen, und habe versucht mit meinem Wissen über die Astronomie herauszufinden, wo zum Teufel die Dinger nun genau sind."

„Egal", fuhr Sage fort, „ausgehend von dem, was die beiden in Yellow Mountain rausgefunden haben, glauben Theo und Lou allmählich, das diese Zahlenliste für geographische Punkte steht, die wiederum Stellen sind, die die Fremden – oder die Atlanter, oder beide – benutzt haben, als sie den Wechsel in Gang gesetzt haben."

Auf einmal verspürte Ana ein Prickeln, als würde die Erkenntnis gleich aus ihr hervorbrechen. Und sie und Fence drehten sich zueinander, um sich anzuschauen. „Die Energiezentren", sagte sie.

„Wo all diese Leylinien zusammenlaufen – genau wie in Sedona", sagte Fence und blickte zu Sage. „Es gibt schon seltsame Scheiße."

Der Rotschopf nickte schon wieder. „Als ich Theo das Update von allem gegeben habe, was du uns erzählt hast, Ana, hat er vorgeschlagen, dass vielleicht eins der Koordinatensets – die geographischen Punkte – eine logischer Ort für die Platzierung der Goleth Steine wäre."

„Das ergibt Sinn", sagte Fence und beugte sich schon über Sages Schulter, um sich etwas auf dem Computerbildschirm anzuschauen. „Der, der uns am nächsten ist, wäre die offensichtliche Stelle. Ich werde mir mal die Zahlen hier anschauen und sie auf eine meiner Karten übertragen." Er blickte nach hinten zu Ana. „Es wird eine Weile dauern."

Sie stand auf. „Der Mond ist morgen Nacht ganz voll. Ihr macht euch besser schnell an die Arbeit."

Und während die beiden da dran saßen, musste sie sich um andere Dinge kümmern.

„So habe ich die noch nie gesehen", sagte Selena. „Es scheint fast, als wären sie durchgedreht. Als würden sie nach etwas suchen."

„Durchgedrehte Zombies? Ist das nicht ein Oxymoron?", sagte Wyatt, während er auf die Horde von Ganga blickte, die auf sie zugestolpert kamen.

Sie befanden sich oben auf der Mauer um den alten Landsitz herum, wo Selena und jetzt auch Theo lebten. Sieben Meter Backsteinmauer trennten sie von den Monstern. Aber der Anblick von so vielen dieser Monster, die wie irre auf sie zugewankt kamen, mit ihren orange glühenden Augen und ihrem stinkenden, verrottenden Fleisch, machte Wyatt ziemlich unruhig. Selena hatte recht: So wie die Zombies sich jetzt verhielten – da war noch etwas anderes im Spiel.

Im Laufe seines Lebens hatte Wyatt schon einige beunruhigende Dinge ansehen müssen – von verkohlten Kinderleichen und Haustieren, die durch Feuer verbrannt umgekommen waren, weil ihre Eltern zu blöde waren Rauchmelder zu installieren, über die Überreste von Marktbesuchern nach einem Selbstmordanschlag im Irak, bis hin zum ersten Anblick einer gespenstisch veränderten Stadt nach dem Wechsel –, aber dieser Anblick hier machte, dass sich ihm die Haare im Nacken aufstellten. Ganz besonders jetzt, wo er wusste, dass die Zombies nichts weiter als panische, dem Wahnsinn verfallene menschliche Seelen waren, gefangen in deformierten, verfaulenden Körpern.

Ihre Seelen waren sich dieses Kerkers von Haut und Knochen bewusst, aber konnten nicht mit anderen kommunizieren, noch ihren verzweifelten Drang unterdrücken, Menschenfleisch zu essen. Und das machte sie blutdurstig und gefährlich ... und zugleich aber auch erbarmungswürdig. So schrecklich erbarmungswürdig.

Wyatt war dort gewesen. Er war mit Theo und Lou mitgegangen und hatte den Ort gesehen, wo die Fremden Männer und Frauen in Zombies verwandelten, indem sie in den Schädel von halb bewusstlosen Menschen ein winziges Kristall von orangener Farbe injizierten. Gott sei Dank gab es noch Selena: Sie hatte die besondere und seltsame Gabe, die in diesen schrecklichen Leibern eingeschlossene Menschlichkeit zu befreien.

Ruuu-uuuuth-ruuuthhhh-ruuu-uuuthhhh!, riefen und stöhnten die Zombies immer und immer wieder, in einer Art verzweifelter Traurigkeit.

„Bist du dir sicher, dass du das heute Abend tun willst, Selena?", fragte Theo. Seine Stimme klang angespannt und er beobachtete sie im Mondlicht mit ernsten Augen. Es war ein gefährliches Vorhaben: Um ihnen zur Erlösung zu verhelfen, musste sie ganz nah rankommen und sich daher unter diese wahnsinnigen Wesen begeben. „Es sind mindestens zwei Dutzend."

Sie nickte und kletterte von der Plattform runter, die ihnen als Aussichtspunkt diente. „Es wird alles gut gehen", sagte sie zu ihm und Wyatt sah, wie sie die Hand ausstreckte, um Theo am Arm zu berühren, und wie sie nebenbei die ganze Länge seines Arms streichelte.

Eine schlichte Geste, dazu gedacht, zu trösten. Eine einfache Geste zwischen zwei Leuten, die sich kannten, die einander liebten. Die sich vertrauten, respektierten, einander *kannten*.

Er drehte sich weg und schaute lieber wieder zu den Zombies. „Ich werde Wache halten, damit sie auch sicher alle den Weg nach drüben zum Gehege finden", sagte er und wusste, dass seine Stimme abgehackt und schroff klang.

Dort – in dem abgesonderten Bereich, den Theo und Lou extra zu dem Zweck errichtet hatten, das heißt zusammen mit dem reichlich misslaunigen und wenig umgänglichen Alten namens Frank – zog Selena ihre eigene Privatnummer mit den Zombies ab. Naja, eigentlich hatte Frank – der schon über neunzig sein musste – das meiste von den Bauarbeiten daran gemacht, mit der Hilfe von Wyatt, während Theo und Lou einen jüngst aufgespürten Haufen von Elektronik und Flipperautomaten dazu benutzten, eine Art Vergnügungspark zu bauen, in dem die verwirrten Zombies hypnotisiert wurden. Das gab Selena die Gelegenheit, das zu tun, was auch immer sie nun mit diesem leuchtenden rosa Kristall tat, den sie immer an einer Schnur um den Hals trug.

Wyatt wusste es nicht und sie hatten von sich aus nichts verraten und er hatte nicht um die Einzelheiten gebeten. Er war zu der Einsicht gelangt, dass je weniger er von diesem Drecksloch einer *veränderten* Welt wusste, desto besser für ihn.

Denn wenn er von allem wüsste, was vor sich ging, wie es zu all dem gekommen war ... wenn er zuließ, dass er auch einfach nur drüber nachdachte, sich vorstellte, was man der Welt – seinen Freunden, seiner Familie, seiner Frau und seinen *Kindern* – vor rund fünfzig Jahren angetan hatte, würde er durchdrehen.

Im Moment hielt ihn einfach nur noch ein sehr dünner Faden am Leben.

Er schaute wieder zu der Meute von Frankenstein-Monstern und ihm fiel auf, dass die meisten von ihnen sich zur Nordseite der Mauer hin bewegten, genau wo Selena und Theo auf sie warteten. An den winzigen Zwillingspunkten ihrer glühenden Augen konnte man ihr Vorankommen abschätzen, sowie an den Schatten, die ein fast voller Mond warf. Kleine Paare von orangenen Lichtern ruckelten und holperten, als ihre Besitzer versuchten–

Wyatt erstarrte.

Orangene Kristalle.

Es lief ihm kalt den Rücken runter. Remy besaß einen leuchtenden, orangenen Kristall.

Das schleuderte ihn wieder zu dem Zwischenfall gestern Nacht zurück, als er sie auf dem Boden liegend vorgefunden hatte, sich windend, mit diesem glühenden, orangenen Stein, der ihr in den schlanken Bauch eingesetzt worden war wie ein etwas kitschiges Bauchnabel-Piercing.

Ganz sicher nicht etwas, was eine Frau wie Remy seiner Meinung nach tragen würde, trotz ihrer Erklärung, es sei einfach nur ein hübsches Schmuckstück.

Er wusste, dass sie da log. Remy ... die log und Ausflüchte für alles fand. Natürlich hatte sie etwas zu verbergen – das war von dem Moment an klar, als er und die anderen sie in dem kleinen Zuhause aufgespürt hatte, wo sie ihren Töpferei-Laden hatte.

Als sie auf ihn geschossen hatte.

Ich habe nicht auf dich *geschossen.*

Bullshit.

Er erinnerte sich, wie sie mit der Pistole in der Hand da gestanden hatte, diese blauen, blauen Augen kühl und entschlossen. Sich auf ihn fokussierte, als sie alle warnte sich nicht zu rühren, und dann den Abzug betätigte, als er es doch tat. Bei der Erinnerung an das Risiko, das sie da einging, packte ihn immer noch die kalte Wut.

Aber seine Wut relativierte sich meist sehr schnell bei der Erinnerung daran, wie er ihren misshandelten, zerschundenen Körper unter dem Truck hervorgezogen hatte. Dem Truck des Kopfgeldjägers, wo man sie drunter angekettet hatte. Sie hatte genauso schlimm ausgesehen wie die weiblichen Opfer von Massenvergewaltigungen, die er im Irak gesehen hatte. Vielleicht noch schlimmer.

Der Magen krampfte sich ihm vor Übelkeit zusammen. Bei dem Gedanken an all das Böse, was Menschen anderen antun konnten.

Ein leises, drängendes Bellen erregte seine Aufmerksamkeit und Wyatts Anspannung löste sich etwas. Er kletterte die Leiter runter und fand den unruhig auf und ab gehenden Dantès, die Ohren steil aufgestellt. Er hechelte nicht vor Begeisterung, wie dann, wenn es ans Spielen ging – er war sehr still, ganz offensichtlich unruhig und in Alarmbereitschaft.

„Spürst du das auch, mein Großer?", fragte Wyatt und hockte sich neben den großen Hund. „Die sind heute Nacht außer Rand und Band, nicht wahr? Als ob sie etwas suchen würden und jetzt denken, sie hätten es endlich gefunden."

Dantès roch nach Trost und Wärme, und in dem Mondlicht alleine mit dem großen, haarigen Körper neben sich schämte Wyatt sich nicht, seine brennenden Augen für einen kurzen Moment zuzupressen, als er das Tier umarmte.

Dantès hatte ihm nicht nur das einzige Licht in seine dunkle Welt gebracht, indem er loyal war und ihn bedingungslos liebte, er erinnerte Wyatt zudem noch an seinen eigenen, lang entschwundenen Begleiter Loki.

Als er den Hund losließ, fiel Wyatt auf, dass er Remy nicht mehr gesehen hatte, seit sie letzte Nacht zum Haus zurückgerannt war ... nachdem er ihr geholfen hatte, diesen brennenden Kristall zu entfernen.

Er erhob sich langsam, ein unbehagliches Gefühl legte sich über ihn. Er neigte meistens dazu, ihr aus dem Weg zu gehen, aber im Allgemeinen aßen alle im Haus zusammen, außer sie waren anderweitig beschäftigt. Sie war nicht beim Abendessen gewesen, das wusste er.

Es war nicht so, dass er sie suchen gehen wollte. Er verspürte kein Verlangen das zu tun – er wusste, er war jetzt gerade in keiner Verfassung freundlich zu sein, zu egal wem nun und ganz zu schweigen einer Frau gegenüber, die ihn schon allein durch ihre bloße Gegenwart wütend machte. Ganz besonders eine, die so kaputt war wie sie.

Aber ... hier ging etwas vor sich. Er hatte oft genug in brenzligen Situationen gesteckt, um zu wissen, dass er besser auf seinen Instinkt hörte. Und Dantès führte sich ebenfalls seltsam auf.

„Wo ist Mama?", sagte er und zwang sich seine Stimme freudig klingen zu lassen, was er so gar nicht empfand. „Wo ist sie? Lass uns gehen und sie suchen!"

Dantès sprang bei der Frage in Habachtstellung und ließ dann ein kleines Winseln vernehmen, dass Wyatts Unbehagen nicht dämpfte. *Shit.*

„Komm, Junge, wir gehen sie suchen!" Er machte mit der Hand Zeichen und der Hund machte ein paar Sprünge weg, kam dann aber mit einem weiteren kleinen Winseln und einem kurzen, hohen Bellen wieder zu ihm zurückgetänzelt. Er tanzte vor Wyatt herum, als würde er um Hilfe bitten. Jede seiner Bewegungen verriet Verwirrung.

Und da wusste er es ganz sicher: Remy war verschwunden.

Der Abend war schon fortgeschritten, als Ana das Klopfen an ihrer Tür hörte.

Sie war soeben von einem Besuch bei ihrem Dad zurückgekehrt, der erleichtert war sie zu sehen, als er erst einmal aus seinem Nebel der Geistesabwesenheit aufgetaucht war und auch gemerkt hatte, wie lange es schon her war, dass ihm das gelungen war. Sie hatte ihm nichts von ihrem Vorhaben erzählt, beim Stoppen der Flutwelle mitzuhelfen, weil sie wusste, dass Bürgermeister Rogan für die Evakuierung aller sorgen würde – und nachdem sie Flo in Aktion gesehen hatte, war Ana sehr zuversichtlich, dass die Krankenschwester dafür sorgen würde, dass ihr Vater all seine Experimente zurückließ, im Austausch für einen geretteten Arsch. Laut Quent war er im Moment mit der Untersuchung von Kaddicks Kristallen beschäftigt und verglich sie mit dem Kristall, den Elliott wohl von einem der Fremden erhalten hatte.

Sie war auf ihr Zimmer zurückgekehrt, um sich umzuziehen, bevor sie zum Abendessen wieder nach unten in den Gemeinschaftsraum ging, und hatte sogar noch vor, später dann wieder kurz in den Ozean zu springen, um zu sehen, ob sich etwas verändert hatte.

Sie hatte gewisslich nicht vor, sich wieder mit Darian zu treffen. Falls er in der Nähe ihres Treffpunkts auf ein Zeichen von ihr wartete, wäre er ja anderweitig beschäftigt und kam ihr nicht in die Quere.

Aber jetzt klopfte jemand an ihre Tür.

Ana machte auf, um dort Fence stehen zu sehen. Er sah müde aus, besonders um die Augen, und ihr Ärger und Zorn verrauchte. Ein bisschen.

„Uhm ... darf ich reinkommen?", fragte er, als sie keine Anstalten machte von der Tür wegzugehen.

Er lehnte sich gegen die Seite der Tür, sein Körper füllte den Türrahmen schon ziemlich gut aus, komplett dunkel und schön. Ana musste sich zwingen, daran zu denken, was für ein Arsch er gewesen war, was für ein verrücktes, durchgedrehtes Arschloch ... aber es war nicht einfach. Vor allem nicht, als sie die Unsicherheit in seinem Verhalten erkannte. Diese *Wirklichkeit* unter der coolen Oberfläche.

Sie beschwor die Erinnerung von ihm, wie er auf dem Strand gestanden hatte, mit rasenden Augen, das Gesicht finster und wütend.

Ich komme Scheiße nochmal nicht in das gottverdammte Wasser.

„Ich denke eher nicht", brachte sie irgendwie noch raus. „Ich halte das für keine gute Idee, Fence. Wir sind ... was willst du?"

Er ließ einen kleinen Seufzer hören und seine vollen, herrlichen Lippen verzogen sich zu einem matten Abbild seines sonst üblichen Lächelns. „Ich wollte dir erzählen, was Sage und ich herausgefunden haben. Ausgehend von den Angaben zu allen Koordinatengruppen, dem in Frage kommenden Gebiet und den Karten, wo ich das drauf übertragen konnte, glauben wir, dass wir die Stelle gefunden haben. Ich meine, wir haben die Stelle gefunden, die Envy am nächsten ist."

„Wann können wir los?", fragte Ana und ignorierte, wie sein muskulöser Arm über die Türschwelle kam, als er sich innen gegen den Türrahmen lehnte.

„Morgen früh."

„Gut", erwiderte sie und dachte an Darian, der am Treffpunkt auf sie wartete. Sie wäre weg, bevor ihm klar wurde, was los war.

„Quent und Zoë kommen mit uns mit. Vaughn hat eines der Fischerboote für uns organisiert und Zoë arbeitet noch an einer Art Vorrichtung, die wir benutzen können, um dir zu helfen den Stein zu bewegen – vorausgesetzt, das ist nicht zu weit unten."

Ana nickte. „Das klingt, als hätten wir alles getan, was wir können, wenn die Stelle richtig berechnet ist. Danke, dass du mich auf den neuesten Stand gebracht hast. Wann geht's los?"

Er blickte auf seine Füße und dann wieder zu ihr hoch. „Bei Sonnenaufgang."

„Ok. Ich werde da sein." Sie wollte die Tür wieder schließen, aber sein Fuß – und sein Arm – blockierten sie.

„Und, uhm, es tut mir Leid, dass ich heute so angenervt war", sagte er da recht schnell. „Es lag nicht an dir – sondern an mir."

„Das war mir klar", entgegnete sie ihm kurz angebunden.

Er schaute sie an, überrascht, und ein Funken Humor blitzte da kurz in seinen Augen auf. „Du redest wohl nie um den heißen Brei rum, nicht wahr, Zuckerstück?"

„Ich sehe keinen Sinn darin, mit Ausflüchten rumzuwabern", antwortete sie ihm.

„Ana, hättest du vielleicht gern etwas Gesellschaft?" Er schien zu spüren, dass Ehrlichkeit hier besser war als ein sorgloses Lächeln, also blieb sein Gesicht mal ernst. „Morgen ... nun, ich weiß, morgen wird es riskant und ziemlich hart zugehen. Und ich weiß, dass du ... nun, Teufel, Ana, du hast mir den absaufenden Arsch gerettet, du bist aus Atlantis entkommen, du hast unten selbst Zoë Paroli geboten, also weiß ich, dass du dich nicht unterkriegen lässt ... aber ich dachte mir, dass du vielleicht ... vielleicht nicht alleine sein möchtest."

Es drückte ihr das Herz ab und innerlich kam sie da ins Schwanken. Aber gesunder Menschenverstand siegte.

„Ich halte das für keine gute Idee", sagte sie zu ihm. „Ich finde, man kann dir nur schwer widerstehen – ich und wahrscheinlich jede andere Frau. Aber gleichzeitig sehe ich keinen Sinn darin, das hier weiterlaufen zu lassen. Ganz offensichtlich hasst du den Ozean und für mich ist ... ist er das Beste an meinem Leben. Ich sehe nicht, wie das hier zwischen uns irgendwohin führen kann."

Seine dunklen Augen ruhten auf ihr und tief unten in ihrem Bauch verspürte sie da ein langsames Zittern von Anziehungskraft, die allmählich hochflatterte und raus wollte. *Nein.* Darauf würde sie nicht mehr reinfallen.

„Die Sache verhält sich so, Ana-Herz", sagte er und ließ seine Stimme an ihre tiefste Stelle runterfallen – in die Tonlage, wo sie dann in Ana tief und köstlich zu vibrieren schien. „Ich werde ganz ehrlich sein mit dir. Ich möchte heute Nacht mit dir zusammen sein. Nicht mit irgendjemand anderem. Dauernd redest du von anderen Frauen – aktuelle und zukünftige – und die Wahrheit ist, dass ich nirgendwo sein möchte als hier. Mit dir."

Das Herz schlug ihr jetzt wild und sie hätte es besser wissen müssen, aber ihre Vorbehalte schmolzen dahin. Sie wollte auch nicht alleine sein. Morgen brach sie zu einer Reise und für eine

Aufgabe auf, die sehr leicht im Unglück enden konnte – sowohl für sie als auch für andere.

Das letzte Mal, als sie etwas ähnlich Riskantes unternommen hatte, das war bei ihrer Flucht aus Atlantis gewesen ... und man konnte ja sehen, wie das für sie geendet war.

Fence schien zu wissen, dass sie schwach wurde. Er kam sachte vor, packte den Türrahmen zu beiden Seiten mit seinen Händen, so dass mehr von ihm drinnen als draußen war.

Und bevor sie reagieren konnte, bevor sie ihren Verstand wieder unter Kontrolle hatte, beugte er sich noch weiter rein und bedeckte ihren Mund mit seinem.

Oh.

Weich und sinnlich ... du lieber Gott, der Mann war Weltmeister im Küssen. Er nahm sich reichlich Zeit, überredete sie mit seinem Mund, mit dem feuchten, langsamen Streicheln seiner Zunge, dem zärtlichen, gemächlichen Abküssen ihrer Lippen.

Ana schloss die Augen, als dieser feuchte, köstliche Mund zu ihrem Hals rüber wanderte, sich die Zeit nahm, ihre Wange und ihr Kinn zu kosten, und sogar diesen sensible Stelle unterhalb vom Ohr. Hitzestrahlen erfassten sie überall, machten ihr die Knie schwach. Machten, dass ihr Herz raste und ihre Lungen vergaßen weiterzuarbeiten.

Er nahm eine seiner Hände von ihrem Platz an dem Türrahmen und schob ihr damit das Haar aus dem Nacken, glitt mit der Hand darunter, um sie hinten am Nacken sanft zu fassen.

Sie schwamm und schmolz gleichermaßen, und als er sich löste, um ihr in die Augen zu schauen, erkannte sie das gleiche, tiefe Bedürfnis in seinen Augen.

„Ich will die Nacht zusammen mit dir verbringen. Ana", sagte er und strich mit seiner Hand an ihrem Rücken runter. Zu seiner Verteidigung: Er drängte sich nicht vor, noch zog er sie in seine Arme, noch kam er ins Zimmer. Er wartete. Sein Atem auch nicht mehr so ganz ruhig. Nicht ganz ruhig und auch nicht entspannt. "Nur mit dir zusammen zu sein. Nur aus dem Grund, hier für dich da zu sein ... wenn du das willst."

Der Schritt nach hinten von ihm weg war eines der schwersten Dinge, die sie je getan hatte, aber sie schaffte es. Enttäuschung flackerte in seinen Augen auf, aber er machte keine Anstalten ihr zu folgen.

„Ich denke, es ist das Beste, wenn ich heute Nacht gut ausschlafe", brachte sie noch raus, auch wenn ihre Eingeweide heiß und flattrig und bereit waren. *Außerdem, heute warst du ein echtes Arschloch.*

Sein charmantes Lächeln trat da nochmal kurz in Erscheinung, wärmte seine Augen und ließ seine weißen Zähne aufblitzen. „Da kann ich dir behilflich sein", versprach er ihr und streckte die Hand aus, um ihr mit einer breiten Fingerkuppe sanft die Lippen zu streicheln.

„Ich habe eher den Verdacht, dass das, was du vorhast, mich die ganze Nacht wachhalten wird", gab sie zurück. Ihre Lippen prickelten bei seiner Berührung, waren immer noch voll und feucht von dem Kuss zuvor.

„Was ich eigentlich meinte...", antwortete er ihr und seine Hand ließ von ihr ab, „...ich könnte dir eine Rückenmassage geben. Sehr entspannend." Er zeigte ihr seine zwei großen Hände und sie konnte ihre geschmeidigen, weiten, entspannten Berührungen an ihrem Rücken schon fühlen.

Das Herz schlug ihr jetzt schon bis zum Hals. „Ha, genau", schaffte sie trotz diesem Hindernis in der Halsgegend noch zu sagen. „Eine Rückenmassage. Das ändert sich keine fünf Minuten, nachdem ich dich reinlasse."

„Nur, wenn du es willst", sagte er. „Ich schwöre beim Seelenheil meiner Mutter."

Sie erinnerte sich an den Kummer in seinen Augen, als er vorher seine Mutter erwähnt hatte, und entschied, dass das wohl ein ernstzunehmender Schwur war.

Sie begriff da ebenfalls, wenn er unten in dem Pub sein wollte, um dieser blonden Frau schöne Augen zu machen, die aussah, als würde sie ihm jeden Augenblick an den Hosenlatz gehen, dann wäre er auch dort.

Aber er war hier. Versuchte, sie davon zu überzeugen, dass er hier sein wollte. Und nur hier.

Und sie glaubte ihm. Sie wollte ihn hier haben.

„Ok", sagte sie und trat beiseite.

17

Fence wachte wie gewohnt bei den ersten Sonnenstrahlen auf. Diesmal hatte er aber zusätzlich noch einen Arm voll Sonnengöttin, um den Tag mit ihm zu begrüßen ... und eine ganze Nacht Schlaf lag hinter ihnen.

Und kein einziger Alptraum. Zum ersten Mal seit ... Ewigkeiten. *Wow.*

Als er auf Ana runterblickte, mit ihrem goldbraunen Haar, das ihr um die Schultern fiel und sich über das Kissen ergoss, ihr Gesicht von ihm abgewandt, während er sich an ihren Rücken und ihre Beine schmiegte, veranstaltete sein Herz wieder diesen seltsamen Purzelbaum, der ihm gestern Abend im Pub zum ersten mal untergekommen war.

Sie könnte Diejenige Welche sein.

Wie er versprochen hatte und so schwer es ihm auch fiel – in mehr als nur einer Hinsicht –, als sie ihn erst einmal in ihr Zimmer reingelassen hatte, hatte er nichts angestellt, nicht einmal versucht, sie anzubaggern oder ihre Türrahmen-Küsse zu etwas mehr werden lassen, als sie waren.

Stattdessen hatten sie geredet – alle beide. Und er hatte die anzüglichen Witze und Wortspiele auf ein Minimum runtergefahren, obwohl sie immer drüber zu lachen schien. Sie lachte sogar dann, wenn *er* wusste, dass es ein schrecklicher Witz war.

Er hatte ihr alles über seine Mama und seinen Dad erzählt, wobei er Acht gab, nichts zu erzählen, was sein Alter verraten könnte – zumindest jetzt noch nicht. Es gab schon genug, was ihr Kopfzerbrechen bereitete. Er konnte ihr diese Anspannung an den Augen ablesen. Aber wenn sie von dieser Mission zurückkehrten, falls sie zurückkehrten – und er war wild entschlossen, dass sie das tun würden –, würde er ihr alles über seine Erfahrungen mit den Leylinien in Sedona erzählen.

Während er ihr die schmalen, verspannten Schultern massierte, beschrieb Fence ihr einige von den eher schrecklichen Erfahrungen in der Wildnis. Denn manche von denen hatten sich sogar noch vor den Zombies ereignet.

Und zu seiner großen Überraschung war er nicht mal versucht, es aufs nächste Level zu bringen – selbst als er ihr den Rücken rieb und den mächtigsten, verdammten Steifen ignorierte, den er wohl je gehabt hatte. Er genoss die Vertrautheit mit ihr, das war alles: sie zu berühren, ihr zuzuhören, mit ihr zu reden.

Selbst jetzt noch, als Ana sich im Schlaf bewegte, auf eine verführerische, aber unschuldige Art gegen ihn stieß, schloss er nur die Augen und dachte an eine kalte Dusche.

Als sie letzte Nacht redeten, war er ihr mit den Händen über das lange Haar gestrichen, hatte die seidigen Wellen gespürt, seine Bewegungen aber rein platonisch gehalten. Er hatte sogar in seiner Shorts geschlafen – er konnte sich gar nicht erinnern, wann er zum letzten Mal in etwas anderem als seiner nackten Haut geschlafen hatte, wenn er nicht gerade unterwegs auf einem Treck war.

Sie könnte Diejenige Welche sein.

Sie könnte in der Tat *Diejenige Welche sein.*

Da packte ihn die Panik. Wie konnte er sich nur in eine Frau verlieben, für die der Ozean ihr Leben war, wenn es ihm nicht einmal gelang den kleinen Zeh einzutauchen, ohne sich in die Hose zu machen?

Was für eine teuflische Art von Strafe war das denn?

Teufel nochmal, er kannte sie ja erst seit ein paar Tagen.

Aber trotz seiner Bedenken, trotz seiner Scham wegen dem Zwischenfall unten am Strand, hatte ihn etwas dazu gezwungen, letzte Nacht zu ihr zu kommen, nachdem die Arbeit mit Sage zu Ende war.

Er hätte wieder runter in den Pub gehen können ... eine willige Bettgenossin ausfindig machen. Er hatte schon einige der Damen näher kennengelernt – und die Bett-Frisur Blondine war eindeutig eine weitere Möglichkeit.

Oder er hätte mit Vaughn und Elliott abhängen und sich mit Simon, dem Grübler, ein paar hinter die Binde kippen können. „Trink heute aus, denn morgen können wir schon alle tot sein", und so weiter.

Die Mission heute war riskant und gefährlich, vielleicht sogar tödlich, wenn sie zu den Steinen gelangten, wovon er jetzt erst mal ausging. Er hatte die Anspannung in Anas Gesicht gesehen, unten im Computerraum, sowie die Sorge, die immer noch in ihren Augen zu erkennen war, als er zu ihr kam. Nicht Furcht, eher Sorge.

Er wollte nicht, dass sie alleine war.

Er wollte nicht alleine sein.

Und ... er wollte mit Ana zusammen sein und er wusste gar nicht mal genau warum. Er wusste nur, dass es so war – nicht weil er einen Abend haben wollte, nach dem Motto. „Wir ziehen in die Schlacht, also sollten wir es vorher noch einmal richtig krachen lassen, Zuckerstück."

Er wollte nur mit ihr zusammen sein. Er entdeckte an sich auch eine gewisse Versuchung, mit ihr ehrlich zu sein. Ihr alles zu erzählen.

Aber schon bei dem Gedanken verkrampfte sich sein Magen und ihm wurde anders.

Ana bewegte sich schon wieder, etwas ausgiebiger, und verdammt noch mal, wenn sie diese Rundung von ihrem Arsch nicht *genau* dorthin schob, wo der am meisten Schaden anrichten konnte.

Fence biss die Zähne zusammen, als sie gegen ihn stieß. Er hielt die Arme ganz still, auch wenn einer davon ihr von hinten um die Taille reichte und er seine Finger nach unten zwischen ihre Beine gleiten lassen könnte – *Denk da jetzt nicht dran!* – und der andere sich ohne Probleme nach vorne um eine Brust schlängeln konnte.

Aber zugleich wusste er, dass er sie nicht loslassen und etwas Abstand zwischen sie beide legen konnte, was das Problem gelöst hätte.

Ana gähnte, streckte sich und schaffte es, ihr Hinterteil noch enger an ihn zu schmiegen, und als sie sich dann bewegte und streckte, sich halb zu ihm umdrehte, poppte auf einmal ihre nackte Brust aus den Laken raus – genau vor seinen Augen.

Genau da.

Er hielt den Atem an und blickte auf die köstliche Verlockung dieser Titte, ein bisschen größer als eine Orange. Elfenbein und Grau, und gekrönt von einer blaugrau-gefärbten Brustwarze. Hier im Licht des frühen Morgens.

Ich bin so am Arsch...

Und da schlug sie die Augen auf und schaute ihn direkt an.

Selbst bei dem schlechten Licht erkannte er den Schalk in ihren Augen. Und als sie ihren Arsch dann noch einmal bewegte, mit voller Absicht hinten gegen ihn rieb, überrollte ihn auf einmal ein Gefühl, das er nicht mehr unter Kontrolle hatte.

Er beugte sich vor und nahm diese freche Brustwarze zwischen die Lippen. Erst ganz sachte, schmeckte ihre warme Haut und ließ seine Zungenspitze über die zarte Erhebung gleiten. Sie ließ einen kleinen Seufzer hören, der ihre Brust an seinem Mund zum Erbeben brachte, und er öffnete den Mund weiter, bedeckte sie, saugte und leckte, als er ihre Brustwarze mit ihrer härter werdenden Areola immer tiefer in seinen Mund hinein zog.

Sein Arm war zwischen ihrer Taille und dem Bett eingeklemmt, aber es gelang ihm seine Hand nach unten zu schieben, über ihre Kristalle hinweg, um ihr damit zwischen die Beine zu gleiten. Das kleine Baumwollhöschen leistete keinen nennenswerten Widerstand und seine kundigen Finger glitten mühelos rein.

Es gab einen kleinen Ruck ihrerseits, als er sie dann fand, die heiße Feuchtigkeit in ihrem Innersten fand, und zu gleiten und zu spielen begann. Ana war nass und geschwollen und das machte seine Erregung noch heißer, härter. Und als sie zum Höhepunkt kam, nass und pochend in seine Hand hinein kapitulierte, ihr Körper an seinem erzitterte, hätte er fast die Kontrolle verloren.

Gierig und ungeduldig ließ er von ihrer Brust ab und nahm jetzt seine andere Hand zu Hilfe, um sich an den Knöpfen seiner Shorts zu schaffen zu machen. Als Ana nach hinten reichte, um ihm dabei zu helfen, gab er es auf und ließ sie die Aufgabe zu einem erfolgreichen Ende bringen, während er seine Finger dazu benutzte, sie erneut zu erkunden und heiß zu machen. Seine Nase roch nur noch ihren Duft, als ihre warme, verschwitzte Haut gegen seine streifte, ihr Haar ihn im Gesicht kitzelte.

Sie erlöste ihn aus den engen Fesseln seiner Shorts und dann drehte sie sich wieder von ihm weg, ihr Atem immer schneller, ihre Haut an seiner noch stärker gerötet.

Grob schob er ihr das Höschen vom Hintern runter und glitt in ihre nasse Hitze rein, beide stöhnten gemeinsam, als er sich dort einpasste. *Oh, ja.*

Mit tiefen, entspannten Stößen brachte er sich in Position, blieb mit seinen Händen und Fingern immer noch an den gleichen Stellen, während er sich von hinten an sie legte. Zustieß. Ana stöhnte und erschauerte vor ihm, ihr leises Stöhnen für seine Ohren eine erotische Musik.

„Aaah ... das nenne ich mal einen *richtig* guten Morgen", murmelte er und brachte sich mit einem heftigen kleinen Stoß bis ganz nach drinnen. Sie gab ein leises, abgehacktes Stöhnen von sich und er lächelte ihr ins Haar. „Herrgott, Ana, du bist so verdammt heiß ... Aber ich muss dich noch ein bisschen lauter schreien lassen. All diese Honigsüße ... da ... unten treibt mich in den Wahnsinn." Er bewegte seine Finger um ihr angeschwollenes Zentrum, um seinen Worten Nachdruck zu geben, und spürte, wie ihre Haut noch nasser wurde.

„Gefällt dir das, Baby?", flüsterte er und hörte den unsicheren Klang seiner eigenen Stimme. „Wie wär's wenn ich dich jetzt bis ganz zum Ende bringe?"

Von ihr war jetzt das kurze, heftige Atmen zu hören, von dem er mittlerweile wusste, dass es ihren Orgasmus ankündigte, und er veränderte seinen Rhythmus und sein Fingerspiel, um sie genau dorthin zu bringen. „Wie wäre es mit einem kleinen Schrei diesmal, Liebste? Wenn du komplett voll und ganz tief gegen mich gleitest? Hmmm..." Er lachte leise und tief. „Ja, ich weiß, du kannst es genauso gut wie ein Kerl ... komm schon, Zuckerstück ... lass mich es dir besor–", er riss mitten im Wort ab, als sie kam und einen lauten Schrei der Erlösung ausstieß, der ihn fast selbst zum Ende gebracht hätte.

Superhart und ebenso glücklich, in ihr Haar lächelnd, hielt er sie umarmt, während sie langsam an ihm zu zucken aufhörte. „Ok... Na dann, Ana-Herz", sagte er. „Jetzt ist es ein guter Morgen."

Er musste die Augen schließen, als er dieses vertraute, scharf ansteigende, heiße Gefühl verspürte und da er wusste, dass er jetzt gleich den Punkt erreichen würde, wo er nicht mehr anders konnte, setzte er jetzt alles dran, zwang sich aber in seinen Stößen noch zu warten, bis ihm so heiß und hart wurde, dass er glaubte den Verstand zu verlieren.

Ihm blieb kaum genug Zeit sich rauszuziehen, da kam er schon. Er erstickte ihren überraschten Ausruf mit einer letzten kräftigen Liebkosung seiner Finger, brachte sie zu einem letzten Höhepunkt, bevor er in warme Seligkeit entglitt.

Das Licht war heller, als er die Augen wieder öffnete, auch wenn die Sonne gerade erst begonnen hatte aufzugehen.

„Guten Morgen", sagte er ihr ins Ohr.

„Den habe ich gerade", antwortete sie und räkelte sich lasziv an ihm.

„Versuchst du mich wieder heiß zu machen?", fragte er voller Hoffnung, seine Finger glitten über ihre Kristalle. Irrsinnig sexy.

Sie drehte sich so halb in seinen Armen und blickte ihn mit tiefbraunen Augen an. „So gerne ich das tun würde, wir sollten besser aufstehen."

Sie hätte sich ganz aus seinen Armen gelöst, wäre aus dem Bett gestiegen, aber er umarmte sie fester ... war sich auf einmal *sicher*. Und hatte Angst.

Angst, aber es musste sein.

Sein Mund bewegte sich schon, noch bevor er es ganz durchdacht hatte. „Ich muss dir etwas erklären. Wegen dem Wasser."

Sie bewegte sich jetzt gar nicht und ihm wurde klar, dass er jetzt gerade noch einen Punkt ohne Wiederkehr erreicht hatte, dieser hier aber von deutlich mehr Gewicht als der vorhin.

Ein Schauder setzte sich ihn ihm drin in konzentrischen Wellen fort, aber er ließ sich nicht abhalten, wie er es mit dem Ball in der Hand gemacht hatte, als drei Gegner ihn angriffen und versuchten, ihn in der letzten Spielrunde aufzuhalten.

Aber er preschte weiter vor, stieß die Worte aus einem Mund so trocken wie die Wüste von Atacama. „Ich kann nicht ins Meer. Oder in Flüsse oder Seen."

Wie zum Teufel werde ich das nur erklären, ohne wie ein absoluter Angsthase zu klingen?

Er schloss die Augen, froh, dass sie in die andere Richtung schaute und das nicht sah. *Das kannst du nicht. Du bist ein Angsthase.*

Ana lag regungslos da und schwieg, als würde sie auf ihn warten. Aber er wusste nicht, was er sagen sollte.

Ich habe panische Angst davor.

Ich habe Angst vor Wasser.

Ich habe eine Phobie.

„Deswegen bin ich gestern so ausgerastet. Es tut ... es tut mir Leid. Es tut mir wirklich Leid. Ich habe ... mich voll daneben benommen. Ich hätte niemals so zu dir reden dürfen."

Ana hatte sich nicht bewegt und Fence war sich bewusst, wie sein Herz gerade schrecklich laut schlug, finster wie eine Totenglocke schlug.

Er wartete und sie schwieg und das Donnern in seinen Ohren wurde immer lauter und schneller und bedrohlicher, und schließlich sagte er, „Ana?"

„Ich habe gewartet ... um sicher zu sein, dass du ausgeredet hast", sagte sie. Ihre Stimme klang sanft, nicht anklagend. „Ich wollte dich nicht unterbrechen. Es war offensichtlich, dass es dir nicht leicht fiel das zu sagen."

„Das ist alles." Seine Handflächen an den Laken waren feucht.

„Darf ich dir eine Frage stellen ... ohne dass du ... uhm ... ausrastest?"

Er presste die Augenlider zusammen. Teufel, das geschah ihm recht. Er nickte und dann wurde ihm klar, dass sie ihn nicht sehen konnte, also sagte er, „ok." Sein Hals war wie zugeschnürt.

„Ich habe dich im Wasser gesehen. Zweimal. Ich verstehe das nicht. Was meinst du, wenn du sagst, du kannst nicht ins Wasser? Tut es ... tut es dir weh? Oder was?"

Hier wurde es echt haarig.

Das war der eigentliche Punkt ohne Wiederkehr.

„Ich bin fast ertrunken, als ich klein war", sagte er. „Zweimal. Und jetzt kann ich nicht reingehen ... ohne daran zu denken. Ich werde ... echt ... uhm..."

„Du rastest aus?", schlug sie vor.

„So könnte man es nennen." Ihm wurde klar, dass er gerade das Baumwolllaken zerknüllte und lockerte seine Finger etwas. „Ich kann nicht klar denken. Ich kann nicht atmen. Ich .. es ist nur ... ich kehre wieder zu den beiden anderen Malen zurück. Und glaube dann, dass ich wieder am Ertrinken bin. Es ist in meinem Kopf, macht mich total fertig."

Endlich bewegte Ana sich wieder, glitt von ihm weg, was sein Herz dazu brachte, ihm erneut bis in den Hals hochzuspringen. Aber als sie sich zu ihm umdrehte, legte sich seine Angst etwas. „Jetzt verstehe ich es. Danke, dass du mir davon erzählt hast."

Er versuchte, da nicht mit einem großen, erleichterten Woosch auszuatmen. Sie *schien* nicht angewidert oder schockiert oder ungläubig.

Er versuchte verzweifelt etwas zu sagen, was seine Anspannung lösen würde, sie zum Lachen bringen würde ... aber da war nichts an der Situation, was im geringsten komisch war. Nicht einmal in seinem verdrehten Hirn.

Also schaute er sie nur an und hoffte, dass er nicht so erbärmlich aussah, wie er sich fühlte.

Sie schien das als eine Einladung zu verstehen, jetzt etwas zu sagen. „Wir waren zusammen im Ozean. Ich dachte ... es schien so, als würdest du atmen. Im Wasser. Deswegen habe ich es nicht verstanden...“

Fence erstarrte. Sein wild schlagendes Herz setzte verdammt nochmal einfach aus. „Das ist unmöglich.“

„Aber ich habe dich gesehen, ich bin mir sicher. Du warst nicht am Ertrinken. Und du hast auch nicht die Luft angehalten.“

Er schüttelte den Kopf. Was auch immer es gewesen war, es hatte sich verdammt nach Ertrinken angefühlt. „Ich dachte, du hast mich gerettet. Deine Kristalle hätten mir beim Atmen geholfen.“

„So funktioniert das nicht“, sagte sie. „Du hast unter Wasser geatmet.“

Wieder schüttelte er den Kopf, aber ein leiser Zweifel schlich sich ein. Simon konnte unsichtbar werden. Quent konnte Dinge anfassen und ihre Geschichte erkennen. Elliott konnte das Innenleben eines Körpers auslesen. Teufel nochmal, er selbst hatte gerade Sex mit einer Frau aus Atlantis gehabt.

Aber allein der Gedanke daran, unter Wasser zu atmen, sein Gesicht reinzuhängen und dem salzigen, kalten Meer zu erlauben reinzukommen, reichte, um ihm das Blut in den Adern gefrieren zu lassen.

„Das ist einfach nicht möglich“, sagte er. Und selbst wenn doch, würde er sich in nächster Zeit Teufel nochmal ganz sicher nicht dranmachen, es nochmal auszutesten. „Was immer da passiert ist, es muss eine Art Wunder gewesen sein.“

Ana warf ihm einen langen, forschenden Blick zu. „Das glaube ich nicht. Ich weiß, was ich gesehen habe.“ Sie beugte sich vor und drückte ihm sanft einen Kuss auf die Wange, wobei ihre Wimpern ihm an den Schläfen streiften, und stieg dann gemächlich aus dem Bett.

Zeit aufzubrechen.

ᗒᗕ

Irgendwo in der Wildnis...

Recht zufrieden blickte Ian Marck auf den zusammengesackten Körper runter.

Tot: sauber gebrochenes Genick, Augen, die ausdruckslos in den dämmernden Himmel hinaufschauten. Geschah dem Dreckskerl recht.

Zumindest hatte man das Arschloch nicht in einen Zombie verwandelt; noch war sein Fleisch von jenen erbarmungswürdigen, ekelerregenden Kreaturen in Fetzen gerissen und verschlungen worden. Das war gut, denn es bedeutete, dass es Überreste gab, die Ian durchsuchen und wo er alles an sich nehmen konnte, was der Mann vielleicht an Wertvollem besessen hatte.

Alles in allem hatte er kein Mitleid mit dem Dreckskerl. Roofey war so blöd, wie die Nacht finster war, und noch dazu gierig. Keine gute Kombination.

Ganz besonders nicht, weil Roofeys loses Mundwerk ohne nachzudenken überall rumlaberte. Er hatte jedem, der es hören wollte, verzapft, dass der Jarrid Stein aus Mekka verschwunden war und dass der Sohn von Parris Fielding ihn nun hatte. Es hatte sich einfach so ergeben, dass Ian einer seiner dankbaren Informationsempfänger wurde, weil er da gerade zufällig in der Ecke vom Madonnas saß und einen steifen Whiskey trank. Nicht nippte, nicht schlürfte, sondern richtiggehend *trank*.

Das war noch nicht alles: Ian war Quent Fielding vor einiger Zeit begegnet und dachte, er wüsste genau, wo er den wieder finden könnte, da er sich mit dieser durchtriebenen Zombiejägerin Zoë zusammengetan hatte.

Hätte es nicht so weh getan, hätte er gelächelt, selbst wenn es höchstens ein humorloses Lächeln geworden wäre. Sein Körper erholte sich immer noch von den vielen Schlägen und dem unerwarteten Sturz einen tiefen Abhang runter, hinein in einen Fluss. Mit Empfehlungen von dem Dreckskerl Seattle.

Er wusste, dass er Glück hatte noch am Leben zu sein, und dachte sich daher, dass ... was auch immer er hier auf Erden noch zu erledigen hatte ... das war wohl noch nicht abgeschlossen.

Jammerschade. Denn er war es so unendlich Leid mit einer leeren Seele und einem großen, schwarzen Loch zu leben. Da, wo früher mal sein Herz gewesen war.

Aber zu wissen, dass Quent den Jarrid Stein hatte, gab ihm etwas, worauf er hinarbeiten konnte. Eine Gelegenheit. Ian war ein Kopfgeldjäger – der beste und der am meisten gefürchtete. Er war immer auf der Suche nach der nächsten Gelegenheit.

Den Jarrid Stein aufzuspüren, war eine Möglichkeit (von einer ganzen Reihe) sich zu zerstreuen. Etwas, mit dem er sich die Zeit vertreiben konnte, bis ihn tatsächlich mal jemand aus seinem Scheißelend erlöste.

Wenn nicht irgendetwas wie ein Wolf Seattle die Kehle zerfetzt hätte, dann hätte Ian sich auf die Jagd nach ihm begeben und es selbst erledigt. Und vielleicht hätte der Dreckskerl dann wirklich zu Ende gebracht, was er vor einem Monat in Gang gesetzt hatte, als Seattle mit seinen Kumpanen brutal auf Ian eingeprügelt und ihn dann zum Sterben in einen Fluss geworfen hatten. Alles wegen einem Weibsstück.

Naja, genau genommen zwei Weibsstücke. Ian verzog verächtlich den Mund, als er auf Roofey runterblickte. Als ob er sich die Hände oder irgendein anderes Körperteil mit Lacey schmutzig machen würde – die Frau, die Seattle haben wollte.

Aber Remington Truth ... da lag die Sache anders.

Sie war es fast wert, wegen ihr zu Tode geprügelt zu werden. Und sie hatte einen furchterregenden Hund, der Ian toleriert, wenn auch nicht gemocht hatte – in der Zeit, als Ian und Remington einander recht nahe gekommen waren. Er vermutete, dass Seattles frühes Ableben mit dem Hund und dessen scharfen Zähnen zusammenhing. Recht passend. Und es bedeutete außerdem, dass Remington Truth wahrscheinlich immer noch am Leben war. Irgendwo da draußen.

Er würde sie wiederfinden, und das eher früher als später. Er würde sie nach Envy mitnehmen.

Und wenn er erst einmal Remington und den Jarrid Stein hatte, wäre er genau da, wo er sein wollte.

Fence saß genau in der Mitte des kleinen Segelboots, hinten am Heck, mit der Hand über den Augen, um sich gegen die heiße Sonne zu schützen, als er auf das glitzernde Meer rausschaute. Der einzige Grund, warum er im Moment nicht gegen eine Panikattacke ankämpfen musste, war, dass das Land noch in Sichtweite war und weil sich sein Platz unten, *innen im Boot drin*, befand.

Das gab ihm ein Gefühl von sicherem Boden unter den Füßen, zumindest halbwegs sicher – selbst wenn er umgeben war von einer flüssigen Todesfalle. Aber er blieb an seinem Platz, navigierte mit den Karten samt Linien, die er zur Hand hatte, und war sich nur allzu bewusst, war sich ganz grauenvoll im Klaren darüber, dass er keine Schwimmweste anhatte.

Das Einzige, was ihn retten würde, sollte er über Bord gehen oder das Boot kentern, war ein Seil, das man an Styropor-Stücke gebunden hatte, die wohl irgendjemand bei einem Streifzug in die Hände gefallen waren. Immerhin: Styropor war etwas, was nicht einmal Mutter Natur zu Staub zermahlen konnte.

Er hoffte nur, dass sie hier nicht eine scheiß Titanic-Nummer abzogen.

Die vier waren schon seit dem frühen Vormittag unterwegs und der zerklüftete Verlauf der Küste tauchte ab und an in der Ferne auf. Er hatte nicht aufgehört, um gutes Wetter zu beten und bislang war es heiß gewesen, sonnig und klar, mit gerade genug Wind, um der Hitze ihren Stachel zu nehmen und um sie in gutem Tempo vorankommen zu lassen, wenn sie denn mal die Segel gehisst hatten. Aber etwa alle dreißig Minuten machten sie Halt, damit Ana kurz ins Wasser springen und nach den Goleth Steinen Ausschau halten konnte, was ihr Fortkommen verlangsamte und auch etwas öde werden ließ. Im Grunde war das Boot eher eine Art Vehikel, um ihre Ausrüstung zu transportieren denn ein schnelles Transportmittel.

Sie kamen öfter an kleinen Inseln vorbei, die einst wohl mal Berge gewesen waren und jetzt aber als Rettungsoasen für Fence fungierten, inmitten dieser unermesslich großen Wasserwüste.

„Wenn wir die Steine gefunden haben, tauche ich runter und schaue, wie die genau aussehen", sagte Ana. Sie redete mit Quent und Zoë, die am Bug saßen.

Sie hatte sich in der Mitte des Bootes niedergelassen, auf einer kleinen, leicht erhöhten Plattform, die man ein Sonnendeck nennen könnte, wenn es sich nicht um ein Fischerboot gehandelt hätte. Er hatte einen ausgezeichneten Blick auf ihren goldenen Körper, der dort ein Sonnenbad nahm. Feine Strähnchen ihrer feuchten Haare flatterten in der Brise. Der Anblick half ihm dabei, sich von dem flüssigen Todesschlund um ihr Boot herum abzulenken, und auch von der Unterhaltung, die um ihn herum geführt wurde.

„Wenn es nicht zu tief ist, was ich aber eher befürchte, dann kannst du mitkommen", fügte Ana hinzu.

„Gut. Und Zoë hat die Schlinge, die sie gebastelt hat", sagte Quent. „Wenn die lang genug ist, kannst du sie um einen der Steine schlingen und wir helfen dir, den dann zu verrücken."

„Die ist hundert scheiß Meter lang. Und ich habe noch Extraseil, wenn wir das brauchen. Verdammt nochmal, die ist lang genug", sagte Zoë selbstbewusst.

„Bist du sicher, du weißt, welchen Stein du verrücken musst?" Wie viele von denen gibt es nochmal?"

„Ich bin mir nicht sicher", entgegnete Ana. „Nicht mehr als ein Dutzend. Und so wie ich es verstanden habe, müsste es keinen Unterschied machen, welchen Kristall ich aus der Reihe ziehe – ich habe auch mit Dad kurz drüber gesprochen. Er stimmt mir zu: Solange das Energiemuster unterbrochen ist, wird das ausreichen die Welle zu stoppen. Natürlich müssen wir uns dann überlegen, was wir mit dem Stein machen, damit die ihn nicht einfach wieder zurückrollen."

„Wir nehmen ihn mit nach Envy. Ich will den untersuchen", sagte Quent sofort. „Und ihn mit den anderen Kristallen vergleichen, die wir gesammelt haben."

Fence war sich überaus bewusst, wie Ana nur mit Quent und Zoë redete, nicht aber mit ihm, wenn es um diese Pläne ging. In dem Moment, als sie auf das Boot geklettert waren, hatte sich Anas Verhalten ihm gegenüber ... verändert. Spürbar.

Sie würde auf den Sitz neben ihn gleiten und ihre Hand in seine schieben, ihm einen kleinen Händedruck geben, wie um ihn zu beruhigen. Oder: Wenn sie an ihm vorbeieilte, um vom Bug des kleinen Bootes ans Heck zu gelangen, würde sie ihm über den Rücken oder den Arm streicheln. Als wäre er ein Kind auf dem Weg zum Arzt oder so was. Nicht, als wäre sie seine Geliebte.

Und so empfindlich verletzt er sich gerade fühlte, er bemerkte auch, dass sie sorgfältig darauf Acht gab, das Wasser nicht allzu oft zu erwähnen ... was sie da sah, wie es sich anfühlte.

Ana war länger im Ozean gewesen als an Bord, aber jedes Mal, wenn sie reinsprang oder wieder rauskam, bestand sie darauf, dass Quent sich über die Außenkante beugte und ihr half, wieder reinzuklettern. Ihm beschrieb sie, was sie sah, ihm und Zoë, während Fence im Hintergrund dumm herumsaß und zuhörte. Sie machte sogar Gebrauch von ihren Klick-Lauten, um einen ihrer Delfin-Freunde an die Längsseite vom Boot zu bekommen und gestattete Quent und einer wider Willen faszinierten Zoë sich runterzubeugen und ihm die Schnauze zu streicheln.

Die Einladung galt nicht für Fence.

Dennoch wusste er genau, was sie tat und warum. Es war genau, wie er befürchtet hatte: Sie behandelte ihn wie ein Kind. Nicht wie einen ausgewachsenen Mann.

Als ob er–

Himmel Herrgott.

Als ob er *behindert* wäre.

Was er natürlich war. Ein verhängnisvolles Gebrechen, das ihn überflüssig machte.

Überraschend kochte da die Wut in ihm hoch, brachte sein Gesicht und seine Brust zum Glühen, seine Finger dazu, sich derart festzukrallen, dass seine Knöchel an der Ruderpinne fast weiß wurden.

„Was zum Teufel noch mal ist das da denn?"

Der Ausruf von Quent erlöste Fence aus seinem wütenden Elend. Er schaute hoch und erblickte eine Art schimmerndes, waberndes ... *Ding* ... das sich über das Meer erstreckte.

„Oh, mein Gott", hauchte Ana und setzte sich auf.

„Was für eine Scheiße ist das da?", sagte Zoë fast im gleichen Augenblick.

„Haltet das Boot an", befahl Ana und kroch unbeholfen zum Bug. „Kommt dem bloß nicht zu nahe."

Fence machte sich nicht die Mühe zu erklären, dass es nahezu unmöglich war, ein Segelboot sofort anzuhalten. Stattdessen reagierte er auf der Stelle und riss die Ruderpinne herum, so dass das Boot eine scharfe Wendung vollführte – viel zu scharf, nach seinem Geschmack, weil es das Wasser bis fast neben ihn brachte – als er eines der Taue losband und das Segel raffte. Als das Wasser wegen der Schieflage über den Bootsrand gegen sein Bein schwappte, rutschte ihm das Herz vor Schreck in die Hose.

„Was ist das?", wiederholte Quent. Er war, so weit es ihm möglich war, nach vorne geklettert und lehnte sich jetzt entsetzlich weit über die Reling, um besser sehen zu können.

Jetzt, wo das Boot fast Stillstand hatte, konnte Fence sich die Sache auch genauer ansehen.

Dieses Was-auch-immer-es-war erstreckte sich, so weit das Auge reichte, am Horizont des Wassers entlang. Sie befanden sich jetzt auf offener See, mit der Landzunge im Südwesten etwa zwei Meilen von ihnen entfernt, aber jenseits davon war nichts, außer Wasser und Himmel.

Fence schluckte und konzentrierte sich auf den seltsamen, irgendwie wabernden ... Vorhang. Es sah aus wie ein durchsichtiger Duschvorhang, den das Wasser und das Licht dahinter etwas dunkler erscheinen ließen. Oder wie die Hitze, wenn sie im Sommer gut sichtbar vom Asphalt aufstieg. Was auch immer es nun war, es war durchsichtig, bis auf die blassen, bunten Wellen, die in der Sonne schienen. Und doch sah es aus wie eine Wand – denn die Wellen krachten *dagegen* und nicht hindurch.

Er zitterte, als er daran dachte, wie sie – hätten Quents scharfe Augen sie nicht davor bewahrt – womöglich mit Karacho da rein gesegelt wären.

Und wahrscheinlich war das auch der Grund, warum die Seeleute, die von Envy aus nach Norden segelten, niemals zurückkehrten.

Fence konnte sich ein heftiges, abruptes Zittern nicht verkneifen.

„Gott sei Dank sind wir dem nicht nachts begegnet", sagte Ana, als könnte sie seine Gedanken lesen. „Es wäre viel schlechter zu erkennen gewesen. Und wir hätten uns darin verfangen." Ihre Stimme war angespannt und ihr Gesicht ebenso.

„Was genau ist es denn?", fragte Fence. Wie er das Gebilde so beobachtete, konnte er erkennen, dass der Ozean auf der anderen Seite davon deutlich rauer war, aber auch nur dort. Es schien fast, als würde ein Sturm das Wasser auf der anderen Seite aufpeitschen ... oder ein Energiezentrum.

Es ist eine Barriere. Eine ... wie ein elektrischer Zaun", sagte Ana. „Es soll Landbewohner davon abhalten, zu nahe an Atlantis ranzukommen, sie in gewisser Weise auf dieser Seite des Meeres halten. Wir können da nicht durchfahren – zumindest nicht mit dem Boot."

„Lass mich raten. Kristallenergie?"

Immer noch auf das Ding starrend nickte Ana. „Kristalle in einer Reihe angeordnet auf dem Meeresgrund. Die senden ihre Energie nach oben und über das Wasser raus wie ein ... oh, wie ein...“

„Wie ein Kraftfeld", beendete Fence den Satz für sie. „Aber ich glaube nicht, dass das hier die Stelle ist, die ich errechnet habe – wir sind immer noch zu weit südlich davon. Glaubst du etwa, dass das hier das Energiezentrum ist?"

„Es gibt nur einen Weg, um das herauszufinden", sagte sie und streifte sich schon das Tank Top ab, um dann mit nacktem Oberkörper vor ihnen zu stehen. Ihre Kristalle glitzerten in der Sonne und Fence blieb da einfach das Herz stehen.

Lieber Gott, da hast du wirklich ein Meisterstück vollbracht, als du diese Frau erschaffen hast.

Ihr Oberkörper war bronzenes Gold, das an ihren Hüften sanft zu weiten Kurven auslief, ihre gebräunte Haut bildete einen herrlichen Kontrast zu den Aquamarin-Kristallen an ihrer Seite. Sie trug einen praktischen BH, der eher wie eine Art geschnürtes, abgeschnittenes Tank Top aussah, als diese dünne Spitzendinger, die er sich im Victoria's Secret Katalog angeschaut hatte, den seine Schwestern sich immer geholt hatten. Aber an Ana sah einfach alles irre sexy aus. Während er zusah, machte sie sich daran, ihre locker sitzende, ausgefranste Jeans auszuziehen, was den Blick freigab auf das Messer, das sie immer an derselben Stelle ihrer Oberschenkel festgeschnürt bei sich hatte. Jetzt trug sie nichts mehr außer dem BH und einer Shorts, die so kurz waren, das man praktisch ihren Nabel sehen konnte. Von unten.

Er wurde aber nur einen Moment lang abgelenkt von alledem, bevor er kapierte, was sie vorhatte. „Ana, was tust du da?"

„Bist du dir sicher, dass nichts passieren kann?", sagte Quent, aber Zoë hatte die Angelegenheit schon in die Hand genommen.

Bevor Ana antworten konnte, hatte die andere Frau schon den Bogen in der Hand, einen Pfeil angelegt und schoss ihn in hohem Bogen über das Wasser.

Als der Metallpfeil durch den wabernden Vorhang schoss, hörte man ein Zischen und eine ploppendes Geräusch, und ein Blitz oder eine andere Form von elektrischer Energie knisterte laut, strahlte von dem Punkt aus, wo der Pfeil durchgeschossen war. Geruch von Rauch strömte zu ihnen.

„Verfluchte Scheiße", flüsterte Quent.

„Du gehst da nicht runter", sagte Fence und packte Ana am Arm und zog sie rückwärts, weg von da, wo sie gerade reinspringen wollte.

„Doch, das werde ich", entgegnete sie ihm. „Das Mindeste, was ich tun werde, ist nachschauen, was da unten ist. Vielleicht sind die Steine ja dort."

Er schüttelte den Kopf. „Wie willst du wissen, dass *genau hier* im Wasser kein elektrischer Strom fließt oder eine andere Art von Strömung? Sei nicht dumm."

Ihre Augen blitzten zornig auf. „Lass mich los. Ich kenne den Ozean und die Risiken. Und außerdem, sieh doch."

Sie zeigte mit dem Finger und da fiel Fence zum ersten Mal eine Rückenflosse auf, die zwischen den Wellen auftauchte.

„Das ist Marco. Wenn er dort schwimmt, kann ich das auch", sagte sie und riss sich mit einer erstaunlichen Entschlossenheit und Kraft los.

Ana war im Wasser, bevor er reagieren konnte.

„Verflucht", sagte er und taumelte zu der Bootsseite, wo sie reingesprungen war.

Der Anblick der Wellen, dunkel und unruhig, genau unterhalb von seinem Gesicht verursachte ihm leichte Übelkeit und Schweißausbrüche, aber er zwang sich in das dunkle Wasser zu blicken.

„Ihr beiden Kerle", sagte Zoë angewidert. „Nie traut ihr uns Frauen zu, den scheißgleichen beschissenen Grips zu haben wie ihr. Glaubt ihr denn, wir sind blöd genug, dass wir uns wehtun oder umbringen *wollen*? Aber nicht doch! Stattdessen müsst ihr partout versuchen *für uns* zu denken und uns Scheiße nochmal immer zu sagen, was wir tun sollen und was *nicht. Die ganze beschissene, verdammte Zeit!*" Und sie brach in Tränen aus.

Wenn Fence wegen Ana nicht so besorgt gewesen wäre, hätte er Zoë jetzt schockiert angestarrt. Wie die Dinge lagen, war er sich nur peripher bewusst, dass die ober-beinharte, oberklugscheißende Zombie-Jägerin gerade *heulte*. Aus unerfindlichen Gründen.

Während er immer noch in die Tiefen der finsteren Fluten unter ihm starrte, war Fence sich vage bewusst, dass Quent erst einmal die Spucke weggeblieben war. Er spürte, wie das Boot auf alarmierende Weise schwankte, als der blonde Mann die Arme ausstreckte und sein aufgebrachtes Frauenzimmer in eben die nahm, selbst dann noch als sie bockig, „lass mich Scheiße nochmal in Ruhe!", rief. Und auch noch, „du hast schon genug angerichtet!"

Ana, komm schon. Beweg deinen hübschen Arsch wieder hier rauf.

Fence suchte die Tiefen ab, außerstande mehr zu erkennen, als das Funkeln von Sonnenlicht auf den dunkelblauen Wellen.

Ich sollte bei ihr sein.

Aber schon bei dem Gedanken legte sich sein Magen in wilde Knoten. Er machte die Augen fest zu, brachte seinen Atem unter Kontrolle, als er daran dachte, in diesen kalten, dunklen Abgrund hineinzugleiten.

Ich habe dich unter Wasser atmen sehen.

Er schüttelte den Kopf, um den Gedanken zu verscheuchen.

Ana, wo bist du?

Und dann war sie auf einmal wieder da, explodierte genau vor Fence aus den Wellen. Unglaubliche Erleichterung erfasste ihn.

Er schaute auf ihr nasses Gesicht runter, an dem perlende Wassertropfen funkelten, Sommersprossen tanzten ihr über die Nase, ihr breiter, verführerischer Mund nur wenige Zentimeter weg – und es fühlte sich an wie ein Faustschlag in die Magengrube.

Sie ist es. Diejenige Welche.

„Ana", sagte er und beugte sich so weit vor, wie er sich zutraute. Das Wasser war *direkt* vor ihm, so nah, dass er die Kühle davon spüren konnte. Er holte einmal tief Luft. Salzige Luft.

Sie kam ganz nah ans Boot ran, ihre Haare klebten ihr hinten am Rücken, ihre haselnussbraunen Augen zwinkerten die vom Meerwasser zusammengeklebten Wimpern frei, als sie zu ihm hochschaute, wobei sein Kopf zwischen ihr und der Sonne stand. „Es ist tief", sagte sie. „Zu tief."

„Zu tief wofür?"

„Um drunter durchzuschwimmen."

„Was ist mit den Steinen? Hast du sie gesehen?" Er wollte die Hand ausstrecken und ihren Kopf berühren, ihr über das warme, nasse Haar streicheln, genau wie sie es vorhin mit dem Delfin gemacht hatte.

„Die habe ich nicht gesehen, aber ich kann ihre Energie spüren. Sie sind in der Nähe. Mit der Strömung dort unten stimmt etwas nicht."

„Stimmt nicht? Was meinst du damit?"

„Die Strömung ist falsch, außer Rand und Band – daraus schließe ich, dass Energie sich dort sammelt. Schau da rüber – dort kannst du es schon sehen. Ich werde von hier an alleine weiter schwimmen müssen."

„Wovon zum Teufel redest du da?" Fence wollte sie da packen, aber er behielt die Hände fest an die Reling geklammert. „Du hast gerade gesagt, es ist zu tief, um unten drunter durchzuschwimmen."

„Nicht für mich."

„Ganz scheißsicher nicht. Du kannst nicht alleine weitermachen, Ana. Sei nicht verrückt."

Sie schwamm rückwärts vom Boot weg, so dass sie genau außerhalb seiner Reichweite war. Jetzt konnte er das schwache Leuchten ihrer Kristalle knapp unter der Wasseroberfläche sehen. „Es gibt keinen anderen Weg. Niemand kann tief genug schwimmen, um unter der Barriere durchzukommen. Ich habe eine Stelle gefunden, wo ich durchkomme, aber es ist zu tief für– für Quent oder Zoë. Deswegen ist die Barriere hier, das weißt du doch. Kein Mensch kommt da durch. Aber ein Atlanter kann es."

„Ana, nein. Komm jetzt zurück ins Boot. Wir denken uns was anderes aus, um das hier zu lösen." Es war ihm egal, dass seine Stimme jetzt hart geworden war und wie ein Kommandoton klang, dass er verzweifelt klang und hinter den Worten sich seine Verlorenheit verbarg. „Geh das Risiko nicht ein."

Sie schaute zu ihm hoch, öffnete den Mund, um etwas zu sagen, und schloss ihn dann wieder. Dann öffnete sie ihn wieder. „Ich kann das. Ich muss es wenigstens versuchen."

„Aber sie sind schon dabei, Envy zu evakuieren", erinnerte Fence sie. „Vaughn sagt, dass sie bis heute Abend alle draußen sind."

Ana kam nicht näher. „Aber denk an alles andere, was dadurch zerstört wird. Alles, wofür ihr gearbeitet habt – was ihr euch alles für die Widerstandsbewegung aufgebaut habt."

„Ana, nein", sagte er.

Sie runzelte die Stirn, ihre Augenbrauen zogen sich noch mehr zusammen, während sie noch weiter von dem Boot wegschwamm.

„Bruno, du würdest an meiner Stelle dasselbe tun. Du würdest nicht einmal zögern."

„Aber–" Der Hals schmerzte ihm und seine Augen brannten. „Ana, du weißt nicht einmal, was sich auf der anderen Seite befindet. Was, wenn das eine Falle ist? Etwas, womit du nicht rechnest? Was, wenn dort noch andere Atlanter sind?"

„Ich bin eine von ihnen", sagte sie zu ihm. Eine leichte Bitterkeit lag in ihrer Stimme. „Sie werden mir nichts tun."

„Du hast gesagt, dass du niemals dorthin zurückgehst", setzte er an, aber sie unterbrach ihn. „Ich muss gehen. Ich weiß nicht, wie weit entfernt die Steine sind oder wie lange es dauern wird, um–"

„Ana, bitte", sagte er. „Geh nicht. Geh nicht alleine."

Sie schaute ihm jetzt direkt in die Augen, als wolle sie gleich etwas sagen. Sein Herz setzte aus. Seine Hände wurden feucht und klamm.

Nicht.

Sag es nicht.

Sein Herzschlag setzte wieder ein, donnerte derart, dass er zusammenzuckte.

Sie sagte nichts.

Stattdessen – nachdem sie seinen Blick für einen langen Moment schweigend festgehalten hatte – glitt sie wieder in die Wellen hinein.

Fence starrte hinab, auf die Stelle, wo sie verschwunden war, kapierte nur am Rande, dass Quent und Zoë immer noch ineinander verschlungen am Bug saßen und sich leise stritten.

Er spürte die Gischt, roch das Meer um ihn und umklammerte die Seite des Bootes. Und blinzelte gegen das Brennen in seinen Augen.

Er konnte sie nicht alleine gehen lassen.

Er packte das Holz unter seinen Fingern noch fester.

Aber bei dem Gedanken, in den tiefen, dunklen, kalten Abgrund zu springen, wurde ihm schlecht.

Er schloss die Augen, beschwor vor seinem inneren Auge das Bild von Ana.

Du hast unter Wasser geatmet.

Mit zittrigen Fingern riss er sich das Hemd vom Leib.

Eins ... zwei ... sein Atem wurde kurz zu einem heftigen Schluchzen.

Drei.

Er warf sich kopfüber über die Reling.

18

Beim Sprung in das dunkle Wasser lähmte die Angst Fence den Verstand. Das Meer hüllte ihn ein, umgab ihn: kühl, dunkel, beklemmend.

Seine Lungen waren noch voll von dem einen Atemzug, den er vor seinem Sprung ins Wasser getan hatte, und sie fingen bereits an zu schmerzen, als er darum kämpfte, nicht in Panik auszubrechen, die Beherrschung nicht zu verlieren und nicht zu hyperventilieren. Unter seinen Armen spürte er plötzlich einen stechenden Schmerz, auf jeder Seite einen, irgendwo zwischen seinen Rippen.

Er schloss die Augen, ließ sich treiben und während das Meer ihn umarmte, betete er darum, nicht ohnmächtig zu werden und dass sein Verstand wieder einsetzen würde.

Alles ok. Es ist ok. Du bist ok.

Wieder und wieder sagte er sich das als Mantra auf, aber der Ozean drückte schwer auf ihn nieder. Er spürte ihn in seiner Nase, wie er seine Hose durchdrang und ihm in die warme Haut einsickerte. *Ich schaff' das nicht.*

Sein Verstand war wie gelähmt, absoluter Stillstand, und er fing an blind um sich zu treten, zu strampeln: ein Versuch wieder nach oben an die Wasseroberfläche zu gelangen.

Dann streifte ihn etwas und er öffnete erschrocken die Augen. *Ana.*

Da war sie, genau vor ihm, ihr Gesicht ganz nah, ihre Augen groß vor Sorge und voller Fragen. Das weiche, blaue Licht von ihren Kristallen verlor sich in dem Wasser um sie beide herum. Ihre Haare schwebten im Rhythmus der Strömung um sie. Sie streckte den Arm nach seiner Hand aus und er ergriff verzweifelt ihre Hand. Mit seinem letzten bisschen Verstand klammerte er sich an sie wie an einen Rettungsanker.

Ich schaff das nicht. Ich schaff das nicht.

Er spürte, wie die Panik in ihm hochstieg, seine Lungen füllte, und er wusste, dass er irgendwie, egal wie, nach oben musste. Frische Luft finden musste und tief einatmen.

In dem Moment hob sie seinen Arm weg von seinem Oberkörper und zeigte auf seine Rippen. Dorthin, wo dieses stechende Gefühl herkam.

Er war kaum imstande sich zu fragen, ob er sich irgendwo geschnitten hatte. Oh Gott, das Blut wird Haie anlocken. Seine Lungen brannten und er ließ ein wenig von der Sauerstoffreserve entweichen, hunderte von Bläschen rauschten aus seiner Nase nach oben weg.

Ich werde nicht ertrinken. Ich werde an einer Hai-Attacke sterben.

Verzweiflung und Panik gewannen die Oberhand und er entzog sich ihren Händen, um nach oben zu strampeln. Sein Kopf kam aus dem Wasser und gierig saugte er die Luft ein. Und suchte schon nach dem Boot, um sich an etwas festzuklammern. Er brauchte *dringend* etwas zum Festklammern, um sich aus diesem Irrsinn raus–

„Fence!" Neben ihm kam Ana aus dem Wasser geschossen. „Fence, Bruno – du kannst es."

Aber er war aus lauter Scham und Wut über sich selbst fast am Heulen. Er schaute sich um und das Boot war außer Reichweite. Er würde ein paar Meter schwimmen müssen.

Aber zumindest befand sich sein Kopf nicht mehr unter Wasser.

Es war nicht weit. Das konnte er schaffen. Eine Schwimmzug ... noch einen ... denk nicht an–

„Fence, hast du es nicht gesehen?" Anas Stimme klang aufgeregt. „Du hast Kiemen!"

Zuerst nahm er ihre Worte gar nicht richtig wahr, bei all dem verzweifelten Panik-Gebrüll in ihm drin kein Wunder, aber sie sagte es noch einmal. „Fence, du hast *Kiemen*."

Da hatte er schon das Segelboot erreicht und klammerte sich wie ein Ertrinkender daran fest. Teufel, er *war* am Ertrinken.

„Was hast du gesagt?" Mit der Hand sicher an den Bootsrand geklammert und während er versuchte zu verdrängen, dass er sich noch immer im Ozean befand, drehte er sich zu Ana um.

Sie war auf ihn zugekommen, ihre Augen leuchteten geradezu wild vor Aufregung. „Ich habe es dir doch gerade gezeigt! Du hast Kiemen. Du kannst unter Wasser *atmen*."

„Wovon redest du?", sagte er, aber noch als er die Worte formte, hob er einen Arm hoch, um seinen Oberkörper anzuschauen. Der sich immer noch unterhalb der Wasseroberfläche befand, also sah er gar nichts.

Ana schwamm jetzt neben ihm und sie ergriff seine freie Hand und glitt damit unter seinen Arm und...

Heilige Mutter Gottes.

Und so war es auch: da war eine Öffnung, die gerade eben noch nicht da gewesen war. Seine Haut war einfach aufgeplatzt, genau wie die Kiemen von einem Fisch. Teufel noch mal.

Es war scheißunheimlich. Absolut verflucht scheißunheimlich, mit seinen Fingern da an der schrägen Kante eines Schlitzes entlang zu fahren, warm und feucht, in ihm drin ... genau wie damals, als er sich einen Arm gebrochen hatte und die Kante von dem Knochen gesehen hatte, der sich von innen gegen die Haut drückte.

Es war sein Körper ... aber irgendwie auch nicht.

„Es gibt auf beiden Seiten eine davon", sagte Ana. Sie war jetzt direkt neben ihm, ihre Beine so nahe, dass sie gegen seine streiften.

„Ich kann nicht ... das ist nicht mö–", flüsterte er.

„Was zum Teufel ist denn jetzt los?" Zoës Kopf tauchte über ihm auf. An ihren Wangen waren Tränenspuren und ihre

Nasenspitze war verdächtig rot, aber aus der Art, wie Quent direkt hinter ihr stand, mit seinem Arm eng um ihren Bauch geschlungen, wurde ihm klar: Egal was für eine Krise das nun gewesen war, sie war entweder vorüber oder fürs Erste ad acta gelegt.

„Fence hat Kiemen", sagte Ana.

„Lass mich sehen", sagte Zoë und beugte sich noch weiter vor.

Fence, immer noch wie betäubt und sein Verstand reichlich vernebelt, tat ihr den Gefallen, indem er aus dem Wasser hochsprang, mithilfe des Bugs als einer Art Reckstange.

„Heiße Scheiße, das sind ein paar arschgeile Muskeln da an dir, Fence", sagte Zoë bewundernd. Und dann, „ich seh' keine schei–oh."

Quent war auch da, beugte sich über ihre Schulter und schaute auf den Brustkorb von Fence. „Jetzt sind sie weg, aber die waren da. Ich habe sie ganz kurz gesehen. Jetzt ist da nur noch eine dünne Linie. Wie ein Kratzer."

„Sie erscheinen wohl erst, wenn du unter Wasser bist", sagte Ana. „Und schließen sich wieder, wenn du rauskommst. Das ist auch, warum sie dir nie aufgefallen sind."

Fence ließ sich wieder zurück ins Wasser sinken und fühlte da das jetzt vertraute Stechen beidseitig an seinen Rippen. Er hatte die ganze Zeit schon diese Kiemen gehabt?

„Heißt das jetzt nun, dass ich unter Wasser atmen kann?", sagte er mit schwacher Stimme und hatte immer noch Mühe das alles zu kapieren. Und sich vorzustellen wie, ja, *wie* zum *Teufel* er es über sich bringen würde, diesen ersten Atemzug zu tun.

„Ich habe es dir doch gesagt", sagte Ana. „Ich wusste, dass du unter Wasser geatmet hast."

Eine besonders heftige Welle erfasste Fence und er blickte genau dann rüber, als Quent ausrief, „verdammter Mist! Schaut euch das an!"

Ihm wurde am ganzen Leib kalt.

Genau hinter dem schimmernden Kraftfeld-Vorhang erhoben sich riesige, ungestüme, graue Wellen. Als hätte jemand einen riesengroßen Kessel angeworfen oder einen großen Stein in einen

Eimer fallen lassen. Die Barriere hielt sie noch im Zaum, denn sie klatschten dagegen wie gegen eine Felsmauer, aber auch auf dieser Seite wurde das Wasser zunehmend unruhiger.

„Das müssen die Steine sein", sagte Ana. „Sie sammeln all ihre Wasserkraft. Und wenn das Meer dann restlos aufgepeitscht ist und bereit, wird sich die Barriere an einer Stelle öffnen, um die Flutwelle durchzulassen." Sie schaute hoch in den Nachmittagshimmel. „Der Mond ist schon aufgegangen. Er wird in zwei ... drei ... vier Stunden an seinem vollsten Punkt sein", kalkulierte sie. „Ich muss da wieder runter und diese Kristalle finden."

„Und wir müssen dieses Boot an Land bekommen", sagte Fence, das Gesicht sehr angespannt. „Und weit genug ins Inland gelangen, so dass wir nicht von dem hier erwischt werden, was auch immer hier losbricht."

Zoë war schon woanders auf dem Boot und Fence sah wie sie die Taue anhob und versuchte das Segel zu hissen.

„Ich muss los", sagte Ana. Sie blickte Fence an, sagte aber nichts weiter.

Noch eine Welle krachte gegen sie, mit noch mehr Kraft, was Ana gegen Fence prallen ließ. Er wanderte mit der Hand an seinem Brustkorb entlang nach unten. Der befand sich unter Wasser und – ja, es war ein Wunder – da waren die Kiemen wieder.

Offen.

Er sagte nichts. Er konnte nichts sagen. Er ließ einfach die Seite des Boots los und glitt ganz in Wasser rein.

Aus reiner Gewohnheit hatte er tief Luft geholt und schob sich, so weit er konnte, nach unten – wobei er innerlich die ganze Zeit betete.

Anas lange, schlanke Beine und das Leuchten von ihren Kristallen erschienen über ihm und kamen vor seinem Gesicht langsam nach unten. Sie streckte den Arm aus, glitt mit ihrer Hand an seiner Schulter entlang, dann an seinem Arm runter, bis ihre Finger sich ineinander verschränkten. ... und diesmal fühlte er sich nicht wie ein Kind, das zum Arzt geht, als sie seine Hand hielt.

Er fühlte sich wie ein Mann mit einer Partnerin.

Er hatte seine Rettungsleine gefunden.

Fence hielt die Luft an, hielt sich, solange es ging, ruhig. Es gelang ihm, die Panik in Schach zu halten, indem er seitlich überprüfte, ob seine Kiemen immer noch da waren. Indem er einfach zählte, betete. Indem er Ana in die Augen sah.

Als er die Luft nicht mehr länger anhalten konnte, atmete er langsam aus. Und dann musste er wieder gegen die Panik ankämpfen. Sogar als er dort schwebte, mit den Händen Kreiselbewegungen machte, um sich unten im Wasser zu halten, spürte er, wie sich das Wasser um ihn veränderte. Sich schneller bewegte, wilder wurde, nicht mit seinem sonstigen langsamen Rhythmus.

Es fiel ihm zunehmend schwerer, sich an einer Stelle zu halten, nicht gegen Ana zu krachen.

Jetzt waren seine Lungen leer. Jetzt hatte er schon eine ganze Weile die Luft angehalten. Zu lange.

Und was jetzt?

Er schloss die Augen und zwang sich ruhig zu bleiben. Versuchte nicht daran zu denken, was er da gerade tat. *Oh, Gott.*

Das Brennen in seinen Lungen ließ nach und etwas Kühles rauschte in sie rein. Fence verspürte noch einen weiteren Moment lang absolute Panik, als ihm klar wurde, dass dieses Rauschen Wasser war, das Organe in ihm füllte, die eigentlich nur für Luft entworfen worden waren.

Aber er empfand keinen Schmerz, keine Verzweiflung, keine Panik.

Er öffnete sie Augen und fand Ana dort wieder vor sich, die ihn aufmerksam beobachtete.

Er atmete eine paar Mal ein und aus, zögerlich, vorsichtig ... und alles schien zu funktionieren.

Da war nicht das Gefühl zu ersticken, kein Druck in seiner Brust, keine Panik, bei der ihm der Verstand aussetzte – naja, das war nicht ganz richtig. Die Panik war immer noch da, lauerte, bereit, sofort wieder in sein Bewusstsein reinzugleiten, wenn er nur einen Augenblick lang unsicher wurde ... aber es gelang ihm sie in Schach zu halten.

Ich atme.

Mitten im Scheißwasser.

Als er dann endlich lächelte, lächelte Ana zurück und als Nächstes hatte sie bereits ihre Arme und Beine um ihn geschlungen und bedeckte seinen Mund mit ihrem.

In dem kühlen Wasser ihren warmen Körper an seinem zu spüren, war köstlich erotisch und er ergab sich ihrem Kuss ohne Weiteres. Ihre Zunge war heiß, in dieser Welt kühler Dunkelheit, und Fence ging da auf, wie viel an Lust es in dieser Welt zu entdecken gab. Als ihre Hand an seinem Oberkörper entlang glitt, über seine Kiemen, erstarrte er und sein Herz hämmerte wild. Bei der aufkommenden Panik drohte ihm schwarz vor Augen zu werden ... aber nichts geschah.

Sie strich darüber hinweg, blockierte eine davon versehentlich kurz und glitt dann mit ihren Armen nach hinten, um ihn fest an sich zu drücken. *Es ist ok. Ich bin ok.* Es war mehr oder weniger, als würde man ein Nasenloch kurz zugedrückt bekommen.

Er lächelte an ihren Lippen und küsste sie intensiv, kostete das Gefühl voll aus: Von Hitze zwischen ihren Mündern, während der Rest ihres Körpers sich kühl anfühlte.

Gerade als er sich an die Vorstellung gewöhnte, dass er sich nicht einmal zum Atmen aus diesem Kuss lösen musste, ließ Ana los.

Ihr Gesicht war jetzt ernst und angespannt und er blickte in die Richtung, in die sie zeigte.

Selbst hier, fünfzehn Meter oder mehr unter Wasser, war das Leuchten des dreißig Meter weit entfernten schimmernden Vorhangs zu sehen. Es erstreckte sich so weit in die Tiefen runter, dass Fence das Ende davon nicht sehen konnte.

Eine plötzliche Strömung erinnerte ihn daran, dass sie sich mitten in einem brodelnden Hexenkessel befanden, der überkochen würde, wenn sie nichts unternahmen. Und er ermahnte sich dazu, nicht allzu oft daran zu denken, dass er sich *unter Wasser* befand. Und noch tiefer tauchen würde.

Und jetzt, da er anscheinend keine Luft mehr in den Lungen hatte, sondern nur noch Wasser, trieb es ihn nicht mehr zur Oberfläche hin. Er war gewissermaßen auftriebsneutral, schwebte an einer Stelle, ohne etwas dafür tun zu müssen, unten zu bleiben.

Er holte einmal tief Luft – es fühlte sich so seltsam an, diese Kälte, die in ihn reinrauschte und das nicht durch seine Nase – und folgte Ana, die sich gerade auf den Weg nach unten machte ... tiefer, tiefer ... und *tiefer*.

Hinab in die Finsternis.

Fence wummerte das Herz zwar etwas und das Setting hier bereitete ihm etwas Bauchschmerzen, aber er folgte ihr. Er atmete. Die Panik war weg ... größtenteils ... aber es war so dunkel. Und still.

In den tiefen Bereichen von Höhlen – die genau so finster waren, aber nicht annähernd so scheißnass – konnte man wenigstens das Tropfen oder das Plitsch-Platsch von Wasser hören ... oder das Geräusch, wenn ein stoffbedecktes Knie an einem Felsen entlangstrich. Oder das leise Pling von einem Metallhelm, der gegen eine Wand schepperte.

Hier ... war alles ein Totenreich. Es gab nichts außer Stille.

Alles, was Fence sehen konnte, waren Anas Kristalle und dafür war er dankbar, als er ihrem blauen Licht folgte.

Als er sich mit dieser neuen und unglaublichen Entwicklung zunehmend anfreundete, nahm er auch immer mehr von seiner Umgebung wahr. Als sie an einem Gebäude vorbeischwammen, brauchte er einen Moment, um zu begreifen, dass dieses Haus sich noch mehrere Meter in die Tiefe fortsetzte und er sich in der Nähe des Dachs befand.

Es war surreal auf eine Weise, wie die Post-Wechsel-Welt ihm bis dahin noch nicht erschienen war. Es war, als würde er durch eine zerstörte Stadt fliegen, hoch über den Straßen und den Autos. Aber anstatt Vögel als Wegbegleiter zu haben, gab es hier Schwärme von Fischen. Diese orangefarbenen aus dem Disney Film. Er erkannte einen *Tintenfisch*, dessen Tentakeln aus einem dunklen Loch hervorkamen, als würde er seine Beute in die gute Stube bitten. Echt abgefahren. Er kam an zerstörten

Häusern vorbei, schaute in Räume ohne Dächer rein und glitt an zerbrochenen Fenstern vorbei und sah durchsichtige Langusten – so groß wie seine Hände, mit blauen Stielaugen.

Er bekam einen Schreck, als er plötzlich sah, wie ein großer Schatten über ihn hinweg schwamm, langsam und bedächtig, und das Herz blieb ihm fast stehen, als er erkannte, dass es sich um einen Orca handelte, von Fischern oft Killerwal genannt. Das waren scheißarschgroße Dinger. Er nahm an, das war auch der Grund, warum man sie „Wale" nannte.

Er erkannte alte, algenverkrustete, zerborstene Schilder, als sie über etwas drüber schwammen, was mal ein großes Einkaufszentrum gewesen war: Ein Schild von Home Depot, wo nur noch das EPO sich zittrig aber stur aufrecht hielt. Ein weiteres mit REI – was ihn kurz nachdenken ließ, dann, wow ... Camper-Zubehör. Vieles davon wäre immer noch in unverwüstliches Plastik eingeschweißt. Das wäre eine echte Fundgrube! Wenn sie Zeit gehabt hätten, hätte er kurz Halt gemacht und sich das mal angesehen.

Aber er hielt natürlich nicht an, sondern schwamm weiter. Diesmal über einen weiteren Laden, den er so vage erkannte – dieser hier hatte das Wort Bath im Namen – und dann sah er die Hälfte von einem recht pelzigen, verblichenen McDonalds M, das aus der Mauer eines Gebäudes vorstand. Und ein Wirrwarr von Autos auf dem längst zerstörten Parkplatz weiter unten.

Genau wie an Land hatte Mutter Natur den Ruinen ihren Stempel aufgedrückt, ihren neue Deko-Stil: Wedel aus Grün und Braun wiegten sich in dem zunehmend turbulenten Strömungen, Algen und Korallen klebten an Ziegelsteinmauern und um Türrahmen und Autofenster.

Als sie noch tiefer schwammen und er schließlich den zerfurchten Meeresboden sehen konnte, erkannte er weitere natürliche Lichtquellen, die den Grund des Ozeans erhellten. Seesterne, Seepferdchen, sogar eine lange, peitschenähnliche schwarze Schlange – all das kroch vorbei. Aber neben ihnen schimmerte immer noch dieser Vorhang.

Einmal kamen er und Ana an einem kleinen Kristall vorbei, nicht größer als seine Faust, der dort im Grund steckte. Er brannte lavendelfarben und rosa, und ihm wurde klar, dass er eine Art Zaunpfosten für die Barriere war – einer der Kristalle, der das eigene Kraftfeld mit dem nächsten verband. Er fragte sich, ob es die Barriere verändern würde, wenn sie den einen hier aus dem Weg räumen oder zumindest aus der Anordnung entfernen würden.

Er hätte es vorgeschlagen, aber Ana gab die Richtung vor, als wüsste sie, wohin sie schwamm. Dabei schwamm sie immer parallel zum elektrischen Vorhang. Sie befand sich jetzt fast direkt über dem Boden mit all seinen Erhebungen und Senken, und Fence begriff, dass sie einer Straße zu folgen schien. Er erkannte Autos und andere Fahrzeuge, Straßenlaternen und sogar die gelben Betonklötze, mit denen man Parkplätze markierte. All das lag wild verstreut auf der Durchgangsstraße unter ihnen.

Ihm fiel ebenfalls auf, dass das Wasser sich noch wilder bewegte, was es noch zusätzlich erschwerte geradeaus zu schwimmen. Die Wasserbewegungen machten, dass das Seegras und die Pflanzen sich schüttelten und um sich peitschten. Einige Türen, die immer noch an Scharnieren hingen, schlugen auf und zu.

Schließlich hielt Ana an und zeigte mit dem Finger. Fence schwamm direkt neben sie und schaute. Das Leuchten ihrer Kristalle reichte aus, um ihm das Gebiet so weit zu erhellen, dass er eine Kuhle im Ozeangrund erkennen konnte. Und die war schwarz wie die Nacht, ein riesiges, tiefes V.

Aber die Barriere verlief darüber hinweg, wie ein Laken, das sich über ein Loch legte, und er wusste, dass sie beabsichtigte, genau dort zur anderen Seite rüber zu schwimmen.

An diesem tiefen, stillen Ort gab es keine Möglichkeit mit Worten zu kommunizieren, und so packte er sie am Arm und zerrte sie durch das Wasser, zog sie ganz an sich.

Ihre Arme schlossen sich eng um ihn, verrieten ihm, dass ihre Angst genauso groß war. Als ihr Körper sich gegen seinen presste, war die Wärme, die damit in dieser kalten, blauen Welt an ihm klebte, ein unbeschreiblicher Trost. Er fühlte sich dadurch irgendwie ganz. Komplett.

Er beugte seinen Kopf runter, um ihren Mund zu erwischen, zuerst sanft, streifte ihre Lippen nur mit seinen, als diese über eine Barriere von Salz und kalter Nässe glitten. Er küsste sie, benutzte dazu seinen Mund und die Zärtlichkeit von Armen und Händen, um ihr mitzuteilen, was er selbst erst vor Kurzem begriffen hatte: Es gab außer ihr niemanden, es würde niemanden sonst geben, er musste mit ihr zusammen sein. Und: Danke dir.

Das letzte bisschen Kuss war nur noch ein *Danke Dir*.

Danke dir, dass du mich zu einem ganzen Menschen gemacht hast.

Als sie sich löste, das Gesicht zart eingefärbt von dem blauen Leuchten ihrer Kristalle, standen in ihren Augen auch alle Arten von Gefühlen, genau wie all das, was gerade in ihm mit aller Macht tobte, und er wusste: Sie hatte ihn verstanden.

Und dann löste sie sich sanft aus seiner Umarmung, nahm ihn bei der Hand und gemeinsam schwammen sie tiefer und weiter ... hinein in das schwarze Loch.

Ana war dankbar für die große, starke Hand von Fence in der ihren, als sie ihn und sich selbst in die dunkle Grube hinein führte.

Sie konnte gar nicht glauben, dass sie das hier nicht alleine tun musste. Sie hatte einen Partner, jemand, dem sie vertraute und auf den sie sich verlassen konnte. Wenn ihre Augen nicht bereits vom Meer nass gewesen wären, wären sie jetzt feucht. Feucht von glücklichen Tränen der Erleichterung.

Die nackte Angst auf seinem Gesicht, als sie ihn zum ersten Mal unter Wasser beobachtet hatte, war erschreckend gewesen. Und das war auch der Moment, in dem sie selbst das Risiko begriff, das er eingegangen war, als er ihr nach hinein ins Wasser gesprungen war.

Das war der Moment, als sie wirklich verstand, was für eine Art von Mann er war. Nicht nur, was er für sie empfand, sondern dass er für das, woran er glaubte, kämpfen würde, auch wenn jede Faser seines Leibes ihn vom Gegenteil zu überzeugen versuchte.

Und jetzt, als die Kristallbarriere über ihrem Kopf sich im Wasser leicht schwebend kurz hob, hielt sie inne, drückte seine Hand, schoss dann runter und vorwärts.

Als sie spürte, wie sie sicher unter dem wabernden Vorhang und dem Widerhall seiner Energie durchgekommen waren, tat sie erleichtert einen tiefen Atemzug. Das Glühen ihrer Kristalle verstärkte sich in jenem Moment und wurde dann wieder normal, als sie und Fence halt machten, nunmehr auf der anderen Seite der Barriere.

Anas Augen suchten die dunklen Umrisse ab, die alle zusammen irgendeine untergegangene Stadtlandschaft bildeten, weil sie sich nicht sicher war, wohin sie jetzt mussten, um die Steine zu finden.

Fence zog leicht an ihrer Hand und machte ein Handzeichen. Sie begriff, dass er meinte, sie sollten entlang der Barriere in die Richtung zurückschwimmen, aus der sie gekommen waren. Und sie war auch dieser Meinung.

Sie schwammen rasch los und mussten sich jetzt auch nicht mehr an den Händen festhalten.

Während sie durch das schwere, dunkle Meer hindurchschossen, war Ana sich bewusst, wie schnell Fence sich auf seine neue Situation eingestellt hatte.

Das Herz zersprang ihr fast, trotz der ernsten Aufgabe, die vor ihnen lag: Wie viel größer konnte ihr Glück denn noch sein, als einen Mann gefunden zu haben, mit dem sie die Geheimnisse des Ozeans teilen konnte? Und der nicht einer jener schrecklichen Atlanter war?

Sie hatte die ganze Zeit auf ihn gewartet, ohne es zu ahnen.

Sie hatte ihren Partner gefunden.

Als sie an der Barriere entlang vorankamen, bemerkte Ana ein Leuchten in der Ferne. Es war ein unnatürliches Licht, viel zu groß, um ein Fisch oder eine Anemone zu sein, nicht einmal ein

Atlanter konnte so stark leuchten. Ihr Pulsschlag beschleunigte sich und sie machte Fence ein Zeichen – aber er hatte es schon gesehen, denn er schoss mit starken, geschmeidigen Bewegungen heran, direkt neben sie.

Mit alten Häusern als Deckung bahnten Ana und Fence sich ihren Weg: entlang an einer alten Straße, auf das Leuchten zu. Als sie allmählich näher kamen, wurde das unruhige Wasser um sie auch trüber. An dieser Stelle des Ozeans gab es keine Fische oder andere Meeresgeschöpfe mehr und selbst Ana wurde es allmählich mulmig angesichts der aufgebrachten Strömung.

Endlich konnten sie die Quelle des Leuchtens genauer erkennen. Sie waren etwas höher geschwommen, um über die Spitzen der Unterwasserlandschaft drüber blicken zu können – sowohl die von Menschen gemachte als auch die natürliche – und Fence streckte plötzlich den Arm seitwärts aus, um sie am Weiterschwimmen zu hindern.

Aber das Wasser hier wurde von derartigen Turbulenzen aufgepeitscht, dass er nach etwas greifen musste – dem nackten Rahmen eines Fensters – um nicht in die strudelnde Unruhe reingezerrt zu werden. Und er packte rasch ihren Arm, um sie neben sich zu halten.

Jetzt konnten sie alles vor sich genau sehen.

Fence schaute sie an und in dem trüben, blauen Leuchten, konnte sie den entschlossenen Ernst an seinem Gesicht ablesen. In seinen Augen flackerten Sorge und Entschlossenheit, und eine gute Portion *Ach du dicke Scheiße*.

Ihr erging es genauso, denn auf das Leuchten da draußen zu schauen, das selbst dieses aufgewühlte Wasser um sie herum erleuchten konnte, bereitete ihr akutes Unbehagen. Es gab sieben Goleth Steine und sie hatte recht gehabt, was ihre Größe betraf. Sie waren gut einen Meter hoch und einen Meter breit und sahen wie Mondsteine aus, mit einem weichen, grauen Licht, das in jedem einzelnen von ihnen brannte.

Als sie und Fence dort schwebten – jetzt hielten sie sich wieder bei der Hand –, starrten sie beide mit fasziniertem Grauen darauf. Die Steine standen in zwei Reihen zu je drei Steinen angeordnet, und der siebte stand abseits von ihnen an einem Ende. Das Wasser rauschte in den Kanal zwischen den beiden Reihen hinein, sammelte sich und entlud sich dann wie ein vertikal speiender Vulkan hinten bei dem einen Stein.

Dreck, Müll, Pflanzen, alles wurde hochgewirbelt und in den Wasserstrudel hineingerissen, was die Welt in trübe Finsternis tauchte. Sie waren weit genug weg und befanden sich seitlich von diesem Wassertunnel, so dass die Strömung sie nicht mit hineinriss ... aber Ana spürte, es war nur noch eine Frage der Zeit und des Abstands.

Es war, als würden sie bei der Entstehung eines Zyklons zusehen, ein langer, horizontaler Zyklon, der seine Kräfte sammelte und sie dann ausspuckte. Es war, wie in der Mitte eines Gewitters zu stehen, aber ohne einen Laut und viel dunkler.

Fence starrte darauf und Ana fragte sich da kurz, ob er gerade wieder in Panik geriet. Sie würde ihm da keinen Vorwurf machen; sie selbst war schon bei vielen Seegewittern dabei gewesen, aber das hier war anders und es erschreckte selbst sie.

Wie zum Teufel würden sie nur nahe genug herankommen, um einen dieser Steine aus der Reihe rauszunehmen?

In dem Moment fiel ihr erschrocken ein, dass sie in ihrer Eile nach unten zu gelangen Zoës Schlinge zurückgelassen hatten, und jetzt sah sie Fence an und machte Zeichen, *Was nun?*

Er schien nicht zu verstehen, also nahm sie seine Hand und buchstabierte mit ihrem Finger *Schlinge vergessen* darauf.

Er schüttelte den Kopf, lächelte dieses breite, weiße Killerlächeln und ließ seine beeindruckenden Armmuskeln spielen.

Ah. Ja. Ana lächelte zurück und fühlte wie eine Hitzewelle durch sie hindurch brandete, gefolgt von Erleichterung.

Sie war nicht allein.

Er drückte ihre Hand ganz kurz und hob dann die Augenbrauen, als wolle er fragen: *Fertig?*

Sie nickte und überließ es ihm, sie aus dem Schatten des Hauses herauszuführen, das ihnen bis dahin Schutz geboten hatte. Sobald sie da raus waren, erwischte das heranströmende Wasser sie. Es überrumpelte sie, aber Fence hielt sie fest, und sie erkannte, dass er sich an etwas Dunklem festhielt, im Meeresboden verankert.

Sein fester Griff war alles, was sie davor bewahrte, in den wüsten Wasserschlund hineingezerrt zu werden. Und so bahnten sie sich langsam ihren Weg: Eine starke Hand von Fence um sie, während die andere sich an etwas Stabilem festhielt, bis er wieder losließ. Dann trieben sie ruckartig zum Nächsten ab, als würden sie einen Fluss runtergespült werden. Er streckte dann den Arm aus und bekam etwas anderes zu fassen, an dem er sich festhalten konnte.

Die Geschwindigkeit und die Kraft des Strudels peitschte durch Anas Haar und stach ihr in die Haut und im Gesicht, immer wenn ein spitzes Stück Dreck sie erwischte. Ihre Kristalle leuchteten hell, als sie in dem verschmutzten Wasser mühsam zu atmen versuchte, und Ana spürte mehr als einmal, wie Fence auf sie runterblickte, um abzuschätzen, ob sie auch wirklich noch auf der sicheren Seite war.

Die Goleth Steine waren jetzt nur noch ein, zwei Meter entfernt. Ihr Glühen warf einen grauen Nebel in das aufgewühlte Wasser um sie, aber die Kraft war so stark, dass Fence die letzten beiden Anker beinahe verfehlt hätte.

Er zog Ana durch ein Fenster in ein dunkles Gebäude rein, um einen Augenblick relativer Ruhe zu haben. Draußen tobte der Wassersturm, peitschte das Wasser in dem alten Haus und drum herum auf, aber die Mauern waren wie eine Art Schutzschild, der die Macht des Strudels etwas ausbremste, als er sich da durchwälzte. Jetzt konnten sie kurz verschnaufen und sie schaute hoch, als er sich wieder zu ihr umdrehte.

In dem schwachen, blauen Leuchten, das nun quer durch den dunklen Raum schimmerte, sah sie eine Frage in seinen Augen und bevor er auch nur ihre Hand heben konnte, um es darauf zu buchstabieren, wusste sie, was er sagen wollte. Sie fing an ihren Kopf heftig zu schütteln, hielt dann inne.

Es machte wenig Sinn, die Dinge zu verkomplizieren. Sie wusste, je näher sie rankam, desto stärker würde das Wasser sich drehen. Sie wusste, sie war nicht stark genug, um dem zu widerstehen – hey, sie war schon fast mitgerissen worden.

Nicht so stark wie du. Werde folgen, aber Abstand halten und alles beobachten, buchstabierte sie, bevor er ihre Hand zu fassen bekam.

Er kam näher, sein Körper warm in der Kühle, und strich ihre wirren Haare weg, wo diese ihr vor dem Gesicht schwammen. Im Licht ihrer Kristalle konnte sie in seinen Augen Wärme und Zuneigung ablesen.

Tapfer, und dann, *clever*, buchstabierte er mit einem Finger auf ihrer Brust, dann tippte er sie dort leicht an, als wolle er „du" sagen. Tippte noch einmal drauf, etwas fester. Dann buchstabierte er – sehr langsam, als wolle er das hier betonen: *L-I-E-B-E ... D-I-C-H.*

Hitze und Lust durchfuhren sie und sie nickte, wobei sie warme Tränen wegblinzeln musste, die sich mit dem kalten Salzwasser vermischten. Lächelte. *Werde Wache halten. Sei vorsichtig*, malte sie ihm auf die breite Brust, dann zeigte sie ihm, wie man ein Geräusch machte, das im Wasser widerhallen würde: klatschte mit ihrer offenen Handfläche auf das untere Ende einer Faust. Das Geräusch würde in dem Hurrikan hier nicht ganz so laut sein, aber es war ihr einziger Weg zu kommunizieren.

Genau da sandte ein kräftiger Wirbel unerwartet einen wüsten Wasserschwall mitten durch das Zimmer. Alte Möbelteile und Felsbrocken und Metall wirbelten mit etwas verminderter Kraft um sie herum, aber deswegen auch nicht weniger hinterhältig wie da draußen. Und es war gespenstisch, weil diese Brutalität so lautlos vor sich ging.

Fence schützte sie vor den herumwirbelnden Einzelteilen der belagerten Zimmereinrichtung und als das stille Gebrüll des Wassers nachließ, zog er sie mit sich, hinein in einen anderen Raum. Hier waren die Mauern noch ganz und da es ein Zimmer im Inneren des Gebäudes war, gab es keine Fenster.

Geh zu Q und Z, wenn ich es nicht schaffe, buchstabierte er ihr auf die Schulter.

Sie nickte. *Werde im anderen Zimmer warten. Um zu beobachten.*

Was soll ich mit dem Stein machen?, fragte er.

Ana hob mit einer fragenden Geste die Hände und schaute zu ihm hoch, schüttelte den Kopf. *Mit nach oben nehmen?*

Er zuckte mit den Schultern und nickte, dann mimte er, als würde er den Stein mit einem Hammer zerbrechen und hob fragend die Augenbrauen.

Ana nickte lächelnd. Das könnte klappen. Dann könnten sie Quent einfach ein Stück davon mitbringen. Er half ihr ins nächste Zimmer zu kommen, wo sie durch ein altes Fenster die glühenden Kristalle sehen konnte. Die Wellen drehten sich, wirbelten, aber Ana war in der Lage einen schützenden Balken nahe bei dem Fenster zu finden, an dem sie sich festhalten konnte.

Geh jetzt, malte sie ihm auf den rechten Brustmuskel. *Mond wird immer voller.*

Fence hielt sie kurz an den Schultern fest, gab ihr einen zärtlichen Kuss auf die Stirn. Und dann war er nicht mehr da.

19

Fence schwamm aus dem verlassenen Gebäude raus, hinein in das tobende, wilde Wasser. Ohne das weiche, dem Mondlicht ähnelnde Licht von den Kristallen wäre er hier verloren.

Aber zumindest wusste er, dass er sich keine Sorgen darüber machen musste, Ana festzuhalten. Und wenn irgendetwas schiefging, wäre sie in der Lage zu entkommen und die anderen zu warnen, dass sie hier nichts ausrichten konnten.

Jetzt musste er sich lediglich darauf konzentrieren, an einen der Kristalle ranzukommen.

Leichter gesagt als getan.

Als das heranrauschende Wasser ihn im eigenen Rhythmus wegsaugen wollte, klammerte er sich an den Rahmen einer offen stehenden Autotür. Die Scheibe davon schon längst fort. Wenn er losließ, war er futsch.

Sein Herz raste und das Wasser drosch auf ihn ein, erinnerte ihn daran, wie hilflos er gegen die Übermacht des Ozeans war.

Unter Wasser. Tief, finster, überall.

Und jetzt, mittendrin in einem Unterwasser-Orkan. Fast so beängstigend wie das damals, als er in den Bergen der Teton Range von einer Schneelawine erwischt worden war.

Aber nicht so schrecklich wie sein Kentern beim Wildwasser Rafting, als er an einem Ast hängen blieb und fast ertrunken wäre.

Fence schloss die Augen und löschte diese Erinnerungen einfach, bevor sie ihn wieder in eine Welt der blinden Panik zerren konnten, und holte tief Luft. Er spürte, wie der Dreck innen an seinen Kiemen schmerzhaft rieb und dann wieder den kühlen Strom von Wasser, das in ihn hinein floss.

Wie konnte das nur sein?, dachte er zum hundertsten Mal, seit er seine ganz private Post-Wechsel-Veränderung bemerkt hatte. *Wie ist das nur ausgerechnet mir passiert?* Es war ein Wunder.

Wie habe ich nur Ana gefunden?

Noch ein Wunder.

Einen Augenblick später öffnete er die Augen. Zurück zu dem, was jetzt gerade anstand. Mit Zoës Schlinge hätte er versuchen können, die als eine Abseilleine oder einen Haken zu benutzen. So wie er es verstanden hatte, würde der Wahnsinn hier enden, sobald man nur einen Kristall von seiner Position verrückte.

Aber bis dahin, war das näher Rankommen ein Ding der Unmöglichkeit.

Er erwog die Möglichkeit, das jemand – oder etwas – das hier alles beobachtete und abwartete. Jemand, der die Kristalle beschützte – aber er verwarf den Gedanken nach kurzer Überlegung. Das Wasser war zu aufgewirbelt und schmutzig, als dass hier noch irgendjemand herumlungern könnte. Es würde ihn wegspülen, genau wie es ihm selbst gerade drohte zu passieren.

Und selbst wenn die hier sein sollten, was könnten sie schon sehen? Wenig mehr, als nebliges, schmutziges Wasser. Und da ihn kein Leuchten von Kristallen umgab, konnte er sich hier unbemerkt fortbewegen.

Er war sich jedoch bewusst, dass das hier eine Falle Bautyp Indiana Jones sein könnte: Im Moment des Verrückens von einem der Steine, könnte damit etwas in Gang gesetzt werden.

Aber das war ein Risiko, das er eingehen musste. Es war ja nicht, als würde er aus Gier handeln; als versuchte er eine Goldstatuette zu klauen. Er versuchte eine ganze Scheißstadt zu retten. Er sah die Sache so: Man schuldete ihm was.

Während er seinen nächsten Schritt erwog, beobachtete Fence das schmutzige, trübe Wasser um sich, wie es hinten in die Reihen der Kristalle reinströmte und dann mit aller Wucht durch den Kanal zwischen ihnen hindurch presste.

Nachdem er ein Weilchen zugesehen hatte, spähte er in das Trübe vor ihm und sank langsam in eine tiefe Hocke runter, wobei er die Arme um die Kante von einem Betonklotz wickelte, der aus dem Meeresboden rausragte ... und das brutale Schieben und Ziehen wurde schwächer.

Jetzt wurde er nur noch gezogen und gestupst, anstatt geworfen und um die eigene Achse gewirbelt. Und er wusste, wie sein Plan jetzt aussehen musste.

Bleib dicht am Boden.

Wenn er zu dem nächsten Kristall kriechen könnte, befände er sich unter der Stelle mit der stärksten Energieströmung.

Während er sorgsam darauf achtete, stabile Punkte zum Zupacken auf dem unebenen Boden zu nutzen, begann Fence sich Zentimeter für Zentimeter seinen Weg auf die Kristalle zuzubahnen. Es war wie einen Berg hochzusteigen, außer dass er Bäuchlings auf dem Meeresboden lag. Wenn es der Strömung gelang ihn von unten her zu erwischen, würde er weggerissen und in den Strudel hineingeschleudert werden.

Der schwierigste Part dabei war, seine Beine und Füße von ihrem natürlichen Reflex abzuhalten, nach oben zu treiben, und er spürte die Anspannung in seinen Bauchmuskeln und den Muskeln an seinem Hintern, als er seinen Körper ständig nach unten drückte.

Das war kein Problem für ihn – er hatte schon lange kein Power-Training mehr gemacht und seine Muskeln fühlten sich gelegentlich ein wenig schlaff an.

Natürlich gab es an ihm Teile, die sich – seit er Ana näher gekommen war – in einem Dauerzustand der *Nicht*-Schlaffheit befunden hatten.

Als er sich dabei erwischte, schlechte Witze zu reißen mit nur sich selbst als Publikum, wurde ihm klar, dass er sich wohl an diese neue Welt gewöhnte, und er lächelte.

Zentimeter um Zentimeter kroch er voran, zog sich, kämpfte gegen die Strömung an, war sich ebenso auch der leichten Panik bewusst, die ihm nie von der Seite wich. Die war immer da, wartete nur drauf reinzukommen und seinen Verstand zu kapern.

Endlich war er nahe genug an einem der mittleren Kristalle, um dessen Energie auch durch das Wasser hindurch zu spüren. Und als er seinen Arm anhob, um seinen nächsten Rettungsanker zu fassen, sah er, dass seine Finger glitschig waren, von etwas Dickflüssigem.

Ein rascher Blick verriet ihm, dass er den glitzernden, grauen Blubber gefunden hatte. Das löste eines der Rätsel.

Und jetzt mit dem Kristall, der sich über seinem dicht am Boden liegenden Körper erhob, kapierte er: Seine einzige Chance den von der Stelle zu bewegen, wäre, sich gegen den großen Stein zu werfen und dann fest zuzupacken, die Arme zu einer weiten, verzweifelten Umarmung ausgebreitet.

Wenn er von seinem Ankerpunkt hier losließ und das Ziel verfehlte...

Kam nicht in Frage.

Er würde da nicht mal dran denken. Er schloss die Augen. Konzentrierte sich. Stellte sich die Bewegungen des Wassers vor, seine eigenen Bewegungen, dachte an den Strömungsweg, die Position, den Winkel ... und öffnete die Augen.

Eins ... zwei...

Drei.

Er ließ genau in dem Moment los, als er seine Füße zum Abstoßen nutzte, um sich auf den Kristall zuzuschieben.

Einen kurzen Augenblick lang lag er schwerelos im Wasser und dann traf es ihn mit voller Wucht. Ein kleiner Zipfel eiskalter Hysterie kroch ihm den Hinterkopf hoch, aber er ließ ihn nicht rein und schob ihn weg, als der Mondstein immer näher heranwirbelte.

Sein Fuß stieß gegen etwas und er schob sich mit aller Kraft auf den Stein zu ... und eine plötzliche Ansammlung von Wellen schleuderte ihn gegen den Stein.

Aber Fence war bereit: Die Arme weit ausgestreckt packte er den Stein, versuchte eine Kante für seine verzweifelt suchenden Füße zu finden, als seine Finger krampfhaft versuchten, einander auf der anderen Seite des Steines zu finden. Die Stärke des Sturms war jenseits aller Vorstellungskraft, versuchte ihn mit sich zu reißen, und er spürte, wie seine Arme abrutschten, als der Sog an ihm nagte und zerrte. Aber schließlich fanden seine Hände sich und packten sich gegenseitig und er hielt den Kristall in einer Art leidenschaftlicher Umarmung umfangen, während er seine Füße als Hebel benutzte, um ihn von der Stelle zu kippen.

Die Arme um den Stein geschlungen, spürte er die Vibrationen der Energie tief in sich drin, wie ein Surren, und begriff da, dass seine nackte Haut gerade angesengt wurde und dass der Stein von einer dünnen, grauen Schleimschicht überzogen war. Es schmeckte nach Hitze und etwas Dunklem und Körnigem. Als er zur Beruhigung einen langsamen Atemzug tat, versuchte mitten in diesem schweigenden, heftigen Sturm wieder bei sich anzukommen, fühlte Fence, wie Hitze statt eines kühlen Rauschens seine Lungen füllte.

Er brauchte einen Moment, um zu begreifen, dass seine Kiemen von dem Kristall blockiert wurden, während er sich verzweifelt festkrallte. Die Energie des Steins verbrannte ihn, versiegelte ihm die Kiemen, schnitt ihm den Atem ab ... und dann zerriss das letzte dünne Bändchen, das ihn noch bei Verstand hielt.

Alles wurde schwarz ... ein wirbelndes Rot und das Meer zermalmte ihn. Erstickend, grauenerregend, schwer, finster... Er konnte nicht atmen, konnte nicht denken – seine Beine machten wilde Bewegungen, seine Arme waren steif und verzweifelt, als er sich an dem Stein festhielt: sein einziger Rettungsanker.

Sein Kopf war restlos leer und sein Gesicht knallte gegen den Stein, schürfte sich daran auf und er keuchte verzweifelt nach Luft, zerrte damit eine Hitze in sich rein, was *nicht gut* war, trat blind um sich und kämpfte ... *ich bin unter Wasser–ich kann nicht atmen–kann nicht atmen.*

Ein Weilchen kämpfte er, kämpfte gegen die Furcht an, wusste, dass irgendwo in ihm noch ein klarer Verstand steckte. Irgendwo in seinem Kopf fand er seine Mitte wieder und er holte noch einmal Luft – schwerer, viel schwerer, aber immerhin ein Atemzug. *Simpel.* Die Stille, die er in seinem Kopf gefunden hatte, kam ins wanken, drohte sich aufzulösen.

Konzentrier dich. Er atmete ganz konzentriert, versuchte den Verstand wieder zu packen zu bekommen, aber er entwischte ihm und Fence verfiel wieder in blinde Panik.

Dann waren da auf einmal Hände an ihm. Sanft. Als wollten sie ihn wieder in die Wirklichkeit ziehen. Er war imstande die Augen zu öffnen und da war Ana, das Gesicht ganz aufgelöst vor Sorge, ihre Hände zerrten an seinem Todesgriff.

Und da begriff er, dass er den Stein bewegt hatte und dass sich alles um ihn herum verändert hatte.

Das Meer war ruhig, das Mondlicht-Leuchten verschwunden und er war über und über bedeckt von glitzerndem, grauem Blubber.

Ach ja, und atmen – das tat er auch noch.

Ana sah die widerstreitenden Gefühle auf seinem Gesicht: Schock, Überraschung und schließlich Verärgerung. Letzteres lag wahrscheinlich an der Tatsache, dass sie hier war und nicht da hinten in dem Gebäude, wo er sie zurückgelassen hatte.

Sie hatte seine großen, verschwommenen Umriss beobachtet, wie er ganz langsam auf die Kristalle zugerobbt war und dann – nach einer gefühlten Ewigkeit –, wie er auf einen der Steine zugehechtet war. Die Strömung des Wassers ließ nach, aber Fence rührte sich nicht. Sie schwamm rasch zu ihm, dabei jedoch immer auf der Ausschau nach Anzeichen von Gefahr.

Aber das Meer war ruhig und fast wieder ganz es selbst. Und jetzt war Ana bei Fence und sie hatten den Stein verrückt. Seine Brust machte ruckartige Bewegungen, als hätte er soeben eine große Anstrengung hinter sich – was natürlich der Fall war.

Etwas Heroisches.

Sie lächelte zu ihm hoch und streichelte ihn an einem seiner Arme, dann zeigte sie zu dem Kristall. Er hatte ihn aus der Anordnung raus bewegt, über den Meeresgrund gezerrt und gezogen, so dass er sich jetzt weit abseits von den anderen befand. Anstatt einer sanft leuchtenden Perle zu ähneln, schien er wie tot und ließ keinerlei Anzeichen von Energie mehr erkennen. Er schien wie jeder andere Fels auszusehen. Auch die anderen Kristalle waren tot.

Die Krise war vorüber.

Aber ihre Arbeit war noch nicht erledigt. Der Stein konnte genauso leicht wieder zurückgeschoben werden und dann würde es mit der Bedrohung wieder von vorne losgehen.

Bei dem Gedanken blickte Ana sich rasch um, auf einmal nervös. Die Atlanter würden diesen Ort sicherlich nicht völlig unbewacht zurück lassen. Auch wenn sie während eines Sturms nicht sehr nah herankamen, hatten sie sehr wahrscheinlich eine Art Monitor installiert – eine Wache oder eine Patrouille, selbst wenn die nur dazu diente, das Meer und seine Energie zu beobachten. Mittlerweile hatte die Wasseroberfläche oben sicher schon wieder zu ihrem normalen Rhythmus zurückgefunden.

Sie packte Fence am Arm und zwang ihn sie anzuschauen. *Beeil dich*, buchstabierte sie ihm in die Handfläche.

Er nickte und sein Gesichtsausdruck ähnelte ihrem. Dann zeigte er seitlich auf sich und hob seinen Arm, um seine Kiemen freizulegen.

Ana schaute hin und sah da erst, dass seine Brust, die Innenseite der Arme und seitlich am Brustkorb, alles von einer dünnen, glitzernden Schicht bedeckt war – ähnlich wie das graue Zeug, das sie am Strand gefunden hatten. Es hatte sich über einem Kiemen verkrustet und die empfindsame Innenkante der Haut dort war dunkler als sein übriger Körper. An manchen Stellen war es verklebt, als hätte man es zugeschweißt und als würde es jetzt versuchen, sich wieder loszulösen. Die andere Seite war auf die gleiche Weise in Mitleidenschaft gezogen und jetzt begriff sie auch, warum er um Atem zu ringen schien.

Ana half sanft dabei, die Haut wieder zu lösen, so dass der Kiemen wieder voll funktionstüchtig war. Innen an den Hautöffnungen sah sie zu beiden Seiten Haut von einem gesunden Zartrosa.

Besser so?

Er lächelte, Erleichterung in seinen Augen, und nickte. Dann blickte er runter auf den Stein und mimte erneut, wie man ihn mit einem Hammer zerschlug.

Sie nickte und mittels Gesten und Buchstabieren stimmten sie überein, den Kristall noch weiter weg von seiner ursprünglichen Position zu schaffen, bevor sie sich auf die Suche nach etwas machten, das schwer genug sein könnte, ihn zu zertrümmern. Wenn er sich nicht an seinem Platz befand und auch noch versteckt wurde, konnte niemand ihn finden.

Aber als Ana sich dem Goleth Stein näherte, näher als sie ihm je gewesen war, fing er tief aus seinem Inneren heraus, ganz schwach an zu glühen. Sie spürte, wie ihre eigenen Kristalle ebenfalls reagierten, wärmer wurden und heller, und schob sich auf einer daher treibenden Strömung rasch von ihm weg. Der große Stein hörte auf zu leuchten und wurde rasch wieder tot und grau.

Halt besser Abstand, buchstabierte Fence rasch.

Ana nickte und war auf einmal wieder nervös. Sie sah zu, wie er eine lange Metallstange benutzte, die er auf dem Meeresboden gefunden hatte, um sie als Hebel unter dem Kristall anzusetzen und ihn von der Stelle zu rollen. Stück für Stück rollte er ihn vor sich her, bis der Stein einen kleinen Abhang runterrollte und inmitten einer Wolke von Meeresstaub gegen ein altes Auto donnerte. Er schob ein großes Stück Metall vor den Stein, um ihn zu verbergen – wahrscheinlich nicht notwendig, denn jetzt sah er wie jeder andere graublaue Felsklotz aus –, aber es war besser jede erdenkliche Vorsichtsmaßnahme zu treffen, bis sie zurückkamen und ihn zerstörten.

Dann grinste Fence sie an und streckte den Arm aus. Sie ließ zu, dass seine großen Hände sich um ihre schlossen, aber anstatt sie weiter durch die Tiefen zu führen, zog er sie auf einmal an sich.

Sein geschmeidiger, warmer Körper presste sich an ihren und Ana war wieder überrascht davon, wie anders es sich anfühlte, im Wasser an einem Landbewohner entlang zu gleiten als an einem Atlanter. Darian hatte sich immer eher neutral angefühlt – die gleiche Temperatur wie das Wasser. Aber die Hitze von

Fence strömte in sie hinein, fast wie Blut: angefangen bei seinen muskulösen Armen, über seinen Bauch und seine Brust, bis zu seinem Mund und dieser kräftigen, heißen Zunge.

Ehe sie sich's versah, flatterten seine Beine schon an ihren und sie stiegen empor, wanden sich langsam Meter um Meter durch den Ozean. Die Gebäude und die Meereslandschaft blieben zurück, das Wasser wurde klarer und dann tauchten sie ganz plötzlich aus dem Wasser auf, hinaus in das Abendrot. Die Sonne war schon halb untergegangen, in einem prächtigen Schauspiel von Rot und Gold. Der Vollmond erstrahlte jetzt groß und fett am dunkelblauen Himmel, seine starke Anziehungskraft jetzt keine Gefahr mehr für sie.

„Wow", sagte sie und strich mit der Hand über sein Gesicht, um ein Klümpchen von dem grauen Blubber wegzuwischen. Es glitzerte vorne überall an ihm, wie winzige Sterne in einer dünnen Schicht Klebstoff, und jetzt klebte es auch an ihr. „Und ich meine damit nicht den Sonnenuntergang", fügte sie hinzu.

„Nachdem er die Welt gerettet hat, darf der Held immer eine wunderschöne Frau küssen", sagte Fence mit einem frechen Grinsen zu ihr, während er langsam seine Beine schwingen ließ, um ihre Köpfe jetzt über Wasser zu halten. Jetzt, da sie wieder beide Luft atmeten. „Tja, dann mache ich mich mal besser ran." Gesagt, getan und das dann zum zweiten Mal.

Auf einmal sah sie jenseits der schimmernden Barriere hinter ihm einen Streifen hellen Lichts in den Himmel aufsteigen und dann in einem kleinen sternförmigen Knall zu verpuffen. „Was war das?", sagte sie und packte ihn beim Arm. Sie waren immer noch auf der anderen Seite der Barriere, die Seite, die die Atlanter als ihr Gebiet betrachteten, aber der Schuss war auf der Envy Seite gewesen.

Bei dem pfeifenden Geräusch des Lichtstreifens hatte Fence sich im Wasser blitzschnell umgedreht, aber jetzt spürte sie, wie seine Muskeln sich wieder entspannten. „Das waren Quent und Zoë", sagte er. Sie können sehen, dass das Wasser sich beruhigt hat und schicken gerade ein Signal zurück nach Envy, dass alles in Ordnung ist. Dass wir die Flutwelle aufhalten konnten."

„Ist das das, was du eine Leuchtrakete nennst?"

„Das ist die eine Sorte Rakete." Er grinste und zog sie sachte wieder an sich. Mit seiner anderen Hand strich er ihr eine Locke weg, die ihr an der Wange kleben geblieben war und paddelte sanft mit den Beinen, damit sie weiter dahintrieben. „Es gibt Leuchtraketen ... und dann gibt es Raketen mit einer anderen Art *Ladung*", sagte er und schlang den Arm um sie, genau über der Rundung ihres Hinterns und zog sie erneut an sich. „Wie die, die ich habe ... genau hier."

Ana lachte, als sie das sehr heiße und harte Etwas spürte, das den Raum zwischen ihnen füllte und ein kleiner lustvoller Schauer überrumpelte sie da.

Ihre Brüste pressten sich gegen seine nackte Brust und nur der dünne Stoff ihres BHs trennte sie voneinander. Unter der Wasseroberfläche stießen und glitten ihre Beine erregend aneinander. Sie lächelte und schob sich wieder gegen ihn. „Ich nehme mal an, dass du im Wasser noch nicht allzu viel herumexperimentiert hast", sagte sie mit einem kessen Grinsen. „Zumindest seit einem Weilchen nicht mehr."

„Schon eine ganze Weile nicht mehr", antwortete er und ließ sie beide wieder ein Stückchen in den Ozean runterrutschen. „Aber ich denke", sagte er und hob den Mund gerade hoch genug, „es ist Zeit, dass ich da was ändere."

Als sein warmer Körper sich ganz an ihren Oberkörper schmiegte, bewegte sich seine Brust an ihrer und füllte sich dort spürbar ... und sie begannen wieder langsam in die Tiefen hinab zu sinken.

Das Boot schaukelte sanft auf den Wellen, als Quent die Leuchtpistole wieder absetzte. „Alles klar. Jetzt wissen sie, dass die Gefahr vorüber ist", sagte er. Er klang distanziert, fast kühl – selbst für ihn, mit seiner formellen und exakten Ausdrucksweise. „Vaughn kann die Evakuierung abblasen. Sage wird erleichtert sein."

Schweigend beobachtete Zoë ihn und spürte einen schweren Klumpen in ihrem Magen, der nichts mit dem Winzling zu tun hatte, der dort gerade heranwuchs.

Teufel nochmal, vielleicht hatte es doch etwas damit zu tun. Verdammt. Sie wollte etwas sagen, irgendwas, aber es wollte ihr diesmal rein gar nichts einfallen.

Der schwere Klumpen in ihrem Bauch hatte sich vergrößert und bildete schon seit geraumer Zeit eine unüberwindbare Mauer zwischen ihr und Quent.

Mehrere Kilometer hinter ihnen erhob sich am Abendhimmel eine Küstenlinie voller dunkler und gezackter Umrisse. Dahinter waren schwach die Lichter von Envy zu sehen, was in dem schwindenden Tageslicht einen sanften, orangenen Schimmer kreierte. Das Boot, das Fence schon halb an Land gezogen hatte, als das Meer so fürchterlich rau wurde, wiegte sich im Rhythmus der Wellen und das einzige Geräusch hier waren auch die Wellen, als das Wasser sanft gegen das Boot schlug.

„Da das nun also erledigt wäre", sagte er und blickte auf etwas da draußen in der Dunkelheit, „könnten du und ich uns vielleicht um die andere Angelegenheit kümmern, während wir auf ihre Rückkehr warten."

„Welche andere Angelegenheit", fragte sie und ihr wurde auf einmal leicht schwindlig. Dieser Stein in ihrer Magengrube fühlte sich scheißarsch schwer an, ganz übelst schwer. Und auf einmal merkte sie, wie ihre Lippen sich bewegten und da Worte rauskamen, bevor ihr klar wurde, was. „Ich muss dir etwas sa–"

„Zu verdammt spät, Zoë", sagte Quent, der gerade mit zusammengebissenen Zähnen über ihren Kopf hinweg redete. „Hast du wirklich geglaubt, ich wusste nichts davon?"

Dass er immer noch hinaus in die dunkle Nacht starrte, ließ Zoë einen kalten Schauder über den Rücken wandern. Das Herz begann ihr heftig zu hämmern, ihre Hände wurden klamm. Das hier war scheiß viel schlimmer, als das erste Mal, das sie einem Zombie entgegengetreten war.

„Dass ich es nicht wusste?", fuhr er fort und redete immer noch mit ... dem verdammten Ozean oder einer Nachteule oder irgendwas. Nicht mit ihr. Er sah sie ja nicht einmal an. „Dass mir die Veränderungen an deinem Körper nicht aufgefallen sind? Hältst du mich für verblödet?"

Und jetzt brach die Übelkeit, die sie in der Frühphase der Schwangerschaft nie gespürt hatte, mit aller Wucht über sie herein. In Zoës Eingeweiden herrschte der gleiche Aufruhr wie vorher im Ozean und einen Moment lang musste sie wirklich kämpfen, um hier nicht eine Riesensauerei zu verursachen. Scheiße.

„Bin ich der Einzige, dem du es nicht gesagt hast?", redete Quent in dieser ausdruckslosen, tonlosen Stimme weiter. „Zoë." Und bei dem einen Wort brach sich seine Stimme leise und er drehte sich endlich um und blickte sie an.

„Quent", sagte sie und schluckte dabei schwer, außerstande ihr sonst übliches Maulheldentum auch nur ansatzweise wieder zu finden. Aber das hier war auch nicht der Zeitpunkt für Maulheldentum. „Ich ... *wollte* es dir erzählen–"

„Nein, Süße, das glaube ich dir nicht. Ich glaube, dass du im Gegenteil eine verflixte *Heidenangst* hattest, es mir zu erzählen. Stattdessen hast du es jedem anderen erzä–

„Nein! Ich habe es nicht scheiß jedem erzählt. Nur Elliott, weil er ein Arzt ist, und Lou, weil er fortging – aber da ist es mir nur so rausgerutscht ... und ... und... Ich weiß nicht, wie die anderen es alle rausgefunden haben." Zu ihrem Schock und ihrer Scham, stieg ihr schon wieder ein Wasserfall an Tränen in die Augen.

Gottverdammt, in letzter Zeit hatte sie mehr geheult als ein scheiß Springbrunnen. „Wenn du mit Elliott geredet hast, dann kümmerst du dich vermutlich ein bisschen um dich selbst", sagte Quent. Er klang immer noch eiskalt. „Zumindest dafür kann ich dir dankbar sein."

Zoë konnte nicht mehr. Ihre Hände zitterten und in ihr tobte jetzt ein wahrer Strudel aus Gefühlen. „Quent, es tut mir Leid. Ich weiß, ich hätte es dir sagen sollen. Das habe ich die ganze Zeit gewusst, aber ich ... ich hatte Angst ... ich wusste, du würdest nicht zulassen, dass ich..."

Für einen Augenblick war das Atmen von Quent das einzige Geräusch, das man neben dem heftigen Schlagen der Wellen da draußen noch hörte. Er klang rau und aufgewühlt. Dann sprach er weiter und seine Worte waren ganz leise ... ohne jedes Gefühl darin, wie tot. „Du hattest Angst, *ich* würde dich dazu bringen wollen, vorsichtiger zu sein. Dass *ich* deine Jagdexpeditionen runterschrauben würde. Dich *zwingen* würde zu Hause zu bleiben, in Sicherheit. Damit dem Baby nichts passiert. Oder seiner Mutter. Anscheinend", sagte er, seine Stimme lauter und der Ton abgehackt, „machst *du* dir keinerlei Sorgen um die Sicherheit und die Gesundheit des Kindes. Es macht dir vielleicht gar nichts *aus*, wenn ihm etwas ge–"

„*Nein!*", schrie Zoë auf, ganz außer sich vor Schrecken bei dem Gedanken. „Nein! Das ist nicht wahr, Quent, es ist nicht wahr! Ich–ich gebe zu, am Anfang hatte ich Schiss, als ich es zuerst herausfand ... ein Kind zu haben ist die scheißarschverrückteste Sache, die passieren konnte – in einem guten Sinn –, aber ich hatte Angst. Und ich war mir nicht sicher, ob ich es ... schaffe. Ob ich *das* sein kann." Sie schluckte heftig und blinzelte die Tränen weg. Ihre Hände zitterten immer noch, das Herz hämmerte ihr, als ein hundeelendes Schuldgefühl sie tief nach unten zog.

Hatte sie es getan? Hatte sie alles kaputt gemacht?

Glaubte er wirklich, sie wollte, dass dem Kind etwas passierte?

„Quent ... ich..."

„Ich weiß es seit zwei Monaten, Zoë. Habe ich irgendetwas unternommen, damit du dich eingeschränkt oder unterdrückt oder überwacht fühlst? Habe ich irgendetwas unternommen, um dich von den Dingen abzuhalten, die du tun *möchtest*? Nein. Habe ich nicht. Ich habe weggeschaut, dich einfach nur beobachtet, mit den Zähnen geknirscht, verdammt nochmal darauf *gewartet*, dass du es mir *erzählst* ... aber das hast du nicht. Aber ... jetzt bist du schon ziemlich weit fortgeschritten und es ist höchste Zeit, dass du ... Acht gibst. Denn ich möchte nicht, dass meinem Kind irgendetwas passiert. Unserem Kind."

Durch einen Tränenvorhang schaute Zoë zu ihm rüber. Er schaute zu ihr her, aber schaute sie nicht an. Runter, zur Seite, hinaus in die Dunkelheit, wo ein Baum sich hoch über ihnen erhob. Seine Brust hob und senkte sich, offensichtlich sehr aufgewühlt, seine Hände fest zusammengeballt in seinem Schoß.

Und auf einmal wurde ihr klar, wenn sie ihren Stolz jetzt nicht runterschluckte, ihre Furcht, und einen ganz eindeutigen Schritt tat, würden sie womöglich nie über das hier hinwegkommen. Er würde ihr vielleicht nie vergeben.

„Quent", sagte sie und warf sich auf ihn zu, keine Spur von der Zurückhaltung zu sehen, auf die sie sonst immer so sorgfältig achtete. Während das Boot bei ihrer plötzlichen Bewegung ins Schaukeln geriet, hockte Zoë sich auf den Boden, nahm seine Hände in ihre, schaute zu ihm hoch und versuchte ihn dazu zu bringen, sie anzuschauen. „Ich habe seit Wochen gegen das verdammte Schuldgefühl angekämpft. Ich weiß, ich hätte es dir sagen sollen, aber ich war außer mir vor Angst. Und fürchtete mich. Habe mich so gefürchtet. Ich weiß nicht, ob ich eine gute Mutter sein kann – sieh nur, wie ich das hier alles versaut habe. Aber ich weiß, dass du ein wunderbarer Vater sein wirst. Gut genug für uns beide."

Seine Fäuste lockerten sich etwas und dadurch konnte sie ihre Finger enger um die seinen schlingen. „Wirst du mir verzeihen?", fragte sie … und konnte sich gar nicht erinnern, diese Worte je zu ihm, noch zu irgendjemand anderem gesagt zu haben.

„Ich liebe dich, Zoë", sagte er schließlich. „Ich bin verletzt, aber das bedeutet nicht, dass ich dich nicht liebe. Ich liebe dich mehr als ich je irgendjemanden geliebt habe … und ich könnte nicht glücklicher sein, dass wir jetzt ein Kind bekommen. Aber du musst begreifen: Ich will auf gar keinen Fall, dass einem von euch beiden etwas passiert. Und du wirst das von nun an berücksichtigen müssen … dass du nicht nur für dich alleine sorgen musst."

„Ich weiß. Ich *war* auch vorsichtig", sagte sie und versuchte den verärgerten Unterton in ihrer Stimme runterzuschrauben. Das war sie in der Tat gewesen. „Ich bin schon seit Wochen nicht mehr auf Zombie-Jagd gegangen."

„Das ist mir aufgefallen", sagte er. „Deswegen habe ich bis jetzt auch noch nichts gesagt."

„Dann wusstest du es also die ganze Zeit schon", sagte sie und spürte da, wie Erleichterung sich wie ein zartes Flattern in ihr ausbreitete.

„Ganz genau", sagte er. „Ich habe nur abgewartet, dass du es mir sagst."

„Quent", sagte sie und hob seine – in ihre Hände eingewickelten – Hände, um sie zu küssen. „Du wirst bald Vater werden."

„Ich danke dir." In dem schwachen Licht sah sie noch, wie seine Lippen sich zu einem Ansatz von Lächeln verzogen. Es war nicht alles, was sie wollte, aber es war genug. Fürs Erste.

Fence hielt Ana eng an sich gedrückt, als sie hinab in die Tiefen glitten, ineinander verschlungen, aber egal wie köstlich sich ihr Körper an seinem anfühlte, in seinem Hinterkopf arbeitete der Gedanke, dass sie sich zuerst ums Geschäftliche kümmern mussten.

Und er wollte auch keinerlei Ablenkung, wenn er ihren langen, goldenen Körper nackt auszog und am Grunde des Ozeans sein Gesicht zwischen ihren Beinen versenkte.

Auf Mösentauchgang ging.

Er kicherte dreckig vor sich hin und als Ana es bemerkte, hob sie ihm ihr fragendes Gesicht entgegen. Es gab hier natürlich keinerlei Möglichkeit das zu erklären – aber später würde er es tun, denn er hatte so ein Gefühl, dass sie den Witz zu schätzen wüsste. Fürs Erste glitt er mit den Fingern einfach nur vorne in ihre kurze Jeans hinein und fand auf Anhieb einen heißen, nassen Flecken Ana, mitten in diesem kalten, dunklen Meer.

Sie erzitterte spürbar und ihre Augenlider schlossen sich langsam, als er sie mit einem Arm um ihre Taille festhielt und er mit seinen zwei Fingern rein und drum herum, immer wieder drüber glitt. Er beobachtete fasziniert und zunehmend erregt, wie ihre Kristalle aufglommen, heller und weicher, heller und weicher, mit jedem ihrer Atemzüge. Und als sie dann mit einem kleinen Zusammenzucken und gleich darauf mit den heftigen, pulsierenden Schauern kam, brannten ihre Kristalle so hell wie Kerzen.

Heiße Fresse, es gab wirklich nichts, was da rankam: in glitschigem, sexy Wasser sein Ding mit einer irre heißen Braut zu drehen. Es war eine verfluchte Schande, dass er so viel von seinem Leben vergeudet hatte, das *nicht* zu tun.

Tja ... es gab ja auch niemanden sonst, mit dem er das veranstalten konnte außer Ana.

Niemanden sonst, mit der er das hätte veranstalten *wollen*.

Dann grinste Fence. Er fragte sich, ob sie es kapieren würde, wenn er fragte, *Was ist lang und hart und voller Spritz?*

Er gab ein blubberndes Schnauben im Wasser von sich, bei dem Bläschen in alle Richtungen davonstoben, was sie wieder dazu brachte ihn mit dieser gehobenen Augenbraue anzuschauen.

Er zuckte die Achseln und er bekam gerade noch einen unschuldigen Gesichtsausdruck hin, aber als sie in dem blauen Leuchten zu ihm hochschaute und er darin Verstehen und Zuneigung ablas, wurde ihm angenehm schaudernd warm. Und das hatte rein gar nichts mit dem zwischen ihnen rasant schnell hochsteigenden U-Boot zu tun.

Pass auf den Masten da auf, Zuckerstück.

Hehe.

Als ihre Füße das Dach von einem Müllcontainer streiften, der dort unten am Meeresboden feststeckte, zog Fence seine Hand aus ihrer Shorts raus. Ihm fiel auf, dass etwas von dem grauen Blubber von dem Goleth Stein, der sich an ihm festgesetzt hatte, jetzt an ihr hing und dass sie an mehreren Stellen glitzerte: an den Armen, Beinen und ganz besonders an ihren Brüsten.

Damit sah sie jetzt wie eine Seegöttin aus, silbrig-glitzernd, in den kühlen Farbtönen des Ozeans, selbst ihre Haare waren in bläulich-graues Licht getaucht, als sie sich wie ein riesiger Fächer um sie herum ausbreiteten. Was war er doch für ein Glückspilz: Er hatte eine Sonnengöttin *und* eine Meerjungfrau.

Aber ... Zeit, sich ums Geschäftliche zu kümmern. Sie mussten etwas finden, womit sie den Kristall zerstören konnten, und er hatte auch schon eine Idee wo.

Er schwamm voran, zurück, an der schimmernden Barriere entlang bis zu dem sicheren Durchgang, den sie vorhin benutzt hatten. Er leugnete nicht, dass er sich jetzt ein bisschen entspannter fühlte, jetzt wo sie sich auf der „sicheren" beziehungsweise auf der Envy-Seite der Barriere befanden, und erwog auch, dass sie vielleicht sogar tatsächlich etwas Zeit hätten. Für ein bisschen mehr Rumfummeln.

Oder, hier eher wohl mehr Verkehr im Meer.

Hehe. Er konnte einfach nicht anders.

Es dauerte nicht lange, um den Rückweg zu dem alten Einkaufszentrum zu finden, an das er sich noch von vorhin erinnerte, und Fence hielt direkt auf den REI zu.

So wie auch viele andere Sachen, seit er aus dem Dreckigen Miststück rausgekrochen war, so war das hier eine total surreale Erfahrung. Aber von oben, durch ein Loch im eingefallenen Dach in den alten Laden reinzuschwimmen und dann drin zu schweben, war wohl eines der absolut bizarrsten Dinge, die er je getan hatte. Es gab der Vorstellung, nach einem Schatz zu tauchen, eine komplett neue Dimension, und er fand es unglaublich, wie auf einigen der alten Regale auch ein halbes Jahrhundert später die Ware noch einfach so lag.

Natürlich konnte man mehrere von den Gängen nicht mehr erkennen und Zubehör lag überall auf dem Boden verstreut, rostete vor sich hin oder war auf andere Weise zerstört worden, durch Jahrzehnte von Salzwasser und Meeresgetier ... aber wie er schon oft die Gelegenheit gehabt hatte festzustellen: Selbst Mutter Natur kapitulierte vor dem von Menschhand gemachten Übel – Plastik.

Das Licht von Anas Kristallen reichte kaum aus, um ihnen den Weg durch den halb zerstörten Laden auszuleuchten, und auch da kam ihm eine Idee.

Er spürte ihre Neugier und ihr Interesse, als sie so dahinschwammen, und er führte sie durch so viele Gänge rauf und wieder runter, wie er nur konnte. Er hoffte, dass die Abteilung, die er suchte, sich nicht unter dem eingestürzten Dach befand.

Aber da waren sie dann: ganze Regale voller Taschenlampen und Leuchten, eingeschweißt in Plastik. Selbst die Gebrauchsanweisungen aus Papier waren noch ganz, was nicht überraschte, wenn man sich erinnerte, wie verdammt schwer es war diese Plastikverpackungen aufzukriegen.

Er zog Ana näher, weil er ihr Licht brauchte, um das zu finden, was er suchte ... dann auf einmal.

Ah. Ja!

Er schnappte sich das Paket, in dem sich nicht nur eine wasserdichte Taschenlampe befand, sondern auch eine, die mit manuell erzeugter Energie lief – durch einen Handhebel.

Ana sah fasziniert zu, als er sich mit dem Öffnen der Verpackung abkämpfte, und bot ihm dann ihr Messer an. Kurz darauf hielt er die Lampe in der Hand und betätigte mit aller Kraft den Hebel.

Als er sie einschaltete und ein helles Leuchten das Meer um sie herum erfüllte, riss Ana erstaunt und entzückt die Augen auf. Er grinste und zeigte ihr, wie man den Hebel bediente, wie man die Lampe an und ausschaltete ... und er schnappte sich eine zweite.

Wenige Augenblicke später paddelten sie mit zwei hellen Lampen weiter und suchten den restlichen Laden nach etwas Schwerem ab, etwas wie ein Vorschlaghammer. Fische stoben bei der ungewohnten Beleuchtung auseinander und beobachten sie mit schimmernden Augen aus schattigen Gängen heraus. Der Inhalt des Ladens erschien im grellen Licht noch gespenstischer: grünlich und mitgenommen, jedes Detail der Meeresfauna noch klarer zu sehen.

Bei der Abteilung mit den selbstaufblasbaren Luftmatratzen hielt er an, kurz abgelenkt von der Vorstellung eine davon für eine Runde Kommando-Torpedo-Pronto zu benutzen ... aber Vernunft gewann die Oberhand und er schwamm – nicht ohne Bedauern – weiter. Insgeheim schwor er sich, dass sie so bald wie möglich wieder herkommen würden.

Als sie so viel von dem Laden in Augenschein genommen hatten wie nur möglich und das, wonach er suchte, nicht fanden, musste Fence sich geschlagen geben und entschied, dass sie noch einen Zwischenstopp bei Home Depot einlegen könnten.

Noch so ein seltsamer Gedanke.

Sie schwammen aus dem REI raus und er machte sich auf den Weg zu Home Depot ... aber da hielt Ana abrupt an und packte ihn. Auch Fence sah es: ein schwaches, blaues Leuchten genau hinter dem Vorsprung von einem Felsen hier im Meer.

Er schaltete sein Licht aus und streckte die Hand nach der von Ana aus, all seine Sinne jetzt geschärft.

Ihre Lampen erloschen und die Welt wurde wieder zu einer dunkleren, nur schwach eingefärbt von Anas blassblauem Leuchten, als sie eine Minute einfach nichts taten. Warteten.

Als die Gestalt in ihr Blickfeld kam, erstarrte Ana und griff nach Fence' Arm. Ihre Hand klammerte sich an ihm fest, als ein Mann sich näherte.

Ihr Herz schlug jetzt wild, denn sie erkannte ihn.

Darian.

Es war unmöglich sich zu verstecken, denn er hatte sie bereits entdeckt – entweder wegen der Taschenlampen oder wegen dem natürlichen Licht von Anas Kristallen – und er kam auf sie zugeschwommen.

Fence versuchte, sich vor sie zu stellen, aber Ana schüttelte den Kopf und buchstabierte rasch *Darian Kontakt* auf seine Handfläche. Sie spürte sein Zögern und die Anspannung, die sich in seinem ganzen Arm nach oben fortsetzte, aber es gab keine weitere Gelegenheit zur Kommunikation.

Habe die Steine gefunden, redete Ana in Zeichensprache zu Darian, als er sich näherte.

Dachte mir, dass du das schaffen würdest. Aber nicht so schnell. Hast mich überrascht.

Sie runzelte die Stirn, während sie ihn genau musterte. Sein Gesicht war schwer zu durchschauen und sie sah, wie seine Augen zu Fence wanderten, dann wieder zu ihr ... und dann hinter sie beide. Sie wirbelte herum, aber sah dort in der Dunkelheit nichts.

Aber etwas in Darians Verhalten löste tief in ihr Sorge aus und heimlich zog sie langsam das Messer aus der Scheide.

Fence musste ihre Bewegung mitbekommen und verstanden haben, denn er schwamm ein bisschen näher, wie um zu helfen, das Messer verborgen zu halten. Sie konnte seine Anspannung fühlen und ihr wurde klar, dass er keine Ahnung hatte, über was sie und Darian sich in ihrer Zeichensprache unterhielten.

Hast du wirklich gedacht, ich komme nach Atlantis zurück?, gestikulierte sie zu Darian.

Ja, hatte es gehofft. Besser als das hier jetzt.

Wieder verstand sie nicht, was er meinte, aber er tat gar nichts ... er schwebte da nur und schaute sie an.

Musste dich weglocken, sagte er zu ihr. *Habe zwölf Jahre nach dir gesucht.*

Etwas klemmte ihr auf einmal den Magen ganz böse ab und das war der Moment, als sie begriff, dass er noch nie aufrichtig gewesen war ihr gegenüber. Selbst als er ihr seine Liebe geschworen hatte, war er nie aufrichtig gewesen.

Fence schien die Veränderung in ihr zu bemerken und driftete noch näher. Sie konnte spüren, wie seine Muskeln sich bereit machten, jetzt waren sie soweit, und sie warf ihm einen warnenden Blick zu, den er in dem schlechten Licht hier unten hoffentlich richtig deutete.

Ich habe die Flutwelle aufgehalten, erzählte sie Darian.

Er sah nicht erfreut aus. *Wusste, du versuchst es. Du hättest gar nicht rechtzeitig hier sein sollen. Zu schnell. Hätte nicht auf dich warten sollen, als du gesagt hast, du würdest dich mit mir treffen.*

Und da fiel auch das andere Puzzle-Teilchen an die richtige Stelle. Ein heftiges Zittern erwischte sie da kalt. Er hatte ihr von den Goleth Steinen erzählt als Vorwand, damit sie versuchte alles aufzuhalten.

Damit sie weit genug rausschwamm, sich außer Reichweite von Hilfe begab – weit weg vom Land. Damit er ... was?

Sie überzeugen konnte nach Atlantis zurückzukehren?

Bis zu jenem Moment glaubte sie immer noch, dass er ihr nicht wirklich etwas anhaben wollte. Dass er wirklich wollte, dass sie half, seine Rasse zu retten ... aber jetzt erkannte sie in seinen Augen die Wahrheit.

All das hier, und sie zeigte in Richtung der Goleths, *um mich hierher zu locken?*

Er zuckte mit den Schultern und sie sah, wie sein Blick ganz kurz nach rechts abschweifte. Fence wirbelte herum, um nachzusehen, wobei die plötzliche Wasserbewegung sie von ihm forttrieb. Mit der Hand immer noch an ihrem Messer, schaute sie in die andere Richtung.

Nichts. Sie drehte sich wieder Darian zu, während Fence weiterhin im Wasser schwebend Ausschau nach allen Seiten hielt. Er verstand ihre Unterhaltung vielleicht nicht genau, aber das Wesentliche hatte er wohl mitbekommen.

Die Atlanter hätten eine ganze Stadt zerstört, nur um mich zurückzubekommen?, machte Ana Zeichen mit ihren Händen, die auf einmal ganz kalt und steif waren.

Würden alles tun, um zu überleben.

Ein Schauder sauste ihr eiskalt den Rücken runter, und sie und Fence schauten zur gleichen Zeit hoch.

Etwas Dunkles kam durchs Wasser geflogen, ein großes, schweres Netz, zusätzlich mit Steinen beschwert.

Es legte sich über sie beide, aber Fence flitzte flink genug beiseite, so dass es ihn verfehlte. Sein Gesicht war eine finstere, wütende Maske, als er sich umdrehte, um den zwei Männern entgegenzutreten, die hinter einem grauen, zerborstenen Mauervorsprung hervorgekommen waren. Ihre Kristalle leuchteten so schwach, dass Ana noch vage begriff, dass sie die wohl irgendwie unter Tuch oder einem Wickel verborgen gehalten hatten, während sie auf die Gelegenheit anzugreifen warteten.

Zeitgleich mit all diesen Überlegungen stach sie mit ihrem Messer wild auf das Netz ein, dankbar, dass sie darauf vorbereitet gewesen war.

Aber sie konnte sich nicht komplett befreien, bevor Darian schon da war und das Netz noch fester um sie wickelte, es so um sie knotete, dass sie es nicht einmal mit ihrem Messer schnell genug zerschneiden konnte.

Und auf einmal war Darian vor ihr, das Netz schnürte Ana so eng zusammen, dass sie das Messer weder heben noch nach unten bewegen konnte, und mit einer raschen Bewegung packte er ihr Handgelenk und verdrehte es.

Sie schrie auf, ihre Schreie gespenstisch still in den Tiefen hier, und ließ die Waffe fallen, als er das letzte noch herabhängende Stück Netz um sie wickelte. Dann nahm er sie wie einen zusammengerollten Teppich unter den Arm und schwamm mit einem Satz ins dunkle Wasser los, brachte sie fort von Fence.

20

Sie hatten Ana.

Fence sah den Mann – Darian – mit dem Bündel fortschwimmen. Mit Ana.

Er schoss ihnen hinterher, seine Eingeweide ganz kalt und angespannt jetzt, aber da stellten sich die zwei großen Gestalten, die das Netz ausgeworfen hatten, ihm in den Weg. In der Mitte ihrer Oberkörper leuchteten hell Kristalle und zum ersten Mal sah er, dass einer von ihnen ein langes, schmales, schwarzes Ding hielt, an dem drei winzige Lichter brannten, das sich im Wasser bog.

Anstatt zu versuchen, einen Haken um sie zu schlagen, schoss Fence direkt nach vorne und krachte mit aller ihm zu Verfügung stehenden Kraft in sie rein. In seinem Hinterkopf machte er sich da einen Vermerk, dass von den beiden offensichtlich keiner je American Football gespielt hatte.

Als der eine mit der Peitsche rasch auswich, stolperte der andere hilflos, viele Blasen-Bändchen ausspeiend, nach hinten, dann schoss er wieder herum und packte Fence am Bein. Fence duckte sich und mit einem Purzelbaum nach unten kam er wieder auf seinen Angreifer zu, holte kraftvoll mit den Beinen aus und trat zu. Wasser ließ ihn, so fand er, um einiges akrobatischer werden als an Land.

Er drehte sich, mal nach rechts, mal nach links, und schoss genau dann weg, als dieses schmale, schwarze Schlangending durchs Wasser kam. Fence wich den winzigen glühenden Kristallen aus, aber spürte so etwas wie einen elektrischen Schlag, als es an ihm vorbeisauste. Beim Ausweichen prallte er gegen etwas Hartes aus Metall und fühlte, wie Dreck und Rost an seiner Haut zerbröselten. Die Peitsche kam wieder zurück und stinksauer raste Fence gleich wieder auf den anderen Angreifer zu. Als er Kontakt mit dem Ziel aufnahm, brannte etwas an seiner Schulter – heiß und hart im kalten Meer. Er spürte, wie der Schock durch seinen Körper durch sauste, als er seinen Gegner in die Ecke eines alten Gebäudes reinkrachen ließ.

Fence' Muskeln zitterten, vom Schock jetzt verlangsamt und unbeholfen, aber er war schnell genug, um herumzuwirbeln und den Mann als einen Schutzschild zu benutzen, als die Peitsche sich lautlos erneut durch das Meer schlängelte. Blutwolken steigen im Wasser auf, bildeten einen großen Nebel, als Fence den Arm des Mannes packte, um ihn ein weiteres Mal herumzuschleudern. Aber seine Muskeln waren langsamer und nicht so koordiniert, und sie versagten ihm, weswegen er dann hilflos gegen eine Mauer stolperte.

Etwas kam auf ihn zugeschossen. Fence duckte sich, versuchte sich wegzudrehen, aber wurde mit großer Kraft vorwärts geschoben – wurde von zwei Beinen gewaltsam gegen die Seitenwand eines Trucks getreten. Die Metalltüre krachte ihm gegen die Schläfe, um ihn herum ein Gewusel von Bläschen und noch mehr dunkles Blut.

Schmerz explodierte in seinem Schädel und seine Welt verdunkelte sich und kam ins Wanken, als er versuchte sich wieder zu fangen, um Atem ringend, ohne Orientierung. Aber der Angriff kam jetzt von der anderen Seite, als beide Angreifer ihn mit aller Wucht erneut traten.

Er versuchte sich mit einer Pirouette wegzudrehen, aber etwas hielt ihn an Ort und Stelle, zwei paar Hände, die auf ihn eindroschen, seinen Kopf gegen den rostigen Rand des Fahrzeugs knallten, tretende und schlagende Füße, das scharfe Stechen an seinem Rücken, wieder und immer wieder. Eingeklemmt an dem Metall, außerstande sich umzudrehen, versuchte er rückwärts nach oben zu treten, versuchte sich umzudrehen, aber sie waren zu stark und waren klar im Vorteil, da sich ihm der Kopf wild drehte, ihm Übelkeit hinten im Rachen hochstieg, alle Muskeln wie gelähmt und geschwächt.

Und dann begriff Fence auf einmal, dass er sich *auf dem Grund des Ozeans* befand.

Schwer. Dunkel. Kalt.

Er setzte sich zur Wehr, versuchte diesen Gedanken zu unterdrücken, aber sein vernebelter Verstand war komplett verdreht und die Panik stieg immer höher.

Nein. Hör auf.

Etwas brannte wieder an seiner Haut, genau oberhalb von seinem rechten Kiemen, und er wich aus, kämpfte die Hysterie nieder.

Nicht da, nicht da, nicht da...

Die Dunkelheit drohte ihn zu verschlingen und er wurde langsamer und träger, als der Wahnsinn ihm leise zuzuflüstern begann, der Schmerz ihn in die totale Lähmung trieb.

Als kräftige Arme ihn von hinten zu packen bekamen, dabei seine Kiemen bedeckten und sich um seinen Oberkörper spannten, wusste Fence, *das war's dann wohl.*

Jemand anderes donnerte seine Stirn gegen etwas Hartes und die Dunkelheit waberte: stark und verführerisch. Und der Schmerz fuhr erneut durch ihn hindurch.

Seine Kiemen waren geschlossen, die Arme seines Angreifers spannten sich fester um ihn, erstickten ihn und schnürten ihm die Luft ab. Fence spürte, wie seine Muskeln sich verkrampften, sich anspannten, versuchten sich zu bewegen. Versuchten zu atmen.

Auf dem Grunde des Ozeans. Unter Wasser. Unter Wasser.

Panik stieg hoch, rot und schwarz blitzte es ihm vor den Augen, kämpfte dagegen an, als er blindwütig zurückschlug, mit verzweifelten, hilflosen Bewegungen.

Nicht da, nicht da, kann nicht atmen, kann nicht atmen ... hilf ... hilf mir.

Dann – auf einmal – erinnerte er sich: Ana.

Sie hatten Ana.

Sie nahmen Ana gerade mit.

Er würde sie retten.

Der Gedanke ergriff langsam, fast friedlich, Besitz von ihm ... und auf einmal war alles andere weg. Kalte Wut trat an die Stelle der heißen, roten Hysterie. Sein Verstand setzte wieder ein und er begriff, dass er immer noch ein kleines bisschen Luft durch seine abgeklemmten Kiemen einatmete.

Er machte sich ganz schlaff, sackte gegen den Truck weg, selbst dann noch, als die Arme ihn noch fester packten. Fester. *Fester.*

Er kämpfte darum, still und schlaff zu bleiben, seinen Atem flach zu halten, fast nicht bemerkbar ... und als der Schraubstock dann noch enger wurde, musste er die Luft anhalten. Warten. Warten.

Ana. Ich komme. Ich werde da sein.

Im selben Augenblick, als sein Angreifer losließ, sprang Fence in Aktion. Er wirbelte herum, überrumpelte damit seinen Angreifer und donnerte ihn gegen die Truck-Tür. Einmal, noch einmal, dann hievte er den bewusstlosen Körper hoch und hinein durch das zersplitterte Fenster ins Wageninnere.

Blut strömte wie eine dunkle Wolke durch das Wasser und er drehte sich gerade noch rechtzeitig um, so dass er die schwarze Kordel wieder auf sich zusausen sah. Fence wich aus, immer noch unbeholfen, aber es gelang ihm bis auf die Spitze der Peitsche, dem Ding auszuweichen ... und dann ging er auf seinen Angreifer los. Diesmal stieß er dem Mann seinen Kopf mit aller Kraft in die Magengrube und, wütend und mit eiskalter Verzweiflung, ließ er nicht nach, bevor er ihn mit den Fäusten bearbeitet hatte, was einen neuen Wirbel von Bläschen auslöste.

Ein wohlplatzierter Faustschlag in den Magen und er konnte dem anderen die Peitsche aus der Hand reißen. Und als er hochschaute, wurde Fence auf einmal klar, dass sie nahe dran waren ... sehr nahe ... an der schimmernden Barriere.

Er zögerte nicht, sondern warf die Peitsche zur Seite. Als sein Angreifer hinterherhechtete, packte Fence ihn und schleuderte ihn gegen die Barriere.

An Land wäre der Mann in einem hohen, glatten Bogen durch die Luft geflogen ... aber hier im Wasser stolperte er irgendwie und zuckte ... und versuchte sich durch heftige Beinbewegungen zu stoppen, fuhr mit seinen Händen durchs Wasser.

Aber es kam zu spät. Es brauchte nichts weiter als eine Fußspitze, die durch den wabernden Vorhang stach. Und unter den Augen von Fence zuckte der Mann elektrisiert hoch, schüttelte sich wild und fiel dann leblos auf den Meeresboden.

Dreckskerl.

Wenn er je die Idee gehabt hatte, den Weg direkt durch den Vorhang zu riskieren, hatte die sich hiermit offiziell erledigt.

Noch während ihm das so richtig dämmerte, dachte er wieder an Ana und die Richtung, in die man sie verschleppt hatte. Auf die andere Seite der Barriere.

Fence schwamm sofort los, zurück zu der kleinen Kuhle, durch die er und Ana vorher durchgeschlüpft waren. Ganz sicher brachten sie Ana gerade nach Atlantis zurück und er würde einen Weg finden sie einzuholen. Jetzt, wo die kristallierten Männer weg waren, war das einzige Licht das schwache Leuchten von der schimmernden Wand. Als er durchs Wasser schoss und dabei nahe am Boden blieb, so dass er den Durchgang nicht verfehlte, fielen ihm in dem trüben Licht kleine Flecken von dem glitzernden grauen Blubber auf, als hätte jemand die Hand ausgestreckt und Objekte auf Augenhöhe berührt, während er daran vorbeischwamm.

Ana. Sie hatte ihm eine Spur hinterlassen. *Clever.* Die Anspannung ließ ein klein wenig nach.

Aber als er die kleine Kuhle in dem Boden fand, war auch die jetzt mit schimmerndem Vorhang gefüllt.

Fence blieb wie angewurzelt stehen und starrte ungläubig auf das winzige bisschen Blubber, das dort am Rand der Kuhle klebte.

Geschlossen. Sie hatten ihn ausgesperrt. Er kam nicht durch.

⚮

Ana glitt wieder mit ihren Fingern über ihren Bauch und als sie ihre Finger wegzog, waren sie glitschig von grauem Blubber. Sie streckte die Hand aus und berührte unauffällig die Seite von einem algenbedeckten Auto, als Darian sie mit sich fortschleppte.

Nachdem das Netz sich an mehr als einem Objekt festgehakt hatte, was sie zu einer schweren Last werden ließ, hatte er sie wieder ausgewickelt, als sie erst einmal an der wabernden Barriere vorbei waren. Er hatte auch etwas getan, um das Kraftfeld zu verändern, so dass der Durchgang nun blockiert war. Ana fiel auf, dass er an seine Begleiter, die gerade mit Fence kämpften, keinen einzigen Gedanken zu verschwenden schien – was diese gleichfalls aussperrte.

Ein weiterer Hinweis auf die wahren Loyalitäten Darians.

Jetzt zog er sie hinter sich her durchs Wasser, während sie alles tat, um ihr Fortkommen zu verlangsamen: Ihre Beine im Sand schleppen ließ, ihren Körper möglichst breit machte im Wasser, alles, um sich möglichst wenig hydrodynamisch zu machen.

Auf einmal hielt Darian mitten auf einer offenen Fläche an. Die Überbleibsel einer Zivilisation aus dem 21. Jahrhundert waren wie ein stilles Echo, das um sie herum in schiefen, dunklen und zerstörten Formen hervorbrach. Während seine Hand sie immer noch wie im Schraubstock hielt, suchten seine Augen die Gegend ab und sie spürte seine Anspannung.

Lass mich los. Es war schwer, mit nur einer Hand in Zeichensprache zu sprechen, aber es gelang ihr. Und dann wischte sie mit ihrer Hand über ihren Unterleib und hinterließ eine weitere Fährte, während sie betete, *Bitte, mach, dass Fence in Sicherheit ist. Bitte mach, dass er uns einholt, bevor wir zu weit weg sind.*

Denn sie wusste, er würde ihnen folgen, wenn er den zwei Atlantis Wachposten entkommen konnte, die Darian zurückgelassen hatte. Er würde einen Weg finden, durch die Barriere durch zu kommen.

Ihr Entführer achtete nicht auf ihr Flehen; schien nach etwas Ausschau zu halten. Während sie warteten, glitt ein langer, schlanker Zackenbarsch vorbei. Dann kam ein Gründler. Sein Schwanz glitt fast unbemerkt durchs Wasser.

Schließlich erblickte auch sie das schwache bläulich-grüne Leuchten, als zwei Gestalten aus den Schatten auftauchten. Langsam glitten sie auf sie zu, in jeder ihrer Bewegungen von ihren flatternden Händen bis zu ihren langen Beinen war ihre Ungeduld zu erkennen.

Als sie näherkamen, ließ das Licht um sie herum auch ihre Körper und Gesichter besser erkennen. Ein Mann und eine Frau, beide mit langem, dunklen Haar, das im Wasser hinter ihnen strömte.

Anas Herz machte ein paar ganz ungute Sprünge und hämmerte dann umso schneller. Was machten Die Krone und Der Schild nur hier? Weshalb wagten sie es, sich so weit von der Sicherheit ihrer Stadt zu entfernen?

Anastancie, buchstabierte einer von ihnen auf Atlantisch und fuhr dann in Zeichensprache fort. *Tochter unserer Welt. Es ist lange her.*

Was wollt ihr?, gestikulierte sie zur Antwort. Darian hatte sie losgelassen, weil er offensichtlich glaubte, dass sie mit drei von ihnen hier keine Chance hätte zu entfliehen.

Wir brauchen deine Hilfe, antwortete Die Krone. Sie wusste nicht einmal seinen Namen: Er war immer nur der Hohe Lord Master oder Die Krone genannt worden. Ihr Großvater mütterlicherseits war sein engster Vertrauter und Berater gewesen – und von allem, was Ana wusste, war er es immer noch. *Ich hoffe sehr, dass du uns helfen wirst, denn ohne dich werden wir bald nicht mehr sein.*

Ich? Euch helfen? Ihr habt versucht Envy zu zerstören, entgegnete sie mit scharfen Gesten.

Darian neben ihr bewegte sich und seine Körperhaltung verriet nur Ehrerbietung. *Der Plan ist aufgegangen, Hoher Lord Master. Die Bedrohung der Welt, die sie der unseren nun vorzieht, hat sie aus ihrem Versteck gelockt.*

Der Schild blickte ihn starr an und Ana sah, wie ihre Kristalle wütend aufflackerten. *Aber nicht alles kam, wie es geplant war. Sie hat die Bedrohung aufgehalten.*

Immer noch neben Ana stehend, erstarrte Darian jetzt. Seine Arme schlugen wild um sich, als er versuchte zu antworten, und machten nur widersinnige Handzeichen.

Nichtsdestotrotz hast du versagt, sagte Der Schild streng. Ein dumpfer Klicklaut betonte ihren Missmut.

Aber sie ist hier. Ich habe sie Euch gebracht.

Und nur aus diesem Grunde bist du, in diesem Moment jetzt gerade, noch am Leben. Aber Envy ist immer noch verschont. Und wie es scheint, wird das auch so bleiben. Daher sollst du nicht entlohnt werden wie zuvor versprochen.

Darian sah alarmiert aus und schien sich verzweifelt verteidigen zu wollen. *Ich habe mich um Kaddick gekümmert. Er redete zu viel mit den Elite, verriet ihnen viele Geheimnisse. Er ist nun tot.*

Ana versuchte der Unterhaltung auch dann noch zu folgen, als sie nach einem Fluchtweg suchte. Die natürliche Strömung des Wassers ließ zu, dass sie etwas abdriftete.

Das soll dich nicht bekümmern, mein Lieber, machte Die Krone gerade Zeichen zu seiner Begleiterin. *Wir haben jetzt Anastancie und das ist, was wir wirklich brauchen. Diese Qualle lohnt den Ärger nicht.*

Als die Aufmerksamkeit der anderen sich nur auf ihre Runde beschränkte, ergriff Ana die Gelegenheit schnell wegzuschwimmen. Aber sie hatte nur ein paar Schwimmzüge getan, bis starke Arme sie wieder packten und sie an den Haaren zurückzogen. Blind griff sie nach ihrem Messer und erinnerte sich dann erst, dass es längst fort war. Dann kämpfte sie, trat und wand sich, klammerte sich an Seefelsen oder an von Menschen gemachte Müllteile und versuchte ihn abzuschütteln...

Während sie um Luft rang, leuchteten ihre Kristalle ganz hell vor Anstrengung und Ana blickte hoch in die kalten, dunklen Augen Der Krone. Er wickelte ihr Haar um sein Handgelenk und zog so fest daran, dass es ihr heiße Tränen in die Augen trieb.

Nein, ich glaube besser nicht, Anastancie, machte Der Schild Zeichen, als sie vor Ana auftauchte. *In jene Welt zurückkehren? Niemals.*

Und da sah Ana die Klinge in der Hand des Schildes. Sie war schon blutbefleckt, Blut von jemand anderem, das sich im Meer verlor.

21

Wyatt konnte immer noch nicht glauben, dass Remy bei ihrem heimlichen Aufbruch ihren Hund zurückgelassen hatte.

Was zum Teufel war in sie gefahren, etwas so total Dämliches und Unvorsichtiges zu tun? Und warum würde sie ein Risiko eingehen, so ganz alleine? Draußen, jenseits der sicheren Mauern dieses Anwesens.

Er schaute rüber zu Dantès, der genauso verwirrt zu sein schien wie er selbst. Der Hund winselte und leckte ihm kurz die Hand, als wolle er sagen, *Wo ist sie?*

Es hatte etwas mit diesem verdammten, orangenen Kristall zu tun, da war er sich sicher. Aber Dantès zurückzulassen? Er konnte nicht glauben, dass sie so etwas je tun würde.

Selbst als er den Zettel auf ihrem Bett fand: *Bitte kümmere dich um Dantès. Ich möchte nicht, dass ihm etwas passiert.*

Und was war mit ihr? Machte sie sich denn um ihre eigene Sicherheit keine Sorgen?

Was zum Teufel führte sie nur im Schilde?

Wenn sie keine Nachricht hinterlassen hätte, dann hätte Wyatt sich gefragt, ob sie irgendwie entführt oder gegen ihren Willen verschleppt worden war, als sie sich im Laufe des Tages irgendwann jenseits der Mauern begab. Aber offensichtlich hatte sie ihr eigenes Verschwinden gut geplant und dann in die Tat umgesetzt.

Und das war der Grund, warum Wyatt – entgegen aller Logik – an dem darauffolgenden Morgen selbst jenseits der Mauern unterwegs war. Er führte ein Pferd am Zügel, während Dantès weiter vorne herumstreunte, schnüffelte und das Gebiet in weit ausholenden s-förmigen Bewegungen absuchte und dann wieder zu seinem derzeitigen Herrchen zurückrannte, als wolle er sich zur Stelle melden.

Bislang hatte der deutsche Schäferhund (plus noch einige andere Urahnen) keine Fährte von seiner Herrin aufgenommen, was die Sorge in seinen intelligenten, bernsteinfarbenen Augen noch erhöhte, aber seine Entschlossenheit war deutlich erkennbar.

Drei Stunden später, nachdem er das gesamte Gelände um die Mauern eine Meile weit abgesucht hatte, nahm Dantès schließlich ihre Fährte auf.

Aber kaum hatte er Alarm gegeben, als er schon davonschoss und verschwunden war. Dauerhaft, was Wyatt mit einem etwas ironischen Lächeln zurückließ. Er würde ihm, so gut es eben ging, folgen müssen. Aber auf zwei Beinen würde das deutlich länger dauern.

Wenigstens wäre Remy nicht allein.

Und er hoffte, Teufel nochmal, dass sie etwas mehr Wertschätzung zeigen würde, wenn er sie fand und sie wieder sicher zurückbrachte, als die letzten paar Male, wo er ihr den Arsch gerettet hatte.

Ich wollte nicht ungnädig klingen.

Teufel, sie war der Inbegriff der Ungnädigkeit gewesen, seit er sie zum ersten Mal gesehen hatte. Ungnädig und hochnäsig. Wie eine verdammte Prinzessin.

Der scharfe Stich der Trauer erwischte Wyatt ohne Vorwarnung und er rieb sich mit entschlossenem Daumen und Zeigefinger die Augen. Seine vorwitzige, kleine Abby hatte Prinzessinnenwörter gemocht – im Grunde hatte das erst zur Erfindung jenes Wortes geführt.

Oh, *Gott*, vermisste er sie.

Wyatt rieb sich die Augen noch härter, als wolle er noch in dem Moment, als er versuchte die Erinnerung an sie aus seinem

Gedächtnis hervorzukramen, diese Erinnerung gleichzeitig wieder auslöschen. Sein Handy, auf dem sich eine ganze Auswahl von Bildern befunden hatte, war sein kostbarster Besitz, seit er aus der Höhle raugekommen war. Und das befand sich jetzt in Envy, wo er es sicher aufbewahrte und aufgeladen hielt.

Einen kurzen Moment lang konnte er nicht mehr atmen, als er sich an Abbys blitzende Augen und ihr lockiges, dunkles Haar erinnerte. Er trauerte um sie und um David, seinen flachsblonden Lausebengel, der nie auch nur länger als eine Sekunde schlecht gelaunt war.

Er hatte sie verloren ... hatte sie alle verloren – und ein Jahr nach dem Auftauchen aus der Höhle konnte er immer noch nicht ganz fassen, dass sie wirklich fort waren.

Er war nicht für sie da gewesen. Um sie zu beschützen und *sie zu retten*, wie er es für so viele andere getan hatte.

Egal wie, er hätte da sein sollen. Er hätte da sein sollen, um seine Familie zu retten.

Und aus dem Grund würde Remington Truth, ob es ihr nun in den Kram passte oder nicht, mit ihm klar kommen müssen.

Denn er wusste, sie war wichtig, und er würde sie finden und beschützen. Und wenn es das Letzte war, was er tat.

❦

Fence schwamm an der schimmernden Barriere auf und ab, und die Verzweiflung ließ seine Bewegungen dabei zunehmend abrupter zucken. *Ana.*

Er musste einen Weg finden, durch diesen Vorhang durchzukommen. Es musste einen Weg geben.

Aber er schoss hierhin und dorthin, er selbst wie ein gefangener Fisch, und kein Anzeichen eines sicheren Durchgangs. Und ihm war klar, dass er keine Zeit mehr vergeuden durfte.

Es musste einen anderen Weg geben.

Konnte er einen der Anker-Kristalle bewegen? Vorher, mit Ana zusammen, hatte er einen gesehen.

Außerstande in dem trüben Licht hier noch viel zu erkennen, selbst mit dem schimmernden Vorhang, schwamm Fence rasch dorthin zurück, wo er die handbetriebenen Taschenlampen gelassen hatte und schnappte sich eine.

Als er erst mal die Lampe hatte, brauchte er nur eine Sekunde, um den nächstgelegenen der faustgroßen, lavendelfarbenen Steine am Boden zu erkennen. Er erkannte ihn an der Energie, die von ihm ausstrahlte, die sich kreisförmig wie ein hauchzartes aber weitläufiges Spektrum undulierender Energie ausbreitete.

Er wagte es nicht, dem allzu nahe zu kommen, also entscheid er sich am Ende für die Billard-Methode. Er fand eine Stange und einen fast runden Stein, legte sich den auf einem flachen Stück Boden in gerader Linie zurecht, wie eine Billardkugel, legte an ... und machte seinen Schuss.

Beim ersten Versuch schoss er vorbei, holte einmal tief Luft, was eine kühle Welle in seinen heißen, panischen Brustkorb strömen ließ, und konzentrierte sich. Legte an.

Schoss.

Klack.

Obwohl das in den Wassertiefen lautlos verklang, stellte er sich das wunderschöne Geräusch vor, das die improvisierte Billardkugel gemacht haben musste, als sie gegen den Kristall stieß.

Er war sehr zufrieden, als der leuchtende Stein von seinem Platz gestoßen wurde und ein paar Meter weiter rollte ... und seine schimmernde Wand dabei mitnahm.

Fence nahm diese neue Entwicklung mit einem starren Blick von ansteigender Verzweiflung wahr und spürte erneut, wie Panik wieder an die Oberfläche zu steigen drohte. Aber diesmal war die Panik nicht für sich, sondern für Ana.

Es war für Ana.

Ana.

Er holte noch einmal tief Luft und dachte nach. Er wusste, wie man in Notfallsituationen ruhig blieb, und das hier war die absolute Ausnahme-Notfall-Situation.

Denk nach, Bruno Paolo, denk Scheiße nochmal *nach.*

Wenn er das Kraftfeld irgendwie unterbrechen könnte, dann konnte er da durch.

Aus irgendeinem Grund kam wie aus dem Nichts der Gedanke von einem Vogel, der auf einem Stromkabel sitzt und er dachte … Strom nimmt immer die Richtung des geringsten Wiedertandes. Was würde eine elektrische Strömung unterbrechen?

Er wusste nicht sicher, ob das Kraftfeld aus elektrischem Strom bestand, aber er hatte sonst nichts, von dem er hier ausgehen könnte. Er zwang sich klar und logisch zu denken. Plastik. Glas. *Plastik.*

Das war die Lösung. Er machte sich gleich wieder auf den Weg zum REI, raste wie ein Turbo-U-Boot durch den Ozean. Weil er bereits die Überbleibsel des Ladens in Augenschein genommen hatte, wusste er genau, wo er die selbstaufblasbaren *Plastik*flöße fand.

Als er nur eines finden konnte, hatte er kurz einen echt schlechten Moment … aber dann erspähte er ein zweites, noch in der Original-Verpackung eingeschweißtes, angeschmuddeltes, gelbes Paket und schnappte es sich. Und hoffte und betete, dass das hier funktionieren würde.

Falls nicht, dann wäre er am Ende seiner Fahnenstange.

Fence kehrte dorthin zurück, wo sich der sichere Durchgang befunden hatte, weil er Anas Spur folgen musste. Es dauerte nur wenige Minuten eines der Flöße aufzublasen, indem er an der Leine dafür zog, aber es begann gleich nach oben aufzusteigen. Er musste kostbare Sekunden mit der Suche nach einem schweren Stück Metall zu verschwenden, an das er es festbinden konnte, aber als er das erledigt hatte, lief alles nach Plan weiter.

Wenig später hatte er zwei Flöße, beide an einer Seite aneinander festgebunden. Dann knickte er sie an den vertäuten Enden zusammen, so dass es eine Art von zusammengeknicktem V ergab, versah sie mit Gewichten und machte sich bereit, sie in Position zu schieben, hinein ins Kraftfeld.

Eins, zwei … *drei.*

Er brachte das Schutzschild in Position und machte sich dann plötzlich Sorgen, dass die Flöße nicht breit genug wären, um das Kraftfeld durchzuschneiden ... aber sie schienen groß genug.

Als er sah, dass der schimmernde Vorhang von dem leuchtend gelben V unterbrochen wurde, schöpfte er auf einmal richtig Hoffnung. Aber wollte er das wirklich wagen?

Er war drauf und dran durchzusausen, das Wagnis einzugehen, als er spürte, wie sich hinter ihm etwas bewegte.

Er sah – mitten in einem munteren Wirbel aus Bläschen – einen großen, schlanken Fisch auf ihn zu schwimmen. Super.

Fence wartete ungeduldig darauf, dass das Tier näher rankam, dann jagte er ihn durch das V und schaute erleichtert zu, als der Fisch, ohne zu zögern, durchschwamm.

Er folgte gleich darauf und leuchtete mit seiner Lampe in alle Richtungen auf der Suche nach der Spur, die Ana hinterlassen hatte, jedes Mal, wenn er einen weiteren Klecks des grauen Glitzers sah. Sie hatte ausgezeichnete Arbeit geleistet beim Auslegen der Brotkrumen. Für ihn.

Er achtete so angestrengt auf das graue Glitzern, dass er es fast übersehen hätte, aber da im Wasser schwebte etwas Dunkles, Tintenartiges, was seine Aufmerksamkeit erregte, als sein Lichtkegel drüber wanderte. Er schwenkte mit der Lampe wieder darauf zurück und erkannte mit plötzlichem Entsetzen, dass es rote Tinte war ... Blut?

Der Magen sackte ihm weg und eiskalte Angst packte ihn, als er darauf zutauchte.

Es war der Mann, Darian. Er war tot, die Kehle durchschnitten, die Kristalle aus seinem Oberkörper rausgeschnitten, seine Haut ganz weiß und geisterhaft in der Dunkelheit. Seine Augen starrten ins Leere.

Das Herz fing ihm an zu rasen. Ana hätte so etwas nicht getan...

Dann machte er wieder kehrt, die Verzweiflung kam wieder in ihm hoch. Und dann erblickte er das Aufblitzen von etwas anderem, ebenfalls weiß und bleich. Seine Eingeweide waren jetzt nur noch ein verkrampfter Knoten, als er näher schoss, um es besser sehen zu können.

Es war Ana, bleich und schlaff, die auf dem Meeresboden lag. Ein großer Felsklotz lag auf ihrem Arm, um sicherzustellen, dass sie keine Möglichkeit hatte, wieder nach oben zu kommen. *Mein Gott, diese verfluchten Dreckskerle.*

Und Blut ... es stieg in kleinen, roten Spiralen hoch von den vier sauber geschnittenen, leeren Stellen an ihrem Oberkörper.

Ihre Kristalle waren *weg*.

Einen Augenblick erstarrte Fence zur Salzsäule, dann flitzte er los und handelte. *Ana.*

Ihre Kristalle waren weg. Sie blutete.

Und, oh, Gott, ohne die konnte sie hier unten nicht atmen.

Er schob den Felsbrocken weg und hob sie hoch, wie gelähmt vor Angst, als sie sich nicht rührte, als sie leblos in seinen Armen hing, während er sich mit voller Kraft wieder zurück durch den Behelfstunnel in der schimmernden Barriere schob und dann wie eine Rakete nach oben loszog: rauf, rauf, fünf, zehn, fünfzehn, zwanzig Meter...

Bis er aus dem Wasser hinein in die saubere Luft schoss.

„Ana", keuchte er, erstickt und außer Atem, als er wartete, bis auch seine Lungen sich wieder von Kiemen auf Nase umgestellt hatten. „Ana!" Rasch packte er sie, diesmal aber anders: Er hielt ihr das Gesicht aus dem Wasser. Während panische Angst jede Faser von ihm ergriff.

Sie waren so weit weg von der Küste – es würde ewig dauern, sie dorthin zu bringen. Sie brauchte Herz-Lungen-Wiederbelebung ... er musste sie an Land kriegen...

Selbst als er begriff, dass es zu spät war ... sie war schon zu lange da unten gewesen, machte er lange, breite Schwimmstöße und orientierte sich nach Südwesten, wo sich seines Wissens das Festland befand.

Er hielt inne und beugte sich im Wasser über sie. Seine Beine traten unten im Wasser und er blies einen beherzten Strom von Luft in ihren Mund, fragte sich, ob das hier die Methode war, einem Atlanter Mund-zu-Mund-Beatmung zu geben – ob es überhaupt etwas ausrichten konnte.

Als er den Atem in ihren Mund rein blies, sprudelte Blut aus den Löchern, wo früher ihre Kristalle gewesen waren. Er erstarrte, sein Körper jetzt wie betäubt.

Er blies buchstäblich Luft ... und Blut ... in sie rein und durch sie durch.

Oh, Gott.

Fence zitterte vor Angst, während er auf sie runterstarrte, seine Füße traten wild um sich, damit sie beide nicht im Wasser versanken. *Elliott, ich brauche Elliott! Scheiße!*

Er schloss die Augen und trieb einen Augenblick nur vor sich hin, presste seine starken Hände gegen ihre Wunden, während er sich auch mit Grausen bewusst war, wie ihr das Blut aus der Seite gluckerte, nass und warm auf seiner Haut, und sich im Meer verlor.

Und dann stupste etwas Warmes gegen sein Bein. Fence wirbelte im Wasser herum und sah den Umriss einer Rückenflosse direkt vor sich.

Einen Augenblick lang war er sich sicher, das wäre ein Hai, angelockt von ihrem Blut ... aber selbst in seiner fast blinden Furcht für sie, wusste er, dass ein blutrünstiger Hai keine Zeit verschwendet und gleich angegriffen hätte.

War es möglich, dass es einer der Delfine war, die sie gestreichelt hatte? Wie hießen sie doch gleich?

Das Stupsen kam da wieder und obwohl Fence trotz des Vollmonds nicht viel erkennen konnte, streckte er die Hand nach dem Tier aus.

Dann stupste ihn noch etwas von hinten und er spürte, wie ein zweiter Delfin seine runde Schnauze gegen ihn drängte. Wie gelähmt wusste er erst gar nicht, was tun ... flankiert von den zwei Delfinen. Aber sie schienen etwas vorzuhaben.

Als sie keinerlei Anstalten machten, sich von der Stelle zu rühren, sondern anscheinend bei ihm und Ana mitschwimmen wollten, tat Fence etwas, was er nie für möglich gehalten hätte. Er packte die etwas gezackte Rückenflosse des einen und hob

Ana hoch auf das Tier, wobei er seinen Arm benutzte, um sie dort festzuhalten. Dann schlang er seinen anderen Arm um den zweiten Delfin. Seine Beine ließ er im Ozean treiben.

Die Delfine veränderten ihre Position etwas, rückten näher zusammen, so dass Fence seinen Körper benutzen konnte, um auch die Wunden zu bedecken, so gut das eben ging, indem er sich gegen ihre Vorderseite presste und seine Hand über die vier Stellen an ihrem Oberkörper legte um die Blutung zu stillen.

Und er gab ihr Mund-zu-Mund-Beatmung.

Atmen ... pumpen, *sprudeln* ... atmen ... pumpen, *sprudeln* ... atmen...

Half er ihr damit? Wut und Verzweiflung tobten in seinem Inneren und seine Augen brannten von etwas anderem als Salzwasser.

Dann wurde sie auf einmal ganz steif, zuckte und fing an zu husten. Noch mehr Blut und jetzt auch Wasser sickerte aus ihren Wunden und Fence hatte keine Zeit, erleichtert zu sein, als er sie rasch auf den Bauch drehte, so dass sie das Wasser ausspucken konnte, das noch in ihrer Lunge steckte.

Sie hustete, zitterte heftig und verlor noch mehr Blut. Dann spürte er, wie ihr Körper sich veränderte und einen gequälten Atemrhythmus fand.

„Ana", sagte er und dann lautlos zu sich selbst, *Danke dir, Gott.* Sie zitterte jetzt, blutete stärker, und er wusste, obwohl sie jetzt atmete – zumindest mit einer Lunge –, er musste sie an Land kriegen. Etwas finden, worin er sie einwickeln könnte, um die Blutung zu stillen.

Verzweifelt genug, um alles auszuprobieren, verlagerte er ihr Gewicht auf dem kleineren Delfin, dem mit der gezackten Flosse, so dass sie jetzt oben auf dem Tier drauf lag, mit ihren Händen um die Flosse, und er kletterte auf den anderen. Während er Ana in ihrer Position hielt, schlang er einen Arm um den Hals – wenn Delfine einen Hals hatten – von dem einen, auf dem er saß, und kletterte dann auch noch auf den anderen.

Keiner der beiden Delfine schien etwas dagegen einzuwenden; im Gegenteil, sie schienen mittels kehliger Schnalzlaute miteinander zu kommunizieren und fingen an, im Tandem loszuschwimmen. Sie waren eigentlich perfekte Synchronschwimmer: Keiner von beiden lag im Wasser weiter vorne, sie blieben auf genau gleicher Höhe nebeneinander, Rückenflosse an Rückenflosse, und schwammen blitzartig schnell voran.

Dieses unglaubliche Gefühl von Bewegung wurde aber geschmälert von Furcht, als er Ana festhielt und versuchte mittels Drücken seiner Hände gegen ihre Rippen festzustellen, ob sie noch atmete, ob sie in irgendeiner Form wärmer wurde oder zitterte oder andere Reaktionen zeigte. Der Vollmond ließ die dunklen Spuren von Blut erkennen, das ihm über die Hand lief, auf den Delfin tropfte und dann ins Wasser.

Es schien zu viel Zeit vergangen zu sein, als vor ihnen die dunkle Landmasse auf einmal über ihnen hochragte. Fence stolperte nur noch von seinem Reittier und sammelte Ana ein, wankte erschöpft zum Strand.

„Ana", sagte er und schüttelte sie sanft, als er sich an einem mit Müll übersäten Strand über sie beugte.

Sie stöhnte, hustete und fing an zu zittern, auch wenn es überhaupt nicht kalt war. Ihr Oberkörper war blutüberströmt und das klebte ihr auch in den Haaren, als er sich an sie ran kuschelte, sie beide in einer sitzenden Position und er sich um sie wickelte, mit ihr in seinem Schoß.

„Am Ende", sagte sie mit zittriger, rauer Stimme, „wollten sie gar nicht mich." Sie hustete, mehr Blut kam raus und er streichelte ihr den Rücken. In ihm nur noch kalte Leere und blankes Entsetzen. „Sondern meine Kristalle."

Sie bewegte sich und er spürte, wie sie sich bewegte, wohl um ihren Oberkörper abzutasten. „Sie sind weg", flüsterte sie, ihr Brustkorb hob und senkte sich heftig, als sie eine von Blut bedeckte Hand wegzog. „Sie sind alle weg."

Er spürte, wie sie schwächer wurde, wie ihr Körper erschlaffte und kälter wurde, und er schüttelte sie. „Ana! Ana! Verlass mich nicht!"

Er hörte ein leises Platschen. Er schaute hoch, angespannt, bereit für einen weiteren Donnerschlag in seiner Welt: Zombies oder ein wildes Raubtier.

„Wie zum Teufel hast du so schnell wieder zurückgefunden?", fragte Zoë, die neben ihm aus dem Ozean gelaufen kam. „Wir konnten kaum mithalten."

Und da erst sah Fence sich um und kapierte, dass er wieder am Strand von Envy saß.

„Ich brauche Elliott", war alles, was er sagte.

22

Ana öffnete die Augen.

Sie befand sich in einem dämmrigen Raum. Eine Linie aus weißem Licht um ein Fenster mit Vorhang davor verriet ihr, dass es Tag war. Ihr Körper tat weh, der Kopf schwindelte ihr leicht. Sie hatte das Gefühl, nicht allein zu sein, aber wer auch immer da war, sagte kein Wort noch machte er (oder sie) eine Bewegung. Sie bildete sich sogar ein, ein leichtes Schnarchen zu hören.

Das war ok. Sie brauchte noch ein bisschen...

Sie blieb ruhig liegen und versuchte die verschwommenen Erinnerungen zu sortieren, wie sie hierher kam. Das Letzte, an was sie sich erinnerte, war–

Und auf einmal war alles – wie von einer Welle angespült – wieder da. Der Druck von Armen, die sie unten hielten ... brutales Gezerre, der schneidende Schmerz, das schwere Gefühl in ihrer Lunge, als das Meer mit seinem ganzen Gewicht darauf drückte, sie erstickte.

Ihre Kristalle waren weg. *Fort.*

Sie schloss die Augen. *Nein.*

Ihre Hand schob sich langsam zwischen die Laken an ihrem Oberkörper entlang, die Finger an ihrem Brustkorb ganz kalt. Sie tastete sich ab, über die warme Haut an den Rippen: die kleinen Rillen der Rippen, wie die Haut dazwischen elastisch nachgab. Die Haut war glatt und weich.

Keinerlei Narben ... wo ihre Kristalle sich befunden hatten.

Als hätte es dort nie welche gegeben.

Schreckliche Kälte bemächtigte sich ihrer, als ihr die Bedeutung davon klar wurde.

Nein.

Hatte sie es geträumt? All diese Jahre eines Lebens unter Wasser geträumt?

Sie musste wohl einen Laut ausgestoßen haben – ein Aufkeuchen, ein unterdrücktes Schluchzen – denn da kam er aus den Schatten rausgeschossen.

„Ana."

Es war Fence, der da auf einmal neben ihr stand und das Bett zum Ruckeln brachte, als er sich draufsetzte.

Sie war froh über die Dunkelheit hier im Zimmer, so dass er die Tränen nicht sehen konnte, die ihr über das Gesicht liefen. Sie presste die Augenlider fest zusammen, um die restlichen Tränen aufzuhalten.

„Wie fühlst du dich?" fragte er und streckte den Arm aus, um neben ihr die Vorhänge aufzuziehen.

Warme Sonnenstrahlen sickerten da ins Zimmer und sie konnte sein Gesicht sehen: schön und mitgenommen vor Sorge. An seinem Kinn und seinen Wangen glitzerte etwas – kurze, unrasierte Haare.

„Sie haben meine Kristalle gestohlen", sagte sie. Ihre Stimme war rau und kratzig. Es brannte, wenn sie zu schlucken versuchte.

„Ich weiß", sagte er und seine Hand legte sich sanft auf ihre Stirn. „Ana, es tut mir so Leid. Es tut mir..."

„Sie haben meine Kristalle gestohlen ... und mich zum Sterben zurückgelassen."

Seine vollen Lippen wurden zu einem schmalen, harten Strich. „Die Dreckskerle haben einen Felsbrocken auf dich gerollt, Ana. Damit du auch ja unten bleibst. Damit du ganz sicher stirbst."

„Atlanter. Jeder einzelne von ihnen..." Sie schluckte, versuchte wieder ruhig zu atmen, ihre Stimme ruhig zu halten. „Sie sind böse."

Er legte seine Hand auf ihre. „Nicht alle von ihnen." Er drückte ihr die Hand.

An ihrem Kissen schüttelte sie den Kopf, presste die Augen fest zu, als noch eine Träne runtersickerte. Sie waren allesamt böse. Ihre Familie, ihr Volk.

Nicht einer von ihnen hatte je etwas Gutes getan.

Es machte sie traurig und jagte ihr Angst ein zu wissen, dass sie das in sich trug.

„Ana", sagte Fence, als wolle er sie aus ihren morbiden Gedanken rauslocken.

„Wie habe ich es geschafft zu überleben?", fragte sie plötzlich, als ein schweres, taubes Gefühl sich über sie legte. Ihr Leben hatte sich unwiderruflich verändert. „Ohne meine Kristalle und gefangen auf dem Grunde des Ozeans?"

Fence wischte mit seinem Daumen die Träne weg. „Ich weiß nicht, wie lange du dort warst, bis ich dich gefunden habe. Elliott denkt, du hast es geschafft, noch eine Weile unter Wasser zu atmen, sogar nachdem man dir deine Kristalle schon gestohlen hatte. Er hat Überreste – kleine Kristallpartikel – in deinen Lungen gesehen. Er glaubt, dass die sich im Lauf der Zeit dort festgesetzt haben, eine Art von Späne, die sich von den größeren, eingesetzten Kristallen gelöst haben. Dadurch war es dir wohl möglich, gerade genug Sauerstoff aufzunehmen, um noch zu atmen, bis ich dich dann gefunden habe."

Ana schloss die Augen, ein winziges bisschen Hoffnung keimte da ganz schwach in ihr auf. „Heißt das, dass ich immer noch..."

Sie spürte, wie er den Kopf schüttelte, seine Hand drückte ihre erneut. „Es tut mir Leid, Ana. Als ich dich fand, hast du nicht mehr geatmet. Was auch immer diese kleinen Partikel ausrichten konnten, es war nur vorübergehend."

Ihr winziger Hoffnungsschimmer erlosch und schwarze Verzweiflung kehrte zurück.

„Warum sind da keine Narben? Warum keinerlei Anzeichen einer Wunde?", fragte sie und setzte sich abrupt auf. Hatte sie Tage, Wochen, *Jahre* verloren? „Wie lange schlafe ich denn schon?"

„Erst seit gestern."

„Seit gestern?", ihre Stimme wurde schrill. „Was ist mit den Narben passiert? Die Löcher und wo sie in mich reingeschnitten haben?"

Sie merkte, wie Hysterie in ihrer Stimme hochkroch, in ihrem Atem und in ihrem Kopf. Und sie kam dagegen nicht an. Tränen strömten ihr aus den Augen und sie dachte, sie würde jetzt gleich zu schreien anfangen ... und nie wieder aufhören können.

Noch nie zuvor hatte sie sich derart schrecklich und leer gefühlt. Selbst nachdem ihr Bein verstümmelt worden war, hatte sie nicht diese abgrundtiefe Verzweiflung empfunden. Denn selbst da hatte sie noch das Meer gehabt.

Jetzt blieb ihr nicht einmal das.

Sie konnte nie wieder tief und lange und ganz unten im Meer schwimmen, keine Ruinen mehr erkunden, nach verborgenen Schätzen suchen. Sie konnte nicht mehr mit den Delfinen Verstecken spielen oder den anmutigen Sprüngen einer Krevette zuschauen, wie sie nach ihrer Nahrung, also nach Parasiten, suchte.

Sie würde niemals wieder frei und elegant und anmutig sein.

Alles, was ihr jetzt blieb, war ein Körper, gezwungen an Land zu leben und obendrein durch ein Humpeln behindert. Ihr Herz füllte sich mit Bitterkeit.

„Ana." Die tiefe Stimme von Fence klang fast wie ein Befehl und drang in ihr Bewusstsein ein, noch bevor sie abwärts in Verwirrung und Schmerz hineintrudelte. „Mach die Augen auf!"

Als sie das tat – sie hatte gar nicht bemerkt, dass sie sie geschlossen hatte –, fand sie ihn da. Vor sich. Er war alles, was sie sah. Sein Blick war zärtlich und besorgt, und floss über vor Gefühl, ein recht intensives Gefühl.

„Was?", sagte sie und versuchte das leise, kleine Flattern in ihrer Magengrube wegzuscheuchen. Fence war *da*.

Aber sie *wollte* sich nicht glücklich oder warm oder verzärtelt fühlen.

Sie wollte wütend sein.

Sich misshandelt fühlen.

Und wissen, dass ihr Leben nie wieder im Lot sein würde.

„Ich liebe dich, Ana."

Sie schüttelte den Kopf, zornige Tränen strömten ihr über die Wangen. Sie war nicht mehr *Ana*.

„Schau mich an", forderte er sie auf. „Bitte."

Sie wischte sich die Tränen weg. „Ich werde nie wieder dieselbe sein."

Er nickte. „Ich weiß, Ana. Ich weiß. Aber du bist immer noch die Frau, die ich liebe. Jeder Teil von dir."

„Das ist nicht fair!" Es fühlte sich an, als hätte sie einen Arm oder ein Bein verloren.

Teufel nochmal, sie hatte ihr *halbes Leben* verloren. Ihren halben Körper.

„Nein, bei Gott, fair ist das Scheiße nochmal nicht." Sein Gesicht sah fürchterlich aus – grimmiger und furchteinflößender, als sie es je zuvor gesehen hatte. „Aber du lebst und bist in Sicherheit. Und ich war noch nie in meinem Leben so dankbar für etwas. Du wärst fast gestorben ... und ich weiß nicht, was ich getan hätte, wenn ich dich verloren hätte. Ich liebe dich."

„Aber wie kann es sein, dass ich keine Narben habe?"

Er neigte den Kopf ganz leicht zur Seite und sein Blick hielt ihren ganz fest, als er antwortete, „Elliott hat dich geheilt."

Das Herz blieb ihr da stehen und der Atem stockte ihr, und bevor sie nachdenken konnte, wirklich begreifen konnte, was er meinte, glitten ihre Finger links an ihr entlang, auf ihre verdrehte Hüfte zu ... über die Schrammen und verfärbten Narben an ihrem Bein.

Und dann ließ sie die Hand sinken.

Dort hatte sich nichts verändert. Sie war immer noch ein elender Krüppel. Ihr eines Bein spürte immer noch nur halb so viel wie ihr anderes.

Und ihr Fuß bildete immer noch ein verdrehtes V.

„Du warst am Verbluten, als wir hierher zurückkamen, die Löcher in deinen Lungen haben geblutet", fuhr Fence fort. „Elliott hat dich geheilt. Er hat dir das Leben gerettet. Deswegen hast du keine Narben."

Es brauchte etwa eine Minute, bis die Worte und deren Bedeutung zu ihr durchdrangen. Aber sie ergaben keinen Sinn. „Wie kann er mich so schnell geheilt haben? Wie kommt es, dass ich keine Narben habe?"

Einen Augenblick lang herrschte Schweigen, als er zögerte. Dann...

„Aus dem gleichen Grund, aus dem ich Kiemen habe", erzählte er ihr. Seine Augen ruhten immer noch auf ihr und selbst in ihrer Verzweiflung erkannte sie seine Furcht und sein Zaudern.

Er holte tief Luft und da merkte sie, dass auch sie die Luft anhielt. Er war gerade dabei, ihr etwas zu erzählen ... etwas Großes.

„Während dem Wechsel steckten wir in einer Höhle fest und nach unserer Einschätzung, also eigentlich ist das ein pures Ratespiel, befand sich in der Höhle eine – wie nennst du es noch? – eine Flash-Reihe? Und als der Wechsel passierte und mit all der Energie, die da umgeleitet wurde, das hat auch uns verändert. Wir haben keine andere Erklärung dafür."

Sie starrte ihn an und versuchte erneut, seine Worte zu begreifen ... aber es war fast so, als würde er eine unbekannte Sprache sprechen. Ana begriff aber einen Teil dieser Informationen. „Der Wechsel. Aber das war ... vor fast einundfünfzig Jahren."

Sein Gesicht wurde angespannt, selbst als er noch ein Grinsen nachschob. Ein etwas wackeliges Grinsen. „Tja, in Wahrheit, weißt du ... da hast du jetzt wohl was mit einem viel älteren Mann am Laufen gehabt."

Sie blinzelte und starrte ihn an, während ihr Verstand wie rasend arbeitete. „Wie achtzig siehst du nicht aus."

„Wie wahr. Es gibt nicht allzu viele Achtzigjährige, die solche Päckchen zu bieten haben." Als er unter seinem engen T-Shirt seinen Bizeps spielen ließ, blitzte dieses besondere Lächeln auf. Aber es reichte nicht bis ganz hoch, nicht bis in seine Augen, und sie begriff da, dass er Angst hatte.

Widerstrebend löste sie ihren Blick von diesen glatten Muskeln und ein anderer Gedanke kam ihr. „Dann bist du in diesen fünfzig Jahren nicht gealtert? Bist du ... uhm ... bist du unsterblich?"

Fence schüttelte den Kopf, eine leichte Trauer in seinen Augen. „Nein. Da bin ich mir sicher, denn einer von uns ... mein bester Freund ... starb, kurz nachdem wir aus der Höhle rauskamen. Und ich gehe davon aus, dass ich schon sehr bald ein bisschen Grau und ein paar Falten haben werde ... aber anscheinend war mein Körper für eine gewisse Zeit wie tiefgefroren. Und jetzt fängt er langsam wieder an, normal zu altern."

Dann verfiel er in Schweigen.

Ana merkte, dass sie die ganze Zeit die Luft angehalten hatte, und jetzt atmete sie erst mal langsam aus. „Na, kein Wunder hast du genau gewusst, wo du in dem großen Laden hin musst", sagte sie. „Und nach was du suchen musst."

„Ist dir das zu ausgeflippt?", fragte er.

„Zu wissen, dass du älter als mein Vater bist? Nein, Moment ... dass du älter als mein Großvater bist?", antwortete sie und ließ ihren Ton etwas scherzhaft werden. Aber das verflüchtigte sich, als sie fortfuhr, „das ist mir alles egal. Du bist, wer du bist. Und ich liebe dich."

Er machte große Augen und ihr ging auf, das war erste Mal, dass sie ihm die Worte auch wirklich gesagt hatte, auch wenn sie schon länger über sie nachdachte, als sie eigentlich zugeben wollte.

„Ana–"

„Aber stört es dich denn nicht, dass ich zur Hälfte Atlanter bin? Dass mein Volk deine Familie und deine Freunde getötet hat?"

Er schaute sie ernst an. „Aber das warst nicht du, Ana. Das war lange vor deiner Zeit und du hast schon unter Beweis gestellt, wie weit du gehen würdest, um zu verhindern, dass so etwas je wieder passiert. Du bist die, die *du* bist."

Ja. Aber sie war sich nicht mehr sicher, wer sie eigentlich war.

In dem Moment fielen ihr zum ersten Mal die Wunden – Schnitte, Kratzer, sogar Brandwunden – an seinen Armen und an seinem Hals auf, dort erkennbar, wo sein Hemd sie nicht bedeckte. „Warum hat Elliott nicht auch dich geheilt?" Froh über die Ablenkung streckte sie den Arm aus und zog den Saum des

Ärmels mit leichter Hand von seinem großen Bizeps weg, um dort hässliche Schürfwunden und blaue Flecken freizulegen.

„Was? Diese lächerlichen Kratzer?", machte er sich lustig. „Das ist doch gar nichts im Vergleich zu dem, was ich mir beim Football spielen eingehandelt habe, oder als ich mit dem Klettern gerade angefangen hatte." Dann ergriff er ihre Hand und verschränkte seine Finger mit ihren. „Ana, ich liebe dich. Alles an dir ... wie du warst und wie du jetzt bist. Es ändert rein gar nichts an dem, was ich für dich empfinde."

Sie fühlte wieder, wie ihr Tränen hochzusteigen drohten. Wenn nur auch sie einen Weg finden könnte, ihr völlig kaputtes Selbst zu lieben.

23

Ana saß am Strand und starrte hinaus in die heranrauschenden, schaumigen Wellen.

Sie flossen ihr bis hoch um die Knöchel, durchnässten ihren Hosenboden und spritzten ihr Salzwasser ins Gesicht.

Es lag drei Tage zurück, dass sie ohne ihre Kristalle aufgewacht war, aber es war das erste Mal, dass sie sich hier zum Meer raus gewagt hatte. Sie hatte einen Zeitpunkt abwarten müssen, zu dem Fence nicht da war. Denn das hier war etwas, was sie alleine tun musste.

Sie musste alleine Abschied nehmen.

Die salzige Träne, die ihr langsam die Wange runter lief, kam von der Trauer, nicht aus dem übereifrigen Meer, und für einen kurzen Augenblick konnte sie das Schluchzen nicht unterdrücken. Es überrumpelte sie, wütend und von tief unten, und sie ließ es gewähren.

Sie hatte von so vielen Dingen in ihrem Leben Abschied nehmen müssen: von ihrer Mutter, von einem voll gebrauchstüchtigen Bein, von dem Mann, den sie zu lieben geglaubt hatte ... und jetzt von dem, was sie für den besten Teil von sich selbst hielt.

Der Teil, durch den sie sich als ein Ganzes gefühlt hatte.

Zuerst wollte sie nicht einmal versuchen reinzugehen. Es würde sie zu sehr daran erinnern, was sie von nun an vermissen würde. Aber Ana liebte das Meer noch immer und sie konnte nicht anders, als sich das Hemd auszuziehen und sich mühselig aus der Cargohose zu schälen.

Nur mit einer Unterhose und einem Tank Top bekleidet, und befreit von der Sorge, jemand könnte ihre Kristalle sehen, watete sie raus ins Meer.

Dieser Glücksrausch und das vertraute Gefühl davon traf sie mit einer solchen Wucht, dass sie dachte, die Knie würden ihr wegknicken ... aber sie hielt sich aufrecht.

Und dann – auf einmal – tauchte sie hinein ins Wasser.

Das Meer umarmte sie wie Es das schon immer getan hatte, kühl und tröstlich ... aber Ana spürte den Unterschied sofort. Sie spürte die Schwere in ihren Lungen schon nach wenigen Minuten: ein Brennen, ein Eingeschnürtsein nur wenige Minuten später. Das automatische Bedürfnis zu *atmen*.

Sie hatte sich noch gar nicht weit vom Ufer entfernt, als sie merkte, dass sie umkehren musste.

Ganz kurz überlegte sie sich, noch einmal tief und lang einzuatmen und sich dann dem Meer zu überlassen ... aber das Bild von Fence' Gesicht stieg vor ihrem inneren Auge auf und sie kam rasch wieder hoch.

Die Schinderei zurück zum Strand war mühsam und schien ewig zu dauern, und sie brach auf dem körnigen Sand zusammen. Die Hände zitterten ihr und weitere Tränen drohten, aber sie blinzelte sie tapfer weg.

Das war der Anfang eines neuen Lebens. Mit einem Partner, der sie liebte .... und der sie verstand und auch wie ihr Leben sich unwiderruflich verändert hatte – denn er hatte etwas Ähnliches durchgemacht.

Sie musste nicht länger befürchten, dass die Atlanter sie finden und wieder verschleppen würden. Sie besaß nichts mehr, was die haben wollten.

Es war schon ironisch, oder nicht? Als sie Fence zum ersten Mal traf, ertrug er es nicht, ins Wasser zu gehen. Und jetzt, da sie zueinander gefunden hatten, hatte sich alles verändert.

Im Wasser bewegte sich was und sie sah, wie Fence daraus auftauchte: Groß und breit und dunkel, überall an ihm funkelte das Meer. Er sah so köstlich aus, so einladend, dass sie nichts mehr wollte, als sich an ihn ranzuschmeißen und ihn zu vernaschen. Allein der Anblick dieser breiten Brust, so muskulös und stark, machte, dass ihr schwindlig wurde ... ganz zu schweigen, wie die weiter unten langsam in schmale Hüften und lange, kräftige Beine überging.

Und er *liebte* sie.

Ja, das tröstete ein wenig drüber weg. Ein wenig.

Naja, recht viel.

„Hey", sagte er. Er schien überrascht sie hier zu sehen.

„Ich bin ins Wasser gegangen", erzählte sie ihm und fragte sich, was er gerade gemacht hatte.

Fence nickte und setzte sich hinter ihr auf den Strand, zog sie nach hinten, hinein in die Wärme und den Schutz seines nassen Körpers. „Ich wäre mit dir mitgegangen."

„Ich weiß ... aber ich musste es allein tun. Es war nicht so gut", sagte sie.

„Es wird leichter werden", erwiderte er und rieb seine Wange an ihrer. „Ich habe nachgedacht ... weißt du. Was für ein Glückspilz ich bin dich zu haben."

„Das weiß ich schon", sagte sie, ein kleines, zittriges Lächeln breitete sich auf ihren Lippen aus.

Er lachte leise. „Was ich meine, ist, dass ... abgesehen von der Tatsache, dass du eine oberwahnsinnig, absolut irrsinnig sexy Frau bist, wie sie mir noch nie begegnet ist ... *und* dass du klug bist und mutig *und* du bist entschlossen *und* ... du schaffst es auch dann noch, dich auf den Beinen zu halten, nachdem ich dir meine allerbesten Küsse aufgetischt habe."

Ana konnte nicht anders als lachen. „Wie wahr, wie wahr. Und vergiss auch nicht: Ich lache über all deine Witze."

Fence ließ dieses tiefe Schmunzeln an ihrem Ohr hören und sandte damit einen Schauder der Erregung bis runter in ihre Magengrube. „Wie wahr. Aber abgesehen von *all dem*, weißt du so viel und hast so viele Informationen, die du mit uns teilen kannst – in Worten und durch deine Zeichnungen. Auch jetzt noch, vielleicht besonders jetzt. Jetzt, wo es sich anfühlt ... nun, es fühlt sich fast so an, als würde das hier ein Kampf auf Leben und Tod zwischen uns und den Atlantern werden. Ich habe so das Gefühl, dass sie nicht einfach wieder in der Emporgestiegenen Stadt verbleiben werden."

Sie nickte. „Du hast wahrscheinlich recht ... obwohl, jetzt haben sie ja meine Kristalle und das war es, was sie wirklich wollten. Vielleicht werden sie uns ein Weilchen in Ruhe lassen."

„Vielleicht. Aber ich beabsichtige eine ganze Menge von meiner Zeit da draußen zu verbringen. Nach Problemen Ausschau zu halten", sagte er sehr ernst.

Ana unterdrückte diesen Stachel von Neid und Trauer, dass er es ohne sie tun würde.

Sie lehnte ihren Kopf nach hinten, an Fence, und fand Ruhe an seiner Schulter. Seine Kinnlinie war genau über ihr und sie drehte den Kopf, um einen Kuss drauf zu drücken. Da fiel ihr auf, dass dort raue Stoppeln waren. „Mir wird es schon gut gehen. Ich habe das schon einmal durchgemacht", sagte sie und zeigte auf ihr Bein. „Und da hatte ich dich noch gar nicht."

Fence schlang die Arme ganz fest um sie. „Wir sind jetzt zusammen. Ich werde hier bei dir sein, genau wie du bei mir warst."

Sie nickte und wandte sich dann anderen Dingen zu. „Was hast du denn da draußen gefunden?"

Seine Arme verkrampften sich etwas und sie hatte schon Angst, er würde ihrer Frage ausweichen – ihr Dinge vorenthalten, jetzt wo sie die nicht mehr selbst erleben konnte. Aber dann entspannte er sich wieder und sagte, „die Barriere ist weg."

„Weg?" Sie setzte sich auf und drehte sich zu ihm um, ihr Knie stieß unbeholfen gegen seins. „Das ergibt keinen Sinn."

„Ich bin hingegangen, um den Kristall zu zerstören – und war erfolgreich", fügte er hinzu dann zog er einen Splitter aus der Tasche seiner Shorts. „Hab' das hier für Quent mitgebracht. Aber der Rest vom Stein ist nur noch Feinstaub überall auf dem Meeresboden, verschwunden in ein paar Löchern und in einigen Autos versteckt. Sie werden nie all die Teilchen finden. Und die Barriere war weg."

Ana nickte, schaute aufs Meer, während ihr Verstand arbeitete. Sie hatten ihre Kristalle, sie brauchten nichts weiter von ihr. Wenn sie mit ihren Vermutungen richtig gelegen hatte, war ein Teil des Zweckes der Goleth Steine, sie aus ihrem Versteck hervorzulocken. Aber die Barriere war auch näher an Envy dran gewesen als nötig. Und das war, damit die Steine an einer geschützten Stelle aufgestellt werden konnten, um so die Flutwelle auszulösen. „Wenn ich raten müsste, würde ich sagen, sie haben sie einfach verschoben. Weiter raus ins Meer."

„Das ist möglich. Ich werde weiter draußen nachschauen." Seine Stimme war entschlossen und ernst.

Jäh schnellte die Furcht da in ihrer Brust ganz hoch rauf. „*Nein!*" Sie packte ihn am Arm. „Nein. Du darfst ihnen nicht nachsetzen, du darfst nicht bis nach Atlantis."

Sein Mund widersetzte sich verkniffen. „Sie müssen für das, was sie getan haben, bezahlen, Ana."

Das mussten sie. Sie hatten das Beste an ihr gestohlen. Aber entsetzliche Angst erfüllte sie bei dem Gedanken, dass Fence dorthin ging, nach Atlantis. An einen Ort, an dem sie auf den ersten Blick erkennen würden, dass er dort nicht hingehörte.

Sie waren Atlanter. Sie töteten, ohne nachzudenken.

„Nein, Bruno, bitte. Sie haben, was sie wollen ... sie sind keine Bedrohung für mich mehr."

Wenigstens das konnte sie sicher sagen. Es war nicht genug, aber die Sicherheit hatte sie. Und sie verlor ihn nicht, *durfte* ihn nicht verlieren.

Sie schüttelte den Kopf. „Du würdest nie auch nur an sie rankommen. Sie werden beschützt. Darian..."

„Er ist tot."

Tot.

Eine kleine Regung in ihrem Innern verriet ihr, dass – trotz all dem, was Darian getan hatte – sie immer noch Gefühle für ihre erste Liebe empfand. Es bestätigte, dass sie nicht so kaltblütig war wie der Rest ihres Volkes.

Aber die kleine Regung war nichts im Vergleich zu dem, was sie für den Mann hier neben ihr empfand ... und allein der

Gedanke, wie er versuchte sich einen Weg nach Atlantis rein zu erkämpfen, bis zu Der Krone und Dem Schild, brachte ihre ganze Welt zum Einstürzen. Sie konnte nicht auch noch ihn verlieren. „Wie?"

„Ich nehme mal an, dass sie ihn zu der gleichen Zeit getötet haben, als sie dir weh getan haben – haben ihm die Kehle durchgeschnitten."

Ana erinnerte sich an das Blut, das von der Klinge Des Schilds runtergetropft war, als die sich Ana genähert hatte. Darians Blut.

Entsetzen packte sie. „Fence … Bruno … versprich mir, bitte, versprich mir, dass du es nicht versuchst. Bitte."

Er beobachtete sie mit traurigen Augen, aber diesmal kroch auch ein wenig Wärme da rein. Zögerlich, aber immerhin. „Wenn du mir versprichst hier bei mir zu bleiben und ein paar fette, runde Babys mit mir produzierst, dann verspreche ich es dir."

Das, was sie schon wollte, solange sie nur denken konnte. Ana fing an zu lächeln, dann erlosch es wieder, als die Wirklichkeit sich meldete. Das wären dann auch Atlanter. Auch sie würden diese grausame Ader in sich tragen, den Teil von ihr selbst, den sie hasste … und auch geliebt hatte.

„Was ist los?", sein Gesicht war jetzt ganz zerfurcht vor Sorge.

„Ich kann nicht … Bruno, ich stamme zum Teil aus Atlantis."

„Na und? Hast du Angst, unser Baby wird zu einem üblen, mordlustigen Monster heranwachsen?" Er klang und blickte derart beleidigt drein, dass sie lachen musste.

Und das war eine Erleichterung: Etwas Warmes und Heiteres zu spüren, das sich in ihr ausbreitete. Und wenn er es schon so ausdrückte, dann ging auch ihr auf, wie lächerlich sie klang. Schließlich war sie nur zum Teil Atlanter. Und wenn ihr Vater dasselbe gedacht hätte wie sie … na, dann. Ihr Vater hatte ihre Mutter geliebt. Und sie ihn.

Es konnten nicht alle Atlanter böse sein.

„Du hast recht", sagte sie und die Wärme in ihr verstärkte sich. „Ich nehme an, wenn du vergeben kannst, was meine Familie der deinen angetan hat, dann sollte ich das auch tun können."

„Also, dann bleibst du hier bei mir?", er blickte runter.

Ana nickte und begriff, dass sie an keinem anderen Ort sein wollte.

Nicht einmal...

Sie blickte raus über den Ozean, über das wunderschöne Auf und Ab des Meeres, die glitzernden Wellen, funkelnd und einladend. Und dann schaute sie hoch zu Fence.

Nein, das wurde ihr da klar: Es gab *keinen* anderen Ort, an dem sie sein wollte.

„Ich nehme mal an", sagte sie. Dann holte sie tief und zittrig Luft und scherzte, „Obwohl ich mich so darauf gefreut hatte, dich in Unterwasser Sex einzuweihen. Ich schätze wir müssen uns mit Trockenübungen begnügen, hm?"

Er ließ dieses tiefe Schmunzeln hören, bei dem ihre Eingeweide ohne Ausnahme anfingen zu prickeln. „Naja, Zuckerstück, weißt du ... da, wo ich war, da war es gar nicht so trocken ... ganz besonders nicht im unteren Bereich von dir. Es ist, wie dein ganz besonderer süßer Honig dort, der nur darauf wartet, von mir abgeleckt zu werden." Seine Stimme war jetzt ganz tief und leise.

Sie erschauerte erneut, nur beim Hören dieser Worte, und lächelte jetzt ein echtes Lächeln. „Lass dich von mir nicht aufhalten."

„Oh, ganz sicher nicht, Ana-Herz. Ganz sicher nicht." Und er griff nach ihr.

EPILOG

~~∀~~

Remy hörte ein Rascheln in den Büschen und schaute hoch, ihr Herz gab wild schlagend Warnung. Dantès ging in höchste Alarmstufe, die Ohren gespitzt und sein Schwanz reglos.

Sie war seit einer Woche alleine unterwegs, vermisste Dantès die ganze Zeit, als er gestern urplötzlich aufgetaucht war. Sie hatte halb erwartet, Wyatt gleich hinter ihm zu erblicken, aber der Mann kreuzte nie auf. Natürlich hatte sie absichtlich ihr Marschtempo erhöht und Dantès gezwungen, bei ihr zu bleiben, damit der nicht umkehrte und den Kerl zu ihr *führte*.

Das Rascheln hörte auf und sie spähte in das dichte Unterholz hinein. Sie merkte auch, dass Dantès zwar wachsam war, aber keine Angst zu verspüren schien. Vielleicht ein Kaninchen. Es war jetzt Tag, also fürchtete sie sich nicht vor Zombies. Und es gab nicht so viele wilde Tiere, die tagsüber auf die Jagd nach Futter gingen.

Es waren eher die zweibeinigen Wesen, die ihr Sorge bereiteten.

Sie hatte ihre Pistole verloren, als Seattle sie gefangen nahm, aber es war ihr gelungen, die später dann aus seinem Truck zu entwenden, nachdem Wyatt und Elliott sie gefunden hatten. Jetzt hielt sie sie sicher in der Hand, wusste aber, dass ihr nur fünf Kugeln blieben.

Jede davon musste ihr Ziel treffen.

Der Kristall hatte aufgehört zu brennen und zu glühen, obwohl er sich immer noch warm anfühlte und auch mehr zu leuchten schien als vor dem Zwischenfall mit dem Brennen. Was auch immer geschehen war, war vorübergehend gewesen, aber Remy wusste nicht, ob etwas den Stein dauerhaft verändert hatte.

Was sie wusste, war, dass sie nach Envy zurückkehren musste. Dort war jemand, der ihr vielleicht helfen könnte. Eine Frau aus Atlantis namens Ana, die – laut Theo – Freundschaft geschlossen hatte mit Quent und Elliott und einem Kerl namens Fence.

Wenn irgendjemand wusste, was man mit dem Kristall machen musste, wäre das sie, vermutete Remy mal. Und wenn sie gezwungen war, dabei etwas rabiat vorzugehen ... nun, sie wusste wie.

Ihr Großvater hatte ihr diesen Kristall anvertraut und sie würde alles tun, was notwendig war, um herauszufinden warum.

Gerade als sie die Pistole absetzen wollte, tauchte ein Schatten aus dem Unterholz auf.

Dantès ließ ein kurzes Bellen des Wiedererkennens hören, aber Remy befahl ihm zu bleiben, und das tat er auch – trotz der Tatsache, dass er auf seinem Platz geradezu zitterte.

Sie zielte mit ihrer Pistole, als der Umriss ganz zum Vorschein kam, und ihre Hand zuckte vor Schock, als sie ihn erkannte.

„Was zum Teufel tust du denn hier?", fragte sie barsch, wobei sie sich im Klaren war, wie ihr Herz außer Rand und Band hämmerte. „Wie zum Teufel hast du mich gefunden?"

Er lächelte nur sein schmales, humorloses Lächeln und setzte sich, als würde er da hingehören.

„Bist du dir sicher?", fragte Fence und versuchte, die Aufregung in seiner Stimme auf Sparflamme zu halten. Ana befand sich auf der anderen Seite der Tür und er wollte ihr keine Hoffnungen machen, außer...

George blickte Elliott an und beide nickten. „Ich war der, der das schon einmal gemacht hat", erzählte ihm Anas Vater. „Es gibt keinen Grund, warum es nicht wieder gemacht werden kann. Ich habe nur etwas Zeit gebraucht, um alles vorzubereiten und ich wollte nichts davon erzählen, bis ich sicher war, dass es funktioniert."

„Und falls etwas schiefgeht, bin ich da", sagte Elliott. „Die Operation selbst. Also keinerlei Risiko."

Kein Risiko ... aber das scheißgrößte Hammergeschenk aller Zeiten.

„Wie hast du das geschafft?", fragte Fence und schaute von einem zum anderen. Das Herz wurde ihm mit jeder Sekunde leichter.

„Anas ursprüngliche Kristalle kamen von den Atlantern, genau wie diese hier", sagte George und zeigte Fence die kleine Schachtel, in der acht kegelförmige Steine lagen. Am unteren Ende waren sie nicht größer als eine Erbse, und kaum so breit wie sein kleiner Finger. „Ich war es, der damals die ursprünglichen Steine bearbeitet hat, noch vor Anas Geburt, so dass sie in ein Demiblut eingepflanzt werden können. Ich habe die für ein paar Monate sogar selbst getragen, um sie zu testen." Er lächelte etwas schief. „Ich hatte neun Monate, um daran zu arbeiten, weißt du."

„Aber er hat die anderen Atlanter nie wissen lassen, dass er sie getragen hat", sagte Elliott. „Und das erklärt auch die Veränderung, die mir an seiner Lunge auffiel, als ich ihn gescannt habe. Die Überreste der Kristalle darin."

„Aber da ich von der Abstammung her eine reine Land-Person bin", erklärte George, „hörten die Kristalle bei mir irgendwann auf zu funktionieren und sie haben zu viel von meinem oxidierten Blut rausgesaugt. Diese Implantation wird nur funktionieren, wenn der Empfänger Blut aus Atlantis in sich hat. In ihren Genen befinden sich jetzt ein paar Kristall-Elemente, also nach so vielen Tausend Jahren, wodurch es dann ... nun, egal. Alle Details brauchst du ja nicht. Das hier sind Kaddicks Kristalle. Es hat mich etwas Zeit gekostet, aber ich habe sie für Ana präpariert, genau wie ich es vorher schon einmal gemacht habe, indem ich ihre chemische Zusammensetzung etwas verändert habe. Das wird dafür sorgen, dass ihr Körper sie annimmt."

„Und du bist imstande sie ihr wieder einzupflanzen? Und sie wird ... so sein, wie sie war?" Fence jubilierte fast ... nicht, weil er wollte, dass Ana wieder unter Wasser atmen konnte, sondern weil er wusste, wie sehr sie es vermisste. Weil er ihre Trauer gesehen hatte und den Verlust, den sie gerade durchmachte, nur ansatzweise begreifen konnte.

Und ... da war natürlich auch noch die ganze Sache mit dem Unterwasser-Sex. Ein Schneller auf der Welle. Flotte in Bewegungen. Den Torpedo anlegen.

Die Ausdrücke purzelten nur so raus. Platsch, platsch, platsch. Und er musste sich beherrschen, nicht laut loszuprusten.

„Ja, sicher", sagte George. „Ana wird genau so sein wie vorher."

Beschwingt klopfte Fence an die Tür zu ihrem gemeinsamen Zimmer und öffnete sie, um dort Ana zu erblicken, die gerade einer seiner Unterwasserlandkarten studierte.

„Die ist gut", sagte sie und blickte hoch. „Aber du hast übersehen–Dad? Elliott?" Sie richtete sich auf und ihr Gesichtsausdruck wurde zunehmend ängstlicher, als sie die drei Männer betrachtete.

Fence kam zu ihr, schloss sie fest in die Arme und murmelte, „also, dieser Unterwasser-Sex, den du haben wolltest? Nun, Zuckerstück, damit geht wohl alles klar."